Weitere Titel der Autorin:

Zum Teufel mit David
Im Garten meiner Liebe
Wilde Rosen
Wellentänze
Eine ungewöhnliche Begegnung
Glücksboten
Eine Liebe in den Highlands
Geschenke aus dem Paradies
Sommernachtsgeflüster
Festtagsstimmung
Eine kostbare Affäre
Cottage mit Aussicht
Glücklich gestrandet
Sommerküsse voller Sehnsucht
Botschaften des Herzens
Das Glück über den Wolken

Titel in der Regel auch als E-Book erhältlich

Über die Autorin:

Katie Fforde lebt mit ihrer Familie in Gloucestershire und hat bislang 18 Romane veröffentlicht, die in Großbritannien allesamt Bestseller waren. Wenn sie nicht schreibt, hält sie sich mit Gesang, Flamencotanz und Huskyrennen fit.

Katie Fforde

SOMMER DER LIEBE

Roman

Aus dem Englischen von
Katharina Kramp

BASTEI LÜBBE TASCHENBUCH
Band 16 819

1. Auflage: Juni 2013

Vollständige Taschenbuchausgabe

Bastei Lübbe Taschenbuch in der Bastei Lübbe GmbH & Co. KG

Deutsche Erstausgabe

Für die Originalausgabe:
Copyright © 2011 by Katie Fforde Ltd.
Titel der englischen Originalausgabe: »Summer of Love«
Originalverlag: Century, London

Für die deutschsprachige Ausgabe:
Copyright © 2013 by Bastei Lübbe GmbH & Co. KG, Köln
Titelillustration: © Demurez Cover Arts/Mark Lohman
Umschlaggestaltung: Kirstin Osenau
Satz: Urban SatzKonzept, Düsseldorf
Gesetzt aus der Goudy
Druck und Verarbeitung: GGP Media GmbH, Pößneck
Printed in Germany
ISBN 978-3-404-16819-4

Sie finden uns im Internet unter
www.luebbe.de
Bitte beachten Sie auch: www.lesejury.de

Der Preis dieses Bandes versteht sich einschließlich
der gesetzlichen Mehrwertsteuer.

Für meinen Mann, in Liebe

1

»Äh ... hallo!«

Sian ließ die Harke sinken und blickte über die Gartenmauer. Eine Frau lächelte sie an. Sie hielt eine Flasche Wein in der einen und ein Marmeladenglas voller Blumen in der anderen Hand.

»Hallo!«, erwiderte Sian.

»Ich hoffe, Sie halten mich jetzt nicht für entsetzlich neugierig, aber ich habe den Umzugswagen gestern in der Auffahrt gesehen und dachte, ich komme schnell mal vorbei und heiße Sie im Dorf willkommen. Ich bin Fiona Matcham. Ich lebe in dem Haus dahinten.« Sie deutete mit der Weinflasche vage über die Straße.

»Oh«, sagte Sian. »Möchten Sie reinkommen?« Sie nahm an, dass ihre Besucherin das große Haus meinte, ein wundervolles Gebäude, von dem ihre Mutter geschwärmt hatte, als sie hier gewesen war, um Sian beim Einzug zu helfen.

»Ich möchte Sie nicht von der Arbeit abhalten, aber ich könnte Ihnen dabei zusehen.«

Sian lachte und wischte sich die Hände an ihren Shorts ab. Es war ihr gelungen, alle Erdbeerpflanzen in die Erde zu setzen, die ihre Mutter ihr geschenkt hatte. »Nein, nein, ich wollte sowieso gerade aufhören. Ich bin Sian Bishop.«

»Hallo Sian.« Fiona winkte ihr mit dem Marmeladenglas. »Hier, nehmen Sie die.« Sie reichte Sian die Flasche und die Blumen über die Mauer und ging dann zum Tor, durch das sie hereinkam. »Sie haben einen Jungen! Wie schön! Ich liebe Jungs.«

Rory, der mit seinem kleinen Spaten in der Erde grub, die seine Mutter für ihn aufgelockert hatte, blickte auf und starrte Fiona unter seinem blonden Pony hervor an.

»Du arbeitest ja ganz schön schwer. Willst du da etwas pflanzen?« Fiona Matcham sprach Rory an und holte aus der Tasche ihrer offenen Leinenjacke ein Glas Marmelade.

»Ja«, erklärte Rory ernst.

»Wir möchten gern unser eigenes Gemüse anpflanzen, jetzt, da wir auf dem Land leben«, sagte Sian. »Rory hat diesen Streifen da, und ich habe einen breiteren hinten im Garten. Wir haben Erdbeeren gesetzt. Salat säen wir später noch aus. Rory, möchtest du jetzt Pause machen und etwas trinken? Oder weiterarbeiten, während ich Tee koche?«

»Weiterarbeiten, während du Tee kochst«, antwortete Rory, wandte ihnen wieder den Rücken zu und ignorierte sie beide.

Sian wusste, dass ihr Sohn schüchtern war und vielleicht später zu ihnen stoßen würde – wahrscheinlich, wenn ihm klar wurde, dass die Dose mit den Schokoladenplätzchen, die seine Großmutter dagelassen hatte, gleich auf dem Tisch stehen würde. »Möchten Sie denn eine Tasse Tee?«, fragte Sian ihren Gast. »Ich bin davon ausgegangen, dass ...«

»Ja, Tee wäre schön. Wenn es Ihnen nichts ausmacht.«

Sian hatte bereits beschlossen, dass diese Frau, die ungefähr Mitte fünfzig sein musste, nicht zu den Menschen gehörte, die ein etwas chaotisches Haus kritisch beäugten. Die Blumen waren kunstvoll arrangiert und originell – ein unkonventioneller Strauß, der zweifellos aus Fiona Matchams eigenem Garten stammte. Sian mochte Fiona jetzt schon.

Sie führte ihre Besucherin ins Haus. Es wirkte dunkel nach dem hellen Juni-Sonnenschein draußen und roch feucht. Aber die Miete war wirklich erschwinglich, wie Siams Mutter betont hatte. Es gab einen großen Garten, und die Vermieterin, die in Frankreich lebte, war mit allen nötigen Renovierungen einverstanden, sofern sie nicht zu extravagant waren. Sian stellte die Blumen auf den Tisch, und sofort wirkte alles hübscher.

»Entschuldigen Sie die Unordnung«, sagte sie und hob eine halb ausgepackte Kiste mit Geschirr von einem Stuhl. »Ich konnte bei diesem schönen Wetter einfach nicht im Haus bleiben. Setzen Sie sich doch! Und vielen Dank für die Blumen. Jetzt sieht es hier gleich irgendwie gemütlicher aus.«

Fiona stellte das Glas Marmelade mit einem »Für Sie« an die Seite, zog einen leeren Stuhl heran und setzte sich an den Tisch. »Da der Sommer ja vielleicht nicht mehr schöner wird, wäre es auch wirklich schade, den Sonnenschein mit Auspacken zu verschwenden.« Sie zögerte. »Ich habe für die Blumen extra ein Glas mitgebracht, damit Sie nicht nach einem Gefäß suchen müssen, in das Sie sie stellen können. Nichts ist nerviger als Leute, die Blumen mitbringen, wenn sie zum Essen eingeladen sind, und einen so von den Unterhaltungen mit den Gästen, dem Kochen und dem Getränkeanbieten abhalten, weil man erst eine Vase dafür suchen muss. Ich habe keinen Mann mehr«, fügte sie hinzu, »deshalb muss ich mich um alles allein kümmern.«

»Ich bin auch alleinerziehend, ich kenne das.« Es war nicht wirklich ein Test, doch Sian hatte in den mehr als viereinhalb Jahren seit Rorys Geburt gemerkt, dass die Leute, die bei dieser Eröffnung ein bisschen zurückzuckten, eher nicht ihre Freunde wurden.

»Das war ich auch. Der Vater meiner Söhne starb, als sie noch sehr jung waren. Das war schwer.«

Sian lächelte Fiona in dem dämmrigen Licht des kombinierten Flur-Esszimmers an. Sie hatte das Gefühl, bereits eine neue Freundin gefunden zu haben.

»Ich setze Wasser auf. Was für einen Tee hätten Sie gern?«

»Ich kann nicht glauben, dass Sie so organisiert sind, dass ich schon die Wahl habe«, erwiderte Fiona, die auf dem Stuhl saß, als würde sie, wenn nötig, sofort aufspringen und helfen.

Sian lächelte. »Meine Mutter war für ein paar Tage hier. Ich trinke gern Frühstückstee, sie Earl Grey. Das sind die Sorten, die ich habe, wenn Sie keinen Kräutertee möchten.«

»Frühstückstee ist gut.«

»Ich habe auch ein paar Plätzchen. Meine Mutter hat mir eine große Dose mitgebracht. Ich bin sofort zurück«, erklärte Sian und verschwand in der Küche.

»Ich denke, Luella sollte die Wand rausreißen und dieses Zimmer in eine große Küche mit Essbereich verwandeln!«, rief Fiona. »Warum schlagen Sie ihr das nicht vor?«

»Meinen Sie Mrs. Halpers? Sie war sehr entgegenkommend und meinte, dass ich etwas verändern kann, solange ich es nicht übertreibe. Aber ich glaube, das Rausreißen einer tragenden Wand hält sie vielleicht für übertrieben«, gab Sian zurück.

Sie war nicht länger allein in der kleinen Küche. Ihre Besucherin, die offenbar nicht gern herumsaß und sich bedienen ließ, war zu ihr gestoßen.

»Jetzt sehen Sie sich doch nur an, wie feucht der Boden ist!«, rief Fiona. »Das ist ja furchtbar. Obwohl es vielleicht nur das Abflussrohr ist, das mal gereinigt werden muss. Soll ich vielleicht jemanden vorbeischicken, der sich die Sache mal ansieht?«

»Wenn es nur das Abflussrohr ist, dann kann ich das vermutlich allein«, sagte Sian. »Wenn nicht, wäre ich froh, wenn Sie mir jemanden nennen könnten, der verlässlich ist.« Sian war gern so unabhängig wie möglich, aber sie wusste, dass es Dinge gab, mit denen sie nicht fertig wurde. Seit dem Umzug wohnte ihr Dad nicht mehr um die Ecke. Er konnte also solche Sachen nicht länger für sie erledigen.

»Sie müssen es nur sagen. Ich lebe schon so lange hier – seit Noah und seine Frau sich ineinander verliebten –, ich kenne hier fast jeden. Oh, hallo Rory«, sagte sie, als er im Türrahmen erschien.

»Könntest du die Plätzchen nehmen?« Sian reichte ihrem Sohn die Dose. »Warum bringst du sie nicht nach hinten in den Garten.« Sie wandte sich an Fiona. »Da stehen ein Tisch und Stühle. Ich brühe den Tee auf.«

»Gute Idee. Rory und ich gehen schon mal und bereiten alles vor und unterhalten uns. Mein Name ist Fiona«, sagte sie zu dem Jungen.

»Soll er Sie nicht lieber Mrs. Matcham nennen?«, erkundigte sich Sian.

»Nein, nein«, erklärte ihr Gast streng. »Fiona ist viel besser.« Sie lächelte, vermutlich, um nicht so streng zu klingen.

»Würde es Ihnen etwas ausmachen, die Milch mit rauszunehmen?«, bat Sian.

»Gießen Sie den Tee doch einfach gleich hier in die Becher, ja? Dann brauche ich auch nicht förmlich zu sein, wenn Sie mich mit Rory besuchen kommen. Förmlichkeit liegt mir nämlich nicht.«

Sian lächelte und hängte Teebeutel in die Becher. Sie konnte sich genau vorstellen, wie begeistert ihre Mutter sein würde, wenn sie von Fiona hörte. Sie würde sie als eine weise ältere Freundin und eine potenzielle Babysitterin sehen, ganz zu schweigen davon, dass Fiona in einem wunderschönen Haus lebte und deshalb vielleicht auch noch eine Kundin ihrer Tochter sein würde. Richard würde sich auch freuen. Da er der Grund dafür war, dass Sian in gerade dieses Dorf gezogen war, und er Rory und sie unter seine Fittiche genommen hatte, würde er froh sein, dass die Nachbarn sie hier freundlich aufnahmen.

Fiona Matcham und Rory standen ganz hinten im Garten, als Sian die Teebecher hinaustrug. Sian setzte sich auf einen der Stühle, trank ihren Tee und beobachtete die beiden. Sie war erleichtert zu sehen, dass Rory seine Schüchternheit abgelegt hatte und Fiona gegenüber aufgeschlossen war. Sian hatte sich ein bisschen Sorgen gemacht, weil sie mit dem Kleinen aus der großen Stadt, die er kannte, aufs Land gezogen war, obwohl es ein großes Dorf war, wie Richard betont hatte, und kein abgelegener Ort im Nirgendwo. Es gab hier eine Schule, einen Pub, eine Kirche und zwei Geschäfte. In einem von ihnen war auch die Poststelle untergebracht. »Was ihn schon zu einer belebten Metropole macht«, hatte Sians Vater trocken bemerkt. Im Gegensatz zu seiner Frau war er ziemlich erbost darüber, dass Sian mit seinem einzigen Enkelkind weggezogen war, obwohl beide Eltern ihre Gründe für den Umzug akzeptierten.

»Es gibt Tee!«, rief Sian nun. »Und Plätzchen!«

Rory drehte sich um und rannte über das, was eines Tages ein Rasen sein würde. Wenn wir so lange bleiben können, dachte Sian sehnsüchtig, und unsere Vermieterin nichts dagegen hat.

Fiona folgte dem Jungen. »Ob Sie wohl vielleicht etwas von diesem wunderbaren Wiesenkerbel entbehren könnten?«, fragte sie, als sie den Tisch erreichte. »Ich bin morgen dran mit dem Blumendienst in der Kirche, und ein großer Strauß davon würde umwerfend aussehen!«

»Aber natürlich. Nehmen Sie sich, so viel Sie wollen.«

»Danke. Sie könnten mitkommen und mir helfen, die Kirche zu schmücken, wenn Sie Lust haben. Die Frau, die mich unterstützen sollte, ist verreist, also bin ich ganz allein. Rory könnte auch mithelfen.« Sie zögerte. »Aber natürlich nur, wenn Sie nichts anderes vorhaben oder gegen Blumenschmuck in der Kirche sind.«

Sian lachte. »Nein, ich helfe Ihnen sehr gern. Ich gehe eigentlich nicht in die Kirche ...«

»Schon gut, helfen Sie mir einfach mit den Blumen!« Fiona nahm ihren Becher und trank daraus. »Ihre Belohnung wird sein, dass ich Sie einigen der jungen Mütter vorstelle. Ich kenne mindestens drei ganz gut. Wird Rory hier zur Vorschule gehen?«

Sian nickte. »Im September. Er hat letztes Jahr in London schon eine besucht, aber es war eine Katastrophe. Weil er im Sommer Geburtstag hat, war er erst gerade vier, und es war eine so große Schule. Und seine Lehrerin war auch nicht sehr nett.«

»Wie schrecklich! Ich kann mir nichts Schlimmeres vorstellen. Der arme Rory! Und Sie Arme.«

Sian lächelte. »Ich bin froh, dass Sie mich nicht für eine schrecklich überbehütende Mutter halten. Die Schulen waren einer der Gründe, warum ich aus London wegwollte. Ich habe Rory zu Hause unterrichtet, als ich es endlich aufgegeben hatte, ihn zu zwingen, dorthin zu gehen, aber hier werden wir es noch mal versuchen.«

»Unsere Schule ist großartig. Ich habe dort jahrelang mitgearbeitet. Ich bin sicher, dass er gut zurechtkommen wird.«

»Das bin ich auch. Und was die Kinder in London nach der Vorschule erwartet, ist noch beängstigender. Die Grundschulen sind einfach furchtbar.«

Fiona nickte. »Und Sie wollten ihn vermutlich nicht in ein Internat geben? Denken Sie am besten gar nicht daran. Ich habe meine Jungs auf eins geschickt – es wurde von mir erwartet –, und es hat mir fast das Herz gebrochen.« Sie runzelte die Stirn. »Obwohl es mir vielleicht nichts ausgemacht hätte, wenn mein erster Mann damals nicht gerade gestorben wäre.« Fiona trank noch etwas Tee. »Und was waren die anderen Gründe für Ihren Umzug?«

Sian zögerte nur einen Moment. Normalerweise redete sie mit Fremden nicht so gern über ihr Privatleben, aber bei Fiona fiel es ihr leicht. »Es gab viele. Das Landleben – ich wollte Gemüse anbauen und unabhängiger sein. Ein Freund schlug vor, dass wir hierherkommen könnten, und suchte mir ein Haus. Seine Schwester – die Rory gut kennt und mag – wird bald eine Spielgruppe gründen. Das bedeutet, dass ich während der Sommerferien arbeiten kann, was wirklich wichtig für mich ist.« Sie zögerte. »Und außerdem konnte ich ja nicht ewig Tür an Tür mit meinen Eltern wohnen, obwohl sie sehr oft auf Rory aufgepasst haben.«

»Nein?« Fiona sah sie nachdenklich an. »Einer meiner Söhne zieht bald wieder zu mir.«

»Oh, nein, das wird bestimmt gut klappen!«, versicherte Sian ihr hastig, obwohl sie keine Ahnung hatte, welches Verhältnis Fiona zu ihren Söhnen hatte. »Ich meine, London war einfach der falsche Ort für mich. Ich konnte nicht weiter dort leben, nur um in der Nähe meiner Eltern zu sein. Es wäre nicht fair von mir gewesen zu erwarten, dass sie alles stehen und liegen lassen, wenn ich mal viel arbeiten muss. Sie haben schließlich ihr eigenes Leben.«

»Und wie haben ihre Eltern die Nachricht von Ihrem Umzug aufgenommen?«

»Sie waren natürlich ein bisschen unglücklich, aber als Richard – das ist der Freund – dieses Haus für mich entdeckt hatte, fanden sie es in Ordnung.« Sian zählte die Vorteile ihres neuen Zuhauses an den Fingern ab. »Es liegt in einem Dorf, also werde ich nicht einsam sein. Es gibt eine gute Schule, die zu Fuß erreichbar ist. Mit dem Zug kann man London in weniger als einer Stunde erreichen, und der Bahnhof ist nicht weit entfernt. Das Haus hat einen riesigen Garten, in dem ich Gemüse anbauen kann, und die Miete ist nicht zu hoch.«

»Weil die Küche klein und feucht ist«, sagte Fiona.

Sian lachte. »Damit kann ich leben oder es sogar ändern.«

Fiona stimmte in das Lachen ein. »Luella ist vielleicht nicht die aufmerksamste Vermieterin, aber sie ist sehr nett.«

»So klang sie am Telefon auch, als wir das alles besprochen haben.«

»Sie braucht das Geld eigentlich nicht, das sie durch die Vermietung bekommt, und sie wird das Haus vermutlich irgendwann verkaufen, doch sie wollte gern noch einen Rückzugsort in England haben, solange sie in Frankreich ist.«

»Ich habe einen dreimonatigen Mietvertrag, der wahrscheinlich verlängert wird«, sagte Sian, der plötzlich kalt wurde bei dem Gedanken, dass sie ihr Häuschen vielleicht wieder verlassen musste, wenn es verkauft wurde. Es mochte feucht sein, aber es war für Rory und sie perfekt.

»Und ich bin sicher, dass Sie noch viel länger bleiben können, wenn Sie das wollen«, erklärte Fiona, die bemerkte, dass Sian sich jetzt Sorgen machte. »In ihrer letzten E-Mail schrieb sie, sie habe nicht vor, in ein Land zurückzukehren, wo man Tee statt Wein trinkt. Ich habe sie vermisst, als sie nach Frankreich ging. Sie war meine beste Freundin hier.« Fiona nahm sich einen Schokoladenfinger. »Ich liebe diese Dinger. Sie sind einfach unvergleichlich, nicht wahr?«

Sian stimmte ihr zu. »Möchten Sie noch einen? Sonst würde ich die Dose vielleicht lieber reinbringen, damit die Plätzchen nicht schmelzen. Rory? Du auch noch einen?«

Der Junge nahm sich einen weiteren Keks, lehnte sich dann gegen Sians Stuhl und spielte gedankenverloren mit einem Spielzeuglaster, den er unter dem Tisch gefunden hatte. Dass seine Mutter mit der Dose ins Haus ging, schien er gar nicht zu bemerken.

»Und was genau wollen Sie hier machen?«, erkundigte sich Fiona, als Sian mit einem feuchten Tuch für Rorys Gesicht zurückkam. »Oder wissen Sie das noch nicht genau?«

»Doch. Zum einen möchte ich mich dem Garten widmen. Ich habe noch nie Gemüse angebaut, aber ich sehne mich danach, es zu versuchen. Zuerst werden es schnell wachsende Pflanzen sein und später dann Kartoffeln und verschiedene Gemüsesorten. Dann brauche ich Räume, um darin zu arbeiten. Ich hoffe, ich kann irgendwo etwas anmieten.« Sian erwähnte nicht die Möglichkeit, dass sie vielleicht mit Richard zusammenziehen würde. Sie war sich noch gar nicht sicher, ob sie es wollte, obwohl die Vorstellung manchmal verlockend war. Er war ein sehr lieber Freund und definitiv ein »guter Fang«, wie ihr Vater es ausgedrückt hätte.

»Was ist das denn für eine Arbeit? Ich meine, brauchen Sie dafür eher einen Flugzeughangar oder eine Dachkammer?«

»Irgendetwas dazwischen, aber eher einen Hangar als eine Dachkammer. Ich bemale Möbel, gestalte Sie nach Kundenwünschen.«

»Oh?«

»Wenn Sie das wirklich interessiert, dann hole ich Ihnen ein paar Bilder.«

»Ja, bitte! Ich würde mich sehr freuen. Rory, würdest du mir auch noch das andere Ende des Gartens zeigen, während deine Mutter die Bilder raussucht? Da scheint ein kleines Haus zu sein.«

»Also gut«, sagte Rory nach einem Moment des Nachdenkens. Er stand auf, und die beiden zogen los.

Sian fand die Alben schnell, ging wieder nach draußen und sah sich die Fotos allein an. Fiona und Rory waren noch damit beschäftigt, die Überreste eines Sommerhauses ganz hinten im Garten zu untersuchen. Sian hatte bisher keine Zeit gehabt, es selbst zu inspizieren. Sie freute sich, so schnell jemanden kennengelernt zu haben – sie hatte sich ein bisschen Sorgen gemacht, dass sie und Rory zu sehr aufeinander oder auf Richard angewiesen sein würden, weil sie sonst niemanden hatten, mit dem sie reden konnten. In der Spielgruppe, für die Rory angemeldet war, würde sie vielleicht andere Mütter kennenlernen, aber vielleicht auch nicht. Und Fiona kam offensichtlich gut mit dem Jungen zurecht, sie war freundlich zu ihm, ohne herablassend zu sein. Sian seufzte. Richard bereitete ihr ein bisschen Sorgen. Sie mochte ihn sehr, aber sie liebte ihn nicht, jedenfalls nicht so wie er sie, und obwohl er das wusste und akzeptierte, hoffte er offensichtlich, dass sie in ihm irgendwann mehr sehen würde als nur einen Freund. Sian hegte diese Hoffnung irgendwie auch. Richard war in so vielerlei Hinsicht perfekt. Aber sie konnte keinen Mann heiraten, den sie nicht liebte, nicht einmal, wenn er ihr die finanzielle Sicherheit bieten konnte, nach der sie sich sehnte.

Rory kam zurückgerannt, als er seine Mutter entdeckte, und Fiona folgte ihm ein bisschen langsamer. »Das ist meine!«, rief er und deutete auf ein Foto, das eine Kommode zeigte, die mit Drachen, Burgen und einem Meerpanaroma bemalt war.

Fiona betrachtete das Foto. »Sie ist bezaubernd! Was für wunderschöne Motive! Woher hatten Sie die Idee?«

»Na ja, damals war Rory ganz wild auf Drachen – das ist er bis zu einem gewissen Grad immer noch. Meine Mutter ersteigerte diese Kommode auf einer Auktion für ganz kleines Geld – sie liebt Auktionen –, und da das Möbelstück wieder hergerichtet werden musste, beschloss ich, es nicht nur abzuschleifen und zu lackieren.« Sian kicherte. »Ich habe Kunst studiert und wollte meinen Lebensunterhalt mit etwas verdienen, das mit meiner Ausbildung zu tun hat. Doch in London war mir das von zu Hause aus nicht möglich. Hier könnte es perfekt funktionieren. Ich möchte es demnächst professionell betreiben.«

Fiona blätterte die Seiten des Albums durch. »Aber das sind nicht alles ihre ... ihre Möbel, meine ich?«

»Nein, nein. Als meine Freundinnen die Kommode sahen, baten sie mich, auch etwas für sie oder ihre Kinder zu bemalen. Jetzt habe ich eine Website und all das, doch ich brauche einen Ort, an dem ich genug Platz habe, um größere Möbelstücke zu restaurieren.«

»Und was für einen Ort suchen Sie genau?«

»Wüssten Sie vielleicht einen? Ich brauche eine Scheune oder so etwas. Ein Teil der Farben stinkt sehr, deshalb müsste der Raum sehr luftig sein.«

»Ich kenne vielleicht wirklich einen geeigneten Ort – meine eigene Scheune, um genau zu sein –, aber sie ist vollgestellt mit meinen Sachen.«

»Nun, wenn Sie sie wirklich vermieten wollen, dann könnte ich Ihnen helfen, die Scheune auszuräumen.«

»Das könnte sich lohnen, auch ohne von Ihnen Miete zu verlangen. Ich habe es schon seit Jahren vor, doch ich konnte mich bisher nie dazu durchringen.«

»Mir macht so etwas Spaß.«

»Ich schätze, mir könnte es auch gefallen, wenn ich dann nicht ständig Entscheidungen treffen müsste, was mit den alten Sachen passieren soll. Aber wenn Sie mir dabei helfen, dann würde ich mich sehr freuen.«

Fiona wirkte ein bisschen zögernd. Sian wollte nicht, dass sie ihre Meinung über die Scheune noch einmal änderte, deshalb nickte sie überschwänglich. »Sehr gern. Abgesehen davon, dass es mir Spaß machen wird, könnte ich Ihnen vielleicht einige Sachen abkaufen, um sie zu bemalen. Es kommt mir wie Verschwendung vor, neue Möbel zu kaufen, wenn es so viele intakte Stücke gibt, die einfach nur verschönert werden müssen.«

»Da haben Sie sicher recht.« Fiona legte ihre Hand kurz auf Sians und stand auf. »Ich sollte jetzt gehen. Meinten Sie das denn wirklich ernst, dass Sie mir bei den Blumen helfen würden?«

»Ja, natürlich.«

»Dann komme ich morgen gegen zwei Uhr vorbei, und wir pflücken den Wiesenkerbel und arrangieren ihn. Passt Ihnen das? Oder hält Rory um diese Uhrzeit seinen Mittagsschlaf?«

»Ich schlafe mittags nicht mehr«, erklärte er. »Ich bin zu alt dafür.«

»Ich schlafe ständig, und ich bin viel älter als du«, erwiderte Fiona schmunzelnd. »Aber wir wollen uns nicht darüber streiten. Dann bis morgen?«

Nachdem Sian ihren Gast zum Tor begleitet und sich noch einmal für die Begrüßungsgeschenke bedankt hatte, rief sie ihre Mutter an, die sich freuen würde zu hören, dass Sian bereits eine Freundin gefunden hatte. Sian war selbst sehr glücklich darüber.

»Es ist Fona«, verkündete Rory am folgenden Nachmittag und blickte durch eines der kleinen Frontfenster auf die Person vor der Haustür.

»Oh, gut.« Sian ging zur Tür und öffnete sie. »Hallo! Kommen Sie doch in den Garten, dann fangen wir an zu pflücken!«

Fiona trug einen Eimer, in dem sich eine Gartenschere befand und etwas, das wie eine alte Gardine aussah. »Guten Tag. Hallo Rory! Wirst du uns helfen, mit den Blumen die Kirche zu schmücken? Es sind Spielsachen dort, falls dir langweilig wird.«

Die beiden Frauen schnitten Büschel voller Wiesenkerbel und füllten Fionas Eimer und einen weiteren, den sie in einem Schuppen fanden. Dann machten sie sich auf den Weg zur Kirche.

»Kann ich den Eimer tragen?«, fragte Rory, der gern helfen wollte. Er war ein bisschen enttäuscht gewesen, weil er nicht beim Schneiden des Wiesenkerbels hatte helfen dürfen, aber Fiona hatte ihm erklärt, dass eine Gartenschere zu gefährlich sei und nur von Erwachsenen benutzt werden dürfe. Rory hatte den beiden Frauen zusehen müssen, und ihm war langweilig geworden.

Sian dachte darüber nach. Der Eimer war schwer, doch sie wollte vor Fiona keinen Streit mit ihrem Sohn anfangen. Rory war kein schwieriges Kind, aber er konnte sich schrecklich aufregen, wenn jemand ihm erklärte, dass er zu jung oder zu klein für eine bestimmte Aufgabe war. Außerdem hatte er schon ein bisschen geschmollt, als sie ihm nicht erlaubt hatten, die Blumen abzuschneiden. »Okay«, sagte sie leichthin und hoffte, dass er die Idee schnell wieder verwerfen würde.

»Also, eigentlich könnte ich bei meinem Eimer Hilfe gebrauchen«, meinte Fiona. »Deine Mutter kann ihren tragen, aber ich bin nicht sicher, ob ich mit meinem fertig werde. Wenn du so lieb wärst, mir beim Tragen zu helfen, dann wäre ich dir sehr dankbar.«

Geschmeichelt von der Bitte, griff Rory nach dem Henkel.

»Er ist ziemlich schwer mit dem ganzen Wiesenkerbel darin, nicht wahr?«, fuhr Fiona fort.

»Ach, Fona, er ist doch nicht schwer.«

»Für dich vielleicht nicht!«, sagte Fiona. »Aber du bist ja auch ein starker Junge.«

Sian ließ sich ein Stück zurückfallen. Es war schön, dass ihr Sohn und ihre neue Freundin sich so gut verstanden. Fiona ging großartig mit ihm um. Sian hatte das Gefühl, dass Rory vielleicht ihre Eltern vermisste, denn er war die Gesellschaft von Erwachsenen gewohnt. Sie schloss das Haus ab und steckte dann den Schlüssel in die Tasche ihrer Jeans. Fiona und Rory fingen an zu singen, während sie über die Straße zur Kirche gingen.

Das Gotteshaus war kühl und dunkel, und Rory wirkte ein bisschen eingeschüchtert, bis Fiona ein paar Lichter anknipste und so unbeschwert redete, als wären sie an einem vertrauten Ort. Es dauerte einen Moment, bis auch Sian es aufgab zu flüstern. Und nachdem sie Rory dann die Spielsachen gezeigt hatten, zu denen eine Eisenbahn gehörte, half sie Fiona, die verwelkten Blumen aus den Vasen zu nehmen und die vertrockneten Blätter aufzusammeln, die neben die Gardine gefallen waren, die Fiona auf dem Boden ausgelegt hatte.

Ein bisschen später entfernte sie mit geschickten Händen die unteren Blätter vom Wiesenkerbel und reichte Fiona die Sträuße. Blumen zu arrangieren hatte etwas sehr Befriedigendes, vor allem in dem ruhigen Inneren eines alten Gebäudes.

Fiona trat einen Schritt zurück, um ihr Werk mit kritischem Blick zu betrachten.

»Von hier sieht es gut aus!«

»Danke! Ich hoffe sehr, dass Sie nachher noch bei mir Tee trinken«, erklärte Fiona. »Ich habe einen Kuchen gebacken, und Jody und Annabelle kommen vorbei. Annabelle ist ungefähr in Rorys Alter, und Jody wird Ihnen gefallen.«

»Das ist so freundlich. Wir würden sie gern kennenlernen, und wir lieben Kuchen. Vor allem selbst gebackenen.«

»Ich auch. Ich habe versucht, mich davon zu überzeugen, dass gekaufter Kuchen es nicht wert ist, davon dick zu werden, doch ich bin nicht sicher, ob ich es glaube«, bemerkte Fiona mit einem schiefen Grinsen.

»Sie hätten für uns aber nicht extra Kuchen backen müssen.«

Fiona lachte. »Tatsächlich möchte ich Sie um einen Gefallen bitten. Und da dachte ich, ich verwöhne Sie erst ein bisschen, bevor ich frage.«

Sian lachte ebenfalls und hoffte, sich jetzt nicht auf etwas einlassen zu müssen, mit dem sie nicht glücklich war. »Wir helfen Ihnen sehr gern, wenn wir können.«

»Sie müssen eigentlich nicht viel tun, aber es ist nichts, um das ich zum Beispiel Jody bitten könnte.« Fiona biss sich auf die Lippen und runzelte die Stirn, während sie letzte Hand an ihre Arrangements legte. »Es ist ein wenig verrückt, und ich möchte niemanden fragen, den ich gut kenne.« Sie trat von der weiß-grünen Pyramide zurück, die Sian an einen Sternenhimmel erinnerte. »Sieht das wirklich gut aus? Die Leute finden meine Arrangements immer ›ungewöhnlich‹, und ich bin nicht sicher, ob das ein Kompliment ist oder nicht. Bis jetzt hat, soweit ich weiß, noch niemand so etwas arrangiert, doch ich kann mich erinnern, dass meine Mutter mir mal davon erzählt hat, dass die berühmte Floristin Constance Spry in ihrem Geschäft in London einen riesigen Strauß Wiesenkerbel im Schaufenster stehen hatte, direkt nach dem Krieg. Das wollte ich schon immer nachmachen.«

»Ich finde, es sieht großartig aus. Einfach und schlicht.«

Nachdem Fiona mit dem Blumenschmuck zufrieden war und sie alles aufgeräumt und die Eisenbahn wieder weggestellt hatten, gingen sie zu Fionas Haus. Als sie es fast erreicht hatten, sagte Sian: »Könnten Sie mir nicht vielleicht schnell erzählen, was Sie Verrücktes vorhaben? Ich sterbe vor Neugier.«

»Na, dann will ich Sie natürlich nicht länger auf die Folter spannen, obwohl ich es Ihnen lieber mit einer braunen Papiertüte über dem Kopf sagen würde. Und kein Wort zu Jody«, bat Fiona. »Daran ist nur Ihre Vermieterin schuld. Sie hat mich auf die Idee gebracht.«

»Aber was ist es denn?«

»Internet-Dating«, antwortete Fiona. »So, jetzt ist es raus. Und da ist ja auch schon Jody.«

2

Ein orangefarbener Minivan parkte vor dem Haus. Die Tür öffnete sich, und eine junge sommersprossige Frau in Shorts und einem gestreiften Top sprang heraus. Sie war braun gebrannt, wirkte sehr durchtrainiert und erinnerte Sian an eine Tennisspielerin.

»Hi Fiona! Vielen Dank für die Einladung. Ich schnalle nur schnell Annabelle ab.« Die Frau schob die Schiebetür zur Seite und hantierte mit dem Gurt herum. Als Fiona, Sian und Rory sie erreichten, stand ein kleines Mädchen auf dem Boden und sah sie unter schwarzen Brauen finster an.

Die Kleine war barfuß, hatte lange schwarze Locken, die ihr auf den Rücken fielen, trug eine pinkfarbene Radlerhose und ein passendes T-Shirt. Sian fand, dass sie wie eine kleine Zigeunerin und sehr schön aussah.

Die Mutter des Mädchens streckte Sian die Hand hin. »Du musst Sian sein. Jody. Und diese kleine Prinzessin ist Annabelle.« Jody blickte Rory an und sagte: »Mach dir keine Sorgen, sie kommt mit Jungs besser aus als mit Mädchen. Sie hat zwei ältere Brüder, und abgesehen von ihrer Vorliebe für Pink findet sie Mädchensachen albern.«

Rory schaute lächelnd zu Jody auf. Ihre Wärme und entspannte Haltung ließen ihn erst gar nicht fremdeln.

»Fiona hat eine Eisenbahn«, erklärte Annabelle, offenbar stolz auf ihren Wissensvorsprung.

»Warum geht ihr zwei nicht und spielt damit?«, schlug Fiona vor. »Das Hoftor ist offen, ihr könnt reingehen.«

Annabelle marschierte selbstbewusst voran, und Rory folgte ihr willig.

»Sie wird mal eine Herzensbrecherin«, erklärte Fiona, während die Frauen den Kindern etwas langsamer folgten.

»Sag das nicht!«, rief Jody. »Sie macht schon genug Ärger, wenn die Jungs mal Übernachtungsgäste haben. Annabelle belästigt die Freunde ihrer Brüder auf sehr peinliche Weise.« Jody sah Sian entschuldigend an. »Du musst es mir sagen, wenn sie Rory zu viel wird. Und du musst unbedingt bald mal vorbeikommen. Wir leben im Chaos, aber wir haben ein großes Haus, also scheinen wir die zentrale Übernachtungsstelle zu sein.«

Sian lächelte. Sie war Fiona sehr dankbar, weil sie sie mit dieser netten jungen Frau bekannt gemacht hatte. »Das klingt himmlisch. Wir leben in einem eher kleinen Haus, doch es steht für die eine oder andere Übernachtung immer offen.«

Als sie den beiden anderen Frauen durch das große Tor in den Hof folgte, an den eine Scheune mit geöffneten großen Türen grenzte, dachte Sian über Fionas Geständnis nach.

Fiona war offensichtlich eine wichtige Säule der Dorfgemeinschaft. Sie war wahrscheinlich im Vorstand des Müttervereins und kümmerte sich unter anderem um den Blumenschmuck der Kirche. Die Vorstellung, dass sie sich einen Partner über das Internet suchte, war verrückt! Aber lustig und definitiv spannend.

Inzwischen hatten sie das Haus betreten. Die Küche war riesig, mit einem sehr breiten Herd auf der einen und einem Tisch auf der anderen Seite. Eine Kochinsel und verschiedene Schränke, eine Anrichte und ein Tischchen füllten den Rest des Raumes aus. Auf einem langen Regal über dem Fenster, von dem aus man in den hübschen Garten sah, standen riesige bunte Majolika-Teller und -krüge. Das alles war entweder von einem Experten entworfen worden oder ein wundervoller »Unfall«, aber das Ergebnis war bezaubernd.

»Das ist wunderschön!«, sagte Sian. »Was für ein perfekter Raum!«

»Gefällt er Ihnen? Ich finde manchmal, dass alles ein bisschen zusammengewürfelt ist, doch bei dem Gedanken, hier etwas ausmisten zu müssen, fühle ich mich ganz schwach. Und jetzt setzt euch, ihr beiden, ich koche uns Tee.«

Jody und Sian hatten es sich bereits am Tisch gemütlich gemacht, als Annabelle und Rory hereinkamen. Die Kleine wollte gerade nach etwas zu trinken fragen, als sie den Blick ihrer Mutter auffing und die Bitte heruntergeschluckte.

»Habt ihr Durst?«, fragte Fiona, die den Wunsch des Mädchens offensichtlich erraten hatte. »Mögt ihr Apfelsaft? Annabelle, könntest du Rory zeigen, wie man die Eismaschine bedient?«

»Was für ein toller Kühlschrank!«, rief Sian, die zusah, wie Annabelle und Rory zwei Gläser mit Eis füllten.

»Eigentlich ist es albern, weil ich die meiste Zeit ja ganz allein bin. Meine Söhne haben ihn mir mal zu Weihnachten geschenkt, damit ich immer genug Eis für meinen Gin Tonic habe. Nicht, dass ich oft einen trinke, aber ich mag ihn nur mit ganz viel Eis.«

»Ich finde, das ist ein tolles Geschenk. Viel besser als ein neues Bügeleisen oder so«, meinte Jody, nachdem Fiona den Kindern Apfelsaft eingeschenkt und einen Strohhalm in die Gläser gesteckt hatte.

»Ja, es sind gute Jungs. Einer von Ihnen war ewig weg und kommt jetzt wieder her, um ein Buch zu schreiben. Der andere lebt in Kanada.« Fiona öffnete einen Schrank und holte eine große Dose heraus. »Zumindest hat Angus vor, dieses Buchprojekt in Angriff zu nehmen. Ich kann mir eigentlich nicht vorstellen, dass er es schafft. Er war immer ein Mann der Tat, ganz zu schweigen von seiner leichten Legasthenie.«

»Und warum dann ein Buch?«, fragte Jody.

Fiona zuckte mit den Schultern, während sie einen Teller vom Geschirr-Abtropfständer nahm und die Dose öffnete. »Ich schätze, er weiß einfach nicht, was er sonst mit sich anfangen soll. Nicht, dass es einfach wäre, ein Buch zu schreiben. Und für mich wird es sehr merkwürdig sein, das Haus wieder mit jemandem zu teilen, obwohl es so riesig ist. Deshalb möchte ich auch gern die Scheune ausräumen: Ich könnte sie dann für ihn ausbauen, falls er erkennt, dass er nicht mehr mit seiner Mutter zusammenleben kann, jetzt, da er erwachsen ist. Ich bin nicht besonders ordentlich.«

»Ich bin auch kein Ordnungsfanatiker, aber ich gehe sehr gern die Sachen von anderen durch und ordne sie«, sagte Sian. »Das ist so viel einfacher, als die eigenen Sachen auszumisten.«

Jetzt, da der Schokoladenkuchen auf dem Servierteller lag und auf dem Tisch stand, wandte Fiona sich an die Kinder, die lautstark an ihren Strohhalmen zogen. »Möchtet ihr jetzt Kuchen essen oder später? Noch mehr Saft? Oder wollt ihr wieder mit der Eisenbahn spielen gehen?«

Annabelle blickte Rory an. »Können wir den Kuchen mit rausnehmen?«

»Ich denke schon. Mütter? Was meint ihr?«

»Definitiv weniger Chaos, wenn sie ihn draußen essen«, erklärte Jody, und Sian nickte zustimmend.

Annabelle und Rory liefen, jeder mit einem Stück Schokoladenkuchen in einer Papierserviette, nach draußen.

»Oh, diese himmlische Ruhe!«, seufzte Jody und ließ sich in ihren Stuhl zurücksinken.

»Ich brühe den Tee auf«, sagte Fiona.

»Dieser Kuchen ist köstlich!«, meinte Sian und sammelte die Krümel auf, die die Kinder in ihrer Aufregung hinterlassen hatten.

»Dann nehmen Sie sich bitte ein großes Stück!« Fiona reichte Sian ein Messer und drei Teller. »Ich möchte ihn nicht lange im Haus haben.«

»Wir werden uns anstrengen, um dabei zu helfen«, sagte Jody lächelnd.

Zwei Tassen Tee und ein Stück Kuchen später stand Jody auf, um zu gehen. »Das Schwimmtraining meiner Jungs ist jetzt zu Ende. Ich hole sie besser ab, schätze ich, wenn ich Annabelle loseisen kann.« Sie sah Sian an. »Sie versteht sich offenbar sehr gut mit Rory. Niemand ist weinend zurückgekommen oder hat sich darüber beklagt, dass ihm langweilig ist. Das ist großartig!«

»Das ist es. Es ist schön, dass Rory so schnell eine Freundin gefunden hat«, stimmte Sian mit echter Erleichterung zu.

»Du musst unbedingt vorbeikommen...«

Die Frauen gingen in den Hof, wo die Kinder mit einer beweglichen Holzeisenbahn spielten, die groß genug war, um darin zu sitzen. Schließlich gelang es Jody, Annabelle mit dem Versprechen herunterzulocken, dass sie noch Pommes essen gehen würden, nachdem sie die Jungs abgeholt hatten. »Sie haben immer so einen Hunger nach dem Schwimmen, und wenn ihr Blutzuckerspiegel sinkt, werden sie zu Tieren – ach was, schlimmer als Tiere...«

Sian sah Rory an und fragte sich, ob sie auch gehen sollten, als Fiona sagte: »Wenn Sie schon mal da sind, Sian, dann sehen Sie sich doch die Scheune an, und schauen Sie, ob sie Ihnen gefällt.«

Die Scheune stand voll mit Möbeln – Fiona hatte nicht

übertrieben –, und während Sian ihr an Schränken, Tischen, Kommoden und umgedrehten Stühlen vorbei folgte, wurde ihr klar, dass dies ein perfekter Ort zum Arbeiten wäre.

»Wem gehören all diese Möbel?«, fragte sie Fiona.

»Verschiedenen Leuten. Ein Großteil kann einfach entsorgt werden, aber es gibt ein paar Familienerbstücke, die die Jungs sich zuerst ansehen sollten, für den Fall, dass sie sie behalten wollen. Einiges gehört meinem Exmann – meinem zweiten Mann. Das kann alles weg. Ich muss das endlich ausmisten«, erklärte Fiona mit einem Stirnrunzeln. »Ich sollte mich nicht länger mit diesen vielen Sachen belasten.«

»Man bräuchte eigentlich eine Lebenswäscherin, die kommt und einen bei jeder übervollen Kommode davon überzeugt, dass man sich weiterentwickelt hat und all die Sachen darin nicht mehr braucht.«

Fiona lächelte. »Wie wahr!«, sagte sie.

»Ich könnte Ihnen helfen«, fuhr Sian fort. Sie wollte nicht geldgierig klingen, doch die Scheune war ein perfekter Ort, um darin zu arbeiten. »Es ist natürlich reiner Egoismus. Ich würde die Möbel vielleicht gern bemalen, und mir würde es definitiv gefallen, in der Scheune zu arbeiten.«

»Obwohl«, wandte Fiona vorsichtig ein, »Angus sie ja vielleicht als Wohnhaus für sich ausbauen will, wenn er feststellt, dass er nicht mit mir zusammenleben kann.«

Sian verdrängte das unerwartete Gefühl des Ärgers über den abwesenden Angus. Er war Fionas Sohn: Natürlich stand ihm zuerst das Nutzungsrecht für die Scheune zu. »Das wäre okay. Ich würde Ihnen trotzdem helfen«, erklärte sie großmütig.

»Wirklich? Ich habe im Haus schon viel aufgeräumt. Ich bin haufenweise Bücher durchgegangen, eigentlich eine ganze Bibliothek. Obwohl ich noch nicht mal in die Nähe des Dachbodens gekommen bin.« Fiona seufzte. »Es ist nicht so, dass ich ausziehen will, ehrlich nicht, aber es ist ein riesiges Haus, und ich lebe hier allein. Und sosehr ich den Platz auch zu schätzen weiß, habe ich doch das Gefühl, dass die Jungs vielleicht gern jetzt ein bisschen Kapital hätten und nicht erst warten möchten, bis ich den Löffel abgebe. Obwohl es Russel in Montreal sehr gut geht.«

»Oh.« Fiona wirkte so gesund und vital wie Sian selbst.

»Ich habe einen Laden gefunden, der vielleicht viele der Bücher nehmen würde. Ich bringe dem Inhaber bald eine Auswahl.«

Sian hatte etwas entdeckt. »Oh, ein Set Beistelltischchen.«

»Ich hasse Beistelltischchen-Sets!«, rief Fiona. »Ich weiß, dass sie nützlich sind, aber ich hasse sie einfach.«

»Ich könnte sie doch für Sie alle mit anderen Blumenmotiven versehen, und dann könnten Sie sie in verschiedene Räume stellen.«

Fiona lachte. »Okay. Mein Exmann wäre fuchsteufelswild bei dem Gedanken, dass die Beistelltische seiner verstorbenen Tante mit Blumen bemalt werden. Aber da er sie mir hiergelassen hat und absolut kein Interesse daran zu haben scheint, sie zurückzubekommen, ist es mir völlig egal, wie er das findet!«

Sians Fantasie arbeitete bereits auf Hochtouren. »Es dürfen natürlich nicht zu viele Blumen sein, und ich würde die Tische lackieren, bevor ich anfange. Wie wäre es mit einem blassen sandfarbenen Ton? Dadurch würden die Blumen wunderschön zur Geltung kommen.«

Fiona freute sich über die Begeisterung der jüngeren Frau für ein Set Beistelltischchen. »Bemalen Sie sie, wie es Ihnen gefällt! Wenn mir die Tische später nicht zusagen, dann gebe ich Sie meiner Freundin zum Verkaufen. Sie hat einen Laden in Fairsham. Sie wissen schon: Sie verkauft all diese Dinge, die man nicht wirklich braucht, aber die man trotzdem unbedingt haben möchte.« Fiona runzelte die Stirn. »Na ja, zugegeben, ich war selbst schon dort und habe etwas gekauft. Meine Freundin wäre übrigens ein sehr guter Kontakt für Sie. Ich muss Sie einander mal vorstellen. Ihr Name ist Margaret Tomlin. Ihr Laden heißt ›Eclectica sowieso‹. Sie sollten ihn sich mal ansehen, wenn Sie die Gelegenheit haben.« Fiona hielt inne, doch bevor Sian etwas erwidern konnte, fuhr sie fort: »Da habe ich eine Idee! Ich wollte sowieso mal wieder eine Dinnerparty veranstalten. Dazu könnte ich Margaret einladen und sie Ihnen vorstellen. Ich hatte ohnehin vor, Sie richtig im Dorf willkommen zu heißen. Das wäre der perfekte Weg. Ich stürze mich sofort in die Arbeit.«

»Ein Laden, der meine Sachen verkauft, wäre toll«, sagte Sian vorsichtig, die nicht davon überzeugt war, ob ihr die Idee mit der Dinnerparty gefiel. War sie schon bereit, voll in das Dorfleben integriert zu werden? Sian zog zwanglose Treffen vor; sie hatte sich darüber gefreut, Jody kennenzulernen. Sie kletterte über einen Stuhl und schaute sich in einer Ecke der Scheune um. »Sehen Sie sich diesen Schrank an – perfekt für ein Kinderzimmer! Ich kann ihn mir schon vorstellen, mit Efeu bemalt, das sich daran emporrankt, und einer Reihe alter Babyspielsachen obendrauf.

»Das klingt schön«, meinte Fiona und blickte mit neuem Interesse auf den Schrank. »Vielleicht würde ich den gern behalten. Er gehörte meiner Tante.«

»Wie kommt es, dass man Ihnen so viele Möbel hinterlassen hat?«

»Ganz einfach«, meinte Fiona. »Immer wenn jemand starb oder die Leute nicht wussten, was sie mit einem Möbelstück anfangen sollten, sagten sie: ›Fiona lebt in einem großen Haus, sie hebt es für uns auf.‹ Aber niemand hat jemals wieder etwas abgeholt.«

»Ganz offensichtlich nicht«, erwiderte Sian und blickte auf die ungeheure Menge zusammengewürfelter Stücke, die die Scheune vom Boden bis zur Decke füllten. »Und jetzt stillen Sie bitte endlich meine Neugier und erzählen Sie mir von dieser Sache mit dem Internet-Dating.«

»Das ist alles Luellas Schuld!«, erklärte Fiona. »Sie hat mich auf einer Webseite angemeldet, wo man seine Freunde vorstellt. Natürlich hat sie mich um Erlaubnis gefragt, aber erst, nachdem sie alles in die Wege geleitet hatte.« Fiona schüttelte leicht den Kopf. »Ich glaube, was letztlich den Ausschlag gab, war, dass sie ein wirklich vorteilhaftes Foto von mir verwendet hat, das bei einem Besuch bei ihr aufgenommen wurde. Darauf lache ich und spiele mit ihrem Hund. Für eine reife Frau sehe ich darauf sehr gut aus. Als ich es sah, dachte ich: Warum nicht?«

Sian zögerte. »Ich würde Sie nicht als ›reif‹ bezeichnen. Ich meine – damit will ich natürlich nicht sagen, dass ich Sie für unreif halte. Sie sind eher wie meine Mutter: Sie tragen Jeans und flippigen Schmuck, und Sie sind lustig. ›Reif‹ klingt irgendwie ... na ja, alt.«

»Lachen Sie nicht, aber ich fühle mich oft erst wie achtzehn.« Fiona runzelte die Stirn. »Und Gott weiß, was Angus dazu sagen würde, dass ich mich mit Männern treffe, die ich nur aus dem Internet kenne.«

»Ganz bestimmt ist alles, was Sie glücklich macht, für ihn in Ordnung und ...«

»Ja, doch meine Jungs trauen meinem Geschmack, was Männer angeht, nicht. Wie hatten alle eine furchtbare Zeit, als ich meinen zweiten Mann heiratete.«

»Sie wollen ja gar nicht heiraten«, widersprach Sian, »sondern sich nur gut amüsieren.«

»Das war auch Luellas Meinung«, erwiderte Fiona lächelnd, während sie Sian aus der Scheune zu einer Bank im Hof führte.

Rory spielte glücklich auf der Eisenbahn, und sie sahen ihm dabei zu.

»Und wie genau soll ich Ihnen mit dem Internet-Dating helfen?«, erkundigte sich Sian.

Fiona lachte. »Um ehrlich zu sein, tun Sie mir schon einen Gefallen, weil sie nicht vor Schreck in Ohnmacht fallen.«

»Aber das ist doch heutzutage nichts Ungewöhnliches mehr«, gab Sian beruhigend zurück (nicht, dass eine einzige Person aus ihrem Bekanntenkreis das schon mal gemacht hätte). »Also, was genau ist meine Aufgabe?«

»Es geht um meine Sicherheit. Ich habe eine Verabredung, und jemand muss wissen, wo ich hingehe, mit wem ich zusammen bin und wann ich zurück sein sollte, so etwas.«

Obwohl sie sich erst am Tag zuvor kennengelernt hatten, war Sian überzeugt davon, dass Fiona mit jeder Situation fertig wurde, egal, wie gefährlich sie war, doch sie äußerte diesen Gedanken nicht. Sie würde Fiona, die sie auf jede erdenkliche Weise herzlich empfangen hatte, sehr gern helfen. »Kein Problem. Wohin gehen Sie denn?«

»Wir gehen auf eine Antiquitätenmesse. Ich hatte erwähnt, dass ich Antiquitäten mag, und er meinte, dass eine stattfindet, und schlug mir vor, mit ihm hinzugehen. Und da es nicht zu weit entfernt ist, habe ich zugestimmt.« Fiona zögerte. »Ich kann mich gar nicht mehr erinnern, wann ich zuletzt mit einem Mann ausgegangen bin.«

»Das klingt nach der perfekten ersten Verabredung.« Sian lächelte begeistert. Es musste nervenaufreibend sein, aber es war auch aufregend. Nur eine Sekunde lang fragte sie sich, ob in ihrem Leben nicht die Aufregung fehlte. Es war erfüllt und produktiv, doch nicht wirklich prickelnd. Und hier war eine Frau im Alter ihrer Mutter, die sich traute, etwas Neues auszuprobieren. Sian fühlte sich beschämt.

»Ich hoffe es. Und es macht Ihnen nichts aus, mir während der Verabredung eine SMS zu schicken, damit ich Sie alarmieren kann, falls ich gerettet werden muss? Was natürlich nicht nötig sein wird. Ich kann einfach nach Hause gehen, wenn ich mich nicht wohlfühle. Aber es heißt, es wäre sicherer, wenn...«

»Natürlich. Doch wie groß ist die Chance, dass Sie sich auf einer Antiquitätenmesse richtig kennenlernen können?«, fragte Sian.

»Groß genug, denke ich. Aber da ist eine Sache...«
»Sprechen Sie weiter.« Etwas schien Fiona zu beunruhigen.
»Na ja, ich kenne ihn inzwischen ganz gut von der Dating-Seite und von all den E-Mails und Fotos, die wir uns geschickt haben, doch es gibt da etwas, das er mir nicht sagen würde und das man auf Fotos auch nicht erkennt...«

»Was, die sogenannte ›Chemie‹?« Sian nickte verständnisvoll. Manchmal schien es ihr, als wäre diese besondere Anziehungskraft etwas, das man vielleicht nur einmal im Leben bei einem anderen Menschen fand.

»Nein, obwohl Sie da natürlich recht haben. Was mir Sorgen bereitet, ist sehr viel banaler.« Fiona zögerte. »Mundgeruch. Ist Ihnen mal aufgefallen, dass ältere Männer dieses Problem oft haben?«

»Ehrlich gesagt, nein.« Wieder staunte Sian über Fionas Denkweise. Diese Frau war wunderbar ehrlich.

»Sie müssen wahrscheinlich nicht besonders vielen nahe kommen, aber ich schwöre Ihnen, es ist ein Problem. Und solange man in der E-Mail oder am Telefon nicht die Worte ›Mundwasser‹ oder ›Zahnseide‹ erwähnen kann, ohne zu aufdringlich zu wirken, weiß man es erst, wenn man sich einen ganzen Nachmittag lang mit jemandem Antiquitäten angesehen hat.« Sie lächelte reumütig. »Sollen wir noch eine Tasse Tee trinken?«

3

Rory ging an Sians Hand und sang vor sich hin. Sie waren beide müde und staubig, aber sie hatten bei Fiona viel Spaß gehabt. Sie hätten auch noch zum Abendessen bleiben dürfen, doch Sian fand, dass Rory jetzt ins Bett musste.

»Ich bereite uns noch schnell Rührei auf Toast zu, und dann stecke ich dich in die Badewanne«, erklärte sie ihm und fragte sich, ob sie noch die Kraft haben würde zu arbeiten, wenn er eingeschlafen war. Sie musste ein Möbelstück fertigstellen, aber wegen des Treffens mit Fiona, des Blumenarrangements, des Teetrinkens mit Jody und Annabelle und der Besichtigung der Scheune blieb ihr jetzt kaum noch Zeit dazu.

»Liest du mir was vor?«

»Okay, Schatz.« Rory in der Badewanne etwas vorzulesen hatte als Zeitsparmaßnahme angefangen, doch inzwischen genossen sie es beide. Nach dem Zähneputzen setzte Sian sich auf den Boden und lehnte sich mit dem Buch in der Hand gegen die Wanne, in der Rory herumplanschte und dabei immer müder wurde. Wenn Sian fand, dass der richtige Moment gekommen war, wickelte sie ihn in ein großes Handtuch und brachte ihn ins Bett. Dort bettelte er oft noch um eine weitere Gutenachtgeschichte, war jedoch meist eingeschlafen, bevor Sian diese zu Ende gelesen hatte.

Heute Abend redete er die ganze Zeit über Fiona, Annabelle und die tolle Holzeisenbahn. Er dachte auch über die Spielgruppe nach, die am nächsten Tag beginnen sollte.

»Emily wird doch dort sein, oder?«, fragte er und drückte einen Schwamm voller Schaum aus.

»Ja, und sie wird Helfer haben, weil so viele Kinder kommen. Du bist da nicht allein.« Sian wusch ihm das Gesicht mit einem Waschlappen.

»Sind da auch Männer?«

»Meinst du, unter den Helfern?«

Rory nickte. »Meistens sind das ja immer Frauen ...«

»Vielleicht hat Emily ein paar junge Männer engagiert, die ihr helfen, auf die Kinder aufzupassen.«

Rory seufzte. »Glaub ich nicht. Dabei mag ich Jungs gern.«

»Ich auch.« Sian zögerte. »Willst du jetzt rauskommen, Schatz? Ich muss noch ein bisschen arbeiten, und ich möchte dich gern ins Bett bringen.«

»Okay, Mummy«, sagte Rory und ging erstaunlich einsichtig ins Bett.

Sian hatte bei geöffneten Türen gearbeitet, um den Geruch in Grenzen zu halten, und verpackte gerade ihren Pinsel in Frischhaltefolie, als das Telefon schellte. Es war Richard. Ihr fiel wieder ein, dass er eigentlich heute oder morgen von einer Geschäftsreise zurückkommen müsste.

»Hey!«, sagte sie. »Bist du zu Hause?«

»Nein, ich komme morgen zurück. Ich wollte mich nur erkundigen, wie es bei dir läuft.«

»Gut! Wir haben schon fast alles ausgepackt. Mum hat mir viel geholfen, während sie hier war. Und wir haben eine wirklich nette Frau kennengelernt. Fiona Matcham. Kennst du sie? Sie lebt in dem großen Haus am Ende der Straße.«

»Ja, sie ist wirklich fabelhaft. Ich war zusammen mit ihren Söhnen im Internat, doch ich habe sie schon eine Weile nicht mehr gesehen. Es überrascht mich nicht, dass sie dich unter ihre Fittiche genommen hat. So ist sie einfach.« Er zögerte. »Und wie geht's Rory? Freut er sich auf morgen?«

»Ja. Er hofft, dass es in der Spielgruppe männliche Betreuer gibt.« Im selben Moment wünschte sie sich, sie hätte das nicht gesagt. Richard fand, dass Rory ein männliches Vorbild brauchte und dass er das sein sollte. Sian stimmte ihm da in gewisser Weise zu, aber sie war nicht sicher, ob sie Richard heiraten sollte, nur damit er dieses männliche Vorbild für Rory sein konnte. Sie seufzte und erzählte fröhlich: »Er hat ein kleines Mädchen namens Annabelle getroffen, die auch in die Spielgruppe geht. Und er freut sich darauf, Emily wiederzusehen. Hat sie viele junge Helfer, weißt du das?«

Sie redeten noch weiter über Emilys Projekt und beschlossen dann, dass Richard am nächsten Abend zum Essen kommen sollte. Er würde am Nachmittag aus London herkommen, um kurz zu Hause zu sein, bevor er wieder auf Geschäftsreise gehen musste. Als Sian ins Bett ging, dachte sie an ihn. Er brachte vielleicht kein Feuer in ihr Leben, aber er war nett und fürsorglich, und ein solcher Mann hatte sehr viel für sich. Sian hatte das natürlich nicht immer so gesehen. Einmal war sie ihrem Herzen gefolgt – und ihren Hormonen – und hatte eine kurze, leidenschaftliche Affäre gehabt, aus der Rory hervorgegangen war. Aber jetzt, fast sechs Jahre später, hatte sie das Gefühl, erwachsener zu sein. Sie sehnte sich nicht länger nach Herzklopfen und Leidenschaft, sondern nach Ruhe und Sicherheit. Ihr Kopf war definitiv sicher, dass es das war, was sie brauchte und wollte, sie wünschte nur, sie hätte ihr störrisches Herz auch davon überzeugen können. Aber sie musste praktisch denken. Es war nicht gut, sich für eine der Heldinnen der Liebesromane zu halten, die sie als Teenager verschlungen hatte. Das echte Leben war nicht so, und da sie Rorys Vater niemals wiedersehen würde, musste sie ihn einfach vergessen. Und die Liebe, die man für einen Freund empfand, konnte doch zu einer tiefen Liebe werden, oder nicht? In vielen Artikeln stand, dass Beziehungen, die auf Freundschaft basierten, am längsten hielten. Darüber hinaus hatten arrangierte Ehen angeblich länger Bestand als die, die »aus Liebe« geschlossen worden waren. Rory und sie würden gewiss ein sehr zufriedenes, sicheres Leben führen, wenn sie sich für Richard entschied, so wie er es wollte.

Deshalb brachte Sian nun die nagende kleine Stimme in ihrem Herzen zum Schweigen, die sagte: »Zufriedenheit – ist das wirklich das, was du willst?« Seufzend drehte sie sich um und schlief ein.

Am nächsten Morgen gelang es Sian, Rory dazu zu überreden, ein paar Toaststreifen mit Marmite und Ei zu essen. Er konnte schließlich nicht mit leerem Magen zu der Spielgruppe gehen. Sie selbst trank nur ein paar Schlucke Tee; mehr brachte sie nicht herunter. Offenbar war sie viel nervöser als ihr Sohn.

Als sie die Straße hinuntergingen, redete Rory, der seinen kleinen Rucksack auf dem Rücken trug, aufgeregt und schwang ihren Arm munter hin und her. Sian fand, dass das ein sehr gutes Zeichen war. Er mochte Emily, die geholfen hatte, ihn zu unterrichten, als Sian ihn aus der Vorschule genommen hatte. Dennoch hatte sie nun Bedenken: Als er das letzte Mal in einer Gruppe von Kindern war, hatte er es gehasst. Das war jedoch in einem großen, hässlichen Gebäude in London gewesen, erinnerte Sian sich selbst. Gut, dass er Annabelle schon kannte! Bei diesem Gedanken wurde Sian schuldbewusst klar, wie sehr Rory die Gesellschaft von Kindern in seinem Alter vermisst haben musste.

Sie waren schon tags zuvor an dem Gebäude, in dem die Spielgruppe stattfinden würde, vorbeigegangen, deshalb hatte Rory bereits eine Vorstellung davon. Obwohl das Haus selbst ein bisschen zweckmäßig aussah, lag es wunderschön, weit weg von der Hauptstraße, und bot den Kindern viel Platz zum Toben und Spielen.

Zu Rorys Überraschung gab es einen jungen Mann, der die älteren Kinder betreute. Rory freute sich auch, Emily zu sehen, und nach der Begrüßung und einem kurzen Blick zurück zu seiner Mutter lief er zu den anderen Kindern. Emily sah Sian an und hob eine Augenbraue, als wollte sie sagen: »Hab ich's doch gewusst! Du musst dir keine Sorgen machen.« Sian lächelte. Das alles war eine große Erleichterung für sie. Sie brauchte eine verlässliche Kinderbetreuung, in der Rory sich wirklich wohlfühlte, damit sie arbeiten konnte. Sie würde nur für die wenigen Aufträge bezahlt werden, die noch ausstanden, wenn sie es schaffte, diese rechtzeitig fertigzustellen. Zwar liebte sie diese Art des Gelderwerbs, aber es war auch eine unsichere Angelegenheit. Wenn Sian gerade nicht malte, musste sie sich um neue Aufträge bemühen. Sie hoffte, dass Fionas Freundin mit dem Laden sich als guter Kontakt erweisen würde. Aber zumindest Rory wirkte glücklich. Sian verabschiedete sich von Emily und winkte ihrem Sohn, der jetzt mit einem anderen kleinen Jungen mit einem Lastwagen spielte. Annabelle stand daneben und schien das Ganze zu überwachen.

Sian war leicht mit Farbe besprenkelt, als sie Rory ungefähr fünf Stunden später wieder abholte. Sie hatte richtig viel geschafft und nicht mal eine Mittagspause gemacht, weil sie so vertieft in ein besonders kompliziertes Design auf einem Kinderstuhl war.

Emily begrüßte sie und erzählte, dass die meisten Kinder sich draußen aufhielten.

»Es ist so schön, dass wir hier draußen so viel Platz zum Spielen haben«, sagte sie und führte Sian in den Garten. »Ich hoffe, dass ich demnächst noch mehr Geräte zum Klettern anschaffen kann, aber es ist ein guter Anfang.« Es gab ein kleines Planschbecken, einen Sandkasten und ein Klettergerüst.

»Wichtig ist nur, dass sie Platz haben, um sich zu bewegen«, erwiderte Sian. »Und davon hast du jede Menge.«

»Das ist wahr«, sagte Emily, »und heute ist das Wetter auch so gut, dass wir es genießen konnten.«

Alle Kinder – und es schienen wirklich viele zu sein – trugen Baseballkappen mit dem Schirm nach hinten, um ihren Nacken vor der Sonne zu schützen. Der männliche Betreuer spielte Kinder-Kricket mit den älteren Jungen und Mädchen.

»Das ist Phillip«, erklärte Emily. »Er ist Student. Die Kinder lieben ihn. Ich versuche gerade, ihn dazu zu überreden, Lehrer zu werden.«

Rory entdeckte seine Mutter und kam zu ihr gerannt, um sie kurz zu umarmen, dann lief er zurück zum Spiel.

»Dann muss ich wohl nicht fragen, ob er sich wohlgefühlt hat«, meinte Sian und beschloss, den Kindern noch ein bisschen länger zuzusehen.

»Nein, er ist erstaunlich. Er ist ein echter Schatz. Und er liebt Phillip.«

»Rory mag ›Jungs‹, wie er sie nennt. Er und mein Dad verstehen sich auch großartig, aber ältere Männer sind etwas anderes.«

Emily lachte. »Vielleicht solltest du dann meinen Bruder heiraten, damit Rory immer einen ›Jungen‹ hat, zu dem er aufsehen kann.« Sie lachte. »Ich mache bloß Spaß.«

Sian lächelte etwas gequält. Sie wusste, dass Emily sie gern als Schwägerin gesehen hätte. Doch obwohl Sian Richards Schwester sehr mochte, war das kein ausreichender Grund, ihn zu heiraten. »Na ja, wer weiß?«

Als Sian und Rory bei ihrem kleinen Haus ankamen, entdeckten sie ein Auto, das davor parkte.

»Wer kann das denn sein?«, fragte Sian. Hoffentlich kein Besucher, dachte sie. Sie trug noch ihre farbbesprenkelten Sachen, und Rory war müde; er schleppte sich nur noch mühsam vorwärts, und er würde sicherlich weinerlich sein.

Als sie das Tor erreichten, stieg eine topmodisch gekleidete Frau aus dem kleinen Cabrio mit Softtop. Sie trug ein Sommerkleid und eine Designer-Sonnenbrille und hatte perfekt gebräunte Beine und hübsche Sandalen. »Ich bin Melissa Lewis-Jones«, sagte sie und streckte Sian die Hand entgegen, die sie pflichtschuldig schüttelte. »Fiona Matcham hat mir erzählt, dass hier jemand eingezogen ist. Und da dachte ich, ich komme mal vorbei – wegen der guten Nachbarschaft.«

Sian hoffte, dass ihr Lächeln nicht verriet, wie unwillkommen ihr die elegante Besucherin war. Sie fühlte sich besonders schmutzig, aber sie wollte ihre potenzielle neue Freundin nicht vor den Kopf stoßen. Rory war schon durch das Tor zur Haustür gegangen und wartete darauf, reingelassen zu werden.

»Natürlich«, sagte Sian und schloss die Tür auf. »Aber Sie müssen die Unordnung entschuldigen. Ich habe bis eben gemalt, wie Sie an meiner Kleidung sehen können.« Sian verbrachte die wertvolle »Rory-freie« Zeit nicht mit Hausarbeit, weil sie die auch erledigen konnte, wenn er da war. Sie konnte sich nicht erinnern, ob die Reste vom Frühstück noch auf dem Tisch standen oder schon in das Spülbecken in der Küche gewandert waren. »Ich bin übrigens Sian. Kommen Sie doch rein!«

Die topmodisch gekleidete Frau zögerte nicht und ging direkt in Sians Wohnzimmer. »Mein Gott! Hier drin ist es aber dunkel, oder? Und es riecht furchtbar muffig! Ich wollte mir das Haus schon immer mal von innen ansehen. Mir war nicht klar, dass es in einem so schlechten Zustand ist.«

Sian, die diesen Raum trotz seiner Dunkelheit liebte, ärgerte sich. Seltsamerweise war es für sie in Ordnung, wenn Fiona das Haus feucht nannte, aber nicht, wenn Melissa Doppelname eine abwertende Bemerkung darüber machte. »Wir fühlen uns hier sehr wohl«, sagte sie abwehrend.

»Im Sommer! Doch wie wird das Haus im Winter sein? Bestimmt ein Kühlschrank. Ich schätze, Luella Halpers war einfach zu geizig, um etwas an dem Gebäude erneuern zu lassen. Sie hätte es für ein Vermögen verkaufen können.«

»Dann bin ich froh, dass sie es gelassen hat«, erklärte Sian. Da ihr klar wurde, dass ihre Besucherin es nicht eilig hatte, wieder zu gehen, beschloss sie, die höfliche Gastgeberin zu spielen. »Möchten Sie etwas trinken? Ein Glas Wasser? Saft? Es ist furchtbar warm. Ich finde es sehr angenehm, dass es hier drin so kühl ist.«

»Ich nehme Mineralwasser, wenn Sie welches haben.« Melissa folgte ihr in die Küche. »Dieser Raum hier könnte richtig schön sein, wenn man die Wand da rausnimmt und ihn offen gestaltet. Solche Häuser lassen sich gut verkaufen – wenn sie so nah bei London liegen.«

»Das Haus steht nicht zum Verkauf.« Sian stellte ein Glas Wasser auf den Tisch und goss Rory dann Saft in einen Becher, bevor sie sich selbst Leitungswasser in ein Glas füllte. »Setzen Sie sich doch!«

»Wie heißt du, Kleiner?«, fragte Melissa, und ihr aufgesetztes Lächeln verriet, dass sie Kinder nicht wirklich mochte.

»Rory«, erklärte er knapp.

»Nun, Rory, warum gehst du nicht ein bisschen in den Garten spielen? Ich möchte mich mit deiner Mutter über ein paar langweilige Sachen unterhalten.« Sie sah Sian an. »Wenn sie einverstanden ist.«

Sian wollte instinktiv widersprechen, aber vielleicht war es besser, Rory vor dieser etwas beängstigenden Frau zu bewahren. »Möchtest du etwas essen, Schatz? Du könntest es mit rausnehmen.«

»Babybel bitte«, sagte Rory und blickte ihre Besucherin zweifelnd an. Er wurde offenbar auch nicht mit Melissa warm. Er ist schon ein richtiger kleiner Menschenkenner, dachte Sian und rief sich dann selbst zur Ordnung. Sie sollte Melissa eine Chance geben.

Sian holte zwei der kleinen runden Käse und gab sie ihm. »Und möchtest du auch den Saft mit in den Garten nehmen? Dann gebe ich dir einen Strohhalm mit.«

»Nein. Ich habe schon was bei Emily getrunken.« Er nahm sich den Babybel und rannte in den Garten. Seine Müdigkeit schien verflogen zu sein.

»Man kann sich viel besser unterhalten, wenn keine kleinen Ohren einen belauschen.« Melissa setzte sich und zwinkerte ihr zu.

»Haben Sie Kinder?«, fragte Sian, die ihren Durst gestillt hatte, aber deren Laune noch nicht gestiegen war.

»Guter Gott, nein! Ich will damit natürlich nicht sagen, dass ich keine haben möchte, jedoch nicht jetzt. Und nicht ohne Unterstützung. Ich möchte mein Leben genießen, solange ich noch jung und schön bin.« Sie lachte, als hätte sie das ironisch gemeint, aber es wirkte nicht überzeugend.

Es stimmt ja auch, dachte Sian und setzte sich ebenfalls. Melissa war jung und schön. Obwohl Sian sicher war, dass sie ungefähr gleich alt sein mussten, wirkte Melissa besonders jugendlich. Vielleicht lag es daran, dass sie offenbar nicht viel Verantwortung zu tragen hatte.

»Und, was hat Sie in diese Gegend verschlagen?«, erkundigte sich Melissa und riss sie aus ihren Gedanken.

Sian hatte Fiona bereits die meisten Gründe für ihren Umzug hierher erklärt und wollte sie nicht noch einmal wiederholen – nicht vor dieser Besucherin jedenfalls. Etwas warnte sie, bei Melissa besser vorsichtig zu sein. Sie beschloss, bei dem zu bleiben, was allgemein bekannt war. »Na ja, es ist eine wunderschöne Gegend, und der Ort ist nicht weit von London entfernt.« Sie fügte nicht hinzu, dass sie für dieses Haus nur wenig Miete bezahlen musste.

»Und warum wollen Sie nahe London wohnen? Arbeiten Sie dort?«

Sian trank von ihrem Wasser und bereitete sich auf das Kreuzverhör vor, das mit Sicherheit jetzt folgen würde. Sie wünschte sich zwar, Melissa würde wieder gehen, doch sie wollte auch nicht unhöflich sein. Je schneller sie die Fragen beantwortete, desto rascher würde dieser Besuch vorbei sein. »Nein. Ich arbeite von zu Hause, aber meine Eltern leben in London, deshalb wollte ich nicht zu weit wegziehen.«

»Und Ihr Partner?«

Sian schüttelte den Kopf. »Ich bin alleinerziehend. Und es gibt auch keinen Expartner, zu dem Rory hin und wieder fahren müsste.«

Melissas getuschte Wimpern flatterten überrascht. »Dann wollten Sie einfach nur ein Baby? Wie mutig! Und wie um Himmels willen haben Sie den Vater ausgewählt? War Ihnen wichtiger, dass er intelligent ist oder dass er gut aussieht?«

Sian dachte kurz an die Nacht, aus der neun Monate später Rory hervorgegangen war, und lächelte. Ihr Humor siegte über das Entsetzen über Melissas Unverblümtheit. »Ich habe es nicht geplant, schwanger zu werden, aber ich habe mich gefreut, als ich es erfuhr, – nachdem ich den ersten Schock überwunden hatte.«

»Das ist ja so mutig! Auf keinen Fall würde ich allein ein Kind bekommen! Allein die ganze Arbeit! Ganz zu schweigen von dem Gerede.« Melissa konnte sich offenbar nichts Schrecklicheres vorstellen. Sian wusste, dass nicht jeder mit ihrer derzeitigen Situation gut umgehen konnte, dennoch wirkte Melissas Reaktion ein bisschen extrem. Vielleicht hatte Fiona recht, und die Leute auf dem Land waren sehr viel festgefahrener in ihren Meinungen.

»Ich habe in der Nähe meiner Eltern gelebt, und sie haben mich sehr unterstützt«, erklärte Sian leise, aber bestimmt. »Und es gab kein Gerede.«

»Oh, ich wollte Ihnen auch nichts unterstellen.« Melissa hatte zumindest den Anstand zu erröten. »Es ist nur, dass einige Leute in dieser Gegend eher altmodisch sind.«

Wie du, meinst du wohl, dachte Sian ketzerisch. »Ich fand die Menschen hier bis jetzt sehr nett«, erwiderte sie.

»Fiona ist okay. Eine ziemlich exzentrische alte Schachtel, aber nett.«

Sian fühlte sich stellvertretend für Fiona sehr beleidigt. Fiona Matcham war Mitte fünfzig – so alt wie Sians Mutter – und in Sians Augen noch keine »alte Schachtel«.

»Der ein oder andere wird jedoch ein bisschen Anstoß nehmen an der Tatsache, dass Sie eine unverheiratete Mutter sind. Vielleicht sollten Sie besser vorgeben, verwitwet zu sein. Was ist mit dem Vater des Kindes passiert? Hat er Sie unterstützt?«

Da Sian Rorys Vater nichts von der Schwangerschaft erzählt hatte und sie auch nicht wusste, was aus ihm geworden war, trank sie wieder von ihrem Wasser, um Zeit zu gewinnen.

»Er hat eine lange Reise angetreten. Ich konnte keinen Kontakt zu ihm aufnehmen, deshalb habe ich es ihm nicht erzählt. Es erschien mir unnötig. Wir kannten uns erst kurze Zeit.«

Sie blickte ihrem ungebetenen Gast herausfordernd ins Gesicht. Wehe, die gute Melissa kommentierte nun die Tatsache, dass Sian dann offenbar sehr schnell mit ihm ins Bett gegangen sein musste! Das hatte sie, ja. Damals hatte sie einfach nicht anders gekonnt, doch es war völlig untypisch für sie gewesen. Wenn es Rory als Beweis nicht gegeben hätte, hätte sie die ganze Sache wahrscheinlich für einen Traum gehalten – allerdings für einen sehr schönen Traum.

»Ich finde, Sie sollten diesen Bastard dafür bezahlen lassen!«, rief Melissa.

Etwas erschrocken über so viel Vehemenz, sagte Sian: »Wieso? Ich bin sehr gern Mutter. Ich hasse Rorys Vater nicht.«

Melissa zuckte mit den Schultern. »Soso. Dann leben Sie also vom Staat?«

Es gab Offenheit, und es gab Dreistigkeit. Diese Bemerkung hier war dreist. »Wie ich schon sagte, arbeite ich von zu Hause. Ich bin selbstständig, bemale Möbel.« Sie fügte nicht hinzu, dass sie vom Staat nahm, was ihr zustand, und froh darüber war, diese Unterstützung zu haben. Das ging diese Frau nichts an. »Und was ist mit Ihnen?«, erkundigte Sian sich, weil sie das Gefühl hatte, dass sie jetzt mal an der Reihe war, inquisitorische Fragen zu stellen. »Was machen Sie beruflich?«

»Oh, ein bisschen PR, Eventmanagement, so was in der Art.«

»Sie sind nicht verheiratet?«

»Noch nicht.« Melissa lächelte leicht, als gäbe es da ein Geheimnis.

»Dann verlobt? Planen Sie eine große Hochzeit?«

»So ist es in der Tat! Aber tatsächlich bin ich im Moment

Single. Ich habe gerade eine langjährige Beziehung beendet. Der Mann war nett, doch er hat mich viel zu sehr kontrolliert.«

»Aha.« Sian kommentierte dies absichtlich nicht, weil sie die Unterhaltung nicht in die Länge ziehen wollte. Diese Frau war als Klischee zwar sehr amüsant, aber nicht sympathisch. Sian konnte sich nicht vorstellen, dass sie irgendwann Freundinnen würden. Sie dachte an Jody und daran, wie anders die junge Mutter war. Vielleicht war ein Dorf doch eine Miniatur-Stadt, mit der gleichen Mischung von Leuten und Meinungen, nur dass man die Leute, mit denen man nicht übereinstimmte, schneller erkannte, und es schwerer war, ihnen aus dem Weg zu gehen. In einem Dorf lebte man manchmal wie unter einem Mikroskop. Fiona war die gute Seite der Medaille, Melissa Doppelname die schlechte.

Melissa saß eine Weile schweigend da und schien darauf zu warten, dass Sian die Unterhaltung weiterführte. Schließlich stand sie auf. »Ich denke, ich gehe dann besser. Es war nett, Sie kennenzulernen.« Sie zögerte. »Oder würden Sie mir vielleicht noch kurz das Haus zeigen? Ich würde mir hier in der Gegend gern etwas kaufen, und dieses Objekt würde mir ganz gut gefallen.«

»Aber es ist vermietet. *Ich* wohne hier.« Sian spürte erneut Wut in sich aufsteigen.

»Ich bin sicher, dass Luella ein großzügiges Angebot von einem bar zahlenden Käufer nicht ausschlagen wird. Schließlich lebt sie jetzt in Spanien, oder nicht?«

»In Frankreich. Und nein, ich kann Ihnen das Haus nicht zeigen.« Sian war für ihre Verhältnisse ungewöhnlich vehement. »Ich habe noch nicht alles ausgepackt, deshalb herrscht fast überall Chaos. Außerdem wird es Zeit, dass Rory sein Essen bekommt – er kann sehr knatschig werden, wenn er hungrig ist.« Sian fühlte sich schlecht, weil sie ihren Sohn als Ausrede benutzte, doch es war wirklich fast Essenszeit für ihn, und sie war inzwischen zu allem bereit, um diese Besucherin loszuwerden.

»Oh.« Melissa schien ein bisschen überrascht über die Abfuhr zu sein. »Dann ein anderes Mal?«

Sian lächelte und zuckte mit den Schultern, weil sie hoffte, dass es kein anderes Mal geben würde. Sie fragte sich, wie sie Melissa davon abhalten konnte, das zu kaufen, was sie selbst inzwischen als ihr Zuhause betrachtete. Sian konnte sich nicht vorstellen, dass dieser Frau bisher schon viel verwehrt worden war, und sie überlegte, ob sie Fiona anrufen und sie fragen sollte, ob Luella wirklich versucht sein würde, ein Angebot von einem zahlungskräftigen Käufer anzunehmen. Aber dann verwarf sie den Gedanken. Fionas hatte morgen ihre Verabredung, und Sian wollte sie nicht von den Vorbereitungen ablenken.

Nachdem sie ihren Gast verabschiedet hatte, ging sie zu Rory in den Garten hinaus. Ihr Blick fiel auf die Erdbeerpflanzen, und sie fragte sich plötzlich, ob sie sie wachsen und die Früchte reifen sehen würde. Sian seufzte sehnsüchtig und streckte Rory die Hand entgegen. »Komm, Schatz, wir gießen die Erdbeeren, und dann wird es Zeit fürs Abendessen.« Danach gingen sie ins Haus.

Nachdem Rory satt war, duschte Sian kurz und zog sich ein Sommerkleid an. Es war alt und ein bisschen verblichen, aber eines ihrer Lieblingsstücke. Mit ein bisschen Schmuck und Make-up und ohne ihre Gartenschuhe sah sie darin nicht schlecht aus. Sie wollte etwas Schönes für Richard kochen. Er hatte gesagt, er habe das Hotelessen satt und freue sich auf selbst gekochte Mahlzeiten. Deshalb bereitete sie alles für einen Shepherd's Pie vor. Rory sah derweil ein wenig fern.

Beim Zwiebelschneiden und Sellerie- und Karottenputzen wanderten Sians Gedanken zu Richard. Sie freute sich darauf, ihn wiederzusehen – er war jetzt fast drei Wochen auf Geschäftsreise gewesen. Das war noch eine Sache, die sie an Richard mochte: Er war viel unterwegs, was bedeutete, dass sie ihr Leben leben und sich immer auf seine Heimkehr freuen konnte. Keiner von ihnen ging dem anderen auf die Nerven, und sie hatten sich bei ihren Treffen stets viel zu erzählen. Er würde in allen Einzelheiten hören wollen, wie es ihr ergangen war, und sie wollte wissen, was ihm widerfahren war. Seine Geschichten über die Leute, die er auf seinen Reisen traf, waren immer sehr lustig.

Sian beschloss, Melissas Interesse an dem Haus nicht zu erwähnen. Richard würde sich sonst darum kümmern wollen, und sie hatte vor, mit dem Problem allein fertig zu werden. Normalerweise nahm sie gern Hilfe an, aber Richard hatte schon so viel für sie getan. Sie wusste, dass er ihr das Leben leichter machen wollte – er würde sie sofort einladen, zu ihm zu ziehen, wenn sie ihm ihre Bereitschaft signalisieren würde. Doch Sian wollte Richards Gutmütigkeit nicht ausnutzen. Außerdem würde sie sich mit dieser Lösung nicht wirklich wohlfühlen.

Plötzlich erinnerte Sian sich daran, dass Richard mal erwähnt hatte, wie gern er noch einmal den Karamellkuchen essen würde, den es in seiner Schule immer gegeben hatte. Sian hatte zwar kein Rezept dafür, aber ein kurzer Blick in die Speisekammer überzeugte sie davon, dass sie alle Zutaten im Haus hatte und ihr ohne große Schwierigkeiten einer gelingen würde. Und Rory würde die Reste morgen sicher gern verputzen.

»Hallo Richard!« Sian ließ sich von ihm fest umarmen. Sie mochte seine Umarmungen. Sie waren so stark und verlässlich wie er selbst. Sie drückte ihn genauso fest an sich.

»Sian, mein Mädchen«, sagte er. »Du siehst so toll aus wie immer. Niemand würde glauben, dass du gerade erst einen anstrengenden Umzug hinter dir hast.« Er reichte ihr die Flasche Wein, die er mitgebracht hatte.

»Das Haus sieht aus, als wäre ich erst vor ein paar Stunden eingezogen. Ich habe immer noch nicht alles ausgepackt. Komm doch rein! Möchtest du mir in der Küche dabei zusehen, wie ich den Salat anrichte, oder willst du dich schon mal ins Wohnzimmer setzen?«

»Du kennst die Antwort«, sagte er und sah sie mit einem warmen Ausdruck in den Augen an, bei dem sie ein schlechtes Gewissen bekam.

»Ich laufe nur schnell nach oben und bringe Rory ins Bett.«

»Das kann ich doch erledigen. Ich würde gern wissen, wie der kleine Kerl mit meiner Schwester zurechtgekommen ist.«

»Heute war sein erster Tag in der Spielgruppe, aber es hat ihm gut gefallen! Es gibt einen ›Jungen‹ als Betreuer, das gefällt ihm natürlich. Geh ruhig zu ihm!«

Richard kam etwas später wieder runter. »Obwohl ich offensichtlich ein Junge bin, will er, dass du noch mal nach ihm siehst. Ich habe ihm eine Geschichte vorgelesen, doch ich glaube, ich habe die Stimmen nicht ganz richtig nachgemacht.«

Noch mehr Schuldgefühle bestürmten Sian. Richard war so nett! Warum wollte sich Rory dann nicht von ihm ins Bett bringen lassen? Sian schenkte Richard ein Glas Wein ein und lief dann die Treppe hinauf.

Als sie wieder hinunterkam, hatte Richard den Salat angerichtet, die Küche aufgeräumt und den Tisch gedeckt.

»Du bist so ein Schatz!«, bemerkte sie und lächelte ihn über den Rand ihres Weinglases hinweg an.

»Bedeutet das, du hast deine Meinung geändert und heiratest mich?« Er lächelte. »Jetzt sieh mich nicht so erschrocken an! Ich kenne deine Antwort. Ich hoffe nur, dass du eines Tages anders darüber denkst.«

Sian stieß mit ihm an. Das hoffte sie selbst, sprach es aber nicht laut aus.

4

Für den ersten Eindruck gibt es keine zweite Chance, hatte Luella am Morgen in ihrer E-Mail geschrieben.

Fiona, die eine mit Sorgfalt ausgewählte weite Leinenhose, eine längere Jacke in einer dunklen Farbe (um den problematischen Oberschenkelbereich abzudecken) und viel Schmuck trug, fühlte sich zwar nicht umwerfend, war aber mit sich zufrieden.

Sian, die die Nervosität ihrer neuen Freundin verstehen konnte und nach einem panischen Anruf zu ihr gekommen war, um ihr bei der Wahl der Garderobe zu helfen, hatte irgendwann gesagt: »Ich glaube, ich bin neidisch! Das ist alles so aufregend!«

»Zu aufregend«, hatte Fiona trocken entgegnet, doch als sie gefahren war, war ihr klar geworden, dass sie das Gefühl im Grunde genoss. Ihr Leben war in Ordnung, aber in letzter Zeit hatte sie hin und wieder das Gefühl, dass ein Teil von ihr verkümmerte. Fiona erinnerte sich noch gut an die Zeit, als sie so wie Sian war, doch sosehr sie dieses Leben auch genossen hatte, es war dennoch gut, von der Verantwortung befreit zu sein, selbst wenn sie sich um ihre »Jungs« immer noch sorgte. Vielleicht wurde es Zeit, ein bisschen über die Stränge zu schlagen. Fiona fand eine Lücke auf dem größten Parkplatz der Stadt und überprüfte noch mal die Adresse des Buchladens, die sie sich notiert hatte. Wenn sie auf dem Weg zu ihrem Treffen auf der Antiquitätenmesse noch etwas erledigte, dann hatte sie wegen des Internet-Datings nicht mehr so ein schlechtes Gewissen. Obwohl es keinen einzigen Grund gab, warum sie sich nicht mit einem Mann treffen sollte, den sie auf einer Internet-Partnervermittlungsseite kennengelernt hatte, kam es ihr doch irgendwie falsch vor. Jetzt nahm Fiona die Kiste mit den Büchern, die sie am Vorabend aussortiert hatte, und machte sich auf den Weg zu dem Buchladen.

Das Schild des Geschäfts fiel ihr sofort ins Auge, als sie in die Haupteinkaufsstraße bog. Ich hoffe nur, dass der Mann mir auch ein paar der Bücher abnimmt und ich sie nicht wieder zurückschleppen muss, dachte sie, öffnete die Tür mit der Hüfte und schob sich rückwärts in den Laden.

»Darf ich Ihnen helfen?«

Die Stimme eines Mannes, tief und angenehm, klang aus der Dunkelheit, und Fiona spürte, wie ihr die Kiste sanft aus den Händen genommen wurde. Sie blickte auf und sah einen schmal gebauten Mann mit vollem grauen Haar und freundlichen Augen.

»Oh, danke. Die Kiste wurde langsam schwer. Sind Sie Mr. Langley?«

»Ja, James Langley. Und Sie müssen Mrs. Matcham sein. Kommen Sie, dann schaue ich mir die Bücher einmal an!«

Fiona folgte ihm ins Geschäftsinnere und nahm den Geruch und die Atmosphäre in sich auf, die ihr sehr gefielen. »Buchläden haben irgendwie etwas Besonderes an sich«, sagte sie, als sie einen Raum erreichten, der offenbar das Büro war. »Man hat das Gefühl, dass jeden Moment etwas Magisches zwischen den Buchdeckeln hervorspringen könnte.«

Der Mann, der versuchte, auf dem bereits vollen Schreibtisch einen Abstellplatz für die Bücherkiste zu schaffen, hielt kurz inne und schaute Fiona überrascht an. »Finden Sie? Wie schön! Mir geht es genauso. Man erwartet nicht, dass Leute, die Bücher nicht so lieben, genauso empfinden.«

»Oh, ich liebe Bücher!«, versicherte Fiona ihm schnell. »Ich habe nur viel zu viele davon, um sie in meinem Leben noch zu lesen.«

»Nun, dann schauen wir mal. Möchten Sie etwas trinken? Tee? Kaffee? Wasser?«

»Ein Glas Wasser wäre schön.«

»Ich fürchte, ich habe nichts, was ich hineingeben könnte, um es ein bisschen interessanter zu machen.«

»Wasser ist interessant genug, wirklich.«

»Fühlen Sie sich wie zu Hause! Es dauert nur einen Moment.«

Fiona setzte sich und blickte sich um. Das Zimmer war klein und mit Bücherregalen vollgestellt. Ein alter Holzkarteikasten nahm viel Platz ein, aber ansonsten standen überall ausschließlich Bücherkisten, die der ähnelten, die Fiona mitgebracht hatte. James Langley konnte offenbar nicht Nein sagen, wenn ihn jemand bat, sich Bücher anzusehen. Vielleicht hegte er ja die Hoffnung, auf ein Juwel zu stoßen. Fiona verstand dieses Gefühl, wenn es denn der Grund für all diese Bücher hier war. Doch konnte es gut fürs Geschäft sein? Hoffentlich enthält wenigstens meine Kiste ein »Juwel«!, dachte sie.

Mr. Langley kam mit zwei Gläsern Wasser zurück und stellte ihres auf einer Postkarte ab, auf der eine Uhr mit Blumenmuster abgebildet war. Fiona warf einen kurzen Blick darauf, bevor das Glas das Bild verdeckte. Die Karte schien aus den Fünfzigerjahren des zwanzigsten Jahrhunderts zu stammen und war vermutlich als Lesezeichen verwendet worden. Wahrscheinlich lag sie deshalb jetzt auf James Langleys Tisch.

»Also, Mrs. Matcham, dann schauen wir mal«, meinte er und zog ein Buch aus der Kiste. »Ah!«, sagte er. »Sehr schön.« Er legte das Buch zur Seite und holte ein neues hervor. »Das hier ist wie ein Losstand, bei dem ich nur Glück habe und keine Nieten ziehe«, bemerkte er. »Woher kommen die Bücher?«

»Es ist eine Auswahl aus der Bibliothek meines Mannes. Meines verstorbenen ersten Mannes, sollte ich sagen, nicht meines geschiedenen zweiten Mannes.« Fiona wurde plötzlich klar, dass sie viel mehr von sich preisgab, als notwendig gewesen wäre, und erklärte hastig: »Ich möchte nicht, dass Sie glauben, ich würde Bücher meines Mannes verkaufen, die er noch haben möchte.«

»Und gibt es noch mehr davon?«

Fiona nickte. »Einen ganzen Raum voll. Und unzählige Bücherregale. Die Bibliothek besteht fast vollständig aus Erbstücken, doch mein verstorbener Mann hat auch sehr gern selbst welche gekauft. Das Haus bricht fast unter Büchern zusammen, und ich muss sie wirklich aussortieren. Wenn ich das Haus verkaufen müsste, würde ich Jahre dafür brauchen.«

James Langley war die Bücher durchgegangen, während Fiona gesprochen hatte, und hatte hin und wieder erfreute Töne von sich gegeben. »Da sind ein paar sehr gute Bücher dabei, die ich gern kaufen würde, aber ich sorge mich um den Rest der Bibliothek. Was haben Sie damit vor?«

»Na ja, wenn die Bücher etwas wert sind, dann würde ich sie gern verkaufen. Keiner meiner Söhne hat daran Interesse. Sie haben sich schon alle genommen, die sie haben wollen.«

»Haben Sie bereits entschieden, wie Sie bei dem Verkauf vorgehen wollen?«

»Nicht wirklich. Ich habe keine Ahnung, welche Bücher, wenn überhaupt, etwas wert sind. Ich dachte, ich packe Regal für Regal in Kisten und suche nach Leuten wie Ihnen.« Sie lächelte. James Langley war sehr nett, fand sie. Wie es sich für einen Buchhändler gehörte, war er nicht schick angezogen, aber seine Sachen waren einmal von guter Qualität. Vielleicht hat er sie von seinem Vater geerbt, überlegte Fiona. Aber sie passten zu ihm.

»Möchten Sie, dass ich mal vorbeikomme und mir die Bücher ansehe? Dann müssten Sie mir nicht Kiste um Kiste herbringen.« James Langley lächelte. Er hatte ein wunderbares Lächeln: Es ließ sein ganzes Gesicht strahlen. Überhaupt sah er gut aus. Kurz fragte Fiona sich, warum sie ihn sich so genau ansah. Vermutlich lag es daran, dass sie gleich zu einer Verabredung ging, bei der beide Beteiligten ihr Gegenüber sehr gründlich mustern würden.

»Wären Sie dazu bereit? Lohnt sich das für Sie denn? Ich würde die Bücher gern über Sie verkaufen. Oder Sie könnten sie mir abkaufen – wie auch immer. Aber es sind wirklich schrecklich viele Bücher.«

»Angesichts der Qualität der Exemplare, die sie mir mitgebracht haben, bin ich sicher, dass es für mich lohnenswert ist.«

»Nun, dann wäre ich sehr dankbar. Obwohl ich Bücher liebe, waren sie über die Jahre auch eine große Verantwortung. Ich konnte sie nicht einfach wegwerfen, denn möglicherweise sind sie ja etwas wert und steigern das Erbe meiner Söhne. Und sie einfach an Ort und Stelle zu belassen, ist eigentlich auch keine Lösung. Wie ich schon sagte, denke ich, dass ich vielleicht irgendwann umziehen muss.«

»Ich komme sehr gern vorbei und sage Ihnen, welche Bücher wertvoll sind und was Sie mit den anderen machen können. Hier ist meine Karte. Warum rufen Sie mich nicht an? Dann vereinbaren wir einen Termin, der Ihnen passt.«

»Schreiben Sie auch E-Mails?«

»Natürlich. Ich käme heute ohne das Internet nicht mehr zurecht. Offensichtlich finden einige Menschen dort sogar ihre Partner.«

James Langley strahlte Fiona so an, dass sie ein bisschen nervös wurde. Er konnte doch nicht wissen, was sie vorhatte, oder? »Wirklich?«, murmelte sie und hoffte, ausreichend ungläubig zu klingen. »Wie dem auch sei, ich muss jetzt gehen. Möchten Sie die Bücher hierbehalten?«

»Wenn es Ihnen nichts ausmacht? Ich kann sie dann individuell bewerten und kaufe Ihnen die ab, die ich haben möchte. Die anderen würde ich auch schätzen und nach jemandem suchen, der sie kaufen will. Ist das in Ordnung? Sie vertrauen sie mir an?«

Fiona sah ihm lächelnd in die Augen, die immer noch zu strahlen schienen. »Ja, ich vertraue Ihnen«, antwortete sie mit fester Stimme. Bisher hatte sie mit ihrer Menschenkenntnis nur ein einziges Mal schrecklich danebengelegen.

Erleichtert und sehr optimistisch ging Fiona zu der Antiquitätenmesse. Dass es mit den Büchern so gut gelaufen war, musste ein Zeichen sein, dass der Rest des Tages auch gut verlaufen würde.

Als sie jedoch vor dem Eingang des großen Herrenhauses ankam, in dem die Antiquitätenmesse stattfinden sollte, wurde sie nervös. Sie hatten verabredet, sich »auf der Messe« zu treffen, aber jetzt, da sie an der Tür stand, wurde ihr klar, wie wenig konkret das Wort »auf« unter diesen Umständen war. Sie hätten sich besser »im Gebäude« oder »davor«, »am Löwen am Tor« oder »an der dritten Säule links« verabredet.

Doch als sie sich dem Eingang näherte, vor dem sich eine Schlange gebildet hatte, entdeckte sie einen angenehm aussehenden Mann, der dem auf dem Bild auf der Webseite ähnelte.

Luella hatte sie gewarnt, dass die Leute oft ein bisschen älter waren, als sie auf den Fotos wirkten. Die Aufnahme von Fiona selbst war auch schon ein paar Jahre alt, aber dieser Mann sah genauso aus wie erwartet.

Dennoch konnte er auch jemand anders sein, jemand, auf den die Beschreibung »bin ungefähr eins achtzig groß, habe leicht ergrautes Haar und werde einen cremefarbenen Leinenanzug tragen« ebenfalls zutraf.

Dann riss Fiona sich zusammen. Unsinn, er musste es einfach sein.

Gerade als sie ihn erreichte, drehte er sich um und lächelte. »Sie sind Fiona, habe ich recht? Robert Warren.« Er beugte sich vor und küsste sie auf die Wange. »Wie schön, dass wir uns endlich persönlich kennenlernen!«

Fiona erwiderte den Kuss. Ihr gefiel das Gefühl seiner Wange an ihrer, auch sein Aftershave und der kurze Kontakt mit seinem sauberen gestreiften Hemd. Robert sah von Nahem besser aus als aus der Ferne, aber nicht umwerfend. Allerdings war er wirklich passabel, und sie suchte ja auch eigentlich gar keinen »umwerfenden« Mann, sondern jemanden, mit dem sie interessante Dinge unternehmen konnte.

»Ihr Foto wird Ihnen nicht gerecht«, erklärte er mit einem bewundernden Blick, und Fiona fühlte sich sofort sicherer. »Sollen wir reingehen? Und ich lade Sie übrigens ein. Darf ich Ihren Arm nehmen? In einigen Dingen bin ich sehr altmodisch.«

»Gibt es etwas, das Sie besonders interessiert?«, erkundigte Fiona sich. Manchmal war die Beschreibung »altmodisch« sehr beruhigend.

»Mir gefallen Gewürzständer besonders gut«, erklärte Robert.

Der kleine Hoffnungsfunken, dass sie vielleicht jemanden gefunden hatte, der mehr als nur ein Freund für sie sein konnte, erlosch bei diesen Worten. Gewürzständer hatten etwas sehr Deprimierendes an sich. Fiona musste unwillkürlich an See-Pensionen aus den Fünfzigerjahren denken. Aber sie sollte nicht so schnell ein Urteil über ihn fällen. »Sollen wir dann nachsehen, ob wir welche finden können?«, sagte sie fröhlich.

»Es sei denn, Sie möchten sich lieber etwas anderes anschauen.«

»Na ja«, meinte Fiona, »auf dem Weg zu den Gewürzständern kommen wir sicher an etwas Hübschem vorbei.«

Sie fing an, sich zu amüsieren. Während sie an den Ständen mit den verschiedensten Antiquitäten vorbeigingen, blieb ihr Blick an einem Silberrahmen hier und einem Reisewecker dort hängen, doch Robert war entschlossen, zuerst nach Gewürzständern zu suchen, und Fiona folgte ihm gern.

Zu ihrer Überraschung lagen neben den Objekten seiner Begier (die in natura schöner waren, als sie erwartet hatte) einige kleine Tischkartenhalter. Fiona stürzte sich begeistert darauf. »Sehen Sie sich die an! Wie kleine Fasane! Genau die brauche ich für meine Dinnerparty morgen.«

»Sie geben eine Dinnerparty?«

Bildete sie es sich nur ein, oder klang seine Stimme ein bisschen sehnsüchtig bei dieser Frage? »Ja«, antwortete sie, und bevor sie sich davon abhalten konnte, fügte sie hinzu: »Kommen Sie doch auch! Das wird sicher lustig.«

»Meine Liebe, wie nett von Ihnen! Aber ich möchte mich wirklich nicht aufdrängen.«

»Sie drängen sich nicht auf«, erklärte Fiona und wünschte, ihr freundliches Herz würde manchmal zuerst mit ihrem Kopf kommunizieren, bevor ihr Mund drauflosredete. Roberts Protest war eindeutig nur der Höflichkeit geschuldet, denn sie konnte sehen, dass er gern kommen wollte. Fiona hoffte nur, dass er die Einladung nicht falsch verstand. Sie war noch nicht sicher, wie sie ihn fand. »Sie könnten mir mit dem Wein helfen«, fügte sie schnell hinzu und bezahlte die Tischkartenhalter. Dann hakte sie sich wieder bei Robert ein und führte ihn sanft weiter.

Als Sian sie eine halbe Stunde später auf dem Handy anrief, konnte Fiona sich im ersten Moment nicht an den Grund für ihren Anruf erinnern. Sie zog sich ein wenig von dem Stand zurück, an dem Robert sich einige ziemlich scheußliche kleine Statuen ansah.

»Und, geht es dir gut?«, erkundigte sich Sian und klang, als platzte sie vor Neugier.

»Ja, sehr gut. Warum sollte es mir nicht gut gehen? Oh ... ja. Tut mir leid! Nein, alles in Ordnung.« Sie lächelte.

»Ich möchte nachher jede Einzelheit hören, wenn du wieder zu Hause bist – oder wann immer es dir passt«, fügte Sian hinzu. »Ich halte dich nicht länger auf. Viel Spaß noch!« Und damit legte sie auf.

Fiona amüsierte sich weiter. Robert war nett und bedrängte sie nicht. Er schien ein Faible für Nippeskram zu haben, aber er war sehr freundlich. Und er lud sie zu einem sehr schönen Essen in die Orangerie des Hauses ein.

»Erzählen Sie mir von Ihrem Haus«, bat Robert und füllte ihr Glas noch einmal auf. »Ich glaube, Sie sagten, es sei sehr groß ...«

»Es ist schön. Von der Architektur her ein ziemlicher Mischmasch, doch ein hübsches Heim für die Familie. Ich werde es nur sehr ungern verlassen.«

»Müssen Sie das denn?«, erkundigte sich Robert und biss in seinen Toast mit Pastete.

»Na ja, nicht sofort, doch ich bin der Meinung, dass meine Söhne ihr Erbe jetzt bekommen sollten und nicht erst, wenn ich tot bin. Ich glaube nicht, dass einer von beiden dort einziehen möchte. Der Garten ist riesig und schrecklich arbeitsintensiv. Obwohl ich ihn sehr liebe.«

»Ich freue mich schon auf die Besichtigung.« Er schob seine Hand über den Tisch, und Fiona zog ihre instinktiv zurück, was ihr jedoch gleich darauf ein bisschen unhöflich vorkam. Robert war zwar ein sehr netter Mann, aber der Funke wollte einfach nicht überspringen. Es war besser, von jetzt an keinen intimen körperlichen Kontakt mehr zuzulassen.

»Sie möchten meinen Garten sehen?« Fiona lächelte. Ihr Garten war außer Kontrolle und ziemlich verwildert, doch er war ihr Werk, und sie liebte es, ihn Leuten zu zeigen – den richtigen Leuten.

»Ich interessiere mich, ehrlich gesagt, nicht sehr für Gartenarbeit, aber ich würde gern das Haus sehen.«

Obwohl Fiona bereits beschlossen hatte, dass nicht mehr aus dieser Bekanntschaft werden konnte, erstarb in diesem Moment auch ihre Hoffnung, dass sie einen neuen Freund gefunden hatte. Es war das zweite Mal, dass Robert ihr Haus erwähnte. Sah er sich bereits mit Hausschuhen und der Zeitung am Kamin sitzen? »Na ja, es ist kein Prunkstück, doch es ist ein schönes altes Gebäude mit vielen Erinnerungen.«

»Und ist es sehr geräumig?«

Fiona lachte. »Ja, das auch.«

»Und offensichtlich in einer sehr schönen Gegend gelegen.«

Fiona schob sich eine Gabel Hühnchensalat in den Mund und fragte sich, ob sie nicht für einen Moment Pfundnoten in Roberts Augen gesehen hatte. Hat er mehr im Sinn als Hausschuhe am Kamin?, überlegte sie trocken. Man hörte immer wieder von Männern, die »reichen« Witwen nachstellten. Dann ermahnte sie sich selbst, nicht albern zu sein.

Fiona hatte gesagt, dass sie vielleicht auf dem Weg nach Hause auf eine Tasse Tee bei Sian vorbeikommen wollte, um ihr von der Verabredung zu erzählen, deshalb hatte Sian einen Kuchen gebacken. Das lag zum Teil aber auch daran, dass Rory keine Lust mehr gehabt hatte, im Garten zu graben, und lieber hatte backen wollen. Sian kochte und backte oft mit ihm. Sie hatten sich für einen Biskuitkuchen mit Quarkbelag entschieden, und Rory dekorierte ihn gerade mit Smarties, als ihre Freundin vor dem Haus parkte.

»Ich lasse nur kurz Fiona rein. Rory, du musst die Smarties nicht alle daraufsetzen, weißt du. Du kannst dir ein paar für nach dem Abendessen aufheben.«

»Aber der Kuchen sieht so schön bunt aus, wenn sie alle drauf sind.«

Sian seufzte. Es gab Diskussionen, auf die man sich mit einem Kind seines Alters besser nicht einließ. »Okay, es ist dein Biskuitkuchen.«

Als sie zur Tür lief, fragte sie sich, ob sie vielleicht zu nachgiebig war und Rory tatsächlich einen Vater brauchte und ob es nicht das Beste wäre, wenn sie Richard heiratete. Aber da ihr dieser Gedanke schon mehrmals in dieser Woche durch den Kopf gegangen war, wollte sie nicht noch mehr Energie darauf verschwenden. Rory schien es gut zu gehen; er verhielt sich nicht schlimmer als andere Kinder, die sie kannte. Im Gegenteil.

»Fiona! Wie ist es gelaufen? Wie war er?«, fragte sie, kaum dass sie die Tür geöffnet und Fiona hereingelassen hatte.

»Gut. Nett, doch er ist nicht der Richtige. Nicht dass ich zwingend nach ›Mr. Right‹ gesucht hätte, doch du weißt schon, was ich meine. Ich habe ihn allerdings zu meiner Dinnerparty eingeladen. Er tat mir leid.« Sie seufzte. »Ich muss lernen, nicht vorschnell solche Einladungen auszusprechen. Das ist eine schlechte Angewohnheit.«

Sian lachte. »Na komm, ich koche uns einen Tee. Rory hat auch einen Kuchen gebacken. Aber du wirst dich freuen zu hören, dass ich ihm dabei geholfen habe.«

»Hallo Rory! Wie geht es meinem Lieblingsjungen?« Fiona gab ihm einen Kuss, und der Kleine protestierte nicht. Seine Mutter war normalerweise die Einzige, die Rory küssen durfte. Sian freute sich, dass er Fiona so gern hatte. Es kam ihr vor, als würde sie die ältere Frau schon seit Jahren kennen, nicht erst seit wenigen Tagen, und Rory schien es genauso zu gehen.

»Wir haben gebacken«, erklärte Rory. »Und ich hab alle Smarties oben auf den Quark gelegt, obwohl Mummy gesagt hat, ich soll mir ein paar aufheben.«

»Ich finde, der Kuchen sieht toll aus, Schatz! Ich kann es kaum erwarten, ein Stück zu probieren.« Fiona setzte sich und hängte ihre Tasche an die Lehne. »Es ist schön, wieder an einem Ort zu sein, an dem ich ich selbst sein kann!«

Sian setzte Wasser auf und holte Becher aus dem Schrank. »Wirklich? So schlimm? Rory, geh und wasch dir die Hände, ja?« Rory kletterte von seinem Stuhl herunter und ging in die kleine Toilette im Erdgeschoss.

Nachdem sie Fiona Tee eingeschenkt und den Kuchen angeschnitten hatte, setzte sich Sian, damit sie sich unterhalten konnten. Fiona berichtete ihr von der Verabredung und wechselte dann kurz das Thema, als sie einwarf: »Dinnerpartys stressen mich immer ein bisschen, aber ich mag diese Art von Stress. Das gehört dazu.«

Rory war damit beschäftigt, die Smarties von seinem Kuchen zu sammeln. Wenn er einmal in etwas vertieft war, dann würde er nicht mal bemerken, wenn einer seiner geliebten Züge vorbeifahren würde.

»Und wen lädst du noch ein?«, erkundigte sich Sian und nippte an ihrem Tee.

»Verschiedene Leute, unter anderem die Francombes, ein paar alte Freunde von mir, die so tolle Gastgeber sind, dass sie sich selbst als Preis ausschreiben, um Geld für wohltätige Zwecke zu sammeln.«

»Wirklich? Wie funktioniert das?«, fragte Sian neugierig.

»Sie sind einer der Preise auf einer Versteigerung. Die Leute bezahlen dafür, bei ihnen zu essen. Die Francombes geben sogar eine kleine Broschüre mit Tipps für eine gelungene Dinnerparty heraus – um auch damit Geld zu sammeln.«

Sian war wirklich erstaunt. »Dann sind das Leute, die ich kennenlernen muss. Das klingt unglaublich.«

»Du wirst sie bei mir treffen! Ich zeige dir auch ihre Broschüre.«

»Du hast eine gekauft?«

»Natürlich. Es war ja für einen guten Zweck. Außerdem war ich furchtbar neugierig. Ich wollte sehen, ob sie mich als Beispiel dafür genommen haben, wie man es besser nicht macht. Ich war ein bisschen enttäuscht, dass ich nicht als Negativbeispiel erwähnt wurde.«

»Und wie gelingt eine Dinnerparty? Was sind ihre Tipps?«

»Sie schlagen einem die verrücktesten Dinge vor. ›Setzen Sie Ehepaare zusammen, damit einer dem anderen ins Wort fallen und langatmige Anekdoten beenden kann.‹« Sie grinste. »Und angeblich kann man oft erkennen, wenn die Paare sich auf dem Weg gestritten haben, und die müssen dann nebeneinander sitzen.« Fiona zögerte, dann fuhr sie fort: »Die beiden malen die Tischkarten mit der Hand – wobei mir einfällt: Ich habe heute diese kleinen Tischkartenhalter gekauft. Ich besitze zwar schon ziemlich viele, aber ich konnte nicht widerstehen.« Nach einigem Suchen fand Fiona die Halter ganz unten in ihrer Handtasche.

»Das sind ja Fasane!«, rief Rory, der seinen Kuchen aufgegessen hatte und sich jetzt wieder aufmerksam nach allem umsah, dessen Betrachtung sich lohnte.

»Ja. Das hast du aber gut erkannt.«

»Ich habe ein Buch, in dem auch welche sind«, erklärte er.

»Ich könnte die Karten gestalten, wenn du möchtest«, bot Sian an. »Wirklich, ich würde dir gern helfen.«

»Es gibt noch jede Menge Arbeit für dich, keine Sorge. Es ist nur schade, dass Richard nicht da sein wird.«

»Ja, und Rory bleibt bei Annabelle, nicht wahr, Schatz?«

»Aber ich kann dir morgens helfen, wenn du magst, Fona«, erklärte er ernst, weil er vermutlich ahnte, dass er etwas Lustiges verpasste.

»Also, ehrlich gesagt, Schatz, würde ich mich sehr freuen, wenn du die Tischkarten bemalen könntest. Deine Mummy kann stattdessen lieber das langweilige Gemüseputzen übernehmen.«

»Oh ja, ich male so gern! Soll ich schon mal Papier holen?«

»Ja, lauf nur, Schatz.« Als er aus dem Zimmer stürmte, raunte Fiona Sian zu: »Süß!«

»Er ist wirklich sehr lieb«, sagte Sian

»Dann schlägt er offensichtlich nach seiner Mutter.«

»Und wie willst du den anderen deinen Internet-Freund vorstellen? Du willst ja vermutlich nicht, dass die Leute wissen, woher du ihn kennst, oder?«

Fiona war entsetzt. »Guter Gott, nein! Die Leute würden vor Schreck in den Nachtisch fallen. Himmel, daran habe ich noch gar nicht gedacht.« Sie zögerte. »Ich hab's! Ich sage einfach, dass er ein alter Freund meines Mannes ist. Robert wird das verstehen. Er ist nett ...«

Ein weiterer wenig erfreulicher Gedanke kam ihr. »Ich habe übrigens das Gefühl, dass ich dich warnen sollte: Melissas Eltern werden auch kommen, und ich fühlte mich verpflichtet, sie selbst ebenfalls einzuladen.« Sian hatte Fiona von Melissas Besuch erzählt und aus ihrer Antipathie keinen Hehl gemacht.

Sian zögerte eine Sekunde. »Du kannst einladen, wen du willst. Und vielleicht ist es ganz gut, wenn wir uns noch mal in einem anderen Rahmen treffen. Schließlich sollte man seine Feinde gut kennen, oder nicht?«

»Und vielleicht werdet ihr ja auch Freunde. Ihre Eltern sind sehr nett.« Fiona hatte Melissa nie wirklich gemocht, obwohl sie eigentlich keinen guten Grund dafür nennen konnte. Es war gut möglich, dass sie eigentlich ganz in Ordnung war.

»Ich freue mich schon, die beiden kennenzulernen.«

Fiona stand auf und wischte sich die klebrigen Finger an einem Küchentuch ab, das Sian ihr gab. »Ich gehe jetzt besser nach Hause. Dann wirst du mit Rory morgen früh kommen?«

»Natürlich. Und vergiss nicht, dass wir uns darauf geeinigt haben, dass ich dir vor dem Essen noch helfe, die Scheune auszuräumen. Rory und ich erledigen das gemeinsam, dann bringe ich ihn nachmittags zu Annabelle und komme zurück, um dir bei den Vorbereitungen für das Essen zu helfen.«

»Großartig! Jetzt freue ich mich schon darauf. Es ist viel schöner, wenn man so etwas zusammen organisiert.«

5

Am Morgen von Fionas Dinnerparty war das Wetter sehr gut. Ein leichter Nebel lag im Garten, der Tau funkelte in der aufgehenden Sonne, und Tomasz Schafernaker vom BBC-Wetterdienst war bei seiner morgendlichen Vorhersage für den Tag optimistisch gewesen. Aber er war auch sehr vage geblieben, und da Fiona nie ganz sicher war, wo genau sie – meteorologisch gesehen – eigentlich lebte, wusste sie nicht sicher, ob das »Regenband, das am Ende des Tages durchziehen wird«, bei ihr landen würde oder nicht. Sie hoffte einfach, dass die Götter ihr gnädig sein würden.

Ihr Wunsch, die Dinnerparty im Wintergarten zu veranstalten und die Drinks draußen zu servieren, siegte über ihre Vorsicht. Alle Zweifel, die sie vielleicht gehegt hatte, ob die Sofas und Stühle nicht nass werden würden, wenn sie sie nach draußen auf die Terrasse vor dem Wintergarten zog, wurden von dem Wunsch ausgeblendet, eine wunderschöne und besondere Party zu feiern. Ihre Leidenschaft für Kerzen, Teelichter in Papiertüten und Lichterketten schob den Gedanken an mögliche Regenschauer einfach beiseite.

Sian und Rory würden bald auftauchen, um zu helfen. Fiona suchte passendes Papier für die Tischkarten heraus. Der Junge wollte noch die Namen der Gäste abschreiben und sie auf die Karten kleben, die er am Vortag bereits bemalt hatte. Gerade als Fiona den Menüplan betrachtete und sich fragte, mit welchem Gang sie anfangen sollte, klopfte es an der Tür.

Fiona sah auf die Uhr. Kurz nach neun. Außer Sian erwartete sie niemanden, und die Freundin und Rory würden über den Hof kommen. In der Hoffnung, dass es nur der Paketbote und kein Besucher war, wischte sie sich die Hände an der Schürze ab und ging zur Vordertür.

Es war James Langley aus dem Buchladen.

»James«, sagte sie. »Kommen Sie doch rein. Ich muss gestehen, ich bin überrascht, dass Sie schon heute kommen.«

Er zögerte. »Wenn es ein Problem ist, kann ich gern ein anderes Mal wiederkommen. Ich hatte nur gerade Zeit und dachte, ich schaue einfach mal vorbei.«

»Nein – kein Problem. Es ist nur, dass ich heute Abend eine Dinnerparty veranstalte und ein wenig Stress habe. Kommen Sie durch! Möchten Sie einen Kaffee?«

Fiona führte James Langley in die Bibliothek und brachte ihm einen großen Becher Kaffee und ein paar selbst gebackene Plätzchen – einige von denen, die es zu der Stachelbeercreme geben sollte, die als Nachtisch vorgesehen war. Fiona bot ihm an, das Radio anzustellen, damit ihm bei der Durchsicht der Bücher nicht langweilig wurde, aber er lehnte ab. Die Büchersammlung, so beteuerte er, reiche ihm völlig. Musik im Hintergrund würde ihn nur ablenken.

Wieder in der Küche und immer noch von einem schlechten Gewissen geplagt, weil sie sich nicht um Mr. Langley kümmern konnte, machte Fiona sich daran, Brownies als dritte Nachspeise zu backen. Sie wusste, dass es ein Nachtisch-Overkill war, aber sie litt unter »Gastgeberinnen-Lampenfieber« und hoffte, weniger nervös zu sein, wenn sie wusste, dass dreißig Leute satt werden würden und nicht nur die acht, die sie erwartete.

Es klopfte leise an der Küchentür. Fiona erschrak so sehr, dass sie das Messer auf den Boden fallen ließ. Es war James.

»Tut mir leid. Ich wollte nur den Becher und den Plätzchenteller zurückbringen.«

»Das müssen Sie doch nicht.« Sie hob das Messer auf und wischte es an ihrer Schürze ab.

»Sie sind offenbar eine gute Köchin«, bemerkte James und blickte sich in der Küche um, wo man überall die Ergebnisse von Fionas Bemühungen sah.

»Nicht wirklich. Ich meine, manchmal werden meine Kreationen ganz passabel, aber ich bin nicht verlässlich gut. Nicht wie einige meiner Bekannten – Leute, die heute Abend kommen!« Sie verzog das Gesicht und legte das Messer aus der Hand.

»Ich finde ja, dass gute Köche nicht diejenigen sind, die Rezepte perfekt nachkochen, sondern die, die aus dem, was sie im Kühlschrank haben, eine schmackhafte Mahlzeit zaubern können.«

»Das kann ich tatsächlich. Als Ehefrau und Mutter muss man das können. Sind Sie verheiratet?« Gleich nachdem die Worte ihren Mund verlassen hatten, hätte sie sich die Zunge abbeißen können, aber es gelang ihr, ein neutrales Gesicht zu machen.

»Im Moment nicht.« Er lächelte, offenbar war er nicht böse über ihre Frage.

Fiona nickte und wusste seine Gutmütigkeit zu schätzen. »Ich bin nicht sicher, ob ich noch einmal heiraten würde, um ehrlich zu sein. Es dauert so lange, bis man den Partner wirklich so erzogen hat, wie man ihn haben will, nicht wahr? Und ich habe einen so schlimmen Fehler begangen, nachdem mein erster Mann gestorben war.« Sie zögerte. »Warum erzähle ich Ihnen das alles? Weshalb habe ich Sie überhaupt gefragt, ob Sie verheiratet sind? Es tut mir so leid! Ich glaube, das nennt man aufdringlich.«

Er lachte. »Das liegt daran, dass wir über die Ehe im Allgemeinen geredet haben. Deshalb mussten Sie daran denken.«

»Ich habe geredet, und Sie haben sich nur gelangweilt und es sich nicht anmerken lassen. Möchten Sie noch einen Kaffee? Oder kann ich sonst irgendetwas tun, um meine Aufdringlichkeit wiedergutzumachen?«

»Nein, danke, mir geht's blendend.«

»Ich bereite Ihnen nachher einen kleinen Imbiss zu.«

»Das ist nicht nötig. Ich habe Sandwiches dabei.«

»Ich koche sowieso eine Suppe. Sian, meine junge Nachbarin, und ihr kleiner Sohn kommen gleich. Rory ist großartig. Ihn würde ich sofort heiraten.«

»Und wie alt ist er?«

»Viereinhalb, glaube ich. Traurig, nicht wahr?«

»Na ja, die Gefahr besteht, dass ein anderer Sie sich schnappt, während Sie auf Rory warten.«

Fiona kicherte. »Das bezweifle ich eher.«

Mr. Langley lächelte sie an. »Ich mache mich besser wieder an die Arbeit.«

»Und ich sollte mir ein Beispiel an Ihnen nehmen.«

Sie sahen sich für einen Moment an, und Fiona wurde bewusst, dass sie sich gern mit James Langley unterhalten hatte. Er schien es ebenfalls nicht eilig zu haben, in die Bibliothek zurückzukehren. »Ist es sehr langweilig, alte Bücher auszusortieren?«, fragte sie.

»Nein. Es ist faszinierend, und ich liebe diese Arbeit. Aber ich sollte Sie nicht länger aufhalten.«

»Ich rufe Sie, wenn die Suppe fertig ist.«

Als James gerade gehen wollte, kamen Sian und Rory durch die Hintertür in die Küche.

»Ich habe geklopft und gerufen, aber du hast nicht reagiert, deshalb sind wir einfach reinspaziert.« Sian sah von Fiona zu James. »Ich hoffe, wir kommen nicht ungelegen.«

»Nein, nein, gar nicht. Ich habe euch ja erwartet.« Sie lächelte. »Das ist James – James Langley. Er ist Buchhändler.«

»Hi«, sagte Sian, schüttelte ihm die Hand und fügte hinzu:

»Suchen Sie nach Erstausgaben von James Bond mit Schutzumschlag?«

James lachte. »Nein. Ich glaube nicht, dass ich hier so etwas finde. Aber es gibt viele andere Schätze.« Er wandte sich an Fiona. »Würde es Ihnen etwas ausmachen, wenn ich den Schreibtisch benutze? Ich möchte mir das ein oder andere notieren.«

»Nein, nein, fühlen Sie sich ganz wie zu Hause!«, erklärte Fiona. »Sind Sie sicher, dass Sie nicht noch einen Kaffee trinken wollen? Bis die Suppe fertig ist, dauert es ein bisschen.«

»Für uns musst du nicht extra eine Suppe kochen!«, erklärte Sian. »Du hast doch schon genug Arbeit. Rory und ich haben den Rest des Kuchens dabei, den wir gebacken haben. Das reicht fürs Mittagessen.« Sie sah James an. »Und für Sie ist auch genug da, wenn Sie mögen.«

»Ich habe mir Sandwiches mitgebracht«, erklärte James. »Aber selbst gebackener Kuchen wäre natürlich viel leckerer.«

Sian kicherte. »Ehrlich gesagt bin ich mir da nicht so sicher. Rory hat mir ziemlich viel geholfen, und die Quarkfüllung ist schon etwas zusammengefallen.«

»Ah, Rory, der Mann, den Mrs. Matcham sofort heiraten würde«, bemerkte James.

Fiona lachte. »Das stimmt! Und nennen Sie mich Fiona. Bitte. Sonst muss ich wieder Mr. Langley zu Ihnen sagen. Dabei nenne ich Sie in Gedanken schon längst James.«

Ein seltsamer Ausdruck huschte über James Langleys Gesicht, und Fiona wurde plötzlich klar, dass er eine bestimmte Bedeutung in ihre Worte hineininterpretieren konnte.

»Ich brühe neuen Kaffee auf«, erklärte sie hastig, »damit Sie bis zum Mittag durchhalten.«

»Ich beschäftige Rory noch mit ein paar Spielsachen, und dann treffe ich dich in der Scheune, Fiona.« Sian ging zur Tür. »Beeil dich!«

6

Als Fiona am Scheunentor auf Sian traf, fühlte sie sich angesichts des entschlossenen Gesichtsausdrucks ihrer Freundin plötzlich ganz schwach.

»Müssen wir das wirklich heute in Angriff nehmen? Ich weiß, es war meine Idee, aber ich kann nicht glauben, dass ich das Angebot genauso leichtfertig gemacht habe, wie ich die Einladungen zu der Dinnerparty ausgesprochen habe.«

»Du hast gesagt, du wolltest vor der Party zumindest mit der Entrümpelungsarbeit anfangen. Warum erledigen wir nicht einen Teil jetzt und konzentrieren uns dann am Nachmittag auf das Haus und das Essen?«

Fiona wurde klar, dass sie aus dieser Sache nicht mehr herauskam, und die Vorbereitungen für das Essen waren schon weit fortgeschritten. »Okay, ich suche nur schnell meinen Arbeitsoverall.«

»Du besitzt einen Arbeitsoverall, Fiona?«

»Er gehörte meinem Mann und passt mir immer noch. Der Overall ist außerdem sehr warm und so voller Farbspritzer, dass er so gut wie wasserdicht ist.«

»Na, dann schnell!«

»Und ich suche mir auch noch ein paar Handschuhe. Ich habe jede Menge davon.«

Bald hatten die beiden die Scheunentore geöffnet und starrten auf die Unmengen von Möbeln, die hier verwahrt wurden.

»Okay«, sagte Sian. »Wir müssen aussortieren. In eine Ecke

kommen die Dinge, die du behalten möchtest, in eine andere die, die du verkaufen willst, in eine dritte Ecke die, die ich bemalen könnte, und in eine vierte die, die wir wegwerfen ...«

»Oder verbrennen.«

»Oder das«, meinte Sian und lachte.

»Okay!«, erklärte Fiona und versuchte, entschlossen zu klingen. Doch sie rührte sich nicht von der Stelle.

Sian sah ihre Freundin an und erkannte, dass sie vor Unentschlossenheit wie erstarrt war. Sie hob ein Beistelltischchen an, unter dem noch weitere kleinere standen. »Willst du dieses Set hier behalten?«

Fiona schüttelte den Kopf. »Du weißt, dass ich diese Dinger hasse.«

»Dann verkaufen wir sie.«

»Wer zur Hölle würde so etwas haben wollen? Und wie willst du sie verkaufen?«

»Stell einfach alles, für das du einen Käufer suchst, zur Seite, dann bestellen wir die Leute vom hiesigen Auktionshaus her. Die kümmern sich zumindest darum, dass das Zeug wegkommt. Die Stücke, in denen der Holzwurm drin ist oder so etwas, türmen wir für ein riesiges Feuer auf.«

»Oh ja! Das klingt lustig.« Fiona seufzte. »Ich wäre wahrscheinlich glücklich, wenn wir das alles einfach verbrennen könnten.«

»Auf keinen Fall!« Sian war entsetzt. »Du weißt nicht, was genau in dieser Scheune steht, das ist das Problem.« Sie zögerte. »Ich sage dir was: Wenn du noch etwas in der Küche zu erledigen hast, dann fange ich schon mal an. Es wird dir nicht so schwerfallen, Entscheidungen zu treffen, wenn sich die Sachen hier nicht mehr so türmen wie jetzt.«

Fiona brauchte im Haus länger, als sie geglaubt hatte. Schließlich ging sie wieder in die Scheune.

Sian war schon sehr weit gekommen. »Hier drüben stehen schöne Stücke, die du vielleicht behalten willst. Ein paar davon würde ich gern bemalen, dann müssten sie allerdings hier stehen bleiben, bis ich damit fertig bin. Aber was machen wir mit denen da?« Sie deutete auf eine Frisierkommode aus Räuchereiche mit zwei kleinen Schubladen und einem sehr fleckigen Spiegel und einen dazu passenden Schrank.

»Verbrennen oder verkaufen«, erklärte Fiona. »Furchtbar.«

»Okay. Und was ist mit dem da?«

Ganz hinten und immer noch halb verborgen hinter einigen Möbelstücken stand ein großer Schubladenschrank.

»Der ist ja riesig«, sagte Fiona. »Niemand wird ihn haben wollen. Ich bin nicht mal sicher, was das ist.«

»Ich finde ihn wundervoll«, meinte Sian.

Fiona fuhr schockiert zu ihr herum. »Wirklich? Warum?«

»Jetzt ist es ein schrecklich dunkles, hässliches Ding«, sagte sie, »aber stell ihn dir in einer Art gedecktem skandinavischen Grau vor, wie er am Ende einer großen Küche steht. Er wäre ein tolles Buffet.«

»Ich war nie sicher, was er eigentlich darstellen soll.«

»Nein, nein, der Schrank ist großartig. Es würde eine ganze Küchenausstattung hineinpassen, und es wäre sogar noch Platz für eine zweite.«

»Dann schenke ich ihn dir, Liebes. Ich möchte ihn nicht haben.«

»Fiona! Stell ihn dir doch nur fertig vor.«

Fiona fehlte dafür die Vorstellungskraft, sie sah nur ein Monster, das alles andere in einem Raum erdrücken würde und vermutlich voller Spinnen war. »Es tut mir leid, das kann ich nicht. Aber ernsthaft, du kannst ihn sehr gern haben. Mach damit, was du willst!«

Sian stützte die Hände in die Hüfte und dachte nach. »Das

Problem ist, dass ich hier daran arbeiten müsste. Wir können ihn nicht bewegen. Der Grund, warum ich eine Scheune brauche, sind genau solche Möbel. So riesige Stücke könnte ich zu Hause nicht bemalen.«

»Schon gut. Wir schaffen so viele weg wie möglich, und alles, was wir nicht bewegen können, bemalst du hier.« Plötzlich erschien Fiona die Aufgabe nicht mehr so schwer, jetzt, da der erste Schritt getan war.

Sie waren beide schmutzig und schwitzten, als sie beschlossen, dass sie fürs Erste alles aussortiert hatten, was sie konnten. Neben dem Küchenbuffet hatte Fiona Sian auch noch eine Kommode geschenkt, damit sie sie verschönern konnte. Und Fiona hatte sich im Gegenzug etwas ausgesucht, das Sian für sie bemalen würde. Außerdem hatten sie einen kleinen Stuhl gefunden, der gut in Fionas Badezimmer aussehen würde.

Nachdem sie Kuchen und Sandwiches zu Mittag gegessen hatten, widmete sich Fiona wieder den Vorbereitungen für die Dinnerparty, die immer näher rückte. Sian brach erfrischt auf, um Rory zu Annabelle zu bringen.

Ein paar Stunden später kam James zu Fiona in die Küche, wo sie gerade überlegte, ob sie die kleinen Bohnenbündel lieber in Lauch einwickeln und dünsten oder in Speck rollen und anbraten sollte. Die erste Variante war eleganter – und gesünder –, aber sie wusste, dass der Speck Geschmack brachte und lecker sein würde.

»Kann ich irgendwie helfen?«, fragte James. »Sie haben geseufzt.«

Sie wandte sich zu ihm um. »Habe ich das? Das liegt wahrscheinlich daran, dass ich mich nicht entscheiden kann, wie ich diese verdammten Bohnen zubereiten soll, und an der Tatsache, dass mein Sommelier sich verspätet.«

»Ihr Sommelier? Das klingt aber vornehm.«

»Er ist nicht wirklich ein Sommelier, nur ein Freund, der für mich den Wein im Keller aussuchen wollte.«

»Das klingt nach einer schönen Aufgabe. Kann ich das übernehmen? Mit Bohnen kenne ich mich nämlich nicht aus.«

»Aber mit Wein?«

»Ich würde mich, was das angeht, eher einen begeisterten Amateur nennen.« James lächelte, und Fiona fand ihn noch sympathischer. Er hatte eine beruhigende Ausstrahlung.

Sie erwiderte sein Lächeln. »Das reicht mir. Doch dann müssen Sie zum Essen bleiben. Sonst kann ich Ihre Hilfe nicht annehmen.« Sie zögerte. »Ist das emotionale Erpressung?«

James dachte nach. »Möglich, aber auch ein nettes Angebot. Ich bleibe sehr gern.«

»Das ist so schön. Ich zeige Ihnen den Keller. Da unten liegt eine Menge Wein. Der muss dringend getrunken werden.«

»Möchten Sie nur eine Sorte? Oder verschiedene?«

»Nur eine Sorte von jeder Farbe, denke ich. Aber nichts zu Starkes. Ich glaube, es müsste noch Côtes du Rhône da sein.«

»Ich stelle etwas zusammen. Ich glaube, ich weiß jetzt, was gebraucht wird.«

»Der Sekt steht schon im Kühlschrank. Ich habe mich gegen Cocktails entschieden. Die machen keinen Spaß, wenn sie nicht wirklich stark sind, und das könnte ein bisschen unsozial enden«, sagte Fiona zögernd.

»Gute Entscheidung«, erklärte James, der wahrscheinlich ahnte, dass sie sich im Stillen fragte, ob sie nicht doch noch einen Berg Pfefferminze für Mojitos kleinhacken sollte, nur für den Fall.

»Denken Sie, der Sekt wird zu kalt?« Fiona war froh, keine Minze mehr hacken zu müssen. Sie hatte ohnehin genug zu tun, und sie hatte darauf bestanden, dass Sian nach Hause ging, nachdem sie ihr so viel beim Schälen und Schneiden geholfen und mit ihr die Möbel aus dem Wintergarten gerückt hatte.

»Ich glaube nicht, dass Sie sich darüber Gedanken machen müssen. Schließlich möchten Sie den Sekt ja im Garten servieren, oder nicht?«

»Natürlich. Ich wünschte, ich könnte aufhören, so einen Wirbel zu veranstalten.«

»Sie veranstalten keinen Wirbel, sie bereiten alles vor. Also, der Wein?«

Fiona atmete aus und entspannte sich wieder etwas. Es war nicht so, dass sie im Laufe der Jahre nicht schon viele Dinnerpartys gegeben hätte, aber aus irgendeinem Grund war sie heute besonders nervös. »Zum Keller geht es durch diese Tür und die Treppe hinunter. Finden Sie sich zurecht, oder soll ich es Ihnen zeigen?«

»Ich komme klar«, erklärte er fest und verschwand im Keller.

»Und ich öffne die Haustür, falls jemand zu früh kommt«, sagte Sian, die gerade frisch geduscht und umgezogen zurückkam und in ihrem Sommerkleid jung und hübsch aussah. Sie hatte Fionas beginnende Panik offenbar gespürt. Sian nahm sich eine Schürze und schob die Freundin zur Tür. »Und du ziehst dich jetzt um.«

Fiona kam pünktlich um halb acht wieder nach unten.

»Du siehst toll aus!«, rief Sian und drückte ihr einen Kuss auf die Wange. »Wirklich großartig! Niemand wird ahnen, dass du den ganzen Tag am Herd gestanden und Möbel gerückt hast.«

»Da muss ich zustimmen«, sagte James lächelnd. »Ich hoffe, es macht Ihnen nichts aus, dass Sian mir erlaubt hat, das Bad zu benutzen, um mich ein bisschen frisch zu machen.«

»Nein, natürlich nicht!«, versicherte Fiona, die sich großartig fühlte und die ganze Welt hätte umarmen können. »Und wenn Sie sich gern umziehen möchten, kann ich Ihnen ein Hemd von meinem Sohn leihen. Ein paar davon sind durchaus tragbar.« Sie lächelte. »Tatsächlich sind einige davon sogar noch eingepackt. Ich kaufe ihm immer welche. Er sagt jedes Mal brav: »Danke, Mum, die sind toll«, und öffnet die Packungen nie. Es könnte allerdings sein, dass es Ihnen damit genauso geht.«

»Mein Hemd hat es wirklich hinter sich, da wäre es nett, wenn ich mir eines leihen könnte.«

»Dann suche ich Ihnen eins raus ...« Fiona wollte James gerade die Treppe hinaufführen, als Sian sie entschlossen aufhielt.

»Nein, Fiona, sag uns, wo wir das Hemd finden können, und wir suchen es raus. Du gehst jetzt, trinkst etwas und bereitest die Begrüßung der Gäste vor. Eine Flasche Sekt habe ich schon geöffnet.«

Gehorsam und dankbar ging Fiona in den Garten hinaus, wo Sian die Kerzen und Lichterketten so verschwenderisch um die Terrasse platziert hatte, dass man dort gut den »Mittsommernachtstraum« hätte aufführen können. Vielleicht war so viel Kerzenlicht ein bisschen übertrieben für eine Dinnerparty – selbst für eine große, die draußen stattfand –, aber es lag eine Atmosphäre der Erwartung in der Luft, als würde tatsächlich bald etwas Magisches passieren. Fiona spürte, wie ihre Aufregung wuchs.

Der Duft von Geißblatt erfüllte die Luft, und der Jasmin im Wintergarten trug seinen Teil bei. Fiona schnupperte noch mal und nahm auch einen Hauch Rosenduft wahr. Sie hatten so viel Glück mit dem Wetter! Später im Sommer würde eine solche Hitze drückend und zu trocken wirken, jetzt war sie einfach wunderbar.

Während Fiona von dem Glas Sekt trank, das James ihr eingegossen hatte, bevor er mit Sian nach oben gegangen war, erkannte sie, dass sie froh darüber war, dass Robert nicht früher hatte kommen können. Jetzt würde bei seinem Erscheinen alles perfekt sein, ohne dass er die vielen Vorbereitungen mitbekommen hatte. Dann fiel ihr wieder ein, wie oft er das Haus erwähnt hatte. Hoffentlich nahm er nicht an, dass sie sich nur für ihn so angestrengt hatte! Die anderen Gäste würden ihre Bemühungen auch zu schätzen wissen.

Die Francombes und Robert kamen im Gegensatz zu allen anderen nicht pünktlich. Sian bestand darauf, den Butler zu spielen und die Gäste hereinzulassen. Das fiel ihr leichter, als mit Leuten, die sie kaum kannte, Konversation zu betreiben, versicherte sie.

Sian hatte trotz Fionas Protesten die Küche aufgeräumt und fragte sich gerade, ob sie zu den anderen in den Garten gehen sollte, als es wieder an der Tür läutete.

»Oh! Wo ist Fiona?«, sagte eine große, sehr fein angezogene Dame, die sich einen breiten Schal um die Schultern gelegt hatte. »Sind Sie das Hausmädchen?«

»Natürlich ist sie das nicht, Schatz«, erklärte ein gut aussehender, wenn auch etwas korpulenter Mann, der seiner Frau folgte. »Sie ist ein Gast, der ein bisschen aushilft.«

»Das stimmt«, antwortete Sian und erinnerte sich, dass in der Broschüre mit den Tipps für die perfekte Dinnerparty gestanden hatte, dass man die Töchter von Freunden als Kellne-

rinnen engagieren sollte. Das mussten die Francombes sein.
»Möchten Sie etwas ablegen? Oder soll ich Sie gleich in den Garten führen?«

Die Glocke ertönte erneut.

»Wir finden den Weg schon, danke, meine Liebe«, sagte die Frau, die Sian inzwischen sympathischer fand, obwohl das Wort »selbstzufrieden« offenbar für sie erfunden worden war. Sie war so selbstbewusst: eine unabhängige Frau, die restlos zufrieden mit dem war, was sie erreicht hatte.

Sian öffnete einem hochgewachsenen, recht gut aussehenden Mann die Tür. Sie war sicher, dass es sich dabei um Robert handeln musste, und konnte jetzt verstehen, warum Fiona gesagt hatte, dass er nicht »der Richtige« war.

»Hallo?« Er drückte ihr fest die Hand. »Ich bin Robert Warren. Sind Sie Fionas Tochter?«

»Nein, nur eine Freundin. Kommen Sie doch rein. Die anderen sind alle im Garten.«

Robert Warren trat über die Schwelle und blickte sich beeindruckt um. »Mein Gott! Dieses Haus muss richtig viel wert sein!«

Sian zuckte zusammen, lächelte aber weiter. »Folgen Sie mir in den Garten?«

»Wissen Sie, ob da noch Hypotheken drauf bestehen?«, fragte er halblaut.

»Ich habe keine Ahnung!«, entgegnete Sian. »Kommen Sie bitte hier entlang.«

Sian beobachtete Fiona, die am Kopf des Tisches saß, und war stolz auf sie. Alles lief großartig. Im Wintergarten war genug Platz, nachdem sie die Hälfte der Pflanzen nach draußen geschafft hatten, der Tisch sah hübsch aus, und die Francombes konnten ihre Verwunderung über das elegante Ambiente nicht verbergen. Das Essen war köstlich. Sian war dankbar dafür, Fiona überredet zu haben, die grünen Bohnen nicht zu bündeln, sondern einfach nur ein bisschen knusprigen Speck hinzuzufügen. James und Sian hatten den Spargel aufgetragen, und James hatte dann die Lammhaxen zerteilt, die perfekt rosa gegart waren. Robert gab derweil zu Sians heimlichem Ärger abfällige Kommentare über die Qualität des Weines ab. Wenn er tatsächlich unhöflich gewesen wäre, dann wäre sie eingeschritten, doch er war einfach nur herablassend. Zum Glück bekam Fiona das nicht mit.

Sian stellte mit einiger Überraschung fest, dass sie sich gut amüsierte. Obwohl ihr bewusst gewesen war, dass es bei Fiona nicht allzu formell zugehen würde, hatte Sian sich gesorgt, vielleicht etwas überfordert zu sein. Aber das war sie nicht. Und obwohl ihr Kleid am Saum schon ein bisschen zerschlissen war, wusste sie, dass es ihr stand, und fühlte sich nicht allzu fehl am Platz zwischen den schick gekleideten anderen Gästen. Sie unterhielt sich lange mit Margaret Tomlin, der der Laden gehörte, und versprach ihr, sie mit einigen Beispielen ihrer Arbeit zu besuchen. Sian plauderte sogar zwanglos mit Melissa, ohne innerlich zusammenzuzucken.

Sie waren beim Käse angelangt, und Sian dachte gerade, wie hübsch Fiona aussah, als sie ein Motorengeräusch hörte. Es klang schrecklich nah, als führe ein Wagen über den Kies auf der Einfahrt. Seltsam, die meisten Bekannten Fionas parkten doch hinter dem Haus!

Sian suchte Fionas Blick. Ihre Freundin hatte es auch gehört und fragte sich offensichtlich, wer das war. Der Lärm wurde lauter. Sian wollte gerade anbieten nachzusehen, als man Bremsen quietschen und das Geräusch von Metall an Stein hörte.

Fiona wirkte besorgt, aber als sie den Mann sah, der draußen vor dem Wintergarten erschien, veränderte sich ihr Gesichtsausdruck.

»Verdammte Scheiße«, hörten sie eine männliche Stimme. »Wer hat denn diese dämliche Putte hier hingestellt?«

Es entstand ein überraschtes Schweigen. Alle blickten erwartungsvoll zu dem Fluchenden auf dem Rasen hinüber. Wer war das?

Ein großer Mann mit zerzaustem Haar erschien in der Tür des Wintergartens. »Oh, verdammt! Eine Dinnerparty. Hi Mum!«

Sian konnte den Neuankömmling von ihrem Platz aus nicht sehen. Die anderen Gäste versperrten ihr den Blick. Alle waren aufgestanden, um Fiona durchzulassen. Sie hatte sich hastig an ihnen vorbeigeschoben, um den Mann zu begrüßen.

Sian beobachtete, wie er die Arme um seine Mutter legte und sich herunterbeugte, um sie zu umarmen. Dann schaute er auf – und Sian fürchtete, in Ohnmacht zu fallen. Sie glaubte zu träumen. Doch dies war kein Traum, erkannte sie und wäre am liebsten aufgesprungen und weggelaufen.

Ein Schluck Wein verschaffte ihr Zeit zum Nachdenken. Niemand hatte ihre Reaktion bemerkt, denn die anderen Gäste begrüßten den Sohn des Hauses, doch Sian wusste, dass Fiona jeden Moment mit der Vorstellung beginnen würde.

Zum Glück stand Melissa in diesem Augenblick auf. »Angus!«, rief sie erfreut. »Erinnerst du dich an mich? Das letzte Mal, als ich dich sah, hast du mich in die Brennnesseln geschubst!«

Das Gedrängel ging weiter. Melissa umarmte Fionas Sohn so überschwänglich, dass der Eindruck entstand, als wären sie früher ein Paar gewesen. Vorsichtig schob Sian ihren Stuhl zurück und wollte sich gerade erheben, als Fiona sie rief.

»Sian! Liebes! Das ist Angus! Angus, komm und begrüße Sian, meine Nachbarin und Helferin. Ich weiß nicht, wie ich das alles ohne sie hätte schaffen sollen.«

Sian zwang sich aufzusehen. Gus, der Vater ihres Kindes, sah sie an. Er hatte sich kaum verändert. Groß, mit von der Sonne ausgeblichenem dunkelblondem Haar und einem verschmitzten Lächeln.

»Sian?«, sagte er und starrte sie an, als wäre sie ein Wesen von einem anderen Stern. »Sian! Was zum Teufel machst du denn hier?«

Sians Mund war ganz trocken, und ihr wurde schummrig. Ihr Herz zog sich schmerzhaft zusammen. All das Verlangen nach diesem Mann, das sie bei ihrer ersten Begegnung empfunden hatte, kam mit einem Schlag zurück. Wie konnte ihr Körper sie derart im Stich lassen? Sie war in Schwierigkeiten. Schnell nahm sie noch einen Schluck Wein, denn sie hoffte, dass sie dann vielleicht sprechen konnte.

»Ich...«, war alles, was sie herausbrachte. Sie konnte einfach nicht glauben, dass er da war, dass er leibhaftig vor ihr stand, der Mann, der ihr das Herz gestohlen hatte, der ihre Leidenschaft, ihre Träume genommen und damit fortgegangen war und ihr nur ihren geliebten Sohn zurückgelassen hatte. Komm schon, Gehirn, arbeite!, drängte sie. Denk dir etwas aus, das ich sagen kann! Wenn er doch nur nicht mehr so attraktiv wäre, aber das war er, bei Gott, das war er!

»Ihr kennt euch?«, fragte Fiona. »Was für ein außergewöhnlicher Zufall! Warum hast du mir nicht erzählt, dass du meinen Sohn schon mal getroffen hast?«

Der Wein wirkte. »Ich wusste es nicht!« Sian hatte ihre Sprache endlich wiedergefunden. »Ich hatte keine Ahnung, dass Gus dein Sohn ist. Du hast stets von Angus gesprochen.« Sie runzelte die Stirn. »Und dein Nachname ist Matcham.«

Gerade noch rechtzeitig hielt sie sich davon ab hinzuzufügen: »Und nicht Berresford.« Sein Name sollte nicht in ihr Gedächtnis eingraviert sein, und die Tatsache, dass er es war, musste ein Geheimnis bleiben.

»Dann habt ihr euch *wirklich* schon mal getroffen?«, fragte Melissa mit spröder Stimme. Sie klang regelrecht eifersüchtig.

»Oh ja, das haben wir«, sagte Gus mit Nachdruck. »Das haben wir in der Tat. Obwohl wir uns sehr lange nicht mehr gesehen haben.«

An der Art, wie er Sian ansah, war zu erkennen, dass er sich noch sehr detailliert an die Zeit mit ihr erinnern konnte, und Sian errötete, als auch sie diese Erinnerungen überfielen. Es war ihr sehr peinlich, sie in einem Raum voller Menschen noch einmal zu durchleben. Die anderen Gäste schienen Gus und sie anzustarren.

»Wie habt ihr euch kennengelernt?«, hakte Melissa nach.

»Auf einer Party«, antwortete Gus, »kurz bevor ich wegging.«

Die Party ... Sie hatten sich in der Küche getroffen. Sian hatte sich Wasser holen wollen, und Gus war dort gewesen. Er hatte nach einem Glas gegriffen und es gefüllt. Als er es ihr gegeben hatte, hatten sich ihre Blicke gekreuzt. Sian erinnerte sich an den elektrischen Schlag, der sie beim Blick in Gus' Augen getroffen hatte; er war bis heute in ihr Gedächtnis eingebrannt. Sian hatte das Wasser genommen, war jedoch nicht zu den anderen zurückgekehrt. Gus ergriff ihre Hand und führte Sian in eine Ecke neben einem Tisch. Dort stand er dann vor ihr, als wollte er sie ganz für sich allein haben. Sian erinnerte sich noch, dass sie sich gefangen hätte vorkommen müssen, doch stattdessen fühlte sie sich beschützt und sicher. Und dann unterhielten sie sich. Stundenlang. Schließlich fragte er: »Sollen wir von hier verschwinden?«, und sie nickte wie selbstverständlich. Ohne sich von jemandem zu verabschieden, verließen sie die Wohnung und fuhren mit dem Taxi zu ihm. Es war völlig untypisch für Sian, aber sie konnte einfach nicht anders. Sie küssten sich im Taxi und konnten sich kaum voneinander lösen, um auszusteigen. Gus drückte dem Fahrer in der Eile ein ganzes Bündel Geldscheine in die Hand.

Sian konnte sich noch erinnern, dass sie auf dem Weg ins Schlafzimmer über ein paar Kisten gestolpert waren, aber sie erfuhr erst am nächsten Tag, dass Gus eine lange, lange Reise antreten würde. Da war es schon zu spät, sie war hoffnungslos und leidenschaftlich in ihn verliebt und ihm völlig verfallen. Zögernd stimmte sie zu, dass es vernünftiger war, sich ohne das Versprechen zu trennen, in Verbindung zu bleiben, und diese wundervolle Nacht ohne Reue in Erinnerung zu behalten. Schließlich wusste Gus nicht, wann er zurückkommen würde.

»Und seitdem habt ihr euch nicht gesehen?«, fragte Fiona nun.

»Ja«, sagte Sian und kehrte mühsam in die Gegenwart zurück.

»Ich fuhr am nächsten Tag weg«, erklärte Angus. »Ich meine, am Tag, nachdem wir uns kennengelernt hatten.« Er sah Sian jetzt genauso an wie damals. Als sie sich an jenem Sonntagmorgen voneinander verabschiedet hatten, hatte er sie mit einer solchen Traurigkeit angeschaut. Er hatte die Hände um ihre Wangen gelegt und sie lange nicht losgelassen. Da wusste sie, dass sie diese Nacht voll herrlichem Sex niemals bereuen würde, und das hatte sie auch nicht, selbst als sie dann festgestellt hatte, dass sie schwanger war. Jetzt räusperte sie sich und versuchte, etwas zu sagen, damit er sie nicht weiter so ansah, als wollte er sie auf der Stelle nach oben ins Schlafzimmer tragen, so als hätte es die mehr als fünf Jahre nicht gegeben, die inzwischen vergangen waren.

Endlich siegte die Vernunft. Sie, Sian, war seitdem erwachsener geworden, und sie trug Verantwortung. Sosehr ihr Körper sich auch nach Gus sehnte, ihr Kopf sagte ihr, dass sie sich nicht mehr so impulsiv benehmen konnte wie damals. Sie hatte zu viel zu verlieren. Ihren Verstand zum Beispiel.

Ihre Gefühle waren in Aufruhr, und sie wünschte, sie könnte einfach weglaufen, doch sie schuldete es Fiona, zu bleiben und so zu tun, als wäre nichts Außergewöhnliches passiert, als hätte sie nicht gerade den Mann getroffen, von dem sie geglaubt hatte, ihn nie wiederzusehen. Und er schien immer noch so gut aussehend und erfrischend sorglos zu sein wie damals. Sie konnte es sich nicht leisten, sich einzugestehen, wie stark sie sich immer noch zu ihm hingezogen fühlte.

Zu Sians großer Erleichterung setzte sich nun Fionas Mutterinstinkt durch. »Hast du schon was gegessen, Schatz?«, fragte sie.

Gus wandte sich an seine Mutter. »Äh – nein. Ich sterbe vor Hunger.« Dann wanderte sein Blick zurück zu Sian, doch sie drehte den Kopf schnell weg und beschäftigte sich angelegentlich mit ihrer Serviette.

»Besorgen wir ihm einen Stuhl«, sagte Melissa. »Hier, neben mir ist noch Platz.«

»Lass den Jungen neben seiner Mutter sitzen«, erklärte Margaret Tomlin ernst.

Ein weiterer Stuhl wurde herangeschafft.

»Erzähl doch, Schatz«, bat Fiona. »Wieso warst du so lange nicht zu Hause?« Dann legte sie ihm besorgt die Hand auf den Arm. »Es sei denn, das ist privat ...«

»Ja«, rief Melissa, »erzähl es uns! Hast du eine Frau und sechs Kinder irgendwo in der äußeren Mongolei?«

»Nicht dass ich wüsste«, sagte Gus grinsend. Er drehte den Kopf zu Melissa, und obwohl Sian sein Gesicht nicht sehen konnte, wusste sie, dass er mit ihr flirtete.

Sian, die immer noch verzweifelt versuchte, ihre Gefühle unter Kontrolle zu bekommen, unterdrückte ein Seufzen. Gus hatte nichts von seinem Charme eingebüßt, wurde ihr mit einem eifersüchtigen Stich klar, doch sie schalt sich sofort für diesen Gedanken. Er konnte zu jedem so nett sein, wie er wollte. Er gehörte ihr nicht, hatte ihr nie gehört. Aber was um Himmels willen sollte sie wegen Rory unternehmen? Gus war der beste Liebhaber, den sie je gehabt hatte und jemals haben würde, doch war er auch ein geeigneter Vater? Das war eine wichtige Frage. Aus dem zu schließen, was Fiona ihr über ihren Sohn erzählt hatte, wusste Sian, dass er gern Risiken einging, dass er die Gefahr suchte und es nicht mochte, eingeengt zu werden. Er liebte es, von jetzt auf gleich in fremde Länder aufzubrechen. Sie würde erst herausfinden müssen, wie lange er überhaupt bleiben würde, bevor sie auch nur darüber nachdachte, ihm von seinem Sohn zu erzählen. Sie durfte Rory nicht der Gefahr aussetzen, verletzt zu werden; und sie durfte *sich selbst* dieser Gefahr nicht aussetzen.

»Wenn es also kein großes Geheimnis ist, was hast du dann gemacht?«, beharrte Melissa. »Wir haben dich vermisst!«

Gus wandte sich mit einem triumphierenden Blick an seine Mutter. »Ich habe ein Buch geschrieben. Na ja, ich habe damit angefangen. Ich weiß, du glaubst mir nicht, Mum, aber das habe ich, und ich habe einen Agenten gefunden. Er wird das Manuskript im Spätsommer an Verlage schicken – vorausgesetzt natürlich, dass ich bis dahin fertig bin.«

»Oh, Schatz! Ich bin so stolz auf dich!« Fiona strahlte. »Ich weiß, dass du es geplant hattest, doch ich nahm an, wegen deiner Rechtschreibschwäche...« Sie hielt inne und bedauerte wahrscheinlich, die Sache angesprochen zu haben, die seine Schulzeit so schwierig gemacht hatte.

»Sehr viele kreative Menschen haben eine Rechtschreibschwäche«, erklärte Margaret. »Eine Freundin von mir sagt, es sei ein Talent, keine Behinderung.«

»Aber warum musstest du für das Schreiben des Buches so lange fortbleiben?«, fragte Melissa schmollend, als hätte sie ein Recht darauf, dass er in ihrer Nähe blieb. »Sicher ist doch der Vorteil, den ein Schriftsteller hat, dass er überall arbeiten kann.«

»Es ist wahrscheinlich einfacher, über einen Ort zu schreiben, wenn man gerade dort ist«, warf Fiona ein bisschen barsch ein. »Angus, Schatz, ich sterbe vor Neugier. Woher kennt ihr euch, Sian und du? Wusstest du, dass sie einen entzückenden...«

»Ach, damit musst du ihn nicht langweilen«, erklärte Sian. »Ich habe einen kleinen Sohn«, sagte sie mit einem knappen Lächeln, »aber Geschichten über die Kinder anderer Leute sind sehr ermüdend, nicht wahr?«

»Nicht unbedingt«, widersprach Gus und warf ihr einen strafenden Blick zu – aber vielleicht kam es ihr auch nur so vor.

»Rory ist nicht ermüdend, er ist hinreißend!«, versicherte Fiona, »Doch vielleicht...«

»Ich habe ihn schon gesehen«, meinte Melissa, »und er ist ein kleiner Engel, aber vielleicht ist er tatsächlich nicht interessant, wenn wir Angus hier bei uns haben, der uns von seinen Abenteuern erzählen kann.«

Über Rory zu reden war das Letzte, was Sian wollte, und sie hätte Melissa eigentlich dankbar sein müssen, doch irgendwie konnte sie das nicht. Im Gegenteil, sie spürte Ärger in sich aufsteigen.

»Erzähl uns von deinen Abenteuern!«, beharrte Melissa. »Wir sind alle ganz gespannt, davon zu hören.«

Sian zwang sich, ruhig zu bleiben, obwohl sie nur eines wollte: nach Hause gehen und sich verstecken, bis sie Zeit gehabt hatte, sich an den Gedanken zu gewöhnen, dass Gus hier war. Aber es war unmöglich, sich jetzt schon zu verabschieden. Sie würde nach dem Kaffee sehen, entschied sie. Das würde nicht komisch wirken. Und sie konnte Fiona dabei helfen, ihn zu servieren. So würde sie immerhin beschäftigt sein.

Sian lauschte seinen Abenteuern; Gus konnte wirklich sehr lustig erzählen. Sein Buch musste brillant sein. Während er redete, warf er ihr ständig bedeutsame Blicke zu. Sian versuchte, sie zu ignorieren. Sie wollte sich nicht noch mehr verwirren lassen. Doch auch er wirkte irritiert. Er konnte offensichtlich nicht verstehen, wieso sie sich so reserviert ihm gegenüber verhielt. Wenn es Rory nicht geben würde und in gewisser Hinsicht Richard, hätte Sian sich vielleicht ganz anders gegeben. Aber was zwischen ihnen gewesen war, lag eine Ewigkeit zurück, und sie, Sian, war nicht mehr dieselbe.

Sie war sehr erleichtert, als sie endlich aufstehen und Fiona helfen konnte, den Tisch abzuräumen.

7

Gus, dachte Sian zum hundertsten Mal, seit sie Fionas schicksalhafte Dinnerparty verlassen hatte. Die ganze Nacht hatte sie kein Auge zugetan. Was sollte sie seinetwegen unternehmen? Da Jodys Familie Rory eingeladen hatte, mit ihnen heute noch einen Indoor-Spielplatz zu besuchen, hatte Sian viel Zeit zum Nachdenken – viel zu viel Zeit! Sie wünschte sich fast, Jody würde anrufen und erklären, Rory wolle doch unbedingt nach Hause kommen. Sian sehnte sich danach, von seinem Geplapper abgelenkt zu werden.

Aber Richard hatte sich zum Essen angemeldet, deshalb konnte sie sich jetzt beschäftigen. Es gab nichts Besseres als die Lektüre eines Kochbuchs, um die Nerven zu beruhigen. Dann erinnerte Sian sich wieder daran, dass Richard Experimente beim Essen nicht schätzte.

Doch während sie die Zwiebeln anbriet, um den Makkaroni-Auflauf damit zu garnieren, und kurz darauf Butter, Zucker und Mehl mischte, um einen Streuselkuchen zu backen, ja, sogar, während sie sich die Zähne putzte und sich schminkte, wanderten ihre Gedanken wieder zu Gus. Sie konnte es einfach nicht ändern. Aber je mehr sie über ihn nachdachte, desto verwirrter und unruhiger wurde sie. Wie sollte sie mit der Situation umgehen, die sie niemals für möglich gehalten hätte? Gus war hier, er lebte praktisch direkt neben seinem Sohn, von dessen Existenz er nichts wusste. Wie sollte sie es ihm sagen? Musste sie es ihm überhaupt sagen? Durfte sie es riskieren? Würde er ein guter Vater sein? Rory – und sie – brauchten Stabilität und Verlässlichkeit, jemanden, der nicht nur für Spaß und Abenteuer im Leben sorgen würde, sondern der da war, wenn es in der Schule Ärger gab, der tröstete und beruhigte.

Sian wusste eigentlich fast nichts über Gus, obwohl sie die Hälfte der Nacht – jener wunderbaren Nacht, die ihr jetzt wie ein ferner Traum vorkam – mit ihm geredet hatte. Und obwohl sie sich körperlich immer noch zu ihm hingezogen fühlte, konnte sie nicht sagen, was sie heute für ihn empfand. Nein, beschloss sie schließlich: Bis sie das Gefühl hatte, dass Rory und sie bereit dafür waren, durfte Gus nicht erfahren, dass er einen Sohn hatte.

Die Klingel unterbrach ihre verworrenen Gedanken. Richard ist ein bisschen zu früh, dachte sie auf dem Weg zur Tür. Doch draußen standen Fiona und Gus.

Sians Herz zog sich zusammen. Sie war noch nicht mal ansatzweise darauf vorbereitet, Rorys Vater wieder gegenüberzutreten, doch welche Wahl hatte sie? Deshalb zauberte sie ein hoffentlich fröhliches, offenes Lächeln auf ihr Gesicht und sagte: »Hallo! Fiona, ich hätte gedacht, dass du nach deiner Dinnerparty gestern den ganzen Tag im Bett bleibst!« Sie gab ihrer Freundin einen Kuss und redete munter weiter, um Gus nicht ansehen zu müssen.

»Hallo Sian«, sagte er und küsste sie auf die Wange. Dann folgte er den Frauen ins Haus. »Du bist gestern Abend sehr früh gegangen.«

»Ich hatte ein bisschen Kopfschmerzen«, flunkerte sie und wurde rot. Es waren genau genommen Herzschmerzen gewesen, aber das musste er nicht wissen. Sie wollte weder Fiona noch Gus ihre Verwirrung zeigen und gab sich betont unaufgeregt.

Gus wirkte nicht überzeugt von ihrer Antwort. »Dann bist du mir nicht aus dem Weg gegangen oder so was?«

»Guter Gott, nein!«, sagte Sian ein bisschen zu laut. »Warum sollte ich auch?«

»Schatz, nun löcher sie doch nicht so! Haben wir dich gestört, Sian? Und wo ist denn Rory? Ich habe Angus so viel von ihm erzählt; er will ihn unbedingt kennenlernen.«

Erleichterung überflutete Sian. »Er ist nicht da. Annabelles Mutter ist mit den Kindern zu einem Indoor-Spielplatz gefahren. Ich bereite gerade ein Essen für Richard zu.«

Genau in diesem Moment klopfte es an der Tür. Richard erschien also auf die Minute pünktlich. Sian wandte sich gerade in Richtung Tür, als Gus, der in die Küche gegangen war, rief: »Wie ich sehe, neigst du wie meine Mutter dazu, zu viel zu kochen!«

»Ich lasse kurz Richard rein«, sagte Sian nervös. Dann kam ihr ein Gedanke: Es war vielleicht gut, wenn Gus und Fiona zum Essen blieben. In Richards Gegenwart würde Gus abgelenkt sein. »Warum bleibt ihr beiden nicht zum Essen?«, fragte sie hastig und öffnete dann die Haustür. Sie drückte Richard zur Begrüßung einen Kuss auf die Wange und sagte: »Macht es dir etwas aus, wenn noch jemand mit uns isst? Fiona und ein alter Freund von dir sind gekommen.«

Irgendwie trat Gus wie der Hausherr auf, als er aus der Küche kam, um Richard zu begrüßen. Sian bemerkte es und ärgerte sich ein wenig darüber.

»Richard! Mein Gott! Dich habe ich ja jahrelang nicht gesehen! Was machst du denn hier bei Sian?«, erkundigte Gus sich freundlich.

»Ich kann es nicht glauben!«, rief Richard. »Gus! Wie er leibt und lebt! Ja, was tue ich hier? Sian ist meine ...«

»Gus ist mit Fiona gekommen«, unterbrach Sian ihn. Sie wusste, dass er sie gerade als seine Freundin bezeichnen wollte, aber das wollte sie nicht.

Fiona, die die Situation ziemlich amüsant zu finden schien, stand in der Küche und sah nach dem Kuchen, der gerade die richtige Bräune erreicht hatte. Vorsichtig nahm sie ihn aus dem Ofen, stellte ihn zum Abkühlen auf den Herd und begrüßte Richard. »Hallo. Dich habe ich ja ewig nicht gesehen. Wie geht es deinen Eltern?«

»Oh, gut.« Richard drängte sich in die Küche und küsste Fiona auf die Wange.

»Es wäre schön, wenn alle in das andere Zimmer gehen könnten«, erklärte Sian. Es war ihr gelungen, ihre Gefühle langsam wieder unter Kontrolle zu bringen. Wenn sie sich mit etwas beschäftigte, war alles in Ordnung. »Da stehen noch Bier und eine Flasche Wein«, fuhr sie fort und wies auf den Küchenschrank, und als ihr auffiel, dass Fiona nach ihrer Handtasche griff, sagte sie: »Fiona, Gu... Angus, bleibt doch zum Essen! Es sei denn, ihr habt noch etwas anderes vor?«

»Bist du sicher?«, fragte Fiona. »Wir möchten nicht aufdringlich sein.«

»Ich glaube, wir *sollten* zum Essen bleiben«, erklärte Gus fest. »Es ist genug da, und ich liebe Streuselkuchen. Außerdem haben Richard und ich uns eine Menge zu erzählen.«

»Könntet ihr dafür vielleicht in den Garten gehen?«, fragte Sian leicht gereizt, die spürte, dass sie wieder nervös wurde. »Ich muss den Tisch decken.«

»Männer sind manchmal wie Hunde«, meinte Fiona, als sie allein waren, und breitete die Tischdecke aus, die Sian ihr gegeben hatte. »Es ist sicherer, wenn sie viel Platz haben.«

»Definitiv. Aber sie kennen sich schon lange, sie brauchen Zeit, um sich zu unterhalten. Ein Glas Wein?« Sian wartete die Antwort ihrer Freundin nicht ab, sondern goss ein Glas ein und reichte es Fiona. »Was fehlt noch? Oh, das Dressing für den Salat. Und, was habe ich gestern Abend noch verpasst?«

Bleib locker, ermahnte Sian sich, während sie die Zutaten zusammensuchte.

»Du hast verpasst, dass Melissa so getan hat, als wäre Angus George Clooney und sie hätte mit ihm ein Kind der Liebe bekommen.«

Sian zuckte bei dem Wort »Kind der Liebe« zusammen. Sie wusste genau, dass Fiona das nur so dahingesagt hatte, doch Sian wurde klar, dass sie auch ihrer Freundin verheimlichen musste, wer Rorys Vater war. Und Frauen hatten viel feinere Antennen als Männer. Sie hatte Glück, dass der Junge ihr helles Haar geerbt hatte. Das würde die Welt vielleicht für eine Weile täuschen. »Und wie hat Angus reagiert?«

Fiona zuckte mit den Schultern. »Ich glaube, er war ziemlich amüsiert. Melissa ist schließlich eine hübsche junge Frau.« Sie zögerte und wollte offensichtlich nicht neugierig sein. Doch ihre Neugier siegte. »Wie gut kennst du Angus eigentlich?«

»Nicht sehr gut. Wir haben uns, wie gesagt, getroffen, kurz bevor er wegfuhr. Das war vor Jahren.«

»Aber er hat sich an dich erinnert.«

Sian nickte. »Er hat offensichtlich ein gutes Gedächtnis.«

Fiona seufzte.

»Erzähl mir von *deinem* Liebesleben«, bat Sian. »Hat Robert dir zum Abschied einen Kuss gegeben?« Zu spät wurde ihr klar, dass es bei ihrer Unterhaltung gar nicht offiziell um ihr Liebesleben gegangen war. Sie hoffte, dass der Fauxpas Fiona nicht aufgefallen war. Sie würde schrecklich vorsichtig sein und jedes Wort auf die Goldwaage legen müssen.

»Auf die Wange, ja.«

»Und James?«

»Ja, er auch, aber sehen wir den Tatsachen ins Auge. Das pflegt man zur Begrüßung und zum Abschied einfach zu tun.«

»Stimmt, selbst wenn man sich gerade erst kennengelernt

hat.« Sian fügte noch einen Löffel Senf zu ihrer Vinaigrette hinzu. Eine neue Sorge stieg in ihr auf: Was, wenn Gus seiner Mutter von ihrer Affäre erzählte? Wahrscheinlich hatte er bisher geschwiegen, sonst hätte Fiona sie darauf angesprochen, aber er konnte es jederzeit nachholen.

»Du hast schon Senf hineingegeben«, sagte Fiona ein paar Augenblicke später und sah sie nachdenklich an. »Ich glaube, du solltest jetzt Honig nehmen.«

»Oh, ja! Wie dumm! Ich war in Gedanken.«

»Du bist müde, nehme ich an.«

»Für mich ist Müdigkeit keine Ausrede. Ich war ja gar nicht so lange auf der Party. Und jetzt lass uns die Sachen auf den Tisch tragen und die Männer reinrufen!« Sie wollte Fiona gegenüber nicht zugeben, wie wenig sie geschlafen hatte.

»Und, Gus, wann bist du so plötzlich wieder aufgetaucht?«, erkundigte sich Richard, bevor er sich eine Gabel Makkaroni mit Käse in den Mund schob und genüsslich kaute.

»Gestern Abend«, erklärte Gus. »Ich wusste nicht, dass meine Mutter eine Dinnerparty veranstaltet. Dass sie eine Engelstatue direkt vor die Garage gestellt hatte, war mir ebenfalls neu.« Er warf seiner Mutter einen gespielt bösen Blick zu, der sie lächeln ließ. »Ich bin mit dem Fuß von der Kupplung gerutscht, und der Land Rover ist direkt in die Statue gerauscht.«

»Und Gus kam in den Wintergarten und fluchte lautstark, Richard«, ergänzte Fiona ruhig. »Vor all meinen Gästen. Es ist so schade, dass du nicht da sein konntest!«

»Ich weiß. Ich verpasse alle guten Einladungen – na ja, fast alle.« Richard sah Sian bedeutungsvoll an.

Sie lächelte verlegen. Warum zur Hölle hatte sie es für eine gute Idee gehalten, Fiona und Gus zum Essen einzuladen? Wie hatte sie glauben können, dass sie in der Lage sein würde, sich ganz natürlich zu geben? Während sie die beiden Männer jetzt betrachtete, zog sie unwillkürlich einen Vergleich zwischen ihnen. Sie hatte Richard sehr gern, aber sie wusste, dass ihre Gefühle für ihn niemals so stark waren wie die, die Gus vor all diesen Jahren auf Anhieb in ihr geweckt hatte. Gus sah nicht nur gut aus und zog mit seiner lässigen Art und seiner Begeisterung und Lebensfreude die Menschen in seinen Bann, es gab auch eine Anziehungskraft zwischen ihm und ihr, die sich nicht logisch erklären ließ. Richard war nett und rücksichtsvoll, doch diese magische Verbindung hatte es zwischen ihnen nie gegeben. Aber Sian wusste, dass ihre Gefühle für Gus möglicherweise rein körperlich und daher keine Basis für eine dauerhafte Beziehung waren. Richard konnte ihr und Rory Sicherheit und Stabilität bieten. Das Gleiche ließ sich von Gus nicht behaupten.

»Und was hast du so getrieben, während der Rest von uns auf anständige Weise sein Geld verdient hat?« Richard sagte das leichthin, aber in seiner neckenden Bemerkung schwang ein herausfordernder Unterton mit.

»Ach, du weißt schon, das Übliche. Ich habe ein Buch geschrieben und so was.« Gus zwinkerte Sian zu, was sie sich nicht erklären konnte.

Sie reichte den Salat an Fiona und fragte sich, ob sie als Einzige angespannt war. »Wie war denn deine Reise, Richard?«, erkundigte sie sich und füllte ungefragt seinen Teller noch einmal. »Wo warst du noch mal genau?«

»In Dubai, wie immer.« Richard runzelte leicht die Stirn. Er fuhr stets nach Dubai, und Sian wusste das.

»Das klingt so glamourös«, sagte Fiona. »Wolkenkratzer, Geschäfte und Hotels, die aus dem Wüstenboden schießen. Ich wollte schon immer mal in die Wüste.«

Richard lächelte höflich. »Ich fahre leider nicht in die Wüste hinaus. Ich bekomme nur die Wolkenkratzer zu sehen.«

»Wie schade!«, murmelte Fiona.

»Ich zeige dir die Wüste, Mum, wenn du das willst. Und dir auch, Sian.« Gus lächelte die beiden Frauen an.

Richard runzelte die Stirn. Sian konnte es ihm nicht wirklich verübeln – Gus wirkte sehr zufrieden mit sich.

»Und, womit beschäftigst du dich, wenn du unterwegs bist?«, fragte Richard ihn.

»Ich reise, manchmal allein, manchmal mit Einheimischen. Ich beobachte, mache mir Notizen für Reportagen. Am meisten interessieren mich alte Techniken und Handwerke.«

»Und kann man von solchen Reportagen leben?«

»Nicht wirklich. Es ist sehr schwer. Deshalb habe ich ein Buch geschrieben.«

»Und dann gehst du also wieder zurück in die Wildnis, sobald dein Buch erschienen ist?«

Richard benahm sich für Sians Geschmack ein bisschen zu oberlehrerhaft, auch wenn sie zugeben musste, dass er genau die Fragen stellte, auf die auch sie gern eine Antwort gehabt hätte.

»Nein.« Gus schüttelte den Kopf. »Ich werde eine ganze Weile zu Hause sein. Ich hatte einen Unfall und wurde am Bein verletzt, was lange ausheilen musste. Wenn man sich auf seine Transportmittel nicht verlassen kann, möchte man nicht mitten im Nirgendwo sein.«

Ein Aufwallen der Gefühle – eine Mischung aus Erleichterung, Verwirrung und Sorge – ließ Sian schaudern, und sie räusperte sich mehrmals. Beide Männer sahen sie fragend an. »Ähm – möchtet Ihr noch etwas essen? Es ist noch so viel da. Und es gibt auch noch Streuselkuchen und Schwarze Johannisbeeren, dank Fiona, die mir die Beeren aus ihrem Tiefkühlfach gegeben hat.«

»Ich glaube, ich nehme noch Nachtisch«, sagte Richard entschlossen. Er lächelte Sian an. »Und hast du auch ...?«

Sie nickte. »Ja, ich habe Vanillesoße. Oder sonst hätte ich Eis, wenn euch das lieber wäre?« Sie blickte die beiden anderen Gäste fragend an.

»Vanillesoße klingt toll«, erklärte Fiona.

»Bist du auch ein Fan des Vanillesoßenpulvers von Bird's?«, erkundigte sich Richard und lächelte sie an. »Das benutzen heute nicht mehr viele, aber Sian bereitet die Soße genau so zu, wie ich sie mag.«

»Dann bist du also eine gute Köchin, Sian? Das wusste ich gar nicht.« Gus lächelte auf eine verführerische Weise, und Sian hoffte inständig, dass die anderen es nicht mitbekamen.

»Das Herstellen von Vanillesoße ist eine verlorengegangene Kunst«, erklärte Richard, »obwohl ich annehme, dass du sie ebenfalls perfekt beherrschst«, wandte er sich an Fiona.

»Danke für das Kompliment«, erwiderte sie, »aber tatsächlich wird sie bei mir immer klumpig. Unter anderem deshalb ist meine zweite Ehe gescheitert.«

»Das kann doch nicht wahr sein!«, sagte Sian kopfschüttelnd und stand auf, um den Tisch abzuräumen.

»Na ja, es sind oft die kleinen Dinge, auf die es ankommt, weißt du«, antwortete Fiona.

»Und diese kleinen Dinge können eine Beziehung festigen oder zerstören«, sagte Richard und sah Sian mit unverhohlener Zuneigung an.

»Ich kann nicht glauben, dass ihr so tiefsinnige Gespräche über Vanillesoße führt!« Sian sammelte die Teller ein und zog sich in die Küche zurück.

Gus schnappte sich die Salatschüssel und die Auflaufform und folgte ihr. »Man muss eine Frau einfach lieben, die Bird's-

Vanillesoße zubereiten kann.« Er nahm den Holzlöffel aus dem Topf und leckte ihn ab.

Sian wandte sich ab, damit er nicht sah, dass sie plötzlich lächeln musste. »Es ist eine verloren gegangene Kunst, schon vergessen? Das ist doch genau dein Ding.«

»Ich weiß«, sagte Gus. »Ich weiß.«

Sian war so erleichtert, als Richard aufstand und sich verabschiedete, dass sie ihn viel enthusiastischer umarmte, als sie es eigentlich vorgehabt hatte. Er erwiderte ihre Umarmung, und ihr wurde klar, dass sie ihm das völlig falsche Signal gegeben hatte.

Ärgerlich über sich selbst, ging sie wieder ins Haus und stellte fest, dass Fiona in der Küche den Abwasch erledigte, während Gus durch das Wohnzimmer schlenderte, einzelne Gegenstände in die Hand nahm und betrachtete und dann wieder wegstellte.

»Also, dann bist du gut mit Richard befreundet?« Er hob einen Kugelschreiber hoch und nahm ihn auseinander.

»Oh ja. Er hat mir sehr viel geholfen. Richard hat mir dieses Haus besorgt, und seine Schwester leitet eine Spielgruppe, in die Rory geht.«

»Seid ihr nur gute Freunde? Oder ist da noch mehr?«

Sie nahm ihm sanft den Stift weg. »Ich möchte nicht darüber reden.« Ihr wurde klar, dass es genau die Art von Frage war, auf die einem eine gute Antwort immer erst nach mehreren Stunden einfiel. Und Sian wollte mit Gus wirklich nicht über Richard sprechen, das ging ihn nichts an.

Gus schaute sich ein Foto an. Es zeigte Sian und Rory vor ungefähr einem Jahr. »Dann ist das also der berühmte Rory? Er sieht dir sehr ähnlich.«

»Ja!« Sie klang vielleicht ein bisschen zu erleichtert, aber es schien Gus nicht aufzufallen.

»Und siehst du seinen Vater oft?«

»Nein. Schon seit Jahren nicht mehr.« Sie lächelte und versuchte anzudeuten, dass es in Ordnung war. »Wir verstehen uns aber gut. Es ist kein Problem.«

»Dann ist Richard also mein einziger Rivale?« Er grinste sie schief an, und dieses Grinsen ließ Sian panisch werden. Sie konnte nicht mit Sicherheit sagen, ob er sie nur aufziehen wollte oder nicht. »Sei nicht albern!« Sie lachte nervös. »Und wie meinst du das überhaupt, dein ›Rivale‹?«

»Ich hatte irgendwie gehofft, dass wir vielleicht da weitermachen könnten, wo wir aufgehört haben...« Er hob auf eine lustig-anzügliche Weise eine Augenbraue.

»Gott, nein.« Sian zitterte. Das wurde alles viel zu persönlich. Erinnerungen an jene wundervolle Nacht stiegen in ihr auf, und ihr wurde nur zu bewusst, dass sie sich ganz allein mit ihm im Wohnzimmer aufhielt. Sie durfte sich nicht anmerken lassen, welche Wirkung er auf sie hatte.

»Beruhige dich! Ich wollte damit nicht sagen, dass wir jetzt sofort nach oben gehen sollen.«

Sian stellte zu ihrem Entsetzen fest, dass sie plötzlich den Tränen nahe war. Ein Teil von ihr wollte mit ihm nach oben gehen, aber der vernünftige, praktische Teil von ihr wusste, dass sie jetzt an Rory denken musste. Sie durfte Gus nicht zeigen, dass sie ihn noch immer unglaublich attraktiv fand. Außerdem war sie überhaupt nicht sicher, was sie für ihn empfand. Sie wusste nur, dass seine Ankunft ihre geordnete Welt völlig durcheinandergebracht hatte. Ihre Gefühle waren in Aufruhr, und das gefiel Sian nicht. Sie kämpfte gegen die Tränen an. Nach der schlaflosen Nacht war sie offenbar überreizt und viel zu emotional. »Gus, bitte, sag so etwas nicht.«

Sie wandte sich ab, damit er nicht sah, wie aufgewühlt sie war, doch er stellte sich hinter sie, legte eine Hand auf ihre Schulter und drehte Sian zu sich um. »Es tut mir leid, ich wollte nicht...«

Wie ein rettender Engel erschien Fiona im Zimmer. »Okay, das meiste Geschirr ist weggeräumt. Komm schon, Gus, wir sollten uns jetzt verabschieden.«

Sian riss sich zusammen, lächelte Fiona an und sagte: »Ja, ich denke, Rory kommt auch jeden Moment nach Hause.«

»Ich würde ihn sehr gern kennenlernen«, wandte Gus ein. In seinem Gesicht stand immer noch Sorge.

»Das wirst du, Schatz«, erklärte Fiona, »aber ich denke, dass er übermüdet und quengelig sein wird. Vielleicht triffst du ihn lieber ein andermal.«

»Das stimmt.« Sian nickte. »Genauso ist es.«

Als sie wieder allein war, wurde ihr klar, dass es ihr am liebsten gewesen wäre, wenn Gus ihn gar nicht kennenlernen würde. Aber natürlich würde eine Begegnung unvermeidbar sein. Wider alle Vernunft wünschte Sian sich, dass Gus Rory mochte. Voller widersprüchlicher Empfindungen ließ sie sich aufs Sofa fallen. Warum war das Leben so kompliziert? Vielleicht sollte sie doch Richard heiraten. Es gab noch mehr im Leben als leidenschaftlichen Sex. Richard wäre, was die wirklich wesentlichen Dinge wie Zuwendung und Versorgung anging, die bessere Wahl. Kein Zweifel, Gus war da hoffnungslos. Und Rory brauchte einen richtigen Vater, keinen Abenteurer, der immer wieder verschwand. Sian seufzte. Dann hörte sie Jodys Auto vorfahren, riss sich zusammen und lief zur Tür, um Rory zu begrüßen.

Fiona und Angus gingen zusammen nach Hause. Sie hatten sich zum Schutz vor dem Regen, der jetzt eingesetzt hatte, die Kapuzen ihrer Regenjacken aufgezogen. Der Garten würde nach dem schönen Wetter die natürliche Bewässerung begrüßen.

»Sian ist eine tolle Frau, oder?«, fragte Fiona, obwohl sie wusste, dass sie das Thema besser nicht angeschnitten hätte. Aber sie konnte sich nicht zurückhalten. Sie spürte instinktiv, dass Gus und Sian sich sehr viel näher kannten, als sie zugegeben hatten. Doch sie musste vorsichtig sein. Gus würde dichtmachen, sobald er das Gefühl hatte, dass seine Mutter sich »einmische«.

»Das ist sie.«

Fiona konnte aus dieser einfachen Feststellung ihres Sohnes nichts ableiten. »Und Rory ist großartig! Ich liebe den Jungen.«

»Ich kann es gar nicht abwarten, ihn kennenzulernen.«

»Und Sian hat mir bei der Dinnerparty so viel geholfen! Ich werde sie beide als Dankeschön zum Essen einladen.«

Gus blickte zu Boden, doch Fiona hatte das schelmische Glitzern in seinen Augen noch bemerkt. »Ich glaube, dadurch könnte ein komisches Muster entstehen, oder? Du veranstaltest eine Dinnerparty, Sian hilft dir, du gibst wieder eine Party, um dich bei ihr zu bedanken, sie hilft dir . . .«

»Aber sie muss mir doch nicht mehr helfen«, erklärte Fiona und zwinkerte ihm zu. »Jetzt habe ich ja dich.«

Angus lachte, und Fiona dachte, wie schön es war, wieder diesen tiefen Klang zu hören. Vielleicht war das einer der Gründe, warum sie versucht hatte, über das Internet jemanden kennenzulernen: Sie vermisste männliche Stimmen. Robert hatte eine schöne Stimme. James hatte eine noch schönere, wurde ihr nun klar. »Und wie genau hast du Sian kennengelernt?«, fragte sie und versuchte, nicht zu neugierig zu klingen.

»Auf einer Party.«

Sie gingen in kameradschaftlichem Schweigen weiter, bis sie fast das Haus erreicht hatten, dann sagte Angus: »Mum, ich muss dich noch vorwarnen: In ein paar Tagen kommt ein Lieferwagen mit meinen Sachen. Kann ich die hier irgendwo lagern?«

Das war eine kleine Überraschung. Angus hatte immer wie jemand gewirkt, der mit leichtem Gepäck durchs Leben reiste. »Wie viel ist es denn? Ich kann deinen Schlafsack gern hinter die Couch schieben, um einen alten Song zu zitieren. Aber eine ganze Ladung Möbel könnten ein Problem sein.« Schließlich versuchte sie gerade, Sachen auszusortieren, und nicht, noch mehr anzusammeln.

»Es sind keine Möbel, aber es ist ziemlich viel Kram.«

»Was ist es denn genau?«

»Zelte, Jurten, Ausrüstung.«

Fiona dachte nach. »In der Scheune ist jetzt ein bisschen mehr Platz. Sollen wir mal nachsehen, oder möchtest du warten, bis der Regen aufgehört hat?« Sie hatte Sian versprochen, dass sie in der Scheune die Möbel bemalen konnte, aber der Platz müsste für Sian und Angus reichen.

Sie gingen durch das hintere Tor in den Hof, und Gus steuerte gleich die Scheune an.

»Da sind wir. Sian und ich haben hier ein bisschen aufgeräumt.«

»Was ist das für ein Monstrum, Mum?«

»Oh, das ist ein Schrank, den ich Sian geschenkt habe. Wir konnten ihn nicht bewegen, also wird sie ihn hier bemalen.«

»Was man nicht bewegen kann, sollte man anmalen?« Angus hob verständnislos die Augenbrauen.

Fiona lachte. »Na ja, gestern kam es uns so am einfachsten vor.« Sie zögerte. »Ist hier genug Platz für deine Ausrüstung?«

Angus betrachtete die wenigen freien Quadratmeter und lachte. »Nicht ganz, Mum.«

»Oh.« Wie viele Sachen hat er denn *genau?*, fragte Fiona sich.

»Nur wenn wir noch mehr davon rauswerfen.« Angus deutete auf das Chaos.

»Das können wir, aber wo soll Sian dann ihre Möbel bemalen?«

»Vielleicht ist es möglich, dass wir uns den Platz teilen«, sagte er nach einer Weile.

Fiona fröstelte. »Können wir ins Haus gehen?«, bat sie. »Ich bin nass geworden. Draußen regnet es, für den Fall, dass es dir noch nicht aufgefallen ist.«

»Das ist kein Regen!«, erklärte Angus. »Es sind die sanften Tränen der Götter, die damit ihre Enttäuschung über die Welt zum Ausdruck bringen.«

Es war vielleicht eine Weile her, seit sie ihren ältesten Sohn zuletzt gesehen hatte, aber Fiona wusste immer noch genau, wann er sie aufzog. »Lass uns ins Haus gehen und Tee trinken! Und nur zu deiner Information: Das, was gerade vom Himmel fällt, ist Regen. Und wir sollten froh sein, ihn zu haben.«

Obwohl Sian so fleißig aufgeräumt hatte, waren die Spuren der Dinnerparty noch deutlich an den aufgestapelten Servierplatten auf der Arbeitsplatte in der Küche, den Reihen von Gläsern, die gespült, aber noch nicht weggeräumt waren, und der Armee von leeren Flaschen zu erkennen, die neben dem Abfalleimer aufgereiht waren.

»Ich glaube, das würde man eine ›geschlossene Reihe‹ von Flaschen nennen«, sagte Angus.

Nicht ganz sicher, ob das eine Kritik war, setzte Fiona Wasser auf.

Angus lehnte sich gegen die Arbeitsplatte. »Warum hast du so einen Aufwand betrieben, Mum? Das ist doch sonst nicht deine Art, oder?«

»Doch, eigentlich schon, aber Jeff wollte nie, dass wir mehr als sechs Personen dahaben, ihn und mich eingeschlossen. Jetzt muss ich mir darüber keine Gedanken mehr machen; deshalb lade ich so viele Leute ein, wie ich will.«

»Daran kann es nicht liegen. Jeff ist schon seit ewigen Zeiten aus unserem Leben verschwunden.«

»Ich schuldete einigen Leuten eine Einladung«, rechtfertigte sie sich. »Außerdem wollte ich Sian Gelegenheit geben, Margaret kennenzulernen. Erinnerst du dich an sie?«

Angus schüttelte den Kopf. »Es waren einige Leute auf dieser Dinnerparty, die ich nicht kannte. Und zwei davon waren Männer.«

Fiona konzentrierte sich sehr darauf, auf diese Bemerkung nicht zu reagieren. Wenn sie nicht schuldbewusst aussah, würde er keine Fragen mehr stellen. Ihre Sorge kam ihr albern vor. Sie war eine erwachsene Frau und konnte tun und lassen, was sie wollte, aber nach dem Desaster mit Jeff wollte sie ihre Jungs kein weiteres Mal beunruhigen. »Oh? Na ja, ich wollte Sian in der Gegend willkommen heißen und sie mit Margaret bekannt machen, die in ihrem Laden vielleicht einige von Sians Möbeln ausstellen wird.«

»Ich verstehe.«

Fiona lachte. »Es tut mir leid, dass so viele meiner Gäste sich als alte Flammen von dir herausgestellt haben.«

Er runzelte die Stirn, und Fiona spürte eine Anspannung in ihm, die sie überraschte. Doch Angus war vermutlich müde von der Reise.

»Und es muss ein ziemlicher Schock gewesen sein, anzukommen und das Haus so voll vorzufinden«, fuhr sie fort. »Ich verstehe immer noch nicht, warum du dich nicht angekündigt hast.«

»Ich wollte dich überraschen, damit du nicht so viel Arbeit mit den Vorbereitungen hast.« Er sah seine Mutter zweifelnd an.

»Die Überraschung ist dir gelungen. Aber du kannst es mir nicht anlasten, dass du dann selbst ein bisschen überrascht warst.«

8

Als Sian am nächsten Morgen die Tür öffnete und Gus draußen stehen sah, empfand sie als Erstes Erleichterung darüber, dass Rory bereits in der Spielgruppe war.

Dann bemerkte sie, dass Gus Shorts, alte Turnschuhe und ein T-Shirt trug. Offenbar war er joggen gewesen, und ihr Körper reagierte auf die Energie, die er ausstrahlte.

»Oh, hallo«, sagte sie so beiläufig wie möglich. »Hast du es nicht mehr bis nach Hause geschafft? Musst du dich ausruhen?«

Er lächelte. »Nein, aber ich sah deinen Wagen und dachte, dass du dann wahrscheinlich zu Hause bist. Also habe ich einfach mal geklingelt.« Er grinste. »Nur ein kleiner Nachbarschaftsbesuch.«

Erfreut und gleichzeitig nervös öffnete Sian die Tür ganz und ließ ihn herein. Sie nahm den Geruch von frischem Schweiß und Aftershave wahr, als Gus an ihr vorbeiging. Sofort musste sie an ihr erstes Treffen denken und an das, was danach passiert war. Der Geruchssinn ist wirklich der Sinn, der Erinnerungen sofort wieder an die Oberfläche holt, überlegte sie, und sie wünschte, Gus würde nicht immer noch dasselbe Aftershave wie vor all den Jahren benutzen: Geo. F. Trumper West Indian Limes. Sie wusste, um welches Aftershave es sich handelte, weil sie sich daran erinnerte, es in seinem Bad gesehen zu haben; Gus hatte ihr erzählt, dass er es benutzte, weil es ihn an seinen Vater erinnerte. In der ersten Zeit nach ihrer gemeinsamen Nacht, bevor sie vernünftig geworden war und daran gearbeitet hatte, ihn zu vergessen, hatte sie in Kaufhäusern daran gerochen und sich so an Gus erinnert.

Sie räusperte sich und führte ihn in die Küche. »Möchtest du Kaffee? Oder Wasser? Oder etwas anderes?«

Er ließ sich auf einen der Stühle fallen, die an dem kleinen Tisch standen. »Wasser, dann Tee, wenn das okay ist.«

Sian schenkte ihm Mineralwasser ein und stellte den Kessel an. Dabei suchte sie fieberhaft nach einem unverfänglichen Gesprächsthema. Es standen noch einige von Rorys Loks auf dem Tisch, und sie sammelte sie zusammen.

»Dann spielt dein Sohn gern mit Eisenbahnen? Wir haben noch welche im Haus.«

»Wir kennen sie schon. Rory spielt oft damit, besonders mit der großen Holzeisenbahn. Ich hoffe, das macht dir nichts aus.« Sie goss kochendes Wasser in die Becher.

Gus lachte. »Glaubst du im Ernst, es stört mich, wenn ein Kind mit meinen alten Spielsachen spielt?«

Sian stimmte in sein Lachen ein und entspannte sich etwas, während sie Milch aus dem Kühlschrank holte und sich gut zuredete: Ich kann das. Ich kann mich einfach ganz zwanglos mit ihm unterhalten, ohne dass ich gleich panisch werde. »Weißt du, Männer können manchmal sehr egoistisch sein, wenn es um ihre Spielsachen geht.«

»Ich bin egoistisch, was bestimmte Dinge angeht, aber nicht bei Spielsachen, die ich schon vor Jahren ausrangiert habe.« Er wurde plötzlich sehr ernst. »Ich hoffe, du denkst nicht, ich hätte *dich* ausrangiert. Das hätte ich niemals getan.«

»Nein. Oh, nein, ich wusste ja, dass du wegfährst. Ich kannte die Situation. Hör zu, würde es dir etwas ausmachen, wenn wir ins Wohnzimmer gehen? Die Küche ist nicht der schönste Raum des Hauses. Im Wohnzimmer ist es gemütlich und sonnig.«

»Man sollte eigentlich die Wand zum Esszimmer rausnehmen«, meinte Gus und folgte Sian.

»Ich weiß, aber das Haus gehört mir nicht. Setz dich dorthin!« Sie deutete auf einen großen Sessel und stellte einen der Teebecher auf einen Tisch neben Gus. Sie wollte nicht so nah bei ihm sitzen. Er war viel zu groß und beunruhigend. Deshalb nahm sie auf dem Sofa ihm gegenüber Platz und zog sich in einer unbewussten Geste der Abwehr den Rock über die Knie. Irgendwie wusste sie, dass Gus nicht aufgeben würde. Er wollte offensichtlich über jene Nacht reden. Sie würde erwachsen reagieren und ihm klarmachen müssen, dass die Vergangenheit vergangen war, dass sie das hinter sich gelassen hatte. Er konnte nicht erwarten, dass sie so tat, als gäbe es die fast sechs Jahre nicht, die zwischen ihrem ersten Treffen und dem heutigen Tag lagen.

»Sian, ich brenne vor Neugier – was hast du erlebt, seit ich weggegangen bin? Es war eine lange Zeit.«

»Ja, nicht wahr? Na ja, lass mich nachdenken.« Das alles schien wirklich schon eine Ewigkeit her zu sein. »Habe ich damals nicht in einer Bar gearbeitet, während ich nach einem Job suchte, der etwas mit meinem Abschluss zu tun hatte?«

Er nickte. »Das stimmt. Ich weiß noch, dass du mir von einem Mann erzählt hast, der immer dort herumlungerte, und dass du erst viel später gemerkt hast, dass er dich toll fand.«

»Das hatte ich schon völlig vergessen.«

»Ich habe ein gutes Gedächtnis.« Sein Blick sagte ihr, an was genau er sich noch erinnerte. Auf seinem Gesicht erschien ein Lächeln.

»Aber dann habe ich ja ein Kind bekommen«, sagte sie und legte bei der Erinnerung daran die Hand auf ihren Bauch.

»Oh, ja.« Sein Blick änderte sich leicht, doch das Lächeln blieb.

»Ja, das hat recht viel Zeit in Anspruch genommen«, sagte

sie fröhlich und lächelte dann ebenfalls, um anzudeuten, dass sie mit der Situation glücklich war.

»Aber du hast nicht geheiratet?« Er runzelte leicht die Stirn, als verwunderte ihn das.

»Nein. Es war eine eher kurze Beziehung.«

»Tut mir leid.« Er beugte sich vor, als wollte er in einer Geste des Mitgefühls ihre Hand nehmen, doch Sian lehnte sich auf ihrem Sitz zurück und wich ihm aus. Er zwinkerte ihr liebevoll zu. »Dann kann ich davon ausgehen, dass er dir nicht das Herz gebrochen hat?«

»Oh, natürlich hat er das nicht«, log sie und hielt tapfer an ihrem Lächeln fest. »Nichts dergleichen. Ich war sehr überrascht, als ich feststellte, schwanger zu sein, aber nach dem ersten Schock habe ich mich sehr gefreut.«

»Ich habe an dich gedacht, weißt du. Oft. Während ich in Schneeschuhen durch die Eiswüste stapfte.«

»Wirklich? Wie komisch! Ich kann mir gar nicht vorstellen, dass jemand in einer so rauen Gegend an mich denkt.«

»Du hast das Gefühl, dass ich nur an dich denken sollte, wenn ich sicher in England bin?«

»Ja, so in etwa. Vielleicht während du Tee trinkst oder mit irgendetwas ähnlich Häuslichem beschäftigt bist.«

Er lachte. »Mir ist noch nie in den Sinn gekommen, dass man an Leute nur an bestimmten Orten denken sollte, es sei denn, du meinst Gräber. Aber um die Wahrheit zu sagen, fand ich es schwer, nicht an dich zu denken.«

Weil sie spürte, wie sie errötete, drehte Sian ihren Becher in der Hand und stand auf. Diese Unterhaltung wurde langsam schwierig. Sie war nicht bereit für dieses Gespräch und würde es vielleicht niemals sein. »Noch etwas Tee?«

»Nein, danke. Sian, bitte setz dich wieder! Ich möchte mit dir reden.«

»Aber du redest doch mit mir.« Sie spürte, wie sie erneut rot wurde, und hoffte, dass er einfach annehmen würde, ihr sei heiß. Da sie gerade darüber nachdachte: Ihr *war* heiß! Sie öffnete ein Fenster.

»Sag mir, was hat ein Mädchen aus der Stadt in dieses Kaff hier verschlagen?«

»Ich bin kein Stadtmensch. Ich habe angefangen, Gemüse anzubauen und so was.«

»Aber warum hier? Ich weiß, es ist ein hübsches Dorf, aber es ist schon ein komischer Zufall, dass du praktisch neben mein Elternhaus gezogen bist.«

Sian wurde wütend. »Du willst mir doch jetzt nicht unterstellen, dass ich dir nachlaufe, oder? Ich hatte keine Ahnung, dass Fiona deine Mutter ist, bis du auf dieser Dinnerparty aufgetaucht bist.«

»Wenn du mir also nicht nachläufst, was ein bisschen schade ist, warum bist du dann hier?«

Sian nahm sich einen Moment Zeit, bevor sie antwortete. »Eigentlich wegen Richard.«

»Oh, Richard.« Allein durch die Art, wie Gus seinen Namen aussprach, schien er Richard als jemanden abzustempeln, der zwar nett war, aber nicht viel mehr. »Du bist mir gestern ausgewichen. Komm schon, sag es mir! Seid ihr – du weißt schon – zusammen?«

Sie hätte sofort Ja sagen sollen. Schließlich würden Richard und sie vielleicht eines Tages zusammen sein. Aber sie zögerte und stellte dann fest, dass sie nicht lügen konnte. »Na ja, nicht wirklich. Ich meine, irgendwie auch wieder schon. Er ist natürlich ein alter Freund, und er ist toll, doch ich bin auch hergezogen, weil seine Schwester – die Rory gut kennt – hier eine Spielgruppe gegründet hat. Das bedeutet, dass mein Kleiner in eine Betreuung gehen kann, wo er sich wohlfühlt, während ich arbeite. Und es ist eine schöne Gegend mit einer guten Schule, einem Laden, einer Post, und der Ort ist nicht zu weit von London entfernt.« Ihr wurde klar, dass sie schon zu lange redete und am Ende geklungen hatte wie ein Makler.

Aber Gus schien das nicht aufzufallen. »Da wir gerade davon sprechen: Wir waren auf Richards Party, als wir uns kennenlernten, nicht wahr?«

»Das stimmt«, sagte Sian und fragte sich, wie viel Interesse sie an ihrer gemeinsamen Vergangenheit zeigen sollte.

»Aber du musst dich nach unserer ... Affäre ... schnell umorientiert haben, wenn du einen Sohn hast, der bald in die Vorschule geht.«

»Eigentlich nicht. Na ja, vielleicht.« Sian versuchte, die Farbreste unter einem ihrer Fingernägel zu entfernen, und war sich bewusst, dass Gus jetzt schlecht von ihr denken musste. Und wenn er glaubte, dass Rory erst jetzt in die Schule kam, dann hielt er ihn für ein Jahr jünger, als er eigentlich war.

»Ich hoffe, das klang nicht wertend. Das sollte es nicht. Schließlich hätte es ja auch keinen Sinn gehabt, auf mich zu warten.«

»Nein.« Sian fühlte sich besser. Er dachte also doch nicht schlecht von ihr, und er hatte recht: Sie hatten sich nach jener Nacht darauf geeinigt, keinen Kontakt mehr zueinander aufzunehmen, und nicht mal ihre Handynummern ausgetauscht.

»Und wie alt ist Rory genau?«

»Äh...« Sian verfiel in Panik. Sie wusste, dass Gus nur höflich sein wollte, aber sie durfte nicht mal andeuten, dass sie in jener Nacht schwanger geworden war. »Ich weiß es nicht!«, stammelte sie und kam sich schrecklich dumm vor. Natürlich wusste sie, wie alt ihr Sohn war. Doch es gelang ihr nicht, auf die Schnelle ein anderes Geburtsdatum zu erfinden, damit Gus nicht eins und eins zusammenzählte.

Er sah sie ein bisschen verwirrt an.

»Ich brühe uns noch einen Tee auf.« Sian stand auf, griff nach den Tassen und floh förmlich zurück in die Küche, während sie hastig im Kopf nachrechnete.

»Hey, mach dir keine Sorgen, so wichtig ist es nicht!«, rief Gus, als Sian mit zwei frischen Tassen Tee zurück ins Wohnzimmer kam. Ihr war klar geworden, dass sie vielleicht auffliegen würde, wenn sie log. Rory hatte bald Geburtstag. Vielleicht sollte sie eine Kerze weniger auf seinen Kuchen stellen, wenn Gus in der Nähe war. Nein, sie würden einfach nur Kinder einladen.

»Und du?«, sagte sie und beschloss, dass nur ein kompletter Themenwechsel sie retten konnte. »Müsstest du nicht an deinem Buch arbeiten?«

Das schiefe Grinsen, das sie schon damals in Richards Küche nicht hatte übersehen können, übte jetzt wieder die gleiche verheerende Wirkung auf sie aus. »Ich bin gerade erst zurückgekommen und brauche ein bisschen Zeit, bevor ich mit dem Schreiben anfange.«

»Dann willst du dein Buch gar nicht beenden?«

Er zuckte mit den Schultern. »Ich muss irgendwie meinen Lebensunterhalt verdienen, aber reichen die Tantiemen für ein Buch dafür? Ich bin nicht sicher. Um ehrlich zu sein, bin ich ein bisschen nervös. Mein Agent sagt, er kann das Buch für mich verkaufen, wenn ich es richtig anfange. Ich habe jede Menge Fotos. Vielleicht könnte es ein Bildband werden.«

Gus' Unsicherheit überraschte Sian. Er wirkte normalerweise so sicher und selbstbewusst. Trotz ihrer Nervosität am Abend der Dinnerparty hatte Sian es genossen, seinen Geschichten zu lauschen. Sie konnte einfach nicht anders – die

Künstlerin in ihr liebte Fotos. »Ich würde sie mir gern ansehen«, sagte sie, bevor ihr wieder einfiel, dass sie Gus eigentlich möglichst aus dem Weg gehen wollte.

»Wirklich? Dann komme ich mal mit meinem Laptop vorbei und zeige sie dir. Oder du könntest bei uns vorbeischauen. Mum versucht, in der Scheune ein bisschen Platz zu schaffen. Sie hat mir erzählt, dass du darin Möbel bemalen möchtest. Ich habe eine riesige Ausrüstung, die ich auch irgendwo unterbringen muss. Ich dachte an den Dachboden.« Er zögerte. »Meine Mutter scheint eine ganze Menge Zeug angesammelt zu haben.«

»Ich glaube, es liegt daran, dass die Leute ihre Sachen bei Fiona gelagert haben, weil sie so viel Platz hat.«

»Soll das ein Wink mit dem Zaunpfahl sein? Wirfst du mir vor, meinen alten Kram bei ihr abzuladen? Hey! Sie ist schließlich meine Mutter. Das ist mein Zuhause. Wo soll ich meine Sachen denn sonst lassen?«

Sian kicherte. »Na, zu Hause natürlich. Aber sie braucht definitiv Hilfe beim Aussortieren. Wir haben in der Scheune schon damit angefangen, doch ich wette, dass der Dachboden und alle Räume im oberen Stock auch bis zur Decke vollgestopft sind.«

»Du bist gut mit meiner Mutter befreundet, oder? Sie hat es mir erzählt.«

»Na ja, ich mag sie sehr, und sie war wunderbar zu uns.«

»Ohne dass sie wusste, dass wir beide uns kennen.« Gus sah Sian mit einem schlecht zu deutenden Gesichtsausdruck an. »Obwohl wir ja nicht viel Zeit hatten, uns kennenzulernen, nicht wahr?«

»Nein.«

»Aber dafür haben wir uns ganz gut kennengelernt.«

Sian errötete erneut. Es war falsch von ihm, ständig auf ihre gemeinsame Nacht anzuspielen. Doch er schien entschlossen zu sein, sie wieder und wieder zu thematisieren.

»Na ja, es war eine sehr intensive Zeit«, erklärte sie, um die gemeinsamen Stunden in der Vergangenheit zu verankern und ihm deutlich zu machen, dass sie mit der Gegenwart nichts mehr zu tun hatten. Er durfte nicht wissen, wie oft sie diese Stunden schon in ihrer Erinnerung hatte aufleben lassen, obwohl ihr Verstand es ihr verbot.

»Ich musste ständig an dich denken«, sagte er. »Ich wünschte wirklich, wir wären damals nicht so vernünftig gewesen. Wir hätten nicht beschließen sollen, unsere Adressen nicht auszutauschen, nur weil ich wegfahren wollte.«

»Es kam uns damals richtig vor.«

»Ich weiß, aber später fühlte es sich völlig falsch an.«

Ihr fiel keine passende Antwort ein. Seine Adresse nicht zu kennen, hatte es auf gewisse Weise leichter für sie gemacht. So hatte sie ihm nicht von Rory erzählen können, oder zumindest wäre es nicht einfach gewesen, Gus ausfindig zu machen. Damals hatte ihre Mutter das als Ausrede entlarvt:

»Du kennst schließlich seinen Namen und könntest durchaus mit ihm in Kontakt treten«, hatte sie gesagt. »Wofür gibt es das Internet?« Doch letztendlich hatte ihre Mum akzeptiert, dass Sian den Vater ihres Babys nicht finden wollte, und das Thema nicht mehr angesprochen.

Sie hatte ihrer Mutter bisher noch nichts davon erzählt, dass Gus wieder in ihr Leben zurückgekehrt war. Zwar hatte sie erwähnt, dass Fionas Sohn auf der Dinnerparty erschienen war, hatte aber verschwiegen, wer er war. Warum hatte sie ausgerechnet in sein Dorf ziehen müssen? Und warum war er nach Hause gekommen?

Sie zuckte mit den Schultern. »Späte Einsicht, ja?«

»Hast du jemals an mich gedacht?«

Sian war noch nie so dankbar für ein Klopfen an der Tür gewesen wie in diesem Moment. Sie rannte förmlich zur Haustür, obwohl sie sich bewusst war, dass sie sich völlig kindisch verhielt.

»Melissa! Wie schön!«, sagte sie ungewöhnlich freundlich, wenn man bedachte, dass sie Melissa Lewis-Jones nicht besonders mochte. »Komm doch rein!«

Melissa sah toll aus in ihrem schicken kurzen Kleid mit Blumenmuster und tiefem Ausschnitt. Sians Freude, sie zu sehen, erhielt gleich einen Dämpfer.

»Ich hoffe, ich störe nicht.«

»Nein, nein. Gus ist auch hier.«

»Du meinst Angus? Wie schön!«

Die beiden Frauen gingen ins Wohnzimmer.

Gus stand auf. »Hi Lissa. Nett, dich zu sehen.«

»Ich war bei dir zu Hause, um mich bei deiner Mutter für die schöne Dinnerparty zu bedanken«, erklärte Melissa. »Ich dachte, du wolltest joggen gehen? Fiona hat mir das jedenfalls erzählt.«

»Ich war joggen. Ich habe auf dem Rückweg nur kurz Sian besucht, um etwas zu trinken.«

Melissa runzelte leicht die Stirn.

»Möchtest du vielleicht auch eine Tasse Tee?«, fragte Sian.

»Ja, bitte«, antwortete Melissa ungewöhnlich hastig. Es war offensichtlich, dass sie vorhatte zu bleiben. »Hast du grünen Tee? Ich versuche gerade, meinen Koffeinkonsum zu reduzieren.«

»Vielleicht«, erwiderte Sian und ging in die Küche, um nachzusehen.

»Ich liebe dieses kleine Haus einfach!«, hörte sie Melissa zu Gus sagen. »Ich möchte es kaufen. Sian hat es nur gemietet.« Ein Kichern erklang. »Es wäre doch lustig, wenn wir Nachbarn wären, oder nicht?«

»Ich bin sicher, das wäre es«, stimmte Gus zu. »Aber Sian und Rory leben hier.«

»Ach, sie haben das Haus doch nur gemietet«, beharrte Melissa.

Von der Küche aus konnte Sian nicht wirklich beurteilen, wie genau Gus darauf reagierte. Jetzt war nur ein beunruhigendes Schweigen zu hören. Umarmten sie sich gerade leidenschaftlich? Oder war Melissa schon dabei, die Vorhänge auszumessen? Sian goss den Tee so schnell auf, wie sie konnte.

Als sie ihn zusammen mit ein paar Plätzchen auf einem Tablett ins Wohnzimmer trug, fand sie, dass Gus und Melissa nicht unbedingt schuldbewusst auseinandersprangen. Doch sie schienen sich miteinander wohlzufühlen.

»Lissa hat mir erzählt, dass sie gern dieses Haus kaufen möchte«, bemerkte Gus.

Sian zwang sich zu lächeln, als sie Melissa ihren Becher reichte. »Und ich hoffe, dass Luella es nicht verkaufen möchte. Ich wohne nämlich sehr gern hier.«

»Aber du könntest doch auch etwas anderes mieten, oder nicht?«, meinte Melissa.

»Ich werde nichts Vergleichbares finden mit einem großen Garten, in dem ich mein eigenes Gemüse ziehen kann, genug Platz für Rory zum Spielen und so nah zu seiner späteren Schule.«

»Oh«, sagte Melissa. »Ich möchte aber in der Nähe meiner Eltern wohnen.«

Weil sie nicht streiten wollte, bot Sian Gus einen Keks an.

»Ich bin gekommen, um mir jetzt das Haus anzusehen«, fuhr Melissa fort. »Wenn es dir gerade passt, Sian.« Sie lächelte zuckersüß. »Obwohl du natürlich einen Gast hast.«

»Deshalb kommt das gerade ein bisschen ungelegen«, erklärte Sian und lächelte schwach.

»Aber ich bin sicher, Angus würde es nichts ausmachen, oder? Übrigens war die Dinnerparty deiner Mutter toll! So elegant!«

Es lag so viel Überraschung in ihrer Stimme, dass Sian stellvertretend für Fiona wütend wurde.

»Ich weiß, ich war auch dort«, sagte Gus lächelnd.

»Ja, das warst du. Das war mal ein wirklich großer Auftritt!« Melissa hielt seinen Blick fest, und Sian wandte den Kopf ab, sodass sie nicht mitbekam, wie lange sie sich in die Augen sahen.

»Dann wäre es okay, wenn ich mich umsehe?«, fragte Melissa. »Ich bin sicher, Angus würde das Haus auch gern besichtigen.«

»Und ich bin sicher, das möchte er nicht! Warum sollte er?«, erwiderte Sian und sah Gus in der Hoffnung an, dass er ihr zustimmen würde.

»Tja, es interessiert mich wirklich«, meinte er. »Ich habe mich schon immer gefragt, wie es in diesem kleinen Haus aussieht.«

»Großartig!«, rief Melissa und stand auf. »Sollen wir dann gehen?«

»Gebt mir oben zwei Minuten«, bat Sian und fügte sich in das Unvermeidliche. »Ihr könnt euch ja hier unten schon ein bisschen umsehen.«

Sian hatte kaum Zeit, die Unterwäsche vom Vortag in den Wäschesack zu räumen und ihr Bett zu machen, da hörte sie die beiden auch schon die Treppe raufkommen.

»Natürlich würde ich eine Kernsanierung vornehmen lassen«, sagte Melissa gerade. »Die Küche ist furchtbar, und ich würde wahrscheinlich hinten noch anbauen. Aber mit ein bisschen Arbeit und Geld könnte dieses Haus richtig schön werden.«

»Ich finde es jetzt schon sehr schön«, erklärte Sian und ging ihnen auf dem Flur entgegen. Im Stillen gab sie Melissa recht, was die Küche anging.

»Natürlich ist es das«, versicherte ihr Melissa. »Es könnte nur noch viel schöner sein. Ist das hier dein Schlafzimmer?« Sie ging hinein, ohne Sian zu fragen. »Kein angrenzendes Bad? Obwohl man da einen Durchbruch machen könnte. Dann wäre das Schlafzimmer viel größer, und Platz für ein Bad wäre auch, denke ich.« Melissa blickte in den Nebenraum und stellte sich offenbar schon vor, wie sie hier residieren würde.

»Das ist Rorys Zimmer. Ich räume nur schnell den Boden frei, damit ihr es betreten könnt. Bleibt draußen!«

Sian sammelte einige Spielzeuge auf und stopfte einen Stapel sauberer Wäsche in den Schrank mit Vorhang, in dem Rorys Kleidung untergebracht war. Sie richtete gerade das »Thomas, die Lokomotive«-Oberbett, als Melissa und Gus hereinkamen.

»Ja! Perfekt als Bad mit Ankleidezimmer!«, rief Melissa.

»Aber dann hättest du ein Schlafzimmer weniger«, gab Sian zu bedenken, die nicht darüber nachdenken wollte, dass Rorys Schlafzimmer zu einem Bad werden könnte. »Das ist nie gut. Es mindert den Wert eines Hauses.«

»Ach was, es gibt doch noch ein Zimmer«, sagte Melissa, die wieder auf den Flur getreten war und die nächste Tür öffnete. »Oh.«

»Wow!«, rief Gus, der Melissa über die Schulter blickte. »Das ist wundervoll!«

Der Raum – das Arbeitszimmer – war leer, abgesehen von der Kommode, die Fiona Sian geschenkt hatte. Das Möbelstück stand auf ausgebreiteten Zeitungen und trocknete. Sian trat zu Gus und Melissa.

»Bitte nichts anfassen«, sagte sie, weil sie Angst um ihre Arbeit hatte. Doch sie freute sich auch über die Reaktion der beiden auf ihr noch nicht vollendetes Stück.

Sie hatte die Kommode abgeschliffen, weiß gestrichen und Blumen darauf gemalt, die sehr an Van Goghs Iris-Darstellungen erinnerten. Die Oberseite war einfarbig, aber Sian fand, dass die Kommode ein kleines Kunstwerk geworden war, und hatte vor, sie Fiona als Dankeschön für die herzliche Aufnahme hier zu schenken.

»Das machst du also beruflich?«, fragte Gus. »Das ist unglaublich.«

»Finde ich auch!«, rief Melissa. »Ich bin wirklich beeindruckt! Du bist eine Künstlerin, nicht bloß eine Dekorateurin.«

»Danke für das Kompliment«, sagte Sian und versuchte, ein Lächeln zu unterdrücken. »Ich habe Kunst studiert.«

»Würdest du auch etwas für mich bemalen?«, fragte Melissa und wandte sich begeistert zu ihr um. »Ich habe ein paar scheußliche Einbauschränke. Die könntest du für mich neu gestalten.«

»Nicht, wenn du vorhast, dein Haus zu verkaufen.«

»Schon gut. Ich lebe bei meinen Eltern!«

Sian lächelte. »Dann solltest du sie vielleicht erst fragen. Schließlich müssten sie ziemlich viel Geld für ein Zimmer ausgeben, aus dem du auszieht.« Sian wollte den Auftrag nicht verlieren, aber sie sprach diese Warnung immer aus, wenn sie etwas bemalen sollte, das fest eingebaut war.

»Natürlich frage ich nach, doch ich glaube, du solltest ein geschmackvolles Motiv auswählen, Rosen vielleicht, die sich nach oben ranken. Mummy würde das *lieben*«, erklärte Melissa.

Sian sah auf die Uhr. »Äh – möchtet ihr noch irgendetwas sehen? Ich muss jetzt nämlich gleich Rory abholen.«

Das war glatt gelogen, doch die beiden würden gezwungen sein zu gehen.

»Ich glaube, ich habe erst mal genug gesehen«, sagte Melissa. »Das Obergeschoss ist größer, als ich gedacht hatte. Das Haus ist wirklich schön.«

»Ja«, stimmte Sian zu und war zu nachsichtig, um hinzuzufügen: Aber noch wohne ich hier.

»Weißt du was? Komm doch nachher mal vorbei«, meinte Gus, der aus dem Fenster gesehen hatte. »Und bring Rory mit. Ich möchte ihn gern kennenlernen.«

»Ich weiß nicht...«, antwortete Sian.

»Und du auch, Lissa«, fügte er mit einem lässigen Lächeln hinzu, dem kaum eine Frau hätte widerstehen können.

»Ja, gern«, erklärte Melissa mit einem kleinen Seufzen. Sie hakte sich bei Gus unter. »Um wie viel Uhr?«

»Gegen sechs?«, sagte er. »Sian? Wäre das okay wegen Rorys Schlafenszeit und so?«

»Vielleicht. Kann ich dir noch Bescheid geben?« Auf gar keinen Fall würde Sian Rory mit zu Gus nehmen, wenn sie es verhindern konnte – und ganz sicher nicht, wenn Melissa auch dort war. Auf der anderen Seite mussten Rory und Gus sich irgendwann kennenlernen. Sian beschloss abzuwarten, wie ihr Sohn gelaunt war, wenn sie ihn abholte, und dann zu entscheiden. Sie wollte, dass er sich von seiner sonnigsten Seite zeigte, wenn er seinen Vater zum ersten Mal traf, selbst wenn keiner von beiden um die Bedeutung dieses Moments wusste.

Später an dem Tag, als es wirklich Zeit wurde, den Jungen abzuholen, machte Sian sich auf den Weg zu Emilys Haus. Rory kam Arm in Arm mit Annabelle herausgelaufen. »Mum!«, sagte er. »Kann Annabelle noch bei mir spielen?«

»Ich denke schon, Schatz«, erwiderte Sian und wandte sich an Jody. »Würde dir das passen? Rory war schon so oft bei euch.«

»Natürlich passt mir das«, erklärte Jody. »Und wir haben Rory gern bei uns. Einer mehr oder weniger spielt eigentlich keine Rolle, stelle ich oft fest.«

Wieder einmal bedankte Sian sich in Gedanken bei Fiona dafür, dass sie ihr Jody vorgestellt hatte. Die junge Frau war lustig, und es tat gut, eine gleichaltrige Freundin zu haben.

Jody und Sian unterhielten sich auf dem Weg zum Parkplatz.

»Und, hast du später noch was Aufregendes vor?«, fragte Sian.

»Eigentlich nicht. Heute kommt Fußball im Fernsehen, was bedeutet, dass ich nicht nur den ganzen Abend im Esszimmer sitzen, sondern mir auch noch das Gegröle und Gefluche anhören muss«, sagte Jody. »Männer! Du hast Glück, dass du keinen hast. Wie steht's mit dir?«

Sian hatte plötzlich das Gefühl, dass es schön wäre, einen Mann zu haben, selbst wenn er sie gelegentlich nervte. »Oh, wir sind eigentlich heute Abend eingeladen, aber ich werde nicht hingehen«, antwortete sie. »Sonst wird es für Rory zu spät.«

»Weißt du was?«, meinte Jody. »Ich könnte doch zu dir kommen und auf ihn aufpassen.«

»Das kann ich nicht von dir verlangen!«

»Doch, das kannst du. Ich würde es gern tun. Ich müsste mich nach niemandem richten und hätte die Fernbedienung ganz für mich allein.«

»Aber du müsstest früh hier sein. Schon vor sechs Uhr.«

»Na ja, wenn Annabelle nachher hier zu Abend essen kann und du sie mir gegen halb sechs vorbeibringst, dann kümmere ich mich schnell um die Jungen und bin kurz vor sechs bei dir. John kann die Kinder ins Bett bringen, bevor das Spiel anfängt.«

»Ist das nicht ein viel zu großer Aufwand?«

»Nein, gar nicht. Ich würde heute Abend wirklich gern fliehen.«

»Okay«, sagte Sian, nachdem sie nachgedacht hatte, »vorausgesetzt, ich darf mich bei Gelegenheit revanchieren und auch mal auf deine Kinder aufpassen. Rory könnte dann auf dem Sofa schlafen. Wir haben deine Freundlichkeit schon viel zu oft ausgenutzt.«

»Abgemacht! Obwohl es schon reichen würde, wenn Annabelle bei euch bleiben könnte. Die Jungs kann ich bei Freunden unterbringen, wenn wir mal einen Abend frei haben wollen.«

»Ich könnte sie ein ganzes Wochenende nehmen, wenn ihr wegfahren wollt.«

»Du bist ein Schatz, danke.«

Während Sian die Kinder hinten ins Auto setzte und anschnallte, fragte sie sich, ob sie Jody die Wahrheit über Gus anvertrauen sollte, entschied sich jedoch dagegen. Sosehr sie die andere Frau auch mochte, sie waren noch nicht lange befreundet. Es war vernünftiger, ihre Gedanken und Sorgen für sich zu behalten. Schließlich hatte sie nicht mal ihrer Mutter die ganze Wahrheit erzählt.

Nachdem Jody ein paar Stunden später glücklich mit der Fernbedienung, einer Tasse Tee und Kuchen, den die Kinder gebacken hatten, vor dem Fernseher saß, ging Sian die Straße hinunter und versuchte, so zu tun, als wäre sie nur auf ein Glas Wein bei Fiona eingeladen und würde nicht den Vater ihres

Kindes treffen. Einen Mann, den sie – wenn sie ehrlich zu sich selbst war – immer noch unglaublich attraktiv fand. Sie versuchte auch zu ignorieren, dass sie sich darauf freute, Gus wiederzusehen, und das schlechte Gewissen wegen Richard zu verdrängen. Oh, sie musste ihre Gefühle unbedingt unter Kontrolle bringen!

Fiona öffnete ihr die Tür. »Hast du Rory nicht mitgebracht?«

»Nein, Jody passt auf ihn auf. Sie wollte dem Fußballabend zu Hause entfliehen. Das war sehr nett von ihr. Rory war ein bisschen müde, also ist es eigentlich besser für ihn.«

»Schade, dass er nicht dabei ist, aber komm durch! Wir trinken gerade im Wintergarten Sekt. Du kannst gern zum Essen bleiben, wenn du ein bisschen Zeit hast.«

Sian trat gerade ein, als Gus mit einem Zischen den Korken aus einer Flasche Sekt entfernte. Sie winkte ihm kurz zur Begrüßung zu.

»Hi Sian. Setz dich doch, ich hole dir ein Glas. Du hast deinen Sohn nicht mitgebracht?«

»Nein, er ist schon im Bett. Er war nach der Spielgruppe müde. Eine Freundin passt auf ihn auf.« Sie ließ sich in einen der gemütlichen Sessel sinken, die aus dem Garten wieder hereingeholt worden waren. »Das ist auch gut so. Ich bin selbst ziemlich müde.«

»Hier, nimm das!« Er reichte ihr ein Glas Sekt und sah ihr lächelnd in die Augen. Sie wandte den Blick ab. Vielleicht war es doch keine gute Idee gewesen herzukommen.

Fiona gesellte sich zu ihnen und nahm die Schürze ab. »Schenkst du mir auch Sekt ein, Schatz, danke.« Sie setzte sich neben Sian. »Hattest du viel zu tun?«

»Ja, aber ich habe auch ziemlich viel geschafft. Rory hatte Annabelle zum Spielen da, und nachdem wir Kuchen gebacken hatten, haben sie sich so gut allein beschäftigt, dass ich weiterarbeiten konnte. Übrigens«, sagte sie mit einem stolzen Lächeln, »würde ich dir gern etwas zeigen, was dir vielleicht gefällt.«

»Ja, schön! Hier, nimm dir eine Olive!« Fiona reichte Sian die Schale, nahm dann von ihrem Sohn ein volles Glas entgegen und trank einen großen Schluck.

Die drei saßen in kameradschaftlichem Schweigen da, als sie plötzlich jemanden rufen hörten.

»Hallo? Jemand zu Hause? Ich habe geklingelt, aber es hat mir niemand geöffnet.« Melissa kam in den Wintergarten und lächelte strahlend.

Fiona sprang auf. »Melissa! Wie schön, dich zu sehen!« Sian konnte erkennen, dass sie nicht wirklich so erfreut war, und fragte sich, ob Gus vergessen hatte, seiner Mutter zu erzählen, dass er Melissa auch eingeladen hatte. »Trink doch etwas mit uns!«

Gus stand auf und reichte Melissa ein Glas Sekt.

»Hey du«, sagte sie und gab ihm einen Kuss. Er küsste sie ebenfalls.

Mich hat er nicht geküsst, wurde Sian mit einem Stich klar. Die Tatsache, dass sie auf dem Platz, an dem sie saß, schwerer zu erreichen war, zählte nicht als Ausrede. Dann rief sie sich selbst zur Ordnung. Gus konnte küssen, wen er wollte.

»Hey Lissa«, sagte er. »Wie geht's?«

»Niemand außer dir nennt mich noch Lissa. Aber ich liebe es«, bemerkte Melissa erfreut und schlang einen Arm um seine Taille.

»Also, Melissa, wie geht es deinen Eltern?«, fragte Fiona.

»Bestens! Mum organisiert wie immer gerade irgendetwas.« Sie lachte charmant. »Nach den vielen Köstlichkeiten, die du letztens auf den Tisch gezaubert hast, engagiert sie dich vielleicht!«

Sian spürte, dass sie nicht die Einzige war, die Melissa gern vors Schienbein getreten hätte. Diese Frau klammerte sich an Gus wie ein Betrunkener an einen Laternenpfahl. Und Gus hätte sie liebend gern abgeschüttelt, zumindest ließ sein Gesichtsausdruck das vermuten.

»Du schmeichelst mir, Melissa. Deine Mutter ist eine viel bessere Köchin als ich.«

»Darüber wollen wir uns nicht streiten«, erwiderte Melissa. »Jedenfalls bin ich hier, um euch diesmal selbst einzuladen. Ich fühle mich so erwachsen!«

Sie wäre am liebsten in die Luft gesprungen und hätte in die Hände geklatscht, wenn sie dafür Angus nicht hätte loslassen müssen, das konnte Sian sehen.

»Und was hast du mit uns vor?« Gus löste sich von ihr und schob Melissa sanft auf einen Stuhl.

»Ein Picknick! Das wird so ein Spaß! Es ist genau genommen eine Wohltätigkeitsveranstaltung zugunsten der Kirche, so eine Art Reiterfest für Erwachsene, aber natürlich auch mit Aktivitäten für Kinder. Ich möchte, dass ihr alle mitkommt. Du auch, Sian.«

»Oh, das wird nicht gehen, meine Mutter wollte uns besuchen«, sagte Sian, der zu spät klar wurde, dass Melissa noch gar kein Datum genannt hatte und ihre Ausrede deshalb nicht wasserdicht sein würde. Obwohl ihre Mutter tatsächlich ihren Besuch angekündigt hatte.

»Du könntest sie doch mitbringen. Dann kann sie sich mit Fiona unterhalten. Ich bin nämlich nicht sicher, ob meine Eltern Zeit haben werden. Sie werden den ganzen Tag wie Fliegen herumschwirren und alles organisieren. Wir müssen dafür sorgen, dass viele Leute kommen, deshalb dachte ich, es würde Spaß machen, wenn wir alle zusammen hingehen.« Sie sah Gus auf eine Art an, die der Welt mitteilte, dass sie auch gern nur mit ihm allein an dem Picknick teilgenommen hätte.

»Das ist für Rory vielleicht nichts«, wandte Sian ein. Sie war überhaupt nicht sicher, welche Aktivitäten ein Reiterfest beinhaltete, und sie wollte es auch nicht herausfinden.

»Doch, doch, Rory hätte da viel Spaß«, widersprach Gus. »Es sei denn, er hasst Pferde.«

»Er hat noch gar keine aus nächster Nähe kennengelernt«, gestand Sian.

»Ich bin sicher, dass er sie lieben wird«, erklärte Fiona. »Außerdem wird da jede Menge los sein.«

»Oh, bestimmt«, sagte Melissa. »Meine Eltern planen das Fest seit Monaten.«

»Ich bin überrascht, dass ich noch gar nichts davon gehört habe«, meinte Fiona, und ihre Mundwinkel hoben sich zu einem Lächeln.

»Wahrscheinlich sind Mum und Dad gar nicht auf den Gedanken gekommen, dass du helfen könntest. Aber wir brauchen ja auch nicht nur Helfer, sondern auch Gäste!«

»Da wird es sicher auch einige Stände geben, oder, Melissa?«, erkundigte sich Fiona.

»Oh, jede Menge! Wolle, Kunsthandwerk, Schmuck – alles Mögliche. Mum hat die verschiedensten Bekannten um einen Gefallen gebeten. Das Fest findet vor dem Schloss statt.«

»Ach«, sagte Fiona und wirkte plötzlich sehr viel interessierter. »Wird es für die Öffentlichkeit zugänglich sein?«

»Leider nein. Wir haben angefragt, doch sie erlauben es nicht. Kann ich ihnen nicht verübeln. Sie wollen nicht, dass da Fremde herumschnüffeln, selbst wenn es für einen guten Zweck ist.«

»Ich glaube, das wird lustig!«, verkündete Gus entschlossen. »Ich finde, wir sollten alle hingehen.«

»Mein Süßer!«, sagte Melissa, sprang von ihrem Stuhl auf und küsste ihn erneut. »Du bist ein Schatz!«

Sian trank von ihrem Sekt und war plötzlich niedergeschlagen. Bald danach beschloss sie, nach Hause zu gehen. Gus und Melissa schwelgten in Erinnerungen an ihre glückliche Kindheit, und Fiona war verschwunden, um das Abendessen vorzubereiten. Ob es ein Essen *à deux* (Mutter und Sohn) oder *à trois* (Mutter, Sohn und Melissa) werden würde, wusste Sian nicht, und es war ihr auch egal. Sie hatte kein Recht, eifersüchtig zu sein, aber wie es schien, ließ dieses nagende Gefühl sich nicht einfach verdrängen. Mit Jody einen Frauenfilm zu gucken, schien ihr die wesentlich bessere Alternative zu sein.

9

Nachdem sich Sian und schließlich auch Melissa verabschiedet hatten, ging Fiona nach oben und ließ Angus vor dem Fernseher allein. Sie las ihre E-Mails; es war eine von Robert darunter. Fiona öffnete sie aus purer Höflichkeit, aber da es darin um ein Möbelstück ging, an dem er interessiert war und das ein echtes Schnäppchen zu sein schien, fühlte sie sich nicht verpflichtet zu antworten. Wenn sie bei ihrem ersten Treffen noch nicht sicher gewesen war, dass sie ihn nicht wiedersehen wollte, dann hatte die Dinnerparty das endgültig entschieden.

Deshalb ging sie erneut auf die Dating-Webseite. Luella hatte ihr (per Mail) geraten, es weiter zu versuchen. Fiona nickte in Gedanken an ihre Freundin. Luella hatte recht, es wurde Zeit, wieder »in den Ring zu steigen«.

Zu ihrer Überraschung und Freude schien noch jemand Interesse an ihr zu haben. Sie klickte sich zu dem Profil des Mannes durch. Er sah wirklich gut aus. Auf jeden Fall war er attraktiver als Robert.

Fiona hinterließ eine Nachricht, dass sie ebenfalls an einem Treffen interessiert sei, und ging wieder zu Angus hinunter. Das Leben macht wirklich sehr viel mehr Spaß, wenn man ein paar Risiken eingeht, dachte sie. Vielleicht hatte sie die ersten gut vierzig Jahre ihres Lebens damit vergeudet, nach Sicherheit zu streben. Möglicherweise wurde es langsam Zeit auszubrechen.

Fiona sah am nächsten Tag auf der Dating-Webseite nach.

Da war eine Nachricht von »Mister Attraktiv«:

Schöne Fiona, würden Sie mich in ein Gartencenter begleiten? Ich brauche einen Rat, und ich bin sicher, dass Sie genau die Frau sind, die ihn mir geben kann. Am Sonntag? Erwartungsvolle Grüße, Evan.

Am Sonntag, dachte Fiona, das wäre schön – etwas, auf das sie sich freuen konnte. Anderen Leuten dabei zu helfen, Geld auszugeben, machte immer Spaß!

Sie tippte eine begeisterte Antwort und verabredete sich mit Evan.

Fiona war aufgeregt bei dem Gedanken an eine weitere Verabredung. Es würde ihr guttun, sich wieder auf ihr eigenes Leben zu konzentrieren. In letzter Zeit hatte sie oft daran gedacht, Sian und Angus miteinander zu verkuppeln, trotz der überschwänglichen Melissa, die Fiona an einen fröhlichen Welpen erinnerte, der an jedem hochsprang und ihm durch das Gesicht leckte. Doch da war auch Richard, obwohl Fiona nicht sicher war, wie Sian und er zueinander standen. Sian redete nicht so über ihn, wie man normalerweise über einen Freund redete, aber er mochte Sian sehr, das war offensichtlich.

Wahrscheinlich war es ein bisschen leichtsinnig, doch Fiona erzählte ihrer jungen Freundin diesmal nichts von ihren Plänen. Dafür gab es mehrere Gründe. Erstens wusste sie, dass Sians Mutter zu Besuch kam, und wollte die drei nicht stören, und zweitens traf sie sich mit Evan in einem Gartencenter. Was konnte da schon schiefgehen? Eigentlich hätte sie sich einen glamouröseren Treffpunkt gewünscht, doch sie hatte in ihrem

Profil ihre Liebe zu Pflanzen erwähnt. Vielleicht wollte Evan ihr damit einen Gefallen tun.

Sie fand die Adresse auf Anhieb. Es war einer dieser riesigen Läden auf dem Land, in dem es neben Pflanzen und Gartenmöbeln auch noch jede Menge anderer Sachen gab. Mit einem wehmütigen Seufzen dachte Fiona an die altmodischen Gärtnereien, in denen nur Pflanzen angeboten wurden. In vielen der großen Center waren jedoch gute Cafés untergebracht. Ein schönes Stück Kuchen würde ein enttäuschendes Treffen wieder wettmachen.

Evan saß wie verabredet an einem Tisch am Eingang des Cafés und stand auf, als Fiona sich näherte. Anders als auf dem Foto hatte er einen silbernen Bart.

»Fiona, meine Liebe«, begann Evan, nahm ihre Hand und küsste sie.

Fiona wusste nicht, ob sie entzückt oder entsetzt war. War er nur herrlich altmodisch oder widerlich anbiedernd? Zweifellos würde sie das bald herausfinden.

»Und jetzt setzen Sie sich, meine Liebe, und lassen Sie uns einen Kaffee trinken! Oder hätten Sie lieber Tee? Oder heiße Schokolade?«

Fiona nahm Platz und spürte Enttäuschung in sich aufsteigen. Sie wusste schon jetzt, dass sie nach ein paar Sekunden gelangweilt sein würde. Es war reine Zeitverschwendung gewesen herzukommen. Warum sie Evan für gut aussehend gehalten hatte, war ihr jetzt ein Rätsel. Er sah nicht mal ansatzweise gut aus. Neben ihm wirkte Robert regelrecht dynamisch!

»So, meine Liebe, erzählen Sie mir von Ihrem Garten! Mein eigenes Paradies ist nicht gerade groß, aber auch nicht klein.« Er lachte hoch und gekünstelt, was Fiona zusammenzucken ließ. Auch sein ständiges »meine Liebe« fing an, sie zu nerven. Evan beschrieb ihr jedes Beet, jede Begrenzung, jeden

Springbrunnen (es gab offenbar mehrere, mit Engeln, Tauben und Windmühlen). Die Beete waren mit Muschelschalen eingefasst (Jakobsmuscheln, »von einem Fischhändler, meine Liebe«), Windspiele und ein wirklich hübsches »Arrangement« (französisch ausgesprochen) von Waldwesen, die so lebensecht wirkten, dass sogar die Eichhörnchen verwirrt waren. Offenbar sorgten die per Fernbedienung steuerbaren Elfen für besondere Konfusion.

Zuerst hatte die Beschreibung Fiona auf eine abstoßende Weise fasziniert – sie hatte eine heimliche Leidenschaft für Kitsch –, aber schließlich beschloss sie, dass das Leben zu kurz war und dass sie sich entschuldigen und in ihren Garten zurückkehren sollte. Sich mit ihren eigenen Pflanzen zu befassen war lustiger, als Evans Beschreibungen zu lauschen, wie er die Entengrütze Pflänzchen für Pflänzchen aus seinem Teich entfernt hatte.

Plötzlich wurde sie sich bewusst, dass er sie abwartend ansah. Er hatte ihr offensichtlich eine Frage gestellt. Mist.

»Tut mir leid, ich war ein bisschen abgelenkt. Könnten Sie das noch mal wiederholen?«

»Ich habe vorgeschlagen«, sagte Evan sichtlich verletzt, »in eine kleine Gärtnerei zu fahren, die ich gut kenne, wo es einige besondere Pflanzen gibt, die nicht überall erhältlich sind.«

Fiona öffnete den Mund, um abzulehnen und sich zu verabschieden. Zu einer besonderen Gärtnerei zu fahren war für sie zwar so wie für andere der Besuch eines Designer-Outlet-Centers, in dem es alles zum halben Preis gab, doch der Gedanke, noch mehr ihrer kostbaren Lebensstunden mit diesem Mann zu verbringen, war ihr unerträglich. Bevor sie jedoch die richtigen Worte fand, legte er seine Hand auf ihre.

»Meine Liebe, bitte lehnen Sie nicht ab! Ich hasse es, allein zu diesen Läden zu fahren. Ich fühle mich dort so hilflos.

Danach gehen wir etwas trinken, ich verspreche es. Ich kenne ein hübsches Lokal an einem schönen Ort.«

Fiona verfluchte ihr gutes Herz, doch sie wurde schwach. »Okay.« Sie stand auf, weil sie diese Tortur so schnell wie möglich hinter sich bringen wollte. »Wo liegt die Gärtnerei?«

»Nun, ich denke, es wäre besser, wenn Sie bei mir im Auto mitfahren. Ich kann Sie später hier wieder absetzen. Dort gibt es nicht viele Parkplätze, verstehen Sie. Die Gärtnerei liegt ein bisschen abgelegen. Es ist viel einfacher, wenn wir mit einem Wagen fahren.«

Fiona zögerte. Sie machte sich keine Sorgen, weil sie die Regeln des Internet-Datings brach. Solche Vorsichtsmaßnahmen waren bei diesem höflichen, aber langweiligen Mann kaum erforderlich. Doch sie war nicht gern von anderen abhängig. Sie wollte sich verabschieden können, wann immer sie wollte. »Ich glaube, ich fahre lieber mit meinem eigenen Auto.« Sie wollte Evan gerade anbieten, ihn mitzunehmen, überlegte es sich jedoch anders. Sie wäre genauso gebunden, wenn er in ihrem Wagen mitfuhr.

»Ich denke, Sie werden feststellen, dass es einfacher ist, wenn Sie mit mir mitkommen. Es ist ein bisschen schwer zu finden, und wenn Sie mich verlieren, dann sehen wir uns vielleicht nicht mehr wieder.« Evan lächelte, und Fiona fragte sich, was die Nachteile wären, wenn sie ihn nie mehr wiedersah. Es fielen ihr keine ein.

»Bitte, meine Liebe«, fuhr er fort. »Sonst glaube ich noch, dass Sie mir nicht trauen.«

Fiona seufzte und gab nach. »Also gut, aber ich möchte nicht zu spät zurück sein. Mein Sohn lebt bei mir, und er ist ein hoffnungsloser Koch.« Eine bessere Ausrede war ihr beim besten Willen nicht eingefallen.

»Ich verstehe. Ich koche selbst leidenschaftlich gern, doch

um die Wahrheit zu sagen, kann nicht jedes Mitglied des starken Geschlechtes das von sich behaupten.«

»Sollen wir fahren?«, fragte Fiona. Sie verlor langsam die Geduld.

Sie setzte sich auf den Beifahrersitz des Volvo, und nachdem Evan ihr die Tür aufgehalten, ihr den Sicherheitsgurt zurechtgerückt und die Tür dann fest zugeschlagen hatte, stieg er neben ihr ein.

»Und hat sich die Gärtnerei auf etwas Besonderes spezialisiert?«, fragte sie.«

»Elfenblumen, Hundszahn und Farne«, erklärte Evan.

Obwohl sie eine recht erfahrene Gärtnerin war, sagten Fiona nur die Farne etwas. »Ich mag Farne sehr gern«, erklärte sie und hoffte, dass ihre Unwissenheit nicht auffallen würde. Wenn die Chemie zwischen Evan und ihr gestimmt hätte, hätte sie einfach nach Elfenblumen und Hundszahn gefragt. Doch sie hatte keine Lust, Evans langatmigen Erklärungen weiter zu lauschen, und hoffte einfach darauf, dass sie die Pflanzen erkennen würde, wenn sie sie sah.

Der Weg zu der Gärtnerei war weit und kompliziert. Sie sah ein, dass Evan vorgeschlagen hatte, besser nur mit einem Auto zu fahren. Doch je länger sie unterwegs waren, desto mehr wünschte sie, sie säße in ihrem eigenen Wagen und könnte einfach umkehren. Sie fühlte sich hilflos. Konnte sie ihn bitten zurückzufahren? Je länger sie fuhren, desto länger würden sie für den Rückweg brauchen.

»Suchen Sie nach bestimmten Pflanzen?«, erkundigte sie sich.

»Eigentlich nicht«, sagte Evan. »Ich finde es schöner, einfach zu sehen, was da ist, obwohl auf meinem sorgfältig durchkomponierten Grundstück nur die zartesten Pflanzen willkommen sind.«

»Vielleicht sollten wir nicht so weit fahren, wenn Sie gar nichts kaufen wollen. Mein Garten ist eigentlich auch voll.«

»Ich nehme an, sie haben den Vorteil, ein viel größeres Grundstück zu besitzen als ich, aber ich finde, mein Garten ist eine kleine grüne Oase.«

»Hm.« Fiona hatte wie selbstverständlich angenommen, dass Evan wie sie auf dem Land lebte. »Ist es dort, wo Sie wohnen, sehr verbaut?«

»Ich bin von Feldern umgeben«, erklärte Evan. »Aber ich mag Ordnung. Natur ist schön und gut, doch sie muss kontrolliert werden. Wie steht es mit Ihnen selbst?«

Fiona sah ihn irritiert an und fragte sich, warum er nicht einfach »Ihnen« gesagt hatte. »Ich persönlich mag es ein bisschen wilder.«

Es entstand eine Pause. »Das konnte ich Ihren Mails entnehmen«, sagte Evan.

Fiona begann sich unwohl zu fühlen, obwohl sie nicht sagen konnte, woran es lag. Schließlich lief sie nur Gefahr, einen schier endlosen, langweiligen Nachmittag zu verleben. Evan war ein Mann, der von seinem Garten besessen war und es mit Internet-Dating versuchte. Das hieß nicht zwangsläufig, dass er nicht normal war.

Endlich bog das Auto in eine schmale Einfahrt mit einem verwitterten Schild, auf dem *Squirrels Gärtnerei* stand, und Fiona fühlte sich sofort besser. Ihre überbordende Fantasie hatte ein finsteres Szenario entworfen, und sosehr sie auch versuchte, sich davon abzuhalten, stellte sie sich doch immer vor, dieser komische – oder vielleicht auch nur altmodische – Mann würde sie an einen schlimmen Ort bringen. Aber es war tatsächlich nur eine Gärtnerei. Sie würden sich Pflanzen ansehen, vielleicht ein paar kaufen, und dann würde sie sich entschuldigen, Evan würde sie zu ihrem Auto zurückbringen, und sie konnte nach Hause fahren – und ihn vergessen.

Fiona stieg aus dem Auto, streckte sich und sah sich um. Für ein Geschäft war es ziemlich heruntergekommen. Hinter einer Mauer standen ein paar Gewächshäuser, und es gab eine baufällige Hütte, auf der *Sonderangebote* stand, aber Fiona wollte nicht den Mut sinken lassen. Es gab hier wahrscheinlich ein paar wunderschöne, seltene Pflanzen, die die ganze Aufmerksamkeit des Besitzers in Anspruch nahmen. »Ich kann es gar nicht abwarten zu sehen, was sie hier haben«, sagte sie aufgeregt. »Sie waren doch schon mal hier. Wo geht es denn rein?«

»Ich glaube, wir sollten zuerst einen Tee trinken«, sagte Evan.

»Aber wir hatten doch gerade erst eine heiße Schokolade! Lassen Sie uns erst in die Gärtnerei gehen, und dann trinken wir Tee.«

Fionas Ablehnung wurde mit einem verletzten, beleidigten Blick quittiert, und ihre vorgetäuschte gute Laune schwand. »Okay, wie Sie meinen«, sagte sie mit einem kaum unterdrückten Seufzen.

Evan führte sie ins Haus. Es schien niemand da zu sein. Die Art, wie er »Kundschaft!«, rief, ließ den Laden noch leerer wirken.

»Machen Sie sich nichts draus«, sagte er, »die Teestube ist gleich dahinten. Sie haben dort sehr gute Scones.«

»Wirklich? Es sieht so aus, als wäre seit Jahren niemand mehr hier gewesen. Oder meinten Sie vielleicht Steinkekse?« Es war kein wirklich guter Witz, und er gefiel nicht mal Fiona. Sie war langsam der Verzweiflung nahe. »Ich glaube wirklich nicht, dass hier jemand ist, der uns Tee servieren könnte.« Sie versuchte, streng und selbstsicher zu klingen. »Warum sehen wir uns nicht einfach die Pflanzen an? Deshalb sind wir schließlich hergekommen.«

Evans Augen blitzten kurz böse auf. »Ich mag es, wenn eine Frau Esprit hat, doch ich finde wirklich, dass Sie tun sollten, was man Ihnen sagt.«

Obwohl sich jede Zelle ihres Körpers dagegen auflehnte, einfach zu gehorchen, sagte Fiona sich, dass der Tag schneller vergehen würde, wenn sie sich nicht mit Evan stritt und einfach mitmachte. Und er sollte sie auch um Himmels willen nicht wegen ihres »Esprits« aufregend finden.

Er umfasste Fionas Arm und zog sie fast grob in einen Raum mit einem halben Dutzend Tischen mit Stühlen darin. Eine dünne Gardine hing vor dem Fenster, und auf der Fensterbank lagen tote Fliegen. Fiona beschloss, nichts zu essen, selbst wenn die Scones frisch aus dem Ofen kamen. Nichts hier konnte auch nur ansatzweise hygienisch sein.

»Ich suche Mrs. Tibbs«, erklärte Evan. »Und Sie bleiben brav hier.«

So, jetzt packt mich offiziell das Grauen, dachte Fiona. Das hier war kein langweiliger, aber harmloser Nachmittag mit einem langweiligen, aber harmlosen Mann, die Situation war bedrohlich. Sobald Evan gegangen war, würde sie versuchen wegzulaufen.

Doch da kam er schon zurück. Für einen Mann, der nicht mehr jung war, bewegte er sich erstaunlich schnell.

Aus irgendeinem Grund saßen sie ganz hinten im Raum, so weit von der Tür entfernt wie nur möglich. Da sie die einzigen Gäste waren, gab es keinen vernünftigen Grund für Evan, ausgerechnet diesen Tisch zu wählen.

»Warum setzen wir uns nicht ans Fenster?«, schlug Fiona vor. »Wenn wir die Vorhänge öffnen, können wir in den Garten sehen.«

»Mrs. Tibbs würde das nicht gefallen«, erwiderte Evan. »Mrs. Tibbs ist ein Gewohnheitsmensch.«

Wahrscheinlich klebt sie auf dem Fettfilm am Boden fest, dachte Fiona, wenn dieser Raum stellvertretend für den Rest des Hauses steht. Sie konnte Fliegendreck auf der Fensterscheibe sehen. »Betreibt Mrs. Tibbs die Gärtnerei allein? Oder gibt es auch einen Mr. Tibbs?«

»Mrs. Tibbs lebt jetzt mit ihrer Schwester zusammen. Sie führen beide die Gärtnerei.«

Die Anwesenheit von zwei Frauen war ein bisschen tröstlich, und Fiona wurde ruhiger. Das hier war einfach ein Date, das nicht gut lief; sie war nicht gekidnappt worden.

Kurze Zeit später kam eine ältere Frau in einer braunen Nylonhose, einem pinkfarbenen Pullover und Hausschuhen hereingeschlurft. Sie könnte einen neuen BH gebrauchen, dachte Fiona, die absichtlich versuchte, das alles nicht zu ernst zu nehmen. Sonst hatte sie das Gefühl, sich mitten in einem Horrorfilm zu befinden. Mrs. Tibbs hielt ein Tablett mit Tassen, Untertassen, einer Teekanne, einem Kännchen Milch und einem Teller mit Scones, die tatsächlich sehr frisch aussahen, in den Händen.

»Die sehen sehr gut aus!«, bemerkte Fiona, um die ältere Frau für sich einzunehmen. Vielleicht würde sie Mrs. Tibbs noch brauchen. »Kommen die frisch aus dem Ofen?«

»Ja. Mr. Lennox ruft immer vorher an, wenn er vorbeischaut. Das macht es leichter, alles zu arrangieren.«

Was zu arrangieren?, wollte Fiona fragen, weil das Backen von ein paar Scones doch eigentlich kein großer Aufwand war, ließ es dann aber doch.

»Ich hole heißes Wasser«, sagte Mrs. Tibbs.

»Würden Sie uns einschenken?«, bat Evan. »Ich wette, das können Sie ganz ausgezeichnet.«

Fiona goss den Tee ein und reichte Evan dann die Scones, die Butter und die Marmelade. Sie beschloss, eine Lebensmittelvergiftung zu riskieren, und nahm sich selbst auch einen.

»Das sind leckere Scones, nicht wahr?«, fragte Evan.

»Ja, in der Tat. Aber ich kann es gar nicht abwarten, die Pflanzen zu sehen«, erwiderte Fiona. »Wenn sie so gut sind wie die Scones, dann müssen sie wunderschön sein.«

»Für die Pflanzen ist später noch Zeit«, erklärte Evan. »Zuerst habe ich noch andere Dinge vor.«

Gerade als sie sich fragte, was um Himmels willen er damit meinte und ob sie, falls es das war, was sie befürchtete, vielleicht der Situation entkommen konnte, indem sie eine Ohnmacht vortäuschte, klingelte ihr Handy. Sie stürzte sich darauf wie ein Terrier auf eine Ratte. »Hallo?«

Fiona spürte die Wellen der Missbilligung, die sie von der anderen Seite des Tisches erreichten, aber es war ihr egal. »James! Wie schön, von Ihnen zu hören!«

»Fiona?« James klang ein bisschen überrascht über ihren Enthusiasmus.

»Ja! Ich bin so froh, dass Sie anrufen! Ich brauche Hilfe!« Sie legte so viel Betonung in das Wort, wie sie konnte.

Evan runzelte die Stirn und rückte seinen Stuhl etwas näher, wahrscheinlich, um ihr den Weg nach draußen zu versperren. Sie musste vorsichtig sein – und ihr musste schnell etwas einfallen!

»Wissen Sie noch, wie Sie mich gefragt haben, wie meine Lieblings-Fernsehserie heißt, und ich mich nicht an den Namen erinnern konnte? Er ist mir wieder eingefallen! Sie heißt: *Ich bin ein Star . . . holt mich hier raus!*«

»Fiona, geht es Ihnen gut?« James klang besorgt.

»Ja. Ich meine, nein. Gar nicht!«, antwortete Fiona, der klar war, dass sie mit jeder Sekunde verrückter klang. »Ich werde nur manchmal so panisch. Ich bin in einer hübschen Gärtnerei mit einem so netten Mann. Wir trinken Tee, und danach sehen wir uns die Pflanzen an, und dann bringt er mich wieder zurück zu dem Ort, wo ich meinen Wagen geparkt habe.«

James schwieg einen Moment. Endlich schien er zu kapieren. »Sind Sie mit jemandem zusammen, den sie nicht kennen, ohne ihr Auto?«

»Wie immer den Nagel auf den Kopf getroffen. Die Gärtnerei heißt Squirrels und ist auf Farne spezialisiert. Ein hübscher Laden.«

»Möchten Sie, dass ich komme und Sie abhole?«

»Genauso ist es! Und jetzt muss ich auflegen. Evan hält mich sonst für sehr unhöflich, wenn ich telefoniere. Bis dann! Ich hoffe, wir sehen uns sehr bald.«

Fiona merkte, dass sie schwitzte. Sie legte auf und steckte sich das Handy in die Tasche. Dann stand sie auf. »Es tut mir so leid, aber ich muss mal für kleine Mädchen.« Sie war sich bewusst, dass sie diese Formulierung noch niemals in ihrem Leben benutzt hatte, doch hier wirkte sie völlig normal und angemessen.

»Ich glaube nicht, dass es hier eine Toilette gibt, es ist ein sehr kleiner Laden.«

»Es muss eine geben, wenn hier Speisen und Getränke serviert werden«, erklärte sie fest. »Das ist gesetzlich vorgeschrieben!« Fiona war nicht sicher, ob das stimmte, aber es kam ihr wie ein gutes Gesetz vor.

»Wie gesagt, es ist ein kleiner Laden. Hier greifen Gesetze nicht.«

»Dann gehe ich nach draußen und pinkele hinter einen Busch! Und es ist eine Gärtnerei – es muss hier Büsche geben.« Fiona lief aus dem Raum, froh darüber, dass sie nicht wirklich zur Toilette musste, und entfernte sich so weit vom Haus, wie sie konnte. Sie wusste, dass ihr wenig Zeit blieb, bevor Evan sie finden und wieder zurückbringen würde. Schnell holte sie ihr Handy heraus und schickte ein Dankgebet zum Himmel, weil es Empfang hatte. »James? Bitte retten Sie mich! Ich bin bei diesen Wahnsinnigen. Werden Sie den Ort finden?«

»Ich werde im Internet nachsehen, aber Sie haben mir nicht viele Informationen gegeben. Ist Ihnen auf dem Weg ein Ortsschild aufgefallen?«

»Etchingham, doch wir scheinen mehrfach daran vorbeigekommen zu sein. Ich war ganz verwirrt.«

»Ich komme und hole Sie. Machen Sie sich keine Sorgen.«

Fiona hatte gerade aufgelegt, als sie Schritte hinter sich hörte. Sie fuhr herum. »Und jetzt muss ich mir die Hände waschen!«

Evan sah sie an wie ein Schulleiter, der von seiner Lieblingsschülerin enttäuscht war. Bevor er etwas sagen konnte, erklärte sie fest: »Ich möchte mich jetzt in der Gärtnerei umsehen.«

»Ich dachte, Sie interessieren sich gar nicht wirklich für Pflanzen«, erwiderte Evan mit einem seltsamen Blick. »Sie haben mir nichts über Ihren Garten erzählt. Ich dachte, Sie wollten ein bisschen Spaß haben.«

Fiona schüttelte den Kopf. Ihr wurde gleichzeitig heiß und kalt. »Nein, ich will die Pflanzen sehen. Alle.«

Gefolgt von Evan, marschierte sie langsam und scheinbar interessiert durch die Reihen, vorbei an Pflanzen in zu kleinen, vermoosten Töpfen, die ihr nicht mal gefallen hätten, wenn sie in Kauflaune gewesen wäre. Aber sie versuchte, Zeit zu gewinnen. Auf keinen Fall würde sie sich noch einmal zu Evan ins Auto setzen. Doch sie hatte ja Hilfe gerufen. James würde bald kommen. Nie, nie, nie wieder würde sie so dumm sein und mit jemandem mitfahren, den sie nicht gründlich überprüft hatte!

Gerade als sie die Hoffnung schon aufgeben wollte, hörte sie ein Auto vorfahren. Fiona lief auf den Parkplatz hinaus und war unglaublich froh, als sie James aus einem alten Citroën steigen sah. Ohne auf Evan zu achten, der ihr gerade irgendetwas Todlangweiliges erzählte, begann sie zu rennen.

»Fiona!«, rief Evan. »Böses Mädchen! Wie kannst du es wagen, einfach wegzulaufen?« Er kam ihr nach.

Fiona rannte schneller und fürchtete, dass Evan sie noch erwischen könnte. »Ins Auto, James!«, sagte sie laut, als sie sich dem Wagen näherte.

James sprang zurück und ließ den Motor an. Fiona erreichte das Auto, riss die Beifahrertür auf und ließ sich schnell auf den Sitz fallen.

»Fahren Sie! So schnell Sie können!« Sie war ganz außer Atem.

James stellte keine Fragen, er gab Gas und ließ die Gärtnerei in einem Wirbelsturm aus Kies hinter sich.

Fiona blickte zurück zu Evan, der auf dem Parkplatz stand und überrascht und beleidigt aussah.

»Gott sei Dank sind Sie gekommen!«, seufzte sie, sobald sie wieder sprechen konnte.

10

Fiona war so erleichtert, dass sie kichern musste. Und sie konnte gar nicht aufhören zu reden: Es war, als könnte sie all ihre Ängste und ihre Panik in ihrem Redestrom ertränken.

»Ich bin so schrecklich dumm gewesen!«, sagte sie immer wieder. »Ich habe das oberste Gebot des Internet-Datings gebrochen, als ich mich dazu habe überreden lassen, mein Auto stehen zu lassen und in Evans einzusteigen. Dabei habe ich diesen Mann doch gar nicht gekannt! Oh, er war einfach entsetzlich ...« Als Fiona endlich schwieg, war ihr Mund ganz trocken.

»Internet-Dating?«, wiederholte James, doch in seiner Frage klang keinerlei Kritik mit.

Er wollte offenbar nur wissen, wie Fiona an so einen Freak hatte geraten können. James war wunderbar unvoreingenommen.

»Ich weiß. Es ist verrückt. Ich hätte das auch nie versucht, wenn meine Freundin Luella mich nicht auf der Seite angemeldet hätte. Ich wollte nur jemanden finden, der mit mir ausgeht. Ich möchte nicht wieder heiraten oder so.« Erschöpft vom vielen Reden, seufzte sie.

»Wir erreichen jetzt die Zivilisation«, sagte James ein paar Minuten später. »Ich kann Sie entweder zu Ihrem Auto bringen oder fahre Sie gleich nach Hause, und Sie holen Ihr Auto morgen ab. Ich kann Sie aber auch mit zu mir nehmen, in die Wohnung über dem Buchladen, und Ihnen etwas zu essen kochen und Sie dann später heimbringen.« Er lächelte sie beruhigend an. »Sie haben die Wahl.«

Fiona dachte nach. Sie wollte nicht zurück zum Gartencenter, dort in ihr Auto steigen und allein nach Hause fahren. Noch immer fühlte sie sich wie die gejagte Heldin in einem Thriller und würde fürchten, dass jemand hinter ihr auf dem Rücksitz lag, der sie ermorden wollte. Oder dass Evan sie nach Hause verfolgen oder dort schon auf sie warten würde.

Wenn James sie jetzt heimbrachte, würde sie Angus Rede und Antwort stehen müssen. Er würde sie fragen, wo sie war, und sich darüber wundern, warum sie sich so komisch benahm und nicht mit dem eigenen Auto gekommen war.

»Ich müsste Angus anrufen und ihn vorwarnen, dass es später wird«, sagte sie.

»Dann würden Sie also mit mir essen? Ich freue mich. Sie sind sicher sehr aufgewühlt, aber ich hoffe, Sie kennen mich schon gut genug, um zu wissen, dass ich kein Axtmörder bin. Und da wir ja in der Stadt sind, könnten Sie leicht entkommen, falls das nötig wäre.« Er zögerte. »Sie könnten ja vielleicht die Nummer des hiesigen Taxiunternehmens in ihr Handy einspeichern, bevor wir das erste Glas Wein trinken. Nur für den Fall.«

»Für den Fall, dass Sie zu betrunken sind, um mich nach Hause zu fahren?« Fiona kicherte. »Das ist eine gute Idee.« Wie sicher ich mich bei James fühle!, dachte sie überrascht.

»Ich bleibe gern nüchtern. Ich wollte sie sowieso zum Essen einladen, um mich für die wunderbare Party zu bedanken, aber ich war nicht sicher, ob Sie die Einladung annehmen würden.«

»Warum sollte ich sie nicht annehmen? Mein Gott, ich unterziehe mich dieser Internet-Dating-Tortur, nur damit mich mal jemand zum Essen einlädt!« Sie grinste schief.

»Ihnen ist offensichtlich nicht klar, was für eine attraktive Frau Sie sind, Fiona. Sie haben viele Freunde, selbst wenn Sie Robert, wie ich nun weiß, auf einer Dating-Webseite kennengelernt haben. Die Leute fühlen sich zu Ihnen hingezogen. *Ich* fühle mich zu Ihnen hingezogen, aber ich dachte, ich hätte Ihnen nicht viel zu bieten.«

»Wie meinen Sie das? Alles, was über gebackene Bohnen auf Toast hinausgeht, ist mir mehr als willkommen.« Sie zögerte. »Obwohl mir im Moment gebackene Bohnen auf Toast sehr recht wären. Ehrlich gesagt, wäre mir jedes Essen recht. Aber vielleicht nichts Schweres. Von diesem Scone habe ich Sodbrennen bekommen.«

»Ich habe etwas dagegen. Die Tabletten liegen im Handschuhfach«, sagte James. »Sehen Sie mal nach!«

Fiona fand sie. »Möchten Sie auch eine? Nein? Damit retten Sie mir das Leben.« Plötzlich musste sie wieder kichern, wahrscheinlich wegen des stressigen Nachmittags. Sie versuchte, den Impuls zu unterdrücken. Doch da stimmte James fröhlich in ihr Gelächter mit ein.

Fiona wurde klar, dass sie sich außer bei Angus oder Russel schon seit ewigen Zeiten in der Gegenwart eines Mannes nicht mehr so wohl gefühlt hatte. »Warum haben Sie mich eigentlich angerufen?«

»Das hätte ich fast vergessen. Es ging um eines Ihrer Bücher. Ich habe einen Käufer dafür! Er zahlt einen guten Preis.«

»Oh, das ist schön. Und werden Sie eine Provision behalten? Ich finde, das sollten Sie.«

»Na ja, wenn Sie darauf bestehen...«

»Ich bestehe darauf.«

»Also gut, dann ist unsere Beziehung rein geschäftlicher Natur.«

»Außer wenn Sie mich retten oder mir gebackene Bohnen auf Toast anbieten.«

»Ich glaube, ich kann Ihnen mehr bieten als das.«

»Aber das müssen Sie wirklich nicht. Und ich nehme mir für die Heimfahrt ein Taxi.« Sie hob die Hand, um jeden Protest im Keim zu ersticken. »Nein. Ich rufe jetzt einfach Angus an und sage ihm, dass ich in der Stadt einen Freund getroffen habe und dass wir zusammen essen und dabei Wein trinken wollen. Er wird beruhigt sein zu hören, dass ich mir deshalb später ein Taxi nach Hause nehme. Er weiß, dass ich niemals trinke, wenn ich noch fahren muss, also wird ihm das nicht komisch vorkommen.« Sie zögerte. »Ich könnte sogar sagen, dass ich Sie getroffen habe.« Sie seufzte. »Ich möchte auf keinen Fall, dass er das mit dem Internet-Dating erfährt. Er würde sich nur Sorgen machen.«

»Zu Recht, wenn ich das so sagen darf.«

»Bitte nicht. Ich mache mir selbst schon die größten Vorwürfe deswegen, und wenn Sie mich jetzt ausschimpfen, dann suche ich nur Ausflüchte.«

»Aber Sie werden in Zukunft vorsichtiger sein?«, fragte James.

»Natürlich! Können wir jetzt bitte das Thema wechseln? Ich war unglaublich dumm, und Sie haben mich gerettet. Ich bin Ihnen unendlich dankbar ...«

»Doch Sie hassen es, einen Rüffel zu bekommen, und wenn ich weiter mit Ihnen schimpfe, dann finden Sie mich gar nicht mehr so nett? Ist es das, was Sie mir noch sagen wollten?«

Sie sah ihn verwundert an. »Sie sind bemerkenswert scharfsinnig.«

Er lachte. »Wir sind gleich da.«

Fiona bestellte ein Taxi für zehn Uhr. Dann ging sie in James' Badezimmer, um sich ein wenig frisch zu machen.

Zum Glück hatte sie ihr kleines Schminktäschchen dabei. Sie frischte ihr Make-up auf, suchte ganz unten in ihrer Tasche nach dem kleinen Parfümfläschchen und trug ein wenig davon auf. Es war nicht so, dass sie James gefallen wollte, er war nur ein Freund, aber sie wollte auch keinen schlechten Eindruck machen. Wenn er ihr etwas kochte, dann war es richtig, etwas auf ihr Aussehen zu achten. Und sie war nach dem schrecklichen Nachmittag wirklich ein bisschen derangiert gewesen.

James' Küche – sie bestand nur aus einer Küchenzeile – befand sich hinter einer Trennwand am Ende seines riesigen Wohnzimmers, in dem ein Kamin und viele Bücherregale standen. Der Buchladen war in einem alten Gebäude untergebracht, und dieser Raum über dem Laden hatte Holzdielen und Holzbalken an der Decke. Die Möbel waren ebenfalls alt: ein zerschlissenes Ledersofa, ein paar tiefe Sessel, die nicht zusammenpassten, ein antiker Schreibtisch und genug Tische für ziemlich viele Zeitungen und Zeitschriften.

»Ich muss mich für die Unordnung entschuldigen«, sagte James und gab ihr ein großes Glas kalten Weißwein. »Meine Putzfrau kommt einmal in der Woche, am Montag, deshalb hat sich der Staub ziemlich angesammelt.«

»Mir fällt Staub nie auf.« Fiona nahm das Glas und lächelte. »Ich finde diesen Raum wunderschön! Sogar perfekt. Ich habe mir immer gewünscht, über einem Geschäft zu wohnen – oder besser gesagt, ich war schon immer neugierig, wie Wohnungen über Geschäftsräumen aussehen. Mir gefällt es hier sehr gut.«

»Das freut mich. Könnten Sie sich ein bisschen allein amüsieren, während ich nachsehe, was ich Ihnen anbieten kann?«

»Natürlich! Ich sehe mir die Bücher an. Es gibt nichts Schöneres.« Sie zitterte ein bisschen, und er bemerkte es.

»Ich mache nur schnell ein Feuer im Kamin an. Es ist ein bisschen kalt hier drin.«

»Ist es eigentlich gar nicht, ich fühle mich nur ein bisschen ... Sie wissen schon ... Vielleicht liegt es am Schock. Aber der Wein und das Feuer werden mich heilen.«

Nachdem James ein Feuer im Kamin entfacht hatte, sagte er: »Melden Sie sich, wenn Sie noch mehr Wein möchten. Ich werde mich jetzt ein bisschen in der Küche betätigen.«

Fiona nahm sich Zeit und las jeden Buchtitel. Sie hatte mal gehört, dass Bücher viel über ihren Besitzer aussagten. In James' Regalen gab es überhaupt keine Taschenbücher, und alle Titel waren Klassiker oder sehr alt.

»Und wo haben Sie die Schundliteratur?«, rief sie in Richtung Küche.

»In meinem Schlafzimmer«, antwortete er.

»Ah.« Fiona nahm ein altes Buch über Wildblumen aus einem Regal und setzte sich damit ans Feuer.

James erschien mit einer angebrochenen Weinflasche. »Die hatte ich noch im Kühlschrank. Ich möchte aber noch einen anderen Wein öffnen. Einen roten? Oder lieber einen weniger kalten weißen?«

»Was essen wir denn?«

»Vielleicht etwas mit Reis. Mehr kann ich im Moment nicht verraten. Ich muss vielleicht noch mal kurz etwas einkaufen gehen.«

»Oh, bitte nicht! Was hätten Sie gegessen, wenn ich nicht hier wäre?«

»Ich hätte eingekauft. Ich finde Supermärkte, die vierundzwanzig Stunden geöffnet haben, einfach wunderbar. Zurück zum Wein: Wir hätten auch noch kalten Weißwein ...«

»Ich möchte Ihnen wirklich nicht so viele Umstände bereiten.«

»Das ist gar kein Problem. Oder wie wäre es mit Lammkoteletts? Die dauern nicht so lange.«

»Ich könnte die Kartoffeln dazu schälen...«

»Wenn ich welche hätte. Wissen Sie was? Ich kaufe fertigen Kartoffelbrei. Ehrlich, der braucht überhaupt nicht lange zu kochen...«

»Was schade ist.«

»Ja. Eines Tages lade ich Sie richtig schick ein, aber jetzt...«

»Ich bin ein schrecklich langweiliger Gast! Es tut mir so leid. Könnten wir nicht einfach Toast essen?«

»Auf keinen Fall! Ich freue mich sehr, dass Sie da sind. Hier.« Er öffnete einen Schrank, den Fiona noch gar nicht bemerkt hatte. Darin befand sich ein Fernseher. »Sehen Sie sich etwas Beruhigendes an, während ich für uns einkaufe.«

Er füllte ihr Glas noch einmal auf und schaltete den Fernseher ein.

Kurz nachdem James die Wohnung verlassen hatte, fielen Fiona die Augen zu. Es war ein langer, aufregender Tag gewesen.

11

Sian freute sich nicht sonderlich auf das Reiterfest. Sie wollte nicht einen ganzen Tag lang dabei zusehen müssen, wie Melissa mit Gus flirtete. Und etwas anderes war noch beunruhigender: Der Moment, den sie am meisten gefürchtet hatte, stand unmittelbar bevor. Rory und Gus würden sich endlich kennenlernen. Wie würden sie aufeinander reagieren? Obwohl keiner von beiden die Wahrheit kannte, war es Sian wichtig, dass sie einander auf Anhieb mochten. Wie würde es für sie sein, die beiden zusammen zu sehen?

Und noch eine weit trivialere Frage quälte Sian. Was sollte sie anziehen? Sie lebte jetzt schon lange genug auf dem Land, um zu wissen, dass die Einheimischen sich über Städter lustig machten, die falsch gekleidet waren.

Es war jedoch ein schöner Tag, und Sian besaß ein hübsches Kleid, das sie anziehen konnte, sodass dieses Problem rasch aus der Welt geschafft war.

Rory würde einfach Shorts, T-Shirt und eine Baseball-Kappe anziehen. Er konnte seine Sandalen tragen, weil sie robuste Sohlen hatten, die auf einem Reiterfest angebracht sein würden. Sian dagegen besaß nur mehrere Paar Flip-Flops.

Doch Fiona würde ihr sicher aushelfen. Sie wollte Sian und Rory in ihrem Auto mitnehmen.

»Ich habe einen Autositz für meine Enkel, wenn sie aus Kanada hier sind«, hatte Fiona ihr gestern erklärt, und das Wort »Enkel« hatte Sians schlechtes Gewissen noch schlimmer gemacht. Schließlich enthielt sie nicht nur Gus den Sohn vor, sondern auch Fiona den Enkel. Und auch Richard gegenüber fühlte Sian sich ganz schäbig. Er war wieder auf Geschäftsreise und hatte angedeutet, dass er sie nach seiner Rückkehr zu einem romantischen Dinner für zwei einladen wollte. Sie hatten in den letzten Wochen nicht viel Zeit miteinander verbringen können. Bei allem, was sonst noch passiert war, hatte Sian kaum an ihn gedacht. Und zusätzlich zu all diesen Schuldgefühlen würde sie sich jetzt einen ganzen Tag lang Sorgen wegen Rory und Gus machen müssen. Sie fragte sich, wie sie das überstehen sollte.

Auf dem Weg zu Fiona hüpfte Rory neben Sian her. Er freute sich auf den Tag, denn er war überzeugt davon, dass er ein Pony reiten würde.

Fiona gab beiden zur Begrüßung einen Kuss. »Wie hübsch du aussiehst, Sian!«, sagte sie, nachdem Rory weggelaufen war, um mit der großen Holzeisenbahn zu spielen. »Angus musste weg, kommt aber später nach. Er tat ganz geheimnisvoll. Als er noch klein war, habe ich es auch immer sofort gemerkt, wenn er irgendetwas im Schilde führte.«

Eine merkwürdige Mischung aus Erleichterung, Enttäuschung und Sorge darüber, was Gus wohl vorhaben könnte, ließ Sian seufzen, und um das zu überspielen, sagte sie: »Ich mache mir Sorgen wegen meiner Schuhe. Ich muss entweder diese tragen oder welche mit Absatz. Beide sind nicht für einen schlammigen Untergrund geeignet, und es könnte regnen.«

»Ich habe genau das Richtige für dich! Ich habe mir ein Paar dieser lustigen Blumen-Gummistiefel gekauft und festgestellt, dass der Schaft zu eng für mich ist. Ich komme gar nicht rein. Die könntest du haben. Pack die Flip-Flops in eine Tüte, für den Fall, dass du in den Gummistiefeln qualmende Füße bekommst.« Fiona ging die Stiefel holen. Sie war ganz offensichtlich froh darüber, Sian helfen zu können und gleichzeitig einen Fehlkauf loszuwerden. Zum Glück hatten sie mehr oder weniger die gleiche Schuhgröße.

»Also gut, haben wir alles, was wir brauchen?«, fragte Fiona und klimperte mit dem Autoschlüssel. Sie sah sich noch mal in der Halle um, ob sie auch nichts vergessen hatten.

»Ich habe meinen Rucksack«, erklärte Rory. »Da ist was zu trinken drin und ein Babybel und Sandwiches und ein Apfel.«

»Sehr vernünftig. Obwohl Melissas Eltern ein Picknick veranstalten, haben sie vielleicht nicht genug für einen Kindermagen. Du weißt ja, wie kleine und große Männer sind, wenn sie Hunger haben. Sie sind dann schlechter Laune. Und jetzt kommt, fahren wir zum Reiterfest!«

Rory rannte jubelnd zum Auto; der Rucksack hüpfte fröhlich auf seinem Rücken auf und ab. Sian wünschte, sie könnte sich genauso auf den Tag freuen wie ihr Sohn.

»Und wir haben uns nur ungefähr drei Mal verfahren«, erklärte Fiona fröhlich. Sie befolgte gerade die Anweisungen eines strohblonden Jungen, der geklungen hatte, als wäre er in Eton, und parkte ihren Wagen auf einem Feld. »Ich finde, das war eine erfolgreiche Fahrt.«

»Das finde ich auch«, sagte Sian, die die Sightseeingtour genossen hatte. Sie waren über schmale Wege gefahren, die sie unter normalen Umständen niemals ausprobiert hätte, und ihr wurde klar, wie wenig unternehmungslustig sie seit ihrem Umzug hierher gewesen war. Sian hatte den Ort bis jetzt kaum verlassen. »Das war eine schöne Fahrt.«

»Jetzt müssen wir nur noch Melissa und ihre Eltern finden. Es ist ein solcher Luxus, dass wir für das Picknick nichts mitbringen mussten! Sonst müssten wir jetzt alles schleppen.«

»Mir macht es nichts aus. Ich hab ja einen Rucksack«, sagte Rory. »Ich schaff das schon.«

»Es wäre furchtbar, wenn wir am Ende Rory sein Essen streitig machen müssten, weil es nichts anderes gibt«, meinte Sian, als sie über das Feld auf das Tor zugingen. »Ich wünschte jetzt, ich hätte mehr eingepackt.«

»Oh, mach dir keine Sorgen! Die Lewis-Jones' werden uns gut versorgen. Veronica ist eine dieser sehr ehrgeizigen Gastgeberinnen. Absolut nichts wird fehlen, und es wird genug für fünftausend Gäste und ihre Freunde sein.«

»Na ja, diesen Vorwurf könnte man dir auch machen«, erwiderte Sian mit einem Lächeln.

»Ich weiß, aber bei Veronica hat man immer ein schlechtes Gewissen, weil man nicht noch mehr essen kann.«

»Du scheinst schnell ein schlechtes Gewissen zu haben«, bemerkte Sian.

»Tja, das ist bei mir wohl genetisch angelegt.«

Obwohl sie es leichthin sagte, glaubte Sian, Fiona erröten zu sehen. Die Freundin war jedoch nicht die Einzige, die ein schlechtes Gewissen plagte. Wenn sie wüsste!

Mrs. Lewis-Jones hatte tatsächlich ein wunderbares Picknick organisiert. Es war für jede Art von Sitz, Flasche, Korb und Glashalter gesorgt. Alles war elegant und sauber, und es gab keine angelaufenen Thermoskannen, keine Melamin-Teller oder Plastikgläser. Die wasserdichten Decken waren groß genug, um ein Zelt darauf aufzuschlagen, und die Teller waren von Royal Worcester.

»Das ist wunderschön!«, stellte Fiona fest und setzte sich auf einen Stuhl mit einem eingebauten Glashalter. »Veronica, du hast dir wieder sehr viel Mühe gegeben.«

»Ich biete gern eine große Auswahl an. Wenn die Leute gut gegessen haben, geben sie später mehr Geld aus, und wir dürfen ja nicht vergessen, dass heute Spenden für den Gemeindesaal gesammelt werden.«

»Und ich habe noch eine Überraschung für euch alle! Angus und ich haben uns etwas ausgedacht.« Melissa sah besonders gut aus, ihr Haar schimmerte wie in einer Shampoo-Reklame, und ihr Kleid war einfach bezaubernd. Als Sian Mutter und Tochter Lewis-Jones jetzt nebeneinander stehen sah, konnte sie erkennen, von wem Melissa das gute Aussehen hatte. Veronica war die gepflegte und hübsche ältere Version ihrer Tochter. Auf der turbulenten Dinnerparty war das Sian gar nicht aufgefallen.

Sie trank Sekt aus einem silbernen zusammenklappbaren Becher, den Veronica ihr gegeben hatte, weil es »so lustig ist, diese alten Dinger zu benutzen.« Ich muss aufhören, eifersüchtig auf Melissa zu sein, befahl sie sich selbst. Melissa kannte Gus schon ewig. Da war es selbstverständlich, dass sie zusammen etwas planten, von dem sonst niemand etwas wusste.

»Rory, Schatz«, sagte Fiona, »denkst du, dass du dein mitgebrachtes Essen brauchst? Es gibt hier sehr leckere Sachen.«

»Die Eier da sind aber klein«, erwiderte Rory und deutete auf einige Miniatureier auf einem besonders filigranen Porzellanteller.

»Das sind Wachteleier, Schatz. Die sind genau wie normale Eier, nur eben kleiner«, erklärte Fiona.

»Hier, nimm dir ein Würstchen«, meinte Mrs. Lewis-Jones und hielt Rory ein großes Warmhaltegefäß hin.

»Lass uns noch ein paar Flaschen öffnen!«, rief Harold Lewis-Jones. »Ich weiß zufällig, dass gleich ein Überraschungsgast kommt, den Melissa eingeladen hat, und wir werden jede Menge Sekt brauchen.«

Er füllte die Gläser noch einmal auf und stellte die Flaschen dann in spezielle Sektkühler, die im Boden steckten.

Rory bekam ein Glas mit Holunterblütensaft in die Hand gedrückt.

Sian war beeindruckt. Es fehlte wirklich nichts. »Es ist so nett von Ihnen, dass Sie auch an Rory gedacht haben«, sagte sie.

»Ich werde mich wohl auch lieber an Holunderblütensaft halten«, erklärte Mrs. Lewis-Jones, »sonst schlafe ich nach dem Essen ein.«

»Das passiert mir leider oft«, sagte Fiona, »mit oder ohne Sekt.«

»Melly, wann kommt dein Überraschungsgast noch mal? Die Wildpastete ist fertig, und ich möchte sie gern servieren.«

Melissa stand auf, beschattete mit der Hand die Augen und blickte über die Felder zum Wald. »Ich glaube, da kommen sie schon!«

Alle blickten in die Richtung, in die sie deutete. »Oh, das ist Angus' Land Rover«, sagte Fiona. »Wen hat er denn da bei sich?«

»Ich glaube, es ist eine Frau«, meinte Sian, »es sei denn, jemand kennt einen Mann, der so einen Hut trägt.«

»Ihr werdet es gleich sehen«, sagte Melissa mit einem zufriedenen Grinsen. »Geduldet euch einfach.«

Sian konnte nicht erkennen, wer sich unter dem Hut befand. Aber Melissa würde bestimmt keine weitere Konkurrentin einladen und sie dann auch noch so groß ankündigen ...

»Meine Güte!«, rief Fiona, als der Land Rover näher kam. »Melissa! Was hast du da ausgeheckt? Und warum diese Geheimniskrämerei?« Sie hatte die Mitfahrerin ihres Sohnes offenbar erkannt und war entsetzt darüber, dass sie von Angus' Plänen nichts gewusst hatte.

»Ist das nicht aufregend?«, rief Melissa begeistert, die offensichtlich völlig immun gegen Fionas Wut war.

»Wer ist es, Schatz?«, fragte Veronica. »Das gibt's ja gar nicht! Es ist ... Luella!«

»Deine Vermieterin«, sagte Fiona zu Sian. »Nur für den Fall, dass du es vergessen hast.«

Sian schien die Einzige zu sein, die den neuen Gast nicht mit Jubelstürmen begrüßte. Obwohl sie sich darauf freute, Luella Halpers kennenzulernen, fürchtete sie doch, dass Melissa irgendetwas im Schilde führte. Wollte sie Luella vor allen ein Angebot machen, um ihr keine andere Wahl zu lassen, als das Haus zu verkaufen? In diesem Fall würden Rory und sie, Sian, ihr Zuhause verlieren. Denn das war das Haus inzwischen für sie, so feucht es auch sein mochte: ihr Zuhause.

»Wer ist das, Mummy?«, fragte Rory.

»Die Frau, der unser Haus gehört«, antwortete Sian und versuchte, fröhlich zu klingen.

»Und wer ist der Mann?«, sagte er, als Gus den Land Rover anhielt und ausstieg.

»Er ist ... Fionas Sohn«, erklärte sie und holte tief Luft, um sich zu beruhigen. Luellas Ankunft war nicht das Einzige, das ihr weiche Knie verursachte.

»Und er sollte hier nicht parken«, meinte Veronica Lewis-Jones. »Ich werde ihn bitten, diese Klapperkiste woanders hinzustellen.«

»Nenn das Auto nicht so, wenn er dabei ist!«, warnte Fiona. »Der Land Rover ist sein ganzer Stolz.«

»Bestimmt, aber alle Autos müssen auf dem Feld abgestellt werden«, verkündete Veronica streng. »Luella! Wie schön, dich zu sehen! Ich dachte, dich könnten keine zehn Pferde aus Frankreich wegbewegen!«

Luella Halpers, die inzwischen ausgestiegen und zu ihnen getreten war, war ganz in weißes Leinen gekleidet, abgesehen von ihrem Strohhut, der mit riesigen Stoffrosen verziert war.

Sie war der Inbegriff der exzentrischen Engländerin, und sie spielte diese Rolle perfekt.

»Hier, nimm das!«, sagte Harold Lewis-Jones, nachdem er Luella auf beide Wangen geküsst hatte, und reichte ihr ein Glas Sekt. »Trink es aus, das hilft dir nach der Reise wieder auf die Beine.«

Veronica drängte sich nach vorn und küsste sie ebenfalls zur Begrüßung. »Ja, die Fahrt über die Felder muss ganz schön holprig gewesen sein. Angus, ich hoffe, du setzt das Auto noch um. Wenn du deinen Land Rover da stehen lässt, dann glauben alle, sie könnten auch ihre Geländewagen holen und hier parken.«

Der Moment war gekommen. Gus war da, und er würde jetzt Rory kennenlernen. Sians Magen zog sich zusammen, und sie hoffte nur, dass die anderen nicht bemerkten, wie nervös sie war. Ihre Handflächen waren feucht. Sie holte noch einmal tief Luft.

»Mach dir keine Sorgen, ich fahre ihn gleich weg«, sagte Gus und wandte sich dann zu Sian um. »Hey!« Er küsste sie auf die Wange und sah zu Rory hinunter, der mit großen Augen zu ihm aufblickte. »Du musst Rory sein.« Gus nahm seine Hand und schüttelte sie. »Ich bin Gus. Ein Freund deiner Mum.«

»Hallo«, murmelte Rory und stellte sich plötzlich schüchtern hinter Sian. Sie drückte ihn an sich, weil sie seine beruhigende Nähe genauso brauchte wie er ihre.

»Angus ist mein Sohn, Rory-Schatz«, erklärte Fiona. »Kaum zu glauben, dass er mal genauso groß war wie du.«

»Angus, ich möchte dich ja nicht nerven, aber könntest du das Auto wegfahren?«, drängte Veronica erneut. »Ein paar Leute da drüben werfen mir schon böse Blicke zu, weil ich gesagt habe, sie dürften ihren Wagen hier nicht parken. Wir können ja so tun, als hättest du Luella herfahren müssen, weil sie gebrechlich ist, doch jetzt musst du dein Auto auf den Parkplatz fahren. Wir haben sicher noch nicht alles aufgegessen, bevor du zurück bist.«

»Okay«, sagte Gus. »Hey, Rory, würdest du gern mal mit dem Land Rover fahren? Wir können deine Mum mitnehmen!«

Rory sah mit sehnsüchtigem Blick zu Sian auf. Seine Schüchternheit war vergessen.

Es schien keinen guten Grund zu geben, warum Sian hätte Nein sagen sollen, vor allem, da die Einladung sie mit einschloss. Sians Magen fühlte sich allerdings an, als wäre er eine Waschtrommel im Schleudergang. Es hätte komisch gewirkt abzulehnen, so versucht sie auch war. »Hat das alte Ding denn Sicherheitsgurte?« Sie sah zu Gus auf und hoffte, dass die Antwort eine abschlägige war.

»Es gibt sogar hinten überall Gurte.«

»Hm, okay«, sagte sie und fügte sich in das Unvermeidliche. Sie konnte die Zeit nutzen, um darüber nachzudenken, was sie zu Luella sagen sollte, wenn sie einander vorgestellt wurden. Luellas Ankunft war zumindest eine gute Ablenkung von der Aufregung um Gus und Rory.

Angus brauchte ein paar Minuten, um den Jungen hinten sicher anzuschnallen. »So, das hätten wir, Kumpel. Nicht mal ein angreifendes Nashorn würde dich jetzt noch aus dem Sitz werfen.«

Sian kletterte auf den Beifahrersitz. »Bist du schon mal von einem Nashorn angegriffen worden?«, fragte sie Gus, als er sich neben sie setzte.

»Ja. Wäre mir lieber, wenn das nie wieder passiert.«

»Ich möchte gern mal eins sehen!«, rief Rory von hinten und seufzte.

»Ich zeige dir ein Foto, dann änderst du deine Meinung. Sind alle angeschnallt? Dann geht's los.«

Sie fuhren an einer Reihe von Ständen vorbei, die alles Mögliche verkauften, von Reiterkleidung über Bilder bis hin zu merkwürdigen Dingen für Outdoor-Beschäftigungen, die Sian sich gar nicht ausmalen mochte. In der Ferne auf dem Hügel konnte sie einen Teil des Military-Parcours erkennen.

»Sieh mal, Rory«, sagte Sian. »Da vorne, siehst du? Pferde! Sie springen über etwas, das aussieht wie Hecken.«

Gerade da wurde der Land Rover von zwei Mädchen auf Ponys überholt. Sie trugen cremefarbene Reithosen, Reitjacken aus Tweed, kurze Stiefel und Reiterhelme aus schwarzem Samt.

»Das ist der Pony-Club«, erklärte Gus. »Die Mitglieder sind hier die Polizisten und sorgen dafür, dass alles in Ordnung ist.«

»Ich möchte auch ein Polizist auf einem Pony sein«, sagte Rory verträumt. Aber da er immer schnell zu begeistern war, maß Sian dem nicht allzu viel Bedeutung bei.

»Du könntest in den Pony-Club eintreten, wenn du willst«, bemerkte Gus. »Du musst dafür kein Mädchen sein, obwohl es von Vorteil ist.«

»Ich will kein Mädchen sein«, sagte Rory und krauste besorgt die kleine Stirn.

»Das ist auch wirklich nicht notwendig«, versicherte ihm Gus.

»Jungen reiten auch Ponys«, stelle Sian klar.

»Vielleicht später«, meinte Rory und klang, wie Sian besorgt feststellte, genau wie sie.

In diesem Moment kam ein riesiges braunes Pferd auf sie zugaloppiert. Darauf saß ein Mann mit einer schwarzen Jacke, weißer Reithose und einem Zylinder auf dem Kopf. Vor dem Land Rover blieb er stehen.

Das Pferd, das sanft schnaubte, wirkte riesig. Der Mann beugte sich vor. »Sie wissen, dass Sie mit dem Wagen hier nicht fahren dürfen?«

»Ja, und es tut mir leid, aber ich musste eine gehbehinderte Verwandte zu dem Picknick bringen«, erklärte Gus. »Ich wollte den Wagen gerade wegstellen.«

»Gut.« Der Mann berührte seinen Hut und galoppierte davon.

»Vielleicht will ich doch nicht reiten«, sagte Rory beklommen.

»Schatz! Du würdest auf kleinen Ponys anfangen! Wir werden das später mal versuchen.«

»Oder wir suchen nach einem Freund, der etwas Kinderfreundlicheres hat«, schlug Gus vor. »Du brauchst etwas, das du streicheln kannst.«

Sian blickte aus dem Fenster. Gus war richtig väterlich.

Auf dem Feld standen jetzt überall Autos, aber Rory genoss jeden Moment. Sian erschien die Fahrt unglaublich surreal. Nachdem sie fast sechs Jahre geglaubt hatte, dass Rory und sein Vater sich niemals treffen würden, und sich dann zwei Wochen lang vor dieser Begegnung gefürchtet hatte, erschien es jetzt fast zu undramatisch, zu dritt in seinem Land Rover dahinzurumpeln. Erleichterung überflutete sie. Rorys offensichtliche Freude über das Off-Road-Fahren war so ansteckend, dass Sian die Fahrt beinahe auch genoss.

»Danke!«, rief Rory begeistert, als Gus ihm aus dem Wagen half. Er fand seinen neuen großen Freund eindeutig toll. »Das war super!«

Sian sah Rory stolz an. Sie versuchte, ihm Manieren beizubringen. Diese aufrichtige Dankbarkeit bewies, dass ihre Bemühungen nicht umsonst gewesen waren. Und zumindest war das erste Treffen zwischen Gus und Rory gut verlaufen, obwohl sie noch nicht an die Zukunft denken wollte.

»Ja, danke, das hat Spaß gemacht«, stimmte Sian zu, »doch ich wünschte, ich müsste jetzt nicht in diesen Gummistiefeln den Hügel rauflaufen. Sie sind lustig, aber ziemlich warm.«

»Dann zieh sie aus. Geh barfuß. Ich trage sie für dich.«

»Okay.« Das Gras war wunderbar kühl unter ihren heißen Füßen.

Als sie schließlich die Stelle, an der das Picknick stattfand, wieder erreichten, ging Rory in der Mitte und hielt sie beide an der Hand. Gus trug Sians Stiefel.

»Was für ein wunderschönes Bild ihr abgebt!«, rief Luella, die auf einem Picknickstuhl thronte. »Wie eine kleine Familie!«

Der Schock traf Sian, als hätte ihr jemand einen Eimer Wasser über den Kopf gegossen. Sie wandte sich ab, damit niemand ihre Reaktion bemerkte. Einen Moment lang hatte sie einen wunderschönen kleinen Traum geträumt, doch Luellas Kommentar brachte sie zurück auf den Boden der Tatsachen. Rory, der ihre Verwirrung nicht bemerkte, hatte Gus' Hand losgelassen, deutete auf das Picknick und zog Sian hinüber zu der Decke.

»Luella, darf ich dir Sian vorstellen?«, fragte Fiona. »Natürlich kennt ihr euch schon aus Briefen und E-Mails, aber nicht in Fleisch und Blut, sozusagen.«

Sian trat vor. Ob Fiona das Wort »Fleisch« benutzt hat, weil Luella über ziemlich viel davon verfügt?, fragte sie sich. »Hallo. Es ist schön, Sie persönlich kennenzulernen. Rory und ich wohnen sehr gern in Ihrem kleinen Haus.« Besser, sie legte die Karten so schnell wie möglich auf den Tisch, dachte sie.

»Und mir gefällt der Gedanke, dass Sie dort wohnen! Ich hoffe, es bricht Ihnen nicht das Herz, wenn ich mich entschließe, es zu verkaufen?«

»Äh ...«

»Ich muss etwas gestehen«, sagte Melissa, die plötzlich mit vollen Sektgläsern hinter Sian stand. »Ich habe Luella eingeladen, damit ich ihr ein Angebot unterbreiten kann – das hoffentlich zu gut sein wird, um es abzulehnen! Doch da ich ja bar bezahle, kann ich ein bisschen unter dem bleiben, was sie sonst dafür verlangen würde!«

Sian wurde blass.

»Jetzt ruinier uns nicht den Tag mit Gesprächen über Geschäfte!«, schimpfte Veronica, der klar war, dass das Timing ihrer Tochter nicht unbedingt perfekt war. »Lasst uns das Picknick genießen.«

Sian war erleichtert. Luella würde für wenigstens eine Stunde von besagtem Geschäft abgelenkt sein.

Das Picknick war trotzdem wunderbar, auch wenn die anderen sich schon kräftig bedient hatten. Abgesehen von den Würstchen und den Wachteleiern, die sich als köstliches Appetithäppchen für Rory und andere erwiesen, waren die Vorspeisen ein richtiges Festessen: Es gab kleine Sandwiches mit geräuchertem Lachs, Toastdreiecke mit Shrimps, winzige Quiches und ausgehöhlte Miniatur-Brioches, die mit Rührei und Kaviar gefüllt waren. Gus bediente sich an den dargebotenen Tabletts. Sian hörte ihn etwas murmeln, aber sie konnte nicht genau verstehen, was er sagte. Es klang wie »ein bisschen übertrieben«, doch sie war ziemlich sicher, dass er damit nicht das Essen meinte. Das war schließlich perfekt.

Nach den Vorspeisen gab es pochierten Lachs mit Gurken und kalt serviertes Rinderfilet.

»Jetzt weißt du, was ich mit ›ehrgeiziger Gastgeberin‹ meinte«, flüsterte Fiona Sian hinter vorgehaltener Hand zu.

»Ich muss sagen, Harold, das Rinderfilet ist absolut köstlich. Ich muss mir noch mehr nehmen, aber ich hätte liebend gern etwas Senf dazu – Tewkesbury, wenn ihr den habt.«

Luellas Bitte versetzte die Lewis-Jones' leicht in Panik.

»Ich habe körnigen Senf, Essigsoße, Meerrettich, Ketchup und Piccalilli-Senf«, erklärte Harold Lewis-Jones verstimmt. »Nur du konntest nach so etwas Unbekanntem fragen, Lu.«

»Dann gib mir den Senf und den Meerrettich. Ich mische sie einfach. Mehr ist es ja eigentlich nicht«, meinte Luella. »Und dann noch etwas mehr Salat. Ta.«

Rory sah zuerst Luella und dann seine Mutter an, als er diese Abkürzung für »Thanks« hörte. »Mum«, flüsterte er. »Sie hat ›Ta‹ gesagt.«

»Sie ist erwachsen, sie darf das«, raunte Sian zurück.

»Ist das wie Fluchen?«

Gus lachte. »Nein, Kumpel, es ist schlimmer. Es ist Slang.«

»Mummy, was ist Slang?«

»Slang ist eine lockere Umgangssprache«, erklärte Gus vorsichtig. »Einige Ausdrücke sind okay – wie ›okay‹. Das ist eigentlich auch Slang. Aber wenn du ›Klo‹ statt ›Toilette‹ sagst, dann würde deine Mutter dich wahrscheinlich ermahnen.«

»*Ich* würde dich ermahnen, wenn du ›Toilette‹ sagst«, meinte Luella. »Es heißt ›Waschraum‹.«

»Das ist nicht fair!«, rief Gus. »Du hast ›Ta‹ gesagt.«

»Ich bin exzentrisch, ich sage, was ich will«, erklärte Luella und wischte sich die Hände an ihrem Kleid ab.

»Möchte jemand Nachtisch?«

So beiläufig, wie Veronica die Frage stellte, klang es, als würde sie jetzt etwas Pudding mit Soße servieren. Sian ließ sich jedoch nicht täuschen. Sie nahm an, dass etwas weitaus Exquisiteres aus den Kühlboxen kommen würde, und sie hatte recht. Sian wurden kurz darauf kleine Tortenböden mit glasierten Sommerfrüchten und Clotted Cream, Schüsseln mit Stachelbeercreme und Schokoladen-Brownies angeboten.

»Nehmen Sie sich einfach von allem etwas, wenn Sie sich nicht entscheiden können«, sagte Veronica. »Es gibt genug, dass sich jeder von allem bedienen kann.«

Danach schnitt sie einen selbst gebackenen Früchtekuchen in Scheiben. »Und jetzt müssen Harold und ich gehen und unsere Pflicht im Komitee-Zelt erfüllen. Mel, Schatz, keine geschäftlichen Verhandlungen beim Essen, okay? Das ist wirklich furchtbar unhöflich.«

»Als hätte ich das vor, Ma!« Melissa kicherte bei dem Gedanken an eine solche Ungeheuerlichkeit.

»Ich wollte nur sichergehen. Hilf mir kurz auf, Angus. Ich bin zu alt für so etwas.«

Nachdem ihre Eltern gegangen waren, übernahm Melissa die Pflichten der Gastgeberin. »Luella, bist du sicher, dass du nicht noch etwas trinken möchtest? Es gibt noch jede Menge Sekt, und es ist so umständlich, das alles wieder nach Hause zu schleppen.«

»Also gut, du hast mich überredet.« Luella wartete, bis ihr Glas voll war und alle anderen auch etwas angeboten bekommen hatten. »Was dieses Geschäft angeht, über das wir nicht reden sollen ... Wenn es um den Verkauf des Hauses geht, dann bin ich definitiv interessiert.«

Sian verschluckte sich an ihrem Holunderblütensaft, von dem sie gerade hatte trinken wollen.

»Melissa, du hättest nicht vielleicht noch etwas Kaffee, oder?«, erkundigte sich Fiona, die Sian einen besorgten Blick zuwarf.

»Ja«, stimmte Luella ihr zu und stellte ihr leeres Glas ab. »Nur dass ich lieber Tee hätte.«

»Wir haben alles für Tee und Kaffee vorbereitet. Angus, Schatz, würdest du mir helfen? Ich gieße zuerst den Kaffee auf, wenn es dir nichts ausmacht, Luella.« Sie holte eine riesige

Thermoskanne mit einer Pumpe, gefolgt von einer anderen großen, auf der *Heißes Wasser* stand.

Luella sah sie angewidert an. »In welchem Paralleluniversum wird Tee denn mit heißem Wasser aufgegossen? Wir brauchen *kochendes* Wasser!«

»Ach, komm schon, Lu!«, sagte Fiona. »Jetzt mach nicht so ein Theater! Es geht wunderbar mit Wasser aus der Thermoskanne.«

»Also«, mischte sich Gus ein, »wenn Luella kochendes Wasser für den Tee möchte, dann soll sie es bekommen. Tatsächlich werde ich ihr den Tee persönlich servieren.«

»Und wie willst du das zuwege bringen?«, fragte Melissa.

»Ich werde ein Feuer anzünden und das Wasser kochen«, erklärte Gus und zwinkerte Rory zu.

»Schatz, ein Feuer hilft uns doch nicht weiter«, wandte Fiona ein. »Wir haben keinen Topf!«

»Ich habe einen Teekessel im Land Rover. Komm, Sian, du und Rory, ihr könnt mir helfen.«

Da Sian keine Lust hatte, Luella und Melissa bei ihren Verhandlungen zuzuhören, stand sie auf.

»Du solltest dir besser die Stiefel wieder anziehen«, mahnte Gus.

Er hielt ihren Arm fest, während sie die Füße in die Gummistiefel steckte, und sie fühlte sich seltsam beschützt und geborgen, so als wäre das viel mehr als eine freundliche Geste. Doch als sie sicher in den Stiefeln stand, rückte sie ein Stück von Gus ab, weil seine Berührung sie verwirrt hatte.

Als sie sich ein Stück von der Gruppe entfernt und fast den Waldrand erreicht hatten, sagte Gus: »Ich habe an deiner Reaktion gemerkt, dass das ein ziemlicher Schock für dich war. Wenn ich gewusst hätte, was Melissa plant, dann hätte ich ...«

»Ja, es war ein Schock. Rory und ich haben uns schon so schön eingelebt. Es hat alles so gut gepasst.« Sie hörte ihre Stimme zittern, und plötzlich wurde ihr klar, dass sie den Tränen nahe war. »Tut mir leid, beachte mich am besten gar nicht! Es liegt bloß am Sekt. Der macht mich immer weinerlich. Eigentlich geht es mir gut. Es ist ja nicht so, dass ich nicht gewusst hätte, dass das passieren könnte.«

»Ich denke nicht, dass es dir gut geht«, entgegnete Gus. »Komm, Rory, Kumpel, suchen wir Holz zusammen! Deine Mutter braucht eine Tasse Tee.«

»Es ist ganz einfach«, sagte Gus, als sie einen geeigneten Sammelplatz erreicht hatten. »Seht nach oben und sucht nach toten Ästen, die noch nicht auf den Boden gefallen sind.«

»Okay«, antworteten Sian und Rory im Chor.

»Und wenn ihr überprüfen wollt, ob ein Stück Holz feucht ist oder nicht, legt es euch an die Lippen.« Er sagte das mit einem provokativen Grinsen, als wäre er überzeugt, dass Sian lieber sterben würde, als sich ein Stück Holz an den Mund zu legen.

»Kein Problem«, meinte sie und strengte sich an, sich nicht länger wegen Luella aufzuregen.

»Okay, dann kommt ihr beiden klar?«, fragte Gus. »Ich muss zurück zum Land Rover und ein paar Sachen holen. Ich bin sofort zurück.«

Sian sah ihm nach und bemerkte, dass er etwas merkwürdig lief. Er hatte von einer Verletzung am Bein gesprochen; sie musste ziemlich schwer gewesen sein.

Gus kam schnell zurück und fing an, die Äste, die Sian und Rory gesammelt hatten, auf eine, wie Sian fand, sehr brutale Weise zu sortieren.

»Wenn ein Ast nicht sofort bricht, ist er vermutlich zu feucht. Es ist wichtig, das Feuer richtig vorzubereiten, sonst raucht es nur, und wir blamieren uns. Und wir möchten doch, dass deine Mum ihre Tasse Tee bekommt, oder, Rory?«

»Frauen mögen Tee«, sagte Rory. »Die Mütter von all meinen Freunden trinken ganz viel davon. Wenn sie nicht Wein trinken.«

»Rory!« Sian keuchte entsetzt auf. »So ist das nicht. Wir trinken nur Wein, wenn wir auf einer Party sind oder nett essen gehen. Und dann nehmen wir uns auch ein Taxi nach Hause. Außerdem wollte Luella doch unbedingt kochendes Wasser für einen guten Tee. Sie hätte auch Wein trinken können.«

Gus zerbrach weiter die Äste und ignorierte ihren Protest. Die, die er für gut befand, steckte er in eine Plastiktüte, die zu den Sachen gehörte, die er aus dem Land Rover geholt hatte. Die anderen Gegenstände lagen verborgen in einem grünen Rucksack.

»Ich hoffe, du hast ein paar Streichhölzer oder vielleicht ein Feuerzeug da drin«, sagte Sian misstrauisch und wies auf den Rucksack. »Ich möchte nicht, dass mein Tee von deiner Fähigkeit abhängt, Hölzer aneinanderzureiben, um ein Feuer zu entfachen.«

»Natürlich kann ich so ein Feuer machen – na ja, irgendwie –, aber das ist heute nicht nötig.«

Rory ließ gerade ein weiteres Bündel Äste fallen. »Kannst du wirklich Feuer machen, indem du Hölzer aneinanderreibst?«, wollte er staunend wissen.

»Es ist ein bisschen komplizierter, aber im Grunde kann ich es, ja.«

»Das würde ich gern sehen«, sagte Rory aufgeregt.

»Ich zeige es dir«, versprach Gus, und sein Gesicht spiegelte die gleiche Begeisterung wie Rorys. »Irgendwann bauen wir eine Hütte, schlafen darin und bereiten uns das Frühstück über dem Feuer zu. Wenn deine Mutter es erlaubt.«

Eine Million Gedanken flogen durch Sians Kopf. »Na ja, vielleicht möchtest du nicht gern in einer Hütte schlafen, Rory«, wandte sie vorsichtig ein. »Aber wenn Gus eine bauen kann, dann könntest du darin spielen.«

Gus rümpfte die Nase. »Madam, nur, damit Sie es wissen: Die Hütten, die ich baue, sind nicht zum Spielen gedacht.«

»Nein?« Sian grinste ihn an. Sie stellte fest, dass sie sich trotz ihrer Nervosität amüsierte. »Ich glaube, du wirst feststellen, dass sie es doch sind.« Rory, der von dem Geplänkel der Erwachsenen gelangweilt war, rannte weg, um noch mehr Äste zu sammeln. »Und obwohl es ein nettes Angebot ist, bin ich nicht sicher, ob es Rory wirklich gefallen würde, draußen zu schlafen. Er würde vermutlich sein Bett vermissen und seinen Teddy und müsste dann doch wieder ins Haus gehen. Du weißt ja, wie Kinder sind. Na ja ... ich meine ...«

»Ich kann mich erinnern, wie ich beim Zelten im Garten Angst bekam und wieder reinlief«, stimmte Gus ihr zu.

»Dann verstehst du es ja.«

»Ich glaube, dass Rory eine solche Nacht in einer Hütte toll fände, wenn du auch in der Hütte schlafen würdest. Wir bauen eine Zwei-Mann-Hütte, und Rory kann in der Mitte liegen. Aus Gründen des Anstands.«

Zum Glück war es unter den dicht belaubten Bäumen dämmrig. Deshalb bemerkte Gus vielleicht nicht, wie rot sie wurde. Sie würde ihre Gedanken so trainieren müssen, dass sie sich nicht ständig um die Zeit drehten, die sie zusammen verbracht hatten. Das war zu beunruhigend. Sian musste allerdings zugeben, dass es schön war, mit Gus zusammen zu sein. Sie konnte sich nicht vorstellen, dass Richard sich im Wald herumtreiben würde. Aber dieser Vergleich war jetzt einfach nicht fair. Richard hatte viele gute Seiten; sie fielen ihr nur gerade nicht ein.

»Also gut. Haben wir genug Feuerholz zusammen, um den Damen ihren Tee zu kochen?«

»Ich glaube ja«, meinte Sian. »Es scheint eine ganze Menge zu sein.«

»Dann lasst uns gehen.«

Sie kehrten mit ihrer Last zum Picknick zurück. Gus schwang den Rucksack von seinem Rücken auf den Boden. »Also, was haben wir denn da?«

Rory blickte hinein. »Viele Sachen.«

»Warum packst du sie nicht für mich aus, Kumpel?«

Rory steckte eine Hand in den Rucksack und holte einen Kessel heraus. Dann kamen eine Art Folie und ein stramm zugebundener, wasserdichter Beutel zum Vorschein.

»Das ist meine Plane«, erklärte Gus. »Und das mein Kompass«, fuhr er fort, als Rory weiter auspackte. »Erste-Hilfe-Set. Kopflampe. Pfeife. Könntest du die für uns testen? Blas einmal kurz rein.«

Rory tat wie geheißen.

»Hast du da drin alles, was du zum Wandern brauchst?«, erkundigte sich Luella, die zusammenzuckte, als ein Pfiff die Luft zerriss.

Gus schüttelte den Kopf. »Nicht wirklich. Ich habe meinen Schlafsack und mein Zelt nicht dabei.«

»Kein Messer?«, wollte Fiona wissen, die wahrscheinlich für alle Frauen sprach.

Gus schüttelte den Kopf. »Nein. Das steckt in meinem Gürtel.« Er grinste. »Ich habe auch keine Axt dabei. Das könnte sich als Problem erweisen.«

Doch Gus kam auch ohne Axt hervorragend zurecht. Umgeben von den anderen, stapelte er Äste aufeinander und verteilte kleineres Anzündholz darauf.

»Also gut, gebt mir die Thermoskanne, dann bringen wir das heiße Wasser zum Kochen. Wir könnten den Kessel auch im Bach füllen und das Wasser dann durch ein Tuch schütten, aber ich schätze, die Damen werden langsam ungeduldig«, bemerkte Gus, nachdem das Holz aufgeschichtet war.

»Ich würde noch ein bisschen Zeitungspapier darunterstopfen und es anzünden«, erklärte Sian, erstaunt darüber, wie viel Mühe Gus sich gab. Er war ein so aktiver Mensch! Dass er eine Sache so gründlich machte, überraschte sie. Gus war der geborene Lehrer, fand sie. Rory war fasziniert. Tatsächlich beobachteten sie ihn alle gebannt und konzentrierten sich, als müssten sie die Aufgabe demnächst allein ausführen.

»Zeitungen würden bestimmt funktionieren, doch es ist lustiger, es gleich richtig zu machen. Ich möchte Rory zeigen, wie man ein Feuer ohne Streichhölzer anzündet.«

Schließlich griff Gus in einen Beutel, der um seinen Hals hing. Daraus holte er einen kleinen Baumwollsack hervor. »Zunder«, erklärte er und nahm etwas Weißes und Bauschiges heraus. »Damit mogeln wir ein bisschen, damit es schneller geht.«

»Wie meinst du das?«, fragte Rory und klang enttäuscht.

»Wenn wir campen, dann versuchen wir es mit Wildpflanzen, versprochen, aber hiermit kann man schneller ein Feuer entfachen. Und wir wollen uns doch beeilen, weil deine Mum eine Tasse Tee haben möchte.«

Gus und Rory legten sich auf den Bauch. Gus hatte ein Büschel Heu aus seinem Rucksack geholt. »Das hier ist wirklich trocken, Kumpel. Jetzt legen wir ein bisschen von dieser Watte drauf – ich habe meiner Mutter eins von ihren Make-up-Pads gestohlen, aber verrate es ihr nicht.«

»Ich glaube, sie weiß es schon«, sagte Rory nachdenklich.

»Und jetzt werde ich hiermit ein paar sehr heiße Funken erzeugen.« Gus kratzte mit einem Stück Metall über eine Steinstange, die er ebenfalls in dem Beutel um den Hals getragen hatte. Ein silberner Funkenregen schoss heraus, traf auf die Watte und dann auf das Heu. Gus hob das Häufchen hoch und ließ es auf das feine Anzündholz fallen, wo noch mehr Heu lag. Bald brannte das Feuer prasselnd.

»Nicht gerade die orthodoxe Methode«, sagte Gus und legte noch ein paar dickere Äste darauf, »aber damit bekommen wir das Wasser im Kessel schnell zum Kochen.«

»Oh«, sagte Veronica Lewis-Jones, als sie ein bisschen später zurückkehrte. »Stimmte etwas nicht mit dem Wasser in der Thermoskanne?«

Alle außer Angus und Rory hatten umgehend ein furchtbar schlechtes Gewissen.

»Gus wollte nur ein bisschen angeben, fürchte ich«, erklärte Fiona. »Er wollte Rory zeigen, wie man ein Feuer anzündet und Wasser im Kessel kocht. Nimm dir etwas Tee. Er ist köstlich.«

»Wir mussten die Teebeutel allerdings aufreißen, um die Blätter in den Kessel zu füllen«, fügte Sian hinzu.

»Hättet ihr die Beutel nicht einfach in die Becher hängen können?«, fragte Veronica und sah ehrlich verwirrt aus.

»Das wäre dann nicht der richtig aufgekochte Tee gewesen«, antwortete Gus, »so, wie man ihn früher zubereitet hat, als es noch keine Teebeutel gab. Er muss so heiß sein, dass man sich daran den Mund verbrennt.«

»Dann kümmere dich aber darum, dass von dem Feuer nachher keine Spuren zurückbleiben!«, fuhr Veronica tadelnd fort. »Wir dürfen nämlich eigentlich gar keins anzünden.«

»Niemand wird etwas merken, Ehrenwort«, erwiderte Gus

mit einem Grinsen, dem Mrs. Lewis-Jones nicht widerstehen konnte.

Gus zeigte Rory, wie man die nicht verbrannten Äste einsammelte und wie man sicherging, dass das Feuer wirklich ganz erloschen war. Er goss viel Wasser auf die Feuerstelle, wartete, bis der Boden kühl war, und grub ein wenig in der Asche. Er wollte Rory gerade demonstrieren, wie man zuletzt Erde auf die Feuerstelle warf, als Luella fragte:

»Möchte jemand Eis?«

Gus und Rory wandten sich gleichzeitig zu ihr um – und Sian traf fast der Schlag. Obwohl der eine blond und der andere dunkel war, hatten sie den gleichen Gesichtsausdruck. Dann sah sie zu Fiona hinüber, und ihr wurde zuerst eiskalt und dann heiß; kein Zweifel, ihre Freundin hatte es auch gesehen. Fiona wusste, dass Gus Rorys Vater war!

Sian stand hastig auf, warf dabei ihre Teetasse um und stolperte. »Oh, es tut mir leid, Veronica, ich...« Ihr wurde klar, dass sie stammelte, und sie versuchte, Fionas Blick auszuweichen. »Ich glaube, es wird Zeit, dass wir nach Hause gehen, Rory«, sagte sie schließlich und fühlte sich schrecklich schwach und panisch.

»Ja, in der Tat«, erklärte Fiona und erhob sich ebenfalls. »Rory, wenn du Eis möchtest, kannst du bei mir zu Hause etwas bekommen.«

»Nein, wirklich, Fiona«, widersprach Sian verlegen und versuchte verzweifelt, der Situation zu entkommen, »du musst unseretwegen nicht gehen. Ich bin sicher, es kann uns jemand...«

»Auf keinen Fall. Das ist überhaupt kein Problem.« Fiona lächelte, doch ihr Gesichtsausdruck verriet eine Entschlossenheit, die Sian zittern ließ. »Ich bestehe darauf.«

12

Fiona sah in den Rückspiegel, um zu überprüfen, ob Rory nicht vielleicht eingeschlafen war. Sie wollte mit Sian sprechen, um herauszufinden, ob ihr Verdacht stimmte. Doch Rory war hellwach, und so ergab sich keine Gelegenheit für ein Gespräch. Sian saß neben ihr und sah müde und ein bisschen blass aus.

»Hat es dir gefallen, Rory?«, erkundigte sich Fiona fröhlich.

»Ich mochte das Feuer, aber ich bin nicht auf einem Pony geritten«, erwiderte er nach langem Nachdenken.

»Das können wir ja ein anderes Mal nachholen«, sagte Fiona. »Das ist kein Problem.«

»Wirklich?«, fragte Sian. »Ich wollte schon die ganze Zeit mal bei den Reitställen anrufen und hören, ob er eine Probereitstunde nehmen kann.«

»Ich bin sicher, Melissa kennt jemanden beim Pony-Club, der euch das nur zu gern mal versuchen lässt«, versicherte Fiona, bemüht, das Gespräch unverfänglich zu halten. Sie war ziemlich sicher, dass Sian von ihrem ungeheuerlichen Verdacht wusste, aber bis sie unter vier Augen waren, wollte sie keine Verlegenheit zwischen ihnen aufkommen lassen – nicht vor Rory. »Sie schuldet dir schließlich was«, fuhr sie fort. »Da lädt sie doch tatsächlich einfach Luella zu dem Picknick ein und bringt sie dazu, einem Verkauf zuzustimmen! Und ich kann nicht glauben, dass Luella mir nichts von ihrem bevorstehenden Besuch erzählt hat.«

Sian seufzte tief. »Da hat sie wirklich eine Bombe platzen lassen.«

»Eine Bombe?«, fragte Rory von hinten.

»So nennt man es, wenn etwas eine große Überraschung ist«, erklärte Sian.

Wie die Entdeckung, dass man einen Enkel hat, dachte Fiona. »Darüber musst du dir keine Gedanken machen«, sagte sie laut.

»Okay«, meinte Rory und drehte den Kopf zum Fenster.

Fiona dachte wieder an jenen anderen Bombeneinschlag und die Fragen, die er mit sich brachte. Liebe ich Rory jetzt mehr, da ich weiß, dass wir blutsverwandt sind? Und wie stehe ich zu Sian? Sie ist eine tolle Frau, aber sie hat mir fast fünf Jahre lang ein Enkelkind vorenthalten. Doch sie wusste ja lange nichts von mir, sagte Fiona sich einen Moment später. Es kann ihr erst klar geworden sein, als Angus auf der Dinnerparty erschien. Was für ein Schock das für sie gewesen sein muss! Kein Wunder, dass sie in letzter Zeit so durcheinander war. Da bekommt Rory auf einen Schlag einen Vater und eine Großmutter. So ein komischer Zufall.

Aber war es wirklich ein Zufall? Sian war wegen Richard hergezogen, und Angus und Richard kannten sich seit Jahren. Vielleicht hatte Sian gehofft, dass sie durch Richard Angus wiedersehen würde? Vielleicht war das der Plan gewesen?

Fiona bog erleichtert von der Hauptstraße ab. Bald würden sie zu Hause sein, und dann würde sie herausfinden, ob Sian berechnend war oder einfach nur auf merkwürdige Weise Glück gehabt hatte – oder Pech. Sie blickte ihre Freundin prüfend von der Seite an. Nein, Sian war nicht berechnend. Es war ihr nicht in den Sinn gekommen, dass sie Angus wiedersehen könnte, das hatte ihre Reaktion auf der Dinnerparty deutlich gezeigt, und sie hatte offensichtlich keine Ahnung gehabt, dass sie, Fiona, die Mutter ihres Exfreundes war.

Diese Erkenntnis erfüllte Fiona mit einer großen Erleichterung. Sie hatte Sian sehr gern und wollte nicht glauben, dass sie Hintergedanken gehabt hatte, als sie ihre Freundschaft gesucht hatte. Sian würde Angus jetzt jedoch die Wahrheit sagen. Es wäre falsch, ihm seinen Sohn länger vorzuenthalten.

»Fiona ...« Sian unterbrach ihre Gedanken. »Ich weiß, wir wollten zu dir fahren, aber würde es dir etwas ausmachen, wenn wir stattdessen zu uns gingen? Dann kann ich Rory ins Bett bringen, wenn er müde wird.« Sian erschien der Gedanke, ein unangenehmes Gespräch führen zu müssen, auf vertrautem Boden weniger beängstigend.

»In Ordnung«, sagte Fiona. »Aber hast du Eis da?«

»Ja. Und Wein und etwas zum Knabbern. Ich könnte uns sogar noch schnell Nudeln und einen Salat zubereiten, wenn wir Hunger bekommen.«

»Ich glaube nicht, dass ich jemals wieder etwas essen kann!«, erwiderte Fiona seufzend.

Später, nachdem Rory mit einem Schüsselchen Eis und zwei Waffeln am Tisch saß, fragte Sian: »Wo ist Gus eigentlich jetzt? Isst er zu Hause etwas?«

»Ich habe ihn eben vom Handy aus angerufen, als du mit Rory im Bad warst. Er muss Luella noch zurück ins Hotel fahren, und dann erwähnte er noch, dass er mit Melissa etwas trinken gehen wollte.« Fiona sah Sian an und wollte sich entschuldigen, doch dann schalt sie sich selbst dafür. Ihr Sohn hatte jedes Recht, etwas mit einer anderen Frau zu unternehmen. »Sie sind ja beide ungebunden.«

»Natürlich.« Sian nickte, doch sie sah betroffen aus. »Und, was möchtest du haben, abgesehen von einem großen Glas Wein?«

»Wir sollten keinen Alkohol mehr trinken.«

»Ich sollte das nicht, weil ich schon so viel hatte, aber du hast doch nur ein Glas Sekt getrunken, oder? Mir hatte Veronica ja einen dieser antiken Becher gegeben, um daraus zu trinken.«

»Typisch Veronica, dass sie diese faltbaren Dinger dabeihatte. Zweifellos für Jagdgesellschaften.«

»Sie sind ziemlich vornehm, die Lewis-Jones, oder?«

»Ja, aber lustig.« Fiona hatte plötzlich ein schlechtes Gewissen, über die beiden zu reden. Sie waren so großzügige Gastgeber gewesen, und sie fühlte sich noch schlechter, weil sie bei sich gedacht hatte, dass sie nicht wirklich vornehm waren, sondern nur reich. »Und sehr nett«, fügte sie deshalb schnell hinzu.

»Definitiv. Und sie sind Organisationsgenies. Denk doch nur an die vielen Vorbereitungen, die für das Picknick notwendig waren!«

Fiona stimmte Sian von ganzem Herzen zu. »Beim letzten Picknick, das ich veranstaltet habe, gab es eine Flasche Sprudel für die Kinder und ein paar trockene Sandwiches.«

Sian lachte. »Solche Picknicks kenne ich. Möchtest du also einen Schluck Pinot?«, erkundigte sie sich.

Fiona war entschlossen, es Sian leicht zu machen. Sie sah schrecklich angespannt aus.

Rory kratzte den letzten Rest aus seiner Eisschale. »Darf ich draußen im Garten spielen?«, fragte er. »Ich tue so, als würde ich Feuer machen und im Kessel Wasser kochen.«

»Solange du nur so tust, als ob«, sagte Sian und öffnete dann den Kühlschrank.

Fiona sah zu, wie sie darin nach Oliven und Wein suchte. Es ist meine Schuld, dass sie so nervös ist, dachte sie. Sie weiß, dass ich sie darauf ansprechen werde, und sie will nicht darüber reden. Aber das muss sie! Fiona war sich da sehr sicher. Sie konnten die Sache nicht einfach auf sich beruhen lassen.

Sian stellte eine Flasche Wein, Gläser, eine kleine Schale mit Oliven und eine Schüssel mit Kettle Chips auf ein Tablett. »Gehen wir ins Wohnzimmer. Von dort können wir Rory hören, und es ist gemütlicher.« Sie zögerte. »Ich sollte es genießen, solange ich das Haus noch habe.«

Beide Frauen setzten sich. Sian füllte die Gläser und reichte eines Fiona. »Prost«, sagte sie einen Augenblick später. Beide Frauen tranken einen großen Schluck Wein.

»Okay«, meinte Fiona. »Reden wir nicht um den heißen Brei herum: Wie ist es passiert?«

Sian seufzte. »Wir lernten uns auf einer Party kennen – auf Richards Party –, ich weiß nicht mehr, ob du das schon wusstest.« Sie zögerte.

»Unwichtig. Sprich weiter.« Fiona wollte sich nicht ablenken lassen.

»Ich ging in die Küche, um mir ein Glas Wasser zu holen. Gus war dort – Stört es dich, wenn ich ihn so nenne?«

»Überhaupt nicht. Erzähl weiter!«

Sian schien fast erleichtert zu sein, mit jemandem über jenen Abend reden zu können, selbst wenn dieser Jemand Gus' Mutter war. Vielleicht hatte sie versucht, alles zu vergessen, was ihr vielleicht genauso wehgetan hatte wie die Erinnerung.

»Ehrlich, Fiona, wir waren wie Magneten. Wir flogen förmlich aufeinander zu. Er gab mir ein Wasser, und das war's. Wir redeten stundenlang. Dann fragte er mich, ob ich noch mit zu ihm kommen wollte. Und ich bin mitgegangen – obwohl ich wusste, was passieren würde.«

»Ich verstehe das.« Fiona spürte so etwas wie Neid in sich aufsteigen. Eine solche Verbindung hatte etwas Magisches. Sie konnte weder Sian noch Angus einen Vorwurf machen; die beiden waren einfach ihrem Instinkt gefolgt.

»Um ehrlich zu sein, wäre ich sogar mitgegangen, wenn ich gewusst hätte, dass ich schwanger werden würde.« Sian errötete, als hätte sie sich gerade erst daran erinnert, dass sie mit der Mutter ihres ehemaligen Geliebten sprach.

»Das kann ich gut nachvollziehen. Du würdest nicht auf Rory verzichten wollen.«

»Jetzt nicht mehr, aber als ich die Schwangerschaft bemerkte, bekam ich zuerst Panik. Ich konnte das Wort ›schwanger‹ gar nicht aussprechen.«

Fiona trank von ihrem Wein, während die Anspannung, die sie empfunden hatte, langsam abebbte. Dieses Gespräch war nicht so schwierig, wie sie befürchtet hatte. Sian war sehr ehrlich ihr gegenüber und sehr mutig. »Und was hast du deinen Eltern erzählt, wenn du das Wort nicht aussprechen konntest?«

Sian verzog das Gesicht. »Ich sagte, ich hätte einen Test gemacht, und er sei positiv.«

»Und wie haben sie reagiert?«

»Meine Mum nahm mich in die Arme und tat so, als freute sie sich, aber ich wusste, dass sie sich Sorgen machte.«

»Und dein Vater?«

»Ich hatte Angst, es ihm zu sagen. Er sollte nicht erfahren, dass ich mit Männern schlief – was ich ja auch nicht tat, nicht oft jedenfalls. Es waren nicht viele. Und beim eigenen Vater fühlt man sich ... Du weißt schon, ich war doch sein kleines Mädchen, keine erwachsene Frau.«

»Aber du hast es ihm erzählt? Oder hat deine Mutter dir das abgenommen?«

»Ich sagte es ihm. Er nahm es gut auf – zumindest wirkte es so. Natürlich machte er sich Sorgen, doch er schimpfte nicht mit mir.«

»Das hätte ja auch nichts genützt.«

»Meine Eltern haben mich immer unterstützt. Dad versteht sich großartig mit Rory.«

»Das tut Angus auch!« Fiona hatte das Gefühl, ihren Sohn verteidigen zu müssen. Sie war nicht sicher, warum.

»Das stimmt. Und das, obwohl er nicht weiß, wer Rory ist.«

»Aber er wird es erfahren müssen, Sian. Mir ist klar, dass es für dich nicht leicht ist, doch du musst es ihm sagen«, erklärte Fiona entschlossen. Sie füllte die Gläser noch einmal auf und wartete auf Sians Reaktion.

»Muss er das?« Ihre Stimme klang flehend. »Ich meine, ich habe Rory ganz allein aufgezogen – mit der Hilfe meiner Eltern und vieler anderer Leute. Ich möchte nicht, dass sich jetzt jemand einmischt und ...«

»Angus muss sich nicht einmischen, aber er hat ein Recht, es zu erfahren. Rory ist sein Fleisch und Blut. Außerdem hätte Rory doch gern einen Vater, oder nicht? Alle Jungen brauchen ein männliches Vorbild.«

»Dafür hat er Richard und meinen Dad«, erklärte Sian.

»Das ist nicht das Gleiche.«

Sian trank nachdenklich von ihrem Wein.

»Du wirst es Angus bald sagen müssen«, beharrte Fiona. »Er verdient die Wahrheit. Außerdem hat er Augen im Kopf. Ihm fällt die Ähnlichkeit vielleicht genauso auf wie mir. Wie dir.«

»Unwahrscheinlich«, widersprach Sian schnell, als wollte sie sich selbst damit überzeugen. »Wir haben es nur bemerkt, weil die beiden nebeneinandersaßen. Er wird sich und Rory so nicht sehen.«

Fiona beharrte auf ihrem Standpunkt. »Es gibt Spiegel, alte Fotos. Du kannst dich nicht darauf verlassen, dass Angus seine eigenen Gesichtszüge und seine Verhaltensweisen nicht erkennt. Wenn ich jetzt zurückdenke, dann frage ich mich, ob ich Rory vielleicht so schnell – eigentlich sofort – mochte, weil er etwas Vertrautes an sich hat.«

Sian schüttelte den Kopf und biss sich auf die Lippen. »Ich schätze, das ist möglich. Aber ich möchte es Gus nicht sagen. Ich finde, mein Leben ist im Moment schon kompliziert genug. Ich muss Auftraggeber finden, ich muss mir eine neue Bleibe suchen – all das.«

Fiona verstand das, doch sie blieb hart. »Hör zu, Rory hat doch bald Geburtstag, oder?«

Sian nickte.

»Ich gebe dir ein bisschen Zeit, um dir zu überlegen, wie du vorgehen willst, aber spätestens dann musst du es Angus sagen.« Als sie sah, dass Sian erneut protestieren wollte, meinte sie: »Liebes, er wird sonst von allein drauf kommen. Er kann rechnen. Es wäre viel besser, wenn du es ihm erzählst, als wenn er es selbst herausfindet. Ich weiß, dass es dir schwerfällt, doch ich kann nicht zulassen, dass du es ihm verschweigst, und je länger du es hinausschiebst, desto schwerer wird es.«

»Okay«, sagte Sian nach ein paar Augenblicken kleinlaut.

Zufrieden, dass Sian zur Vernunft gekommen war, sagte Fiona: »Wann hast du erfahren, dass Angus für eine so lange Zeit weggeht?« Fiona erinnerte sich noch genau an den Tag, an dem Angus ihr von seinen Plänen fortzugehen erzählt hatte. Natürlich hatte sie als gute Mutter so getan, als freute sie sich für ihn. Aber in ihrem Herzen hatte sie sich gefragt, wie sie ohne ihn zurechtkommen sollte. Es hatte zwar Postkarten und hin und wieder ein kurzes Telefonat und E-Mail-Kontakte gegeben, doch sie hatte ihn schrecklich vermisst.

»Er hat es mir irgendwann in der Nacht erzählt. Ich weiß nicht mehr genau, wann.«

Fiona nickte. »Nur um sicherzugehen, wie gut mein Sohn aufpasst ... Darf ich dich fragen, wie du ...«

»Wie ich schwanger geworden bin?« Sian runzelte die Stirn, während sie darüber nachdachte, wie sie es am besten ausdrücken sollte. »Man kann es nicht wirklich einen ›Unfall‹ nennen, aber ...«

»Geplatztes Kondom?«

»Geplatztes Kondom.«

Fiona lachte, froh darüber, die Stimmung aufgeheitert zu haben.

»Hallo Mum, hallo Fona«, sagte Rory, der in diesem Moment im Zimmer erschien und sich offensichtlich fragte, worüber seine Mutter und ihre Freundin lachten. »Hier sind Blumen für dich.« Er reichte Fiona einen kleinen Strauß, in dem auch zwei Löwenzahnblüten und eine Gartenwicke steckten. Dann rannte er gleich wieder raus, um noch mehr Äste auf sein imaginäres Feuer zu legen.

Fiona sagte: »Wenn Rory ganz offiziell mein Enkelkind ist – und ich bestehe darauf, dass das bald offiziell wird –, dann bestehe ich darauf, dass er mich weiter Fona nennt.«

Sian stand aus ihrem Sessel auf und gab ihr einen Kuss.

13

Sian hatte eines Morgens in der folgenden Woche gerade angefangen zu arbeiten, als das Telefon klingelte. Sie war nicht erfreut, am anderen Ende der Leitung Melissas Stimme zu hören.

»Hi Melissa. Ich hatte mir heute vorgenommen deiner Mutter zu schreiben, um mich für den wunderschönen Tag zu bedanken.«

»Es war lustig, nicht wahr?« Melissa zögerte. »Angus hat allerdings ziemlich mit mir geschimpft.«

»Oh? Warum das denn?«

»Er sagte, es sei unfair von mir gewesen, Luella einzuladen und dich damit zu überfallen, dass sie mir ihr Haus verkaufen wird. Es tut mir leid. Ich habe einfach nicht nachgedacht.«

»Es war ein Schock, das muss ich zugeben, doch es kam ja nicht völlig unerwartet.« Es überraschte sie, dass Melissa anrief, um sich zu entschuldigen.

»Angus war sogar ziemlich wütend auf mich.« Melissa kicherte. »Er kann ziemlich ... streng werden, wenn er will. Ist bei einem Mann nichts Schlechtes.«

Sian fühlte sich nicht in der Lage, das zu kommentieren. »Ich hoffe, ihr habt euch meinetwegen nicht gestritten.«

»Nein, nein, es war sehr lustig, von dem süßen Angus ausgeschimpft zu werden. Aber um meinen Fehler wiedergutzumachen, wollte ich dich fragen, ob du Zeit hättest, bei meiner Mum vorbeizukommen, um dir die Einbauschränke anzusehen? Ich ziehe zwar aus, würde jedoch trotzdem gern ein bisschen renovieren. Was meinst du?«

Sian konnte nicht wirklich Nein sagen. Veronica Lewis-Jones kannte einflussreiche Leute. Sian wollte sie auf keinen Fall vor den Kopf stoßen; außerdem war Veronica nicht verantwortlich für das Verhalten ihrer Tochter. »Okay. Wann würde es dir passen? Morgens ist es besser, weil ich nachmittags ja auf Rory aufpassen muss.«

»Das ist noch so eine Sache. Angus hat geschwärmt, was für ein nettes Kind Rory ist. Und das ist er wirklich! Ich bin sicher, Angus würde einen Nachmittag auf ihn aufpassen, während du bei uns bist. Mummy hat morgens immer viel um die Ohren.«

Sian war ziemlich entsetzt über den Gedanken, dass Gus auf Rory aufpassen sollte. »Ich glaube, das wird nicht nötig sein. Aber an welchem Tag passt es denn gut?«

»Am liebsten so bald wie möglich.«

»Morgen?« Einbauschränke zu bemale, war normalerweise kein Notfall, doch Fiona würde, wenn nötig, bestimmt auf Rory aufpassen.

»Fabelhaft. Um zwei Uhr?«

»Gut.« Oder vielleicht konnte sie Jody noch einmal um einen Gefallen bitten.

»Okay, jetzt die Adresse. Hast du ein Navi?«

»Ich habe eine Karte.«

»Gut. Mit dem Navi findet man nämlich das Haus meiner Eltern nicht. Hast du einen Stift und Papier zur Hand?«

Schließlich war Sian im Besitz aller nötigen Informationen und auch aller Telefonnummern, die sie brauchen würde, falls sie sich verfuhr. Auf dem Land zu arbeiten, war in mancher Hinsicht schwieriger. London mochte groß und weitläufig sein, aber man fand meistens irgendwie sein Ziel. Jetzt würde sie über schmale, verschlungene Landstraßen oder sogar bewachsene Feldwege fahren müssen.

Dennoch gefiel Sian der Gedanke, vielleicht einen weiteren Auftrag zu bekommen. Wenn sie mit dem Kinderkleiderschrank fertig war, an dem sie gerade arbeitete, gab es nichts mehr zu tun, abgesehen von dem Monster-Schrank in Fionas Scheune und dem kleinen Sessel. Sie brauchte wirklich bezahlte Aufträge. Deswegen würde sie auch zu dem Laden von Fionas Freundin fahren und sich erkundigen, ob sie Interesse an ihren Arbeiten hatte, aber im Moment war Margaret im Urlaub. Außerdem plante Sian Besuche bei ähnlichen Geschäften, um irgendwie mehr Aufträge zu bekommen. Sie freute sich schon auf eine Aufgabe, auf die sie sich richtig konzentrieren konnte. Ein potenzielles neues Projekt war immer aufregend. Sian genoss alle Aspekte ihrer Arbeit, selbst die komplizierten, die große Sorgfalt erforderten. Aber der Anfang war immer am spannendsten. Das Planen, das Zeichnen, die Auswahl der Farben ... Mit etwas Glück würde Veronica ihr erlauben, ihrer Fantasie freien Lauf zu lassen, und sie dann all ihren Freundinnen empfehlen. Sian lächelte. Die Arbeit würde ihr bestimmt auch helfen, ihre Gedanken zu ordnen – etwas, das sie dringend brauchte!

Sie sprach Jody an, als sie später Rory abholte, und trug ihre Bitte vor. »Ich würde dich wirklich nicht fragen, doch aus irgendeinem Grund haben diese Leute morgens keine Zeit.«

»Das ist wirklich kein Problem, aber könntest du mir im Gegenzug auch einen Gefallen tun?«

»Klar! Du hast schon so oft auf Rory aufgepasst. Möchtest du, dass ich Annabelle am Wochenende nehme? Oder ich könnte zu dir kommen und auf alle Kinder aufpassen.«

Jody lachte. »Nein, obwohl das ein verlockendes Angebot ist. Ich möchte, dass du mit mir zu einem Bauernmarkt – na ja, eigentlich zu einem Kunsthandwerksmarkt – gehst. Ich habe ein ganzes Regal voller selbst genähter Kissen, und ich habe vor einer Ewigkeit mit einer anderen Frau einen Stand gebucht. Doch die hat jetzt keine Zeit. Es wäre so viel lustiger, wenn wir beide da zusammen hingingen. Du könntest Beispiele deiner Arbeit zeigen und Broschüren verteilen. Es ist vielleicht ein guter Weg, dich hier in der Gegend bekannt zu machen.«

Sian dachte nach. »Hm, aber die Leute verkaufen doch auf Bauernmärkten normalerweise keine Möbel...«

»Wie ich schon sagte, es ist eigentlich mehr ein Kunsthandwerksmarkt. Er findet im Wechsel mit dem Bauernmarkt statt. Komm schon! Es wäre eine gute Werbung für dich, und ich hätte viel mehr Spaß. John passt auf die Kinder auf.«

»Es klingt spannend, das muss ich sagen. Das wäre mal etwas ganz anderes für mich. Okay, ich bin dabei.«

Auf dem Heimweg überschlugen sich Sians Gedanken. Würden Broschüren und Fotos reichen? Die Leute sahen anderen Leuten gern bei der Arbeit zu. Sollte sie vielleicht ein Möbelstück mitnehmen? Dafür würde wegen Jodys Kissen vielleicht nicht genug Platz im Auto sein. Und es war möglicherweise auch langweilig für andere, ihr bei einer langwierigen Arbeit zuzusehen. Was konnte sie bearbeiten, damit die Leute sofort ein Ergebnis sahen und etwas hatten, das sie mitnehmen konnten? Ein Plan formte sich in Sians Kopf.

»Rory, ich hab's!«, rief sie, als sie vor dem Haus anhielt. »Ich fertige Namensschilder für Kinder an – darauf können die Leute warten.«

Rory seufzte. »Wovon redest du, Mum?«

»Ach, es ist nichts. Ich denke nur laut.« Sie würde eine Menge Holzschilder vorbereiten müssen; Bretter mussten zugeschnitten, grundiert und ein bisschen dekoriert werden. Als sie Rory aus seinem Sitz hob, stellte sie fest, dass sie sich jetzt auf den Markt freute. Jody hatte recht, es würde viel Spaß machen. Zwei neue Projekte an einem Tag: Die Dinge entwickelten sich eindeutig zum Positiven. Zumindest, was die Arbeit anging. Richard würde sich bestimmt für sie freuen. Sie würde es ihm erzählen, wenn sie das nächste Mal mit ihm sprach.

Am folgenden Tag spielte Rory sicher und glücklich bei Jody. Sian machte sich auf den Weg zu den Lewis-Jones. Nach einiger Mühe fand sie das Haus von Melissas Eltern, aber sie hatte sich verspätet. »Es tut mir so leid, ich habe mich verfahren!«, sagte sie, als Veronica sie zur Begrüßung auf die Wange küsste und in ihr riesiges Haus aus erneuerten Cotswolds-Steinen führte. Sian sah sich staunend um. Und sie hatte schon Fionas Haus für groß gehalten!

»Machen Sie sich keine Gedanken«, erwiderte Veronica. »Ich verfahre mich auch immer, wenn ich irgendwo das erste Mal bin. Möchten Sie einen Kaffee? Harold hat eine unglaubliche Maschine, die innerhalb von Sekunden einen Cappuccino kocht.«

Sian lachte. »Nein, danke. Ich glaube, ich sollte mir sofort die Schränke ansehen. Ich habe schon genug Zeit verloren.«

Sie stiegen eine Treppe hinauf, auf der ein dicker nilgrüner Teppich lag. In meinem Haus würde er höchstens fünf Minuten sauber bleiben, dachte Sian. Vielleicht tauschten die Lewis-Jones ihn wegen unschöner Flecken alle paar Jahre aus.

Melissas Zimmer war perfekt: groß, mit Fenstern auf beiden Seiten, einem riesigen Bad und einer Schrankwand, in der die gesamte Frühjahrskollektion eines kleineren Modehauses Platz gehabt hätte.

»Das Zimmer ist großartig! Ich kann nicht glauben, dass Sie

daran etwas ändern wollen«, sagte Sian und blickte sich ehrfürchtig um.

»Ja, aber es muss modernisiert werden. Es langweilt mich ein bisschen. Lissa meint, Ihre Arbeiten seien ganz wundervoll. Ich möchte, dass dieser Raum einzigartig wird.«

»Ist er das nicht schon? Hell, mit Bad und Einbauschränken: Das ist das Traumgebäude jedes Maklers! Die Schränke zu bemalen könnte den Wert des Hauses mindern.«

»Aber wir wollen doch nicht ausziehen.« Veronica lächelte. »Zeigen Sie mir Ihr Portfolio. Ich möchte sehen, was Sie mit den Schränken vorhaben.«

Sian erwiderte das Lächeln. Sie hatte ihre Warnung nicht ausgesprochen, um sich und ihre Arbeit interessanter zu machen, doch offenbar war ihr das gelungen. »Okay.«

»Kommen Sie, trinken wir eine Tasse Tee, wenn sie keinen Kaffee mit Milchschaum möchten. Ich kann es kaum erwarten, mir die Fotos Ihrer Arbeiten anzusehen!«

Eine Stunde später stieg Sian wieder gut gelaunt in ihren Wagen. Sie hatte mit Veronica einen Plan entworfen. Die Einbauschränke würden sehr hübsch werden, aber nicht so ausgefallen sein, dass die Leute davon abgeschreckt wurden. Sie hatten mit der Idee gespielt, ein Einhorn aus einem schneebedeckten Birkenwald herausschauen zu lassen, dann jedoch beschlossen, dass wilde Rosen, die sich um den Schrank wanden, besser passen würden als eine Illusionsmalerei. Allerdings überlegte Veronica jetzt ernsthaft, ein solches Motiv im Esszimmer zu realisieren. »Ich finde die William-Morris-Tapeten langsam wirklich langweilig. Sie sind ziemlich düster.«

Sian war rundherum zufrieden. Jetzt hatte sie vielleicht genug Arbeit bis zum Jahresende!

An diesem Abend ging Sian in den Schuppen und suchte sich die passenden Holzbretter heraus. Rory, der schon bei Jody gegessen hatte, spielte glücklich im Garten. Sian hatte die Bretter erst kürzlich entdeckt. Es waren Reste eines Bodenbelags, aber sie waren neu und splitterfrei. Ihr Vater hatte ihr bei ihrem Umzug seine Stichsäge geschenkt, die nun zum Einsatz kam. Geschickt sägte Sian so viele Türschilder-Rohlinge aus wie möglich. Als sie alle Bretter verwertet hatte, waren es zwanzig Schilder. Das sollte reichen, beschloss Sian.

Sie hatte die meisten Türschilder bereits mit einer Grundierung überzogen, als Fiona anrief.

»Könntest du mit Rory vielleicht kurz bei uns vorbeikommen? Ich muss mich ausruhen, aber Angus ist voller Tatendrang. Er will unbedingt den Dachboden aufräumen, und ich fühle mich verpflichtet, ihm zu helfen. Aber wenn du auf einen Besuch vorbeikommst, habe ich einen Grund, eine Pause zu machen.«

Es wäre so einfach gewesen, die Ausrede vorzubringen, dass Rorys Tag sehr lang gewesen war. Doch Sian hörte sich selbst sagen: »Sehr gern.«

Während sie mit dem Jungen die Straße entlangging, musste sie sich eingestehen, dass sie sich darauf freute, Gus zu sehen.

Wie sie feststellten, herrschte in Fionas Haus das organisierte Chaos. In der Scheune, die dank Sians Bemühungen, die Sache endlich anzugehen, schon ziemlich leergeräumt gewesen war, lagen nun unzählige Sachen aufgestapelt, bei denen es sich laut Fiona um Jurten handelte.

Fiona bot Sian einen Gin Tonic an. »Ich brauchte jetzt etwas Starkes. Ich sage Angus, dass du da bist. Er ist geradezu besessen davon, den Dachboden aufzuräumen. Gott weiß, warum.«

Sian lachte, während sie ins Haus gingen. Rory rannte vor in den Wintergarten, wo jetzt die Holzeisenbahn stand.

»Melissa hat Angus fast den ganzen Tag geholfen. Jetzt ist sie weg.«

Ein eifersüchtiger Stich durchfuhr Sian, und sie verschluckte sich fast an ihrem Drink, den Fiona ihr gereicht hatte. Doch es gelang ihr gerade noch, sich zu beherrschen. »Ich bin heute Nachmittag bei Veronica gewesen«, sagte sie. »Sie hat ein paar Einbauschränke, die ich mit Rosen bemalen soll, und im Esszimmer möchte sie vielleicht ein ganzes Wandbild haben.« Sie nahm noch einen Schluck. »Ich habe vorher noch nie eine ganze Wand bemalt.«

»Sian ist da!«, rief Fiona die Treppe hinauf, dann wandte sie sich wieder ihrer jungen Freundin zu. »Aber es wird kein Problem für dich sein, da bin ich sicher.«

Sie erreichten den Wintergarten, und Sian setzte sich auf ihren Lieblingsplatz. »Das hoffe ich.«

»Hallo!« Gus, der ganz von Staub bedeckt war, erschien in der Tür und nahm Sian in die Arme, um ihr einen Kuss zu geben.

»Gleichfalls hallo!«, sagte Sian, ein bisschen erschrocken über seine überschwängliche Begrüßung. »Was hast du gemacht?«

»Na ja, meine Sachen sind gekommen, und ich verstaue sie gerade. Und da ist der Dachboden. Es ist kaum zu glauben, was meine Mutter da oben alles gehortet hat. Ich finde, wir sollten im Garten einen Flohmarkt veranstalten, um das ganze Zeug loszuwerden.«

»Einiges davon will ich behalten«, protestierte Fiona.

»Ehrlich, der Platz da oben ist viel wertvoller als dieser Krempel, selbst wenn einiges davon antik ist.«

»Hm. Wenn du meinst, Schatz.«

»Das meine ich. Trinkt ihr beide noch was, während ich unter die Dusche springe? Es geht ganz schnell.«

Sian verdrängte rasch die Vorstellung von ihm unter der Dusche, die sich ihr in diesem Moment beunruhigend aufdrängte.

Fiona lachte. »Warum sagen die Leute eigentlich immer, dass sie ›unter die Dusche springen‹? Das würde ich mich nie trauen! Ich hätte viel zu viel Angst, dabei auszurutschen.«

Nachdem Gus zurück war, spielte Rory glücklich in der Ecke mit einigen alten Spielsachen. Sian und Fiona sprachen über die Vorzüge des Dorflebens. Gus war der festen Überzeugung, dass es sich am besten draußen in der Wildnis leben ließ, wenn man sich ganz auf seine eigenen Fähigkeiten verlassen musste, um zu überleben. Der Gedanke, dass er vielleicht bald wieder auf Reisen gehen würde, versetzte Sian einen Stich.

Nach einer Stunde brachte sie den müden Rory nach Hause. Die Zeit, zu der er sonst schlafen ging, war schon weit überschritten, aber sie war stolz auf ihn, weil er die Gespräche der Erwachsenen nicht unterbrochen und nicht alle fünf Minuten nach einem Saft oder einer Süßigkeit verlangt hatte. Er war wirklich ein lieber Schatz!

Als Rory schlief (er hatte heute nur eine Gutenachtgeschichte gebraucht), grundierte sie noch die letzten Namensschilder und lehnte sie zum Trocknen an die Hauswand. Sian hoffte nur, dass die Meteorologen recht behielten und es trocken bleiben würde.

Auf dem Weg ins Bett wurde ihr klar, dass sie es sehr genossen hatte, den Abend mit Fiona und Angus zu verbringen, nur sie drei, ganz entspannt, ohne dass irgendetwas sie beunruhigt hätte. Es ist ein Moment der Ruhe vor dem Sturm, dachte Sian. Irgendwie ahnte sie, dass der Sturm unausweichlich war und dass sie ihm nicht viel würde entgegensetzen können. Deshalb war sie einfach nur dankbar für die ruhige Zeit, die diesem Sturm voranging.

14

Am Tag, an dem der Kunsthandwerksmarkt stattfinden sollte, brachte Sian Rory morgens in aller Frühe zu Jody. Die Freundin kam mit einem Toast mit Erdnussbutter zur Tür und sah entspannt und fröhlich aus. Rory duckte sich unter ihrem Arm hindurch und stürmte in die Küche, ohne sich noch einmal nach seiner Mutter umzusehen.

»Möchtest du einen Tee?«, fragte Jody. »Oder sollen wir gleich starten?«

»Lass uns lieber fahren. Rory geht es offensichtlich gut, und ich muss noch einiges aufbauen. Kann ich dir hinterherfahren? Du kennst dich ja aus.«

»Klar. Ich hole nur schnell die Schlüssel. Es ist schade, dass wir nicht mit einem Auto fahren können.«

Sian grinste. »Es ist aber gut, dass wir so viel Ware haben, dass sie nicht in einen Wagen passen. Sonst wäre unser Stand ein bisschen leer.«

Der Kunsthandwerksmarkt war zum Teil überdacht, und die Stände waren bereits aufgebaut. Jody fuhr direkt zum Eingang und erfuhr von einer Frau in Jeans und einem recht zerschlissenen Top, welcher ihr Verkaufsstand war. Jody kam zu Sians Wagenfenster.

»Wir können die Sachen hier abladen und dann die Autos parken«, erklärte sie. »Annie wird darauf aufpassen, damit nichts gestohlen wird.«

Sian hatte eine ganze Menge kleiner bemalter Möbelstücke dabei, darunter einen Hocker, Tische und kleinere Kommoden genauso wie eine größere Frisierkommode – noch ein Möbelstück, das Fiona ihr geschenkt und das Sian besonders schnell bemalt hatte. Da bereits viele Leute auf dem Gelände herumliefen und damit beschäftigt waren, ihre Stände möglichst interessant zu gestalten, lud Sian rasch den Wagen aus.

»Wow, das sieht alles toll aus!«, rief Jody, nachdem sie die Hälfte des Standes mit ihren hübschen Kissen gefüllt hatte.

»Deine Kissen sind himmlisch. Vielleicht sollten wir ein Bett zusammen restaurieren. Du suchst einen schönen Stoff für die Kissen aus, und ich male das Kopfteil des Bettes entsprechend an.« Sian ordnete den Bereich, auf dem sie ihre Tür-Namensschilder bemalen wollte, zum fünfzehnten Mal neu. »Ich hoffe nur, dass auch ein paar Kunden kommen. Es wäre peinlich, wenn gar keiner die Schilder haben will.«

Jody lachte. »Hast du schon jemals deine eigenen Sachen verkauft?«

»Ich habe einige Aufträge gehabt, aber ich glaube, das ist nicht das Gleiche. Meine Kunden bitten mich normalerweise zu sich, wenn sie eine meiner Arbeiten kaufen wollen. Ich muss meine Kunst nie wirklich anpreisen.« Zweifel beschlichen Sian, und sie fühlte sich mit einem Mal ernüchtert.

»Was ist los?«

»Ich glaube, ich kann das nicht ...«

Dieser Aspekt des Kunsthandwerksmarktes war Sian nicht bewusst gewesen. Dass sie mit den Leuten reden und sie überzeugen musste, bei ihr etwas zu kaufen, hatte sie im Vorfeld wohl verdrängt. »Ich fürchte, ich würde doch lieber wieder nach Hause fahren.«

»Das kannst du aber nicht.« Jodys Stimme klang streng. »Besorge uns was Heißes zu trinken und ein Schinken-Sandwich, dann fühlst du dich gleich besser.«

»Glaubst du?«

»Ja. Und wenn du dann immer noch nervös bist, dann tauschen wir.«

»Wie meinst du das?«

»Ich verkaufe deine Arbeiten und du meine Kissen.«

Die Idee gefiel Sian. »Dann erkläre ich den Frauen, die vorbeikommen, dass sie unbedingt neue Kissen brauchen, um ihr Wohnzimmer aufzupeppen, und dass du genau die richtigen dafür hast?«

»Genau! Und jetzt lauf und besorg uns was Heißes zu trinken! Komm, ich gebe dir Geld!«

Sian war bereits auf dem Weg. »Nein, lass nur! Ich habe genug!«, rief sie über die Schulter zurück.

Jody war eine brillante Verkäuferin. Sie sprach eine vorbeigehende Frau mittleren Alters an, die den »Fehler« machte, eine Sekunde neben dem Stand stehen zu bleiben.

»Ich wette, Sie haben ein Kind, für das Sie ein Geschenk brauchen?«

Die Frau hielt inne und nickte vorsichtig.

»Und ich wette, es hat bereits alles, was sein kleines Herz begehrt – viel mehr Spielzeug, als gut für das Kind ist?«

Erfreut, endlich einmal die Gefühle zum Ausdruck bringen zu können, die sie sonst für sich behielt, holte die Frau Luft. »Ja, genauso sehe ich das! Kinder brauchen nicht all diese teuren Spielzeuge, um glücklich zu sein. Ein paar gute, qualitativ hochwertige Sachen können eine ganze Kindheit lang halten.«

»Ist es ein Enkel, für den sie etwas suchen?« Jody hakte schamlos weiter nach. Sian versteckte sich hinter dem Stapel mit Kissen.

»Es ist das kleine Mädchen meiner Patentochter. Sie hat

alles, sogar ein Pony. Es gibt wirklich nichts mehr, was ich ihr noch kaufen könnte.«

»Warum nehmen Sie nicht ein Namensschild für ihre Kinderzimmertür?«

Sians Anspannung wuchs.

»Sie hat schon eins«, sagte die Frau.

Halb enttäuscht, halb erleichtert, seufzte Sian.

»Meine Kollegin hier könnte den Namen auch auf einen dieser Kästen schreiben. Wie wäre es damit?«

Oh Gott, dachte Sian, ich hoffe, dieses Kind hat einen kurzen Namen!

»Also, das ist wirklich eine gute Idee. Dann hätte sie viel länger etwas davon, oder? Aber diese Kästen sind alle schon bemalt. Da ist kein Platz für einen Namen.«

»Sian!«, befahl Jody. »Komm mal her und hilf der Dame!«

Sian verließ schwitzend und mit roten Wangen ihr Versteck. »Tut mir leid, ich war gerade beschäftigt«, murmelte sie. »Wie kann ich Ihnen helfen? Möchten Sie, dass ich auf einen dieser Kästen einen Namen schreibe? Kein Problem. Welches Kästchen hätten Sie denn gern? Ich kann etwas von der Dekoration übermalen und dann den Namen einfügen. Obwohl Sie dafür etwas später noch mal wiederkommen müssten.«

Die Frau schüttelte den Kopf, dann entdeckte sie einen größeren Kasten, der weiter hinten stand. »Der da ist nicht so verziert. Vielleicht könnten Sie den Namen Zoë daraufschreiben, ohne dass Sie etwas übermalen müssen? Ich habe es ein bisschen eilig.«

Sian holte tief Luft. Es sollte eigentlich gar kein Problem sein, doch irgendwie war sie aufgeregt.

Zum Glück blieb ihre Hand beim Schreiben des Namens

ruhig, und es war noch Platz, um das Kästchen mit ein paar zusätzlichen Mohnblumen zu verzieren, die offenbar Zoës Lieblingsblumen waren. Kurz darauf ging die Kundin mit dem Kasten unter dem Arm zufrieden davon.

»Du hättest die Beschriftung extra berechnen müssen«, sagte die praktisch veranlagte Jody. Doch Sian schüttelte den Kopf.

»Beim nächsten Mal.«

Das Kästchen erwies sich als Lockangebot. Mehrere Leute hatten gesehen, wie Sian den Namen aufgemalt hatte, und wollten nun Namensschilder haben. Langsam entspannte sich Sian und malte bald Einhörner, Seepferdchen und Libellen, ohne zu zögern oder das Motiv zuerst vorzuzeichnen. Sie verkaufte auch viele Kissen und stellte fest, dass sie tatsächlich eine sehr gute Verkäuferin war, solange es nicht um ihre eigenen Arbeiten ging.

Gegen Mittag verließen die ersten Kunden den Markt, und Jody und Sian wurden langsam müde und hungrig.

»Ich schätze, wir haben schon ganze Arbeit geleistet«, fand Jody.

»Wie viele Leute werden am Nachmittag wohl noch kommen?« Sian sortierte die übrige Ware neu und schüttelte dann Jodys Kissen noch mal auf. Sie hatten die Regale schon zweimal mit anderen aus dem Auto wieder auffüllen müssen.

»Nicht sehr viele. Milly da drüben packt schon ein.« Die junge Frau verkaufte Seife und Badeöle, die sich hervorragend als kleine Mitbringsel eigneten. Deshalb hatte Milly an diesem Morgen gute Geschäfte gemacht.

Jody und Sian wollten gerade ebenfalls einpacken, als Fiona und Gus herangeschlendert kamen.

»Jetzt schaut euch diese alte Frisierkommode an! Was für eine Verbesserung!«, rief Fiona. Dann gab sie Sian einen Kuss und stellte Gus Jody vor.

»Wunderschöne Kissen, ich muss eins haben. Aber Angus, jetzt sieh dir nur diese Frisierkommode an!«

»Sie ist sehr hübsch, wirklich, doch Frisierkommoden sind nicht wirklich mein Ding.« Er gab Sian einen Kuss und küsste danach auch Jody.

»Aber sie hat uns gehört! Ich habe sie Sian zum Bemalen gegeben. Das Ding war vorher einfach schrecklich: orangefarbene Eiche.«

»Fiona, ich wollte sie dir sowieso zurückgeben. Wenn du sie haben möchtest, würde ich mich sehr freuen.«

»Nein«, erklärte Gus mit fester Stimme. »Es sei denn, sie soll in deinem Schlafzimmer stehen, Mum. Wir wollen Sachen loswerden und nicht noch mehr ansammeln.« Er zwinkerte ihr zu und versuchte, seinen Worten damit die Schärfe zu nehmen, aber es gelang ihm nicht wirklich.

Fiona schüttelte verärgert den Kopf. »Gus, also wirklich!« Sie blickte die beiden jüngeren Frauen an. »Er ist plötzlich auf einer Mission und wirft alle Sachen vom Dachboden, die dort seit Jahren glücklich herumstanden.«

Da Sian wusste, dass Fiona sich von all den überflüssigen Möbeln trennen wollte, musste das Problem darin liegen, dass Gus sie dazu zwang, sich damit zu beeilen. Vermutlich hätte Fiona sich selbst mit dem Entrümpeln viel mehr Zeit gelassen.

»Gus, könnte ich dich vielleicht für ein Namensschild begeistern?«, fragte Sian, weil sie das Gefühl hatte, dass er für seine rücksichtslose Einstellung zu der Frisierkommode bestraft werden musste. »Ich könnte im Handumdrehen *Gus* ... oder sogar *Angus* draufschreiben. Ich bin wirklich in Übung.«

Gus stand vor ihr und tat so, als würde er über diesen Vorschlag nachdenken. »Hm«, sagte er und strich sich über das Kinn.

»Und welches Kissen möchtest du denn, Fiona? Die kann man doch nicht als ›Gerümpel‹ bezeichnen, oder?«, fuhr Sian fort. »Das hier würde im Wintergarten hübsch aussehen.«

»Das stimmt. Ich nehme es.«

Während sie bezahlte, sah Gus sich sehr interessiert Sians übrige Stücke an. »Ja«, sagte er plötzlich. »Ich möchte ein Namensschild kaufen.«

»Oh, toll«, antwortete Sian ein bisschen überrascht. »Welchen Namen soll ich denn draufschreiben? *Gus* oder *Angus*?«

»*Melissa*«, erklärte er. »Das wird ein tolles Geschenk.«

»Ach«, sagte Sian, als sie die Sprache wiedergefunden hatte. »Hat sie Geburtstag?«

»Ja, und sie hilft mir im Moment sehr. Ich möchte ihr gern etwas Schönes schenken.«

»Nun, ich freue mich, dass dir wenigstens meine kleinen Tafeln gefallen«, entgegnete Sian und konnte nicht ganz verhindern, dass sie gereizt klang. »Nachdem du die Frisierkommode so schrecklich fandest...«, fügte sie hinzu, damit er nicht glaubte, sie wäre eifersüchtig auf Melissa.

»Ich glaube einfach nicht, dass wir sie brauchen«, beharrte er. »Könntest du vielleicht noch ein paar Ponys neben Lissas Namen malen? Ich stelle sie mir eigentlich immer auf einem Pony vor.«

»Weißt du was, ich werde das Schild zu Hause bemalen. Da habe ich dafür viel mehr Ruhe«, sagte sie. Ihr Stolz verlangte es, dass Melissas Name perfekt und die Ponys echte dicke Thelwells mit den charakteristischen abstehenden Schwänzen waren, so wie in den berühmten Kinderbüchern von Norman Thelwell. »Ich könnte es dir dann vorbeibringen. Wann brauchst du es?«

»Am Freitag, wenn das geht. Ich gehe an ihrem Geburtstag mit ihr aus.«

»Okay! Kein Problem.« Sian lächelte fröhlich, als wäre Gus nur irgendein Kunde.

»Großartig. Ich habe mich gefragt ...«

»Oh, sieh doch«, rief sie erfreut. »da kommt Richard!«

Sie hatte ihn erst zu Rorys Geburtstag zurückerwartet – er hatte versprochen, da zu sein –, musste es jedoch geschafft haben, sich früher loszueisen. Und er kam gerade richtig!

»Hallo Mädels, Gus«, begann Richard. »Hätte irgendjemand etwas dagegen, wenn ich Sian entführe und mit ihr essen gehe?«

Mit Richard essen zu gehen war nicht besonders aufregend, obwohl er ein ganz amüsanter Begleiter war. Aber selbst wenn es die langweiligste Veranstaltung aller Zeiten gewesen wäre, hätte sie sich wegen des Ausdrucks auf Gus' Gesicht gelohnt. Nachdem sie sich mit Jody besprochen hatte, ging Sian grinsend mit Richard auf ein nahe gelegenes Lokal zu.

Obwohl sie wusste, dass es viele Vorteile hatte, wünschte Sian jetzt, sie hätte Fionas Angebot, Rorys Geburtstagsfeier in ihrem Garten auszurichten, nicht angenommen. Sie erzählte ihrer Mutter von ihren Zweifeln.

»Das ist ein ganz schöner Aufwand für sie. Ich sollte ihr sagen, dass ich hier feiere.«

»Nein, lass das lieber! Sie wird furchtbar verletzt sein. Außerdem möchte ich sie kennenlernen. Warum willst du das Fest denn nicht in ihrem Haus veranstalten?«

Sian konnte ihrer Mutter den Grund nicht sagen. Sie wusste, dass sie es früher oder später hinter sich bringen musste, wahrscheinlich, wenn ihre Mum zu Rorys Geburtstagsfeier herkam, aber am Telefon brachte sie es nicht über sich. »Ich weiß es eigentlich nicht. Es erscheint mir einfach wie eine Zumutung.«

»Fiona hätte doch keinen Grund gehabt, dir das Angebot zu machen, wenn sie den Geburtstag nicht ausrichten wollte.«

Sian biss sich heftig auf die Lippe, um nicht zu sagen: Oh, sie hat durchaus einen Grund!

»Jedenfalls möchte ich ihr Haus sehen«, erklärte ihre Mutter. »Und wenn es regnet, ist deins ohnehin zu klein für die Feier. Kommt Richard eigentlich auch? Er ist ein so netter Mann.«

Das ist er, gestand sich Sian ein. Wenn sie doch nur halb so oft an ihn denken würde wie an Gus! Richard wäre der perfekte Ehemann: solide, verlässlich, liebevoll; all das war Gus nicht. Auch wenn er gut mit Rory umgehen konnte und der Junge ihn wirklich mochte ...

Rory und Sian backten gerade für die Party, als Gus an der Hintertür klopfte und in die Küche trat.

Ihn zu sehen war ein Schock. Es war Sian in den letzten Tagen ganz gut gelungen, ihm aus dem Weg zu gehen, seit sie ihm das Schild für Melissa gebracht hatte. Und da hatte sie sich geweigert, noch reinzukommen, und das Namensschild nur abgegeben.

Jetzt stand er in ihrer Küche und erfüllte den Raum mit seiner Energie – und Sian erinnerte sich mit Schrecken wieder an Fionas »Deadline«. Der Tag der Wahrheit, an dem sie Gus von Rory erzählen musste, rückte immer näher. Tatsächlich war es schon morgen so weit.

»Hey Leute«, sagte er. »Kommt mit! Ich brauche euch.«

»Aber wir haben gerade sehr viel zu tun«, erklärte Sian. »Wir backen für Rorys Geburtstagsparty.«

»Wir wollen jetzt die Plätzchen glasieren«, erklärte Rory. Um seinen Mund klebte noch Schokolade, weil er die Schüssel ausgeleckt hatte, und sein Ärmel war voller Mehl.

»Backen ist doch was für Mädchen!«, meinte Gus und sah Sian abwartend an. Offenbar war er auf ihre Reaktion gespannt. »Ich brauche Hilfe bei einer echten Männerarbeit.«

»Dann kann ich ja zu Hause bleiben«, entgegnete Sian schnippisch. »Und Rory ist zwar schon ein großer Junge«, sie zwinkerte ihm aufmunternd zu, »aber man kann ihn wohl kaum als Mann bezeichnen.«

»Ihr seid beide keine Männer, doch ihr seid die Einzigen, die ich auf die Schnelle kriegen kann. Kommt schon!« Er würde keine Entschuldigungen gelten lassen.

»Wofür brauchst du uns denn?«, fragte Rory, der offensichtlich gern ein Mann sein wollte, wenn auch nur für kurze Zeit.

»Ich brauche Hilfe beim Bau der Hütte für deine Party! Mum und ich dachten, dass es lustig wäre, mal etwas anderes zu machen. Die anderen Kinder haben meist Clowns oder Alleinunterhalter da, und wir ... na ja, okay, es war meine Idee ... ich dachte, es wäre lustiger, wenn wir eine Hütte hätten, in der ihr spielen könnt.«

Sian war überrascht. »Aber ich habe hier wirklich noch zu tun. Schaffst du das nicht allein, Gus?«

»Nein! Es würde zu lange dauern, und warum sollte das Geburtstagskind den Spaß verpassen, eine Hütte zu bauen?«

Das »Geburtstagskind« sah seine Mutter bittend an. Es war offensichtlich, wie gern Rory beim Hüttenbauen helfen wollte. Gus schaute sie ebenfalls an, und Sian konnte diesen beiden Augenpaaren nicht widerstehen – vor allem, weil sie sich so ähnlich waren. Es fiel ihr schon schwer, Rory irgendetwas abzuschlagen. Gus erwies sich als ebenso unwiderstehlich, nur auf eine beunruhigend andere Art.

»Okay, dann los.« Sian zog die Schürze aus und gab vor, noch zu zögern. »Ich werde die Plätzchen dann glasieren müssen, wenn du im Bett bist, Rory. Bist du sicher, dass du nicht bleiben und dich jetzt um die Glasur kümmern möchtest?«

»Mum!« Rorys Meinung war deutlich. Bald – wahrscheinlich schon kurz nach der Einschulung – würde er in solchen Momenten ein Stöhnen hinzufügen, um anzudeuten, wie lächerlich ihre Frage war.

Sian säuberte sich selbst und Rory, suchte seine und ihre Gummistiefel heraus sowie Gartenhandschuhe und musste im Stillen zugeben, dass sie sich sehr freute, Gus zu sehen. Ist das ein gutes Zeichen oder nicht?, fragte sie sich, als sie zu Gus' Wagen gingen.

»Ich habe mir übrigens einen richtigen Kindersitz für den Land Rover besorgt, Rory«, sagte Gus. »Der reicht, bis du zwölf bist, hat der Mann im Laden gemeint.« Er schnallte den Jungen an.

»Das ist ja nett!«, entfuhr es Sian.

»Na ja, wir werden den Sitz bestimmt öfter brauchen, was, Rory?«

Der Junge nickte begeistert, und Sian warf Gus einen unauffälligen Blick zu. Doch Angus wirkte unbefangen wie immer.

Das war eine Erleichterung. Obwohl Sian Fiona vertraute, war da immer die Angst, dass sie sich vielleicht aus Versehen verplappern könnte. Aber Gus schien immer noch nicht zu wissen, dass er Rorys Vater war. Das war also nicht der Grund für ihn gewesen, sich einen Kindersitz anzuschaffen.

Wie würde er reagieren, wenn er die Wahrheit erfuhr? Bestimmt würde er sehr aufgebracht sein. Sian seufzte leise. Wenn sie es ihm bis morgen nicht sagte, würde Fiona es tun. Mit einem mulmigen Gefühl im Magen setzte Sian sich auf den Beifahrersitz.

»Wo fahren wir denn hin?«, fragte sie nach einem Moment des Schweigens.

»In ein Waldstück, das ich schon mein Leben lang kenne. Wir müssen das richtige Holz suchen. In Mums Garten gibt es jede Menge kleine Äste, aber wir brauchen richtig dicke, und Laub. Sehr, sehr viel Laub.«

Nach ein paar Kilometern holperten sie über einen schmalen Weg und blieben am Waldrand stehen.

»Da sind wir. Es gibt keinen Platz auf der ganzen Welt, an dem ich lieber bin«, sagte Gus und sprang vom Sitz. Dann ging er um das Auto herum, um Sian herauszuhelfen.

»Wirklich? Du hast schon so viel von der Welt gesehen, und das hier ist dein Lieblingsplatz?«

»Ja. ›Ob Osten, ob Westen – zu Hause ist's am besten.‹ Mein Bruder und ich waren hier oft im Pfadfinderlager und haben dann unsere Eltern hergeschleppt, wann immer wir konnten. Als wir alt genug waren, um allein auf unseren Rädern herzufahren, waren wir fast täglich hier.«

»Ich kann mir nicht vorstellen, Rory ganz allein so weit mit dem Fahrrad fahren zu lassen«, sagte Sian. »Aber ich komme auch aus London. Ich bin sicher, auf dem Land ist das etwas anderes.« War es im ländlichen Bereich wirklich so viel anders? Sie hoffte es.

»Unsere Eltern wussten immer, wo wir waren. Damals besaß noch nicht jedes Kind ein Handy, aber wir fühlten uns sicher.« Er lachte. »Obwohl ich einmal hinfiel und mir das Bein aufschlug. Mein Bruder half mir aus dem Wald hinaus. Wir humpelten neben unseren Rädern zurück, bis wir an ein Haus kamen. Die Leute ließen uns rein, als wir klopften. Sie waren großartig. Haben unsere Eltern angerufen, uns Saft und Plätzchen angeboten und mein Bein verarztet.« Plötzlich ernst geworden, sah er Sian an. »Ehrlich, die meisten Menschen sind nett, freundlich und hilfsbereit. Die Perversen, die, über die man in der Zeitung liest, sind die Ausnahme.«

»Das weiß ich!«, sagte Sian leichthin.

»Okay!«, meinte Gus, als sie den Teil des Waldes erreichten, den er für geeignet hielt. »Wir suchen nach langen Ästen, die oben eine Gabel bilden. Ich kann sie ein bisschen zurechtschneiden, wenn es nötig ist. Ah! Hab einen gefunden! Siehst du, Rory? Wir brauchen noch mehr Äste wie diesen. Ruf mich, wenn du ihn nicht allein tragen kannst! Und denk daran: Zieh ihn hinter dir her, wenn du kannst! Es lohnt sich nicht, mehr Gewicht zu schleppen als nötig. Wir suchen so viel zusammen, wie wir finden können, und sammeln sie hier, und dann bringen wir sie zum Land Rover.«

Sian war erfreut und überrascht zu sehen, wie eifrig Rory Äste sammelte und wie hart er arbeitete, um dickere herbeizuschaffen. Sie selbst war ebenfalls begeistert bei der Sache und fand die Aufgabe unerwartet befriedigend.

»Okay, das reicht fast. Sian, hast du Angst allein im Wald? Rory und ich holen jetzt nämlich den Wagen, und dann können wir aufladen. Hier ...«, er griff in seine Hosentasche und zog zwei schwarze Müllsacke heraus, »... füll die mit Laub. Wir brauchen jede Menge davon. Ich habe noch mehr Säcke, die bringe ich mit.«

Rory ging aufgeregt mit Gus davon. Er machte besonders große Schritte, um mit seinem neuen Freund mithalten zu können.

Während sie den beiden nachsah, fragte Sian sich nicht zum ersten Mal, wie es werden würde, wenn Gus die Wahrheit über Rory wusste. Würde sich die Beziehung der beiden zueinander ändern? Sicher nicht, Gus mochte Rory. Alles würde gut werden. Es war die Tatsache, dass sie Gus die Vaterschaft bis jetzt verschwiegen hatte, die ihr Sorgen machte. Würde er ihre Gründe verstehen, oder würde er ihr Schweigen niemals verzeihen? Sie wusste nicht, wie nachtragend er war. Hoffentlich reagierte er so großartig wie Fiona!

Für eine Weile beruhigt, sammelte Sian fröhlich Laub zusammen und versuchte, nicht daran zu denken, wie viele Insekten und anderes Getier mit in den Müllsack wanderten. Sie war froh über die Handschuhe. Sie füllte die beiden Säcke und war sehr zufrieden mit sich. Aus ihr würde noch mal eine echte Landfrau werden.

Rory hatte offensichtlich so viel Spaß wie schon lange nicht mehr. Er saß – sicher angeschnallt, wie Sian erfreut bemerkte – vorne auf dem Beifahrersitz, während Gus und er mit dem Land Rover durch den Wald auf Sian zufuhren, und strahlte vor Freude und Begeisterung. Kein Geburtstagsgeschenk, das er jemals bekommen hatte, konnte da mithalten.

»Okay, Leute, jetzt legen wir die Äste hinten rein!«, entschied Gus.

Es war eine ermüdende Arbeit, vor allem, da Gus noch mehr schwarze Säcke dabeihatte, die Sian füllen musste. Weder Gus noch Rory hielten das Laubsammeln für ihre Aufgabe. Sian musste immer weiter in den Wald hineingehen, um noch welches zu finden. Von ferne konnte sie Rory lachen hören. Wahrscheinlich hatte Gus eine freche Bemerkung gemacht. Sian fand den Gedanken mit einem Mal tröstlich, dass Rory bald einen Vater haben würde, ohne dass sie einen Ehemann haben musste. Vielleicht war das die ideale Lösung. Sie, Sian, war so lange allein zurechtgekommen, dass sie das auch weiterhin schaffen würde. Aber Rory genoss das Zusammensein mit Gus so sehr; da konnte sie ihm den Vater nicht länger vorenthalten. Und es sah ja auch so aus, als bliebe Gus im Lande, zumindest auf absehbare Zeit – sein Bein und sein Buch würden dafür sorgen. Deshalb durfte sie es vielleicht riskieren, dass Rory anfing, ihn gern zu haben. Was sie selbst anging – und Richard –, darüber wollte Sian jetzt noch nicht nachdenken.

Sie fuhren zurück zu Fionas Haus, und Gus lenkte den Land Rover in die Einfahrt, die direkt zum Ende des Gartens führte.

»Wir laden ab, sichten das Material und überlegen dann, ob wir noch mehr Baumaterial holen müssen«, sagte Gus.

»Ich habe Hunger«, erklärte Rory.

Sian sah auf die Uhr. »Es ist fast Mittag«, bemerkte sie. »Und ich könnte sterben für eine Tasse Tee.«

»Okay, wir können Tee kochen und dann weitermachen«, sagte Gus. Er nahm seinen Rucksack hinten aus dem Land Rover und holte den Kessel heraus.

Sian überlegte, ob sie darauf bestehen sollte, ins Haus zu gehen. In der Küche wäre es viel leichter, Tee aufzubrühen. Doch dann besann sie sich eines Besseren. Rory war so glücklich. Dieses Überlebenstraining war ja auch lustig. Sian wusste, dass es für Gus ein Kinderspiel war, ein Feuer zu entfachen und Wasser im Kessel zu kochen, und für Rory fühlte es sich wie ein großes Abenteuer an.

Sian setzte sich ins Gras. Sie hätte sich gern lang darauf ausgestreckt, aber es war ein bisschen feucht.

Gus zog einen Wattebausch auseinander, nachdem er verschieden dicke Zweige zusammengesucht hatte. Er hatte offenbar viel Übung darin, denn es dauerte nicht lange. Lächelnd sah er zu Sian auf. Dann stapelte er die Zweige, stand auf und ging zum Land Rover hinüber. Kurz darauf kam er mit einer wasserdichten Picknickdecke zurück. »Hier, darauf sitzt du bequemer.«

»Ich dachte, du holst eine Plane und ein paar große Blätter

oder so etwas«, sagte sie neckend, während sie sich die Decke zurechtlegte und sich darauf niederließ.

»Wir müssen es mit der Einfachheit ja nicht übertreiben. Rory? Würdest du zum Haus laufen und fragen, ob wir ein bisschen Milch bekommen können? Sonst haben wir alles. Und wenn Mum auch einen frisch gekochten Tee möchte, dann ist sie herzlich eingeladen.«

»Okay!«, rief Rory.

»Und bring ein paar Kekse mit!«, fügte Gus hinzu.

»Okay!«, rief Rory erneut und lief fröhlich davon.

»Er ist ein toller Junge. Du hast ihn wirklich gut hingekriegt.«

»Danke«, sagte Sian und fragte sich, ob dies vielleicht der richtige Moment war, Gus die Wahrheit zu sagen. Nein, dachte sie dann, schließlich konnte Rory jeden Moment zurückkommen. Und es war ja auch möglich, dass Gus die Nachricht nicht gut aufnahm. Sian wollte diesen glücklichen Augenblick nicht zerstören und Rory den Tag verderben. Und außerdem sollte sie es ihrem Sohn zuerst sagen.

Rory kam zurück und brachte Milch, Kekse und eine Flasche Wein mit. Fiona begleitete ihn.

»Ich fand, dass ihr nicht den ganzen Spaß allein haben solltet«, erklärte sie. »Außerdem ist es schon Zeit für ein Glas Wein, deshalb habe ich welchen mitgebracht.«

Sian sprang auf und gab ihr einen Kuss. »Das ist so nett! Obwohl ich die Plätzchen später wahrscheinlich nicht mehr glasieren kann, wenn ich ein Glas Wein trinke. Bei all der frischen Luft werde ich heute Abend sofort einschlafen.«

»Das ist schon in Ordnung. Es ist ja schließlich nicht die Geburtstagstorte.«

»Nein, die bringt Mum morgen mit.«

»Es ist schade, dass dein Vater nicht kommen kann, Sian.«

Fiona entkorkte den Wein und holte drei Zinnbecher aus ihrer Tasche.

»Ich weiß, doch an Rorys Geburtstag findet immer ein Treffen mit Daddys alten Freunden statt, das sie jedes Jahr organisieren. Er hat es erst einmal verpasst.«

»Wann war das denn?« Fiona reichte Sian einen ziemlich vollen Becher.

»Als Rory geboren wurde. Aber wir ersparen ihm die Geburtstagspartys auch gern, denn eigentlich erträgt er diese Feiern ohnehin nur mühsam. Kindergeburtstage sind was für kleine Jungs, findet er.«

»In der Tat«, stimmte Fiona ihr zu und blickte zu ihrem »kleinen Jungen« hinüber.

Rory hatte eine halbe Packung Kekse verputzt und Sian eine Tasse Tee und ein Glas Wein getrunken. Nun war es Zeit zu gehen, entschied sie. Sie stand auf. »Komm, Rory, wir müssen los. Morgen ist dein großer Tag.«

»Hey! Wir müssen doch noch die Hütte bauen! Ihr könnt noch nicht nach Hause gehen!«

»Aber Gus, Rory ist müde!«, protestierte Fiona.

»Na gut, Rory ist entlassen, schließlich hat er morgen Geburtstag, doch irgendjemand muss mir helfen, diese Hütte zu bauen.«

»Wie lange wird das dauern?«, fragte Sian, die sich wegen der unglasierten Plätzchen und der anderen Vorbereitungen, die sie noch für die Party treffen musste, ein wenig sorgte.

»Schon gut«, meinte Gus. »Ich werde in den Pub gehen und ein paar von den Jungs herholen. Zusammen schaffen wir das sicher ganz schnell.«

»Gus, Schatz, kennst du denn irgendwelche ›Jungs‹ aus dem Pub?«

»Noch nicht, aber bald.« Er legte seiner Mutter die Hand auf die Schulter. »Mach dir keine Sorgen, Mum! Ich bin ein Experte darin, Einheimische dazu zu bringen, mir zu helfen. Das ist mein Handwerkszeug!«

Die beiden Frauen tauschten zweifelnde Blicke aus, aber Sian lächelte Gus dankbar an. »Es ist so nett von dir, die Hütte für Rory zu bauen, nicht wahr, Rory?«

Der Junge nickte. »Ja. Danke.«

»Keine Sorgen, Kumpel, das ist doch das Mindeste, was ich tun kann.« Er lächelte Rory zu, aber der Blick, den er danach Sian schenkte, schnitt ihr tief ins Herz. Plötzlich war die Tatsache, dass er die Wahrheit über Rory nicht kannte, wieder eine schwere Last.

15

»Komm schon, Geburtstagskind«, sagte Sian am folgenden Tag zu Rory. »Wir bringen diese Sachen zu Fiona und gehen dann zurück und warten darauf, dass Granny eintrudelt. Sie hat deinen Kuchen.«

»Ist es ein Drachenkuchen?«

»Warten wir es ab.«

Sian und Rory gingen über die Straße zu Fionas Haus. In Sians Korb stapelten sich Plastikdosen mit Plätzchen in Form von Peter Rabbit und einer blauen Glasur, getoasteten Sandwiches in verschiedenen Tierformen und kleinen Tomaten mit Käsefüllung. Jody hatte es übernommen, die Einladungen in der Kindergruppe zu verteilen, weil sie alle Kinder und Mütter kannte. Und Fiona hatte noch ein paar andere jüngere Freundinnen von sich eingeladen.

»Fona hat mir eine Torte gemacht, aber ich durfte sie nicht sehen«, sagte Rory.

»Ich weiß. Das ist sehr nett von ihr.«

»Wusstest du, dass Gus keine Geburtstagskuchen mehr haben will? Ich mag Gus. Es war lustig, die Äste für die Hütte zu sammeln, oder nicht?«

»Das war es, Schatz.«

»Und Annabelle kommt auch? Und ihre großen Brüder?« Seit dem Tag des Kunsthandwerksmarktes war er ganz verrückt nach Annabelles Brüdern.

»Das weiß ich nicht genau. Aber Fiona hat ein paar Leute eingeladen, die wir kennen, damit es lustiger wird.«

Tatsächlich machte es Sian ein bisschen nervös, die Söhne und Töchter von Fionas Freunden zu treffen; sie war sicher, dass es diese gestylten, braun gebrannten, schlanken Mütter sein würden, die sie ganz sicher nicht leiden konnten.

»Sind die anderen Kinder älter als ich?«

»Auch das weiß ich nicht. Aber sie werden nett sein, und du kennst viele schon aus der Spielgruppe. Außerdem würde Fiona nur liebe Leute einladen.« Obwohl Fiona dazu tendiert, immer nur das Gute in einem Menschen zu sehen, dachte Sian. Das konnte sich in diesem Fall als Problem herausstellen.

Bei ihrer Ankunft umarmte Fiona sie beide und gab Rory einen herzhaften Kuss auf die Wange. »Herzlichen Glückwunsch, mein Schatz!«, rief sie.

Gus wirbelte den Jungen durch die Luft. »Hey, Kumpel! Wie fühlt man sich mit fünf? Genauso wie mit vier sieben Achtel, nehme ich an!« Er stellte Rory auf den Boden und zerzauste ihm das Haar. »Hallo Sian.«, sagte er.

»Hallo! Hallo, alle zusammen!« Ich klinge ja beeindruckend unbekümmert, dachte sie. Sie war froh, dass sie nicht versucht hatte, bei Rorys Alter zu schummeln. Doch das hätte Fiona auch gar nicht zugelassen.

»Ist es okay, wenn ich Rory die Hütte zeige, die ich gebaut habe? Ich möchte, dass er sie sieht, bevor die anderen Kinder kommen.«

Rory sah sie bittend an, also stimmte sie zu.

»Es ist schön, dass die beiden ein bisschen Zeit miteinander verbringen können«, meinte Fiona, als »die Jungs« gegangen waren. »Du wirst es Gus doch heute sagen, oder?«

»Ja! Ich habe es ja versprochen.«

Sian hatte sich in der Nacht ungefähr hundert Versionen zurechtgelegt, wie sie es Gus erklären würde – und jede wieder verworfen. Keine Formulierung schien richtig und angemessen zu sein.

»Du wirkst ein bisschen angespannt. Liegt es daran, dass die Stunde der Wahrheit gekommen ist, an der Geburtstagsfeier oder an etwas anderem?«

»Ich bin vor allem nervös, weil ich es Gus heute erzählen muss und nicht weiß, wie er es aufnehmen wird. Und Kindergeburtstage sind sehr anstrengend. Obwohl du mir fast die ganze Arbeit abgenommen hast...« Sian sank in sich zusammen und kaute auf ihrer Lippe.

»Aber da ist noch etwas?«

Sian seufzte. »Es ist der Gedanke, wieder alles zusammenpacken und wegziehen zu müssen. Dabei hatten wir uns hier doch gerade eingelebt. Ich bin dabei, mir ein Netzwerk von Freunden aufzubauen. Ich war gern auf dem Kunsthandwerksmarkt, und ich habe dich und...«

»Und Rorys Vater«, ergänzte Fiona leise.

»Ja.«

An den bevorstehenden Auszug aus Luellas Haus hatte Sian an diesem Tag noch gar nicht gedacht. Doch es stimmte ja. Es wurde höchste Zeit, sich nach etwas Neuem umzusehen. Rory würde im September in die Schule kommen; dann mussten sie etwas gefunden haben, sonst würden sie obdachlos sein. Sian erschauderte.

»Ich glaube nicht, dass du dir darüber zu viele Sorgen machen solltest.« Fiona nahm Sians Hand und drückte sie.

»Warum nicht? Ich sollte mich auf jeden Fall schleunigst nach etwas anderem umsehen. Ich möchte nicht, dass Rory die Schule schon nach einem Jahr wieder wechseln muss. Ich sollte wirklich auf Haussuche gehen.«

»Vertrau mir einfach! Überstürze nichts, und melde Rory nicht an einer anderen Schule an. Ich habe es im Gefühl, dass alles von selbst in Ordnung kommt.«

Da Sian im Moment über so vieles nachdenken musste, beschloss sie, die drohende Obdachlosigkeit zu vergessen und Fionas Gefühl zu vertrauen.

»Sollen wir ein Glas Wein trinken, damit wir in Partystimmung kommen?«, fragte Fiona, die offensichtlich ein schlechtes Gewissen plagte, weil sie Sian so bedrängt hatte.

»Besser nicht.« Sian lächelte. »Passt du auf Rory auf, während ich zurück nach Hause gehe und auf meine Mum warte?«

»Angus sieht doch nach ihm. Lauf nur!«

Fünfzehn Minuten später stürmte Sian aus dem Haus, weil sie sich so freute, ihre Mutter zu sehen. »Hi Mum!«

Sie umarmten sich liebevoll, sahen dann nach, ob die Geburtstagstorte unbeschädigt angekommen war, und beschlossen, sie lieber mit dem Auto zu Fiona zu bringen. Die Torte war ein so wunderschönes Kunstwerk geworden, dass sie unbedingt unbeschädigt ihr Ziel erreichen sollte.

Sian schloss gerade die Haustür ab, als ihr ein furchtbarer Gedanke kam. Sie hielt inne. »Mum!«

»Was?« Ihre Mutter drehte sich um, überrascht über den alarmierenden Ton in Sians Stimme.

»Mum, es gibt da etwas, das ich dir sagen muss.«

»Was? Habe ich Spinat am Zahn? Oder Zahnstein?«

»Es geht um Rory.« Sian sah, wie ihre Mutter blass wurde. »Nein, nein, es ist alles in Ordnung mit ihm! Es geht um seinen Vater.«

Penny sah nicht viel glücklicher aus, als sie das hörte. »Hat er sich gemeldet?«

Sian war entschlossen, ihrer Mutter die Wahrheit zu sagen. Sie sollte es nicht später von Fiona oder Gus erfahren.

»So etwas in der Art«, antwortete sie. »Rorys Vater wohnt hier im Ort. Er ist Fionas Sohn, Gus.«

Penny legte die Hand über den Mund und hustete, dann rieb sie sich die Stirn. »Okay. Und das ist nur ein Zufall?«

»Fast. Ich habe Gus damals auf Richards Party kennengelernt.«

»Ah.«

»Aber Gus weiß es noch nicht. Fiona schon, sie hat die Ähnlichkeit entdeckt und mich schwören lassen, dass ich es Gus bald erzähle. Heute endet die Frist, die sie mir gesetzt hat. Sie ist der Meinung, dass er es erfahren muss und dass es nicht fair von mir ist, es ihm zu verschweigen.«

Penny kaute auf ihrer Lippe. »Ich finde, sie hat recht.«

»Aber sag nichts, okay? Ich meine, ich muss es Gus selbst erzählen, das sehe ich ja ein, doch ...«

»Natürlich werde ich mich da raushalten Schatz, aber du hast dir für diese Eröffnung einen sehr merkwürdigen Moment ausgesucht.« Penny sah sehr verwirrt aus.

»Ich weiß. Wenn ich nicht gezwungen wäre, es Gus heute zu sagen, dann hätte ich dafür einen besseren Zeitpunkt gewählt, glaub mir. Aber ich dachte irgendwie, dass du es zuerst erfahren solltest. Von mir.«

Penny trat zu ihrer Tochter und umarmte sie. »Komm schon, gehen wir! Sie warten sicher schon auf uns.«

Fiona hieß Penny herzlich willkommen.

»Und wo ist das Geburtstagskind?«, fragte Sians Mutter, nachdem sie ein Glas Wein entgegengenommen hatte.

»Er spielt mit meinem Sohn Angus«, sagte Fiona. »Sie kommen gleich. Ich habe ihnen gerade eine SMS geschickt und ihnen mitgeteilt, dass sie im Haus erwartet werden.«

»Ich dachte, Sian hätte gesagt, Ihr Sohn heißt Gus«, meinte Penny.

»Viele Leute nennen ihn so, aber ich bevorzuge ›Angus‹. Er hört auf beides, zum Glück.« In diesem Moment klingelte es. »Ah, die ersten Gäste!«, rief Fiona. »Ich lasse sie besser rein. Wo bleiben nur die Jungs?«

Fiona ging zur Tür, und Penny flüsterte Sian zu, wie nett sie die andere Frau fand. Sian spürte, dass ihre Mutter jetzt, da sie die Nachricht etwas verarbeitet hatte, anfing, sich zu freuen. Bei einer so charmanten Mutter wie Fiona musste Gus ein »netter Junge« sein.

Fiona kam mit Richard im Schlepptau wieder zurück. »Nimm dir ein Glas Wein, dann könnt ihr alle in den Wintergarten gehen. Es ist ein so schöner Tag, wir werden draußen essen.« Es klingelte erneut. »Warum kommen bloß alle immer gleichzeitig, und wo bleiben Angus und Rory?«

Richard küsste Sian. »Hallo Penny«, sagte er und gab auch Sians Mutter einen Kuss. Sian konnte sehen, wie er sich auf der Stelle in einen perfekten Schwiegersohn verwandelte. Sie wusste nicht, ob es ihr eine Hilfe oder ein Hindernis sein würde, ihn heute hier zu haben. Würde sie einen Moment mit Gus allein sein können, und was würde Richard sagen, wenn er die Wahrheit erfuhr?

Angus und Rory erschienen. »Wie seht ihr denn aus!«, rief Fiona und scheuchte die beiden erst einmal ins Bad, wo sie sich den Schmutz von Händen und Gesicht waschen sollten. Sie waren noch nicht zurück, als Jody und Annabelle eintrafen – ohne die großen Brüder. Rory würde enttäuscht sein, aber die beiden verbrachten einen »Jungstag« mit ihrem Vater.

»Ich muss sagen, dass ich aufgeregt bin, diese vielen Leute kennenzulernen«, gestand Sian gegenüber Jody und Fiona ein.

»Oh, das musst du nicht!« Fiona gab Jody ein Glas Wein. »Sie sind alle sehr nett, und – das ist ein echter Coup – ich habe die Leiterin von Rorys Schule eingeladen! Sie hat keine eigenen Kinder, aber sie wollte heute gern kommen.«

»Warum geht jemand zu einem Kindergeburtstag, wenn er keine eigenen Kinder hat?«, fragte Sian.

»Du wärst überrascht, wer diese Party noch auf keinen Fall versäumen wollte: Melissa!«

»Du hast Melissa eingeladen?« Sian konnte ihr Entsetzen nicht verbergen.

»Na ja, eigentlich nicht. Ich sprach im Laden darüber, als ich die Zutaten für Rorys Torte einkaufte. Ich hatte Melissa dort getroffen. Sie hat sich quasi selbst eingeladen.«

»Ach, das wird bestimmt lustig«, meinte Jody.

Sian runzelte die Stirn. Sie war immer noch wütend, weil Melissa ihr das Haus wegnahm und offenbar nicht mal einen Gedanken daran verschwendete, dass das für Sian ein Problem bedeutete. Aber Melissa hatte ihr auch einen sehr guten Auftrag besorgt. Ob Gus und Melissa sich an ihrem Geburtstag gut amüsiert haben?, fragte Sian sich, schob den Gedanken daran dann jedoch beiseite. Das ging sie nichts an.

Jody wandte sich an Fiona: »Du hast die Schulleiterin der Fillhollow School eingeladen?«, erkundigte sie sich. »Miss Andrews? Sie ist eine sehr gute Rektorin. Meine Jungs lieben sie.«

»Felicity, genau«, antwortete Fiona. »Und dann kommen noch zwei andere Familien. Tom und Meg mit Cassandra, die in Rorys Klasse gehen wird, und Immi und Peter. Ihr Ältester ist schon Schulkind, und ihr kleiner Sohn kommt nächstes Jahr in die Schule. Sie sind sehr nett.«

»Und das sind alle?« Sian war erleichtert. Dann würden es nicht allzu viele Leute sein. Und obwohl sie mit einigen Müttern aus der Spielgruppe noch nie gesprochen hatte, kannte sie alle vom Sehen. Jody versicherte ihr, dass sie sehr nett seien.

»Es wird alles gut, Schatz, wirklich«, meinte Penny. »Sei einfach du selbst! Sie werden dich lieben.«

Der Wintergarten war der perfekte Ort zum Feiern. Die Leute hatten die Möglichkeit, in den Garten zu gehen, und die Kinder rannten herum und spielten mit verschiedenen Spielzeugen und in dem kleinen Planschbecken, das Fiona sich geliehen hatte. Sian war beeindruckt und sehr dankbar. Sie selbst hätte einen so idealen Rahmen nicht schaffen können, weil ihr der Platz und die Kontakte gefehlt hätten.

Endlich erschienen Rory und Gus, beide mit nassem Haar, aber sauber.

»Tut mir leid, dass wir zu spät sind«, sagte Gus.

»Wir haben geduscht«, erklärte Rory. »Wir waren so dreckig.«

»Besser spät als nie«, meinte Penny. »Sie müssen Gus sein.« Sie schüttelten einander die Hand, dann wandte Penny sich an Rory: »Hallo Geburtstagskind.«

»Hallo Granny!«, rief Rory. »Ist Grandpa vielleicht doch da?«

»Nein, Schatz. Aber ich habe später noch eine ganz besondere Überraschung für dich, wenn du deine Geschenke ausgepackt hast.«

»Oh, die Geschenke!« In der Aufregung über die Hütte und das Spielen mit Gus hatte er sie offenbar ganz vergessen.

Gus versammelte die Kinder draußen um sich und nahm sie dann mit in die Hütte.

Sian hatte ihre Schüchternheit abgelegt. Die erwachsenen Gäste unterhielten sich angeregt, tranken Wein und aßen Chips. Selbst Richard, der es nicht gewohnt war, von so vielen Kindern und Eltern umgeben zu sein, schien sich zu amüsieren.

»Du musst unbedingt mit Richard mal zum Essen kommen«, sagte Immi. »Nicht dass ich kochen könnte oder so, aber wir trinken immer genug, also stört es niemanden.«

»Nicht dass ihr uns für Alkoholiker haltet«, erklärte Peter und lachte, »und wenn die Kinder sich vertragen, dann kann Rory bei Hamish im Zimmer schlafen. Dann braucht ihr keinen Babysitter.«

»Das klingt toll«, meinte Richard. »Sian, Rory und ich kommen gern.«

Sian versuchte, sich nicht über seinen besitzergreifenden Ton zu ärgern.

»Oh, da kommt Melissa!«, flüsterte Immi. »Sie gibt mir immer das Gefühl, fett und altbacken zu sein – was ich natürlich bin. Ich habe es nur nicht gern, wenn mir jemand das Gefühl gibt, es zu sein.«

»Du bist weder fett noch altbacken!«, versicherte ihr Sian und fand ihre neue Freundin noch netter.

»Hallo Leute!«, sagte Melissa, die in ihrer legeren Kleidung blendend aussah. »Ich nutze den Anlass, um mal wieder Bein zu zeigen.« Sie hielt eines hoch, damit die anderen es betrachten konnten.

»Das Problem mit Shorts ist«, bemerkte Immi, »dass man, selbst wenn man die Beine dafür hat, erst mal auf die Sonnenbank gehen muss.«

Ungesagt schwang in ihren Worten mit, dass Melissa nicht die Figur für Shorts hatte. Doch dem konnte Sian nicht zustimmen.

»Ich habe erst gestern noch mal Selbstbräuner aufgetragen«, rechtfertigte sich Melissa und betrachtete ihre Beine jetzt noch mal genauer.

»Sie sehen toll aus!«, sagte Sian und versuchte, nicht mit den Zähnen zu knirschen.

»Keine Streifen? Gut.« Melissa überprüfte, ob sie auch die Aufmerksamkeit der anwesenden Männer besaß, und rief dann: »Oh! Sian! Angus hat mir dieses Namensschild geschenkt, das du für mich gemalt hast! Es ist wunderschön! So süüß!« Sie drehte sich zu den anderen um und kicherte. »Es sind unglaublich niedliche Ponys darauf, wie die aus den Kinderbüchern von Thelwell. Ich habe die Serie geliebt, als ich noch klein war; ach, ich habe alles geliebt, was mit Ponys zu tun hatte. Das hat sich bis heute nicht geändert. Es hat Mummy früher in den Wahnsinn getrieben.«

»Das klingt interessant, Sian«, sagte Felicity Andrews, die Schulleiterin. »Denken Sie, dass Sie vielleicht Interesse hätten, ein paar Namensschilder für die Vorschulklasse anzufertigen? Wir nehmen normalerweise Pappschilder, aber Schilder aus Holz wären schöner. Die Eltern haben ein bisschen gesammelt. Ich muss mir Ihre Telefonnummer aufschreiben, und dann vereinbaren wir einen Termin und überlegen, welche Motive infrage kämen.«

Die Unterhaltung über Namensschilder und wie man sie gestalten könnte, ging noch ein paar Minuten weiter, bis Melissa sich langweilte. Offenbar ertrug sie es nicht gut, einmal nicht im Mittelpunkt zu stehen.

»Was ist denn jetzt mit der Hütte?«, fragte sie. »Angus hat mir davon erzählt, und ich kann es gar nicht erwarten, sie zu besichtigen!«

»Dann komm«, meinte Gus, der Melissa gehört hatte. »Alle, die sich dafür interessieren, können auch mitkommen.«

»Die Dusche hat sich nicht gelohnt«, erklärte Penny, während sie und Fiona zusahen, wie Angus, begleitet von Peter und Melissa, die Gruppe von Kindern anführte. »Sie werden wieder schmutzig werden.«

Sian folgte ihnen. Richard war zum Auto gegangen, um Rorys Geschenk zu holen, was ihr Zeit verschaffte, einmal tief durchzuatmen. Er war für ihren Geschmack ein bisschen zu besitzergreifend gewesen.

Als sie die Hütte zum ersten Mal im fertigen Zustand sah, war Sian überrascht. Sie wirkte wie ein kleiner laubbedeckter Hügel mit einem dunklen Eingang. Das Laub war dick aufgeschichtet. Offenbar hatte Gus noch mehr gesammelt. Man musste in die Hütte hineinkriechen, doch in ihrem Inneren hatten bequem zwei Personen Platz. Sian war wirklich beeindruckt, behielt das aber für sich. Schließlich gaben bereits eine Menge anderer Leute ihrer Begeisterung lautstark Ausdruck.

Gus und die anderen krochen in die Hütte und wieder heraus. Es war gut, dass sie alle passend gekleidet waren – na ja, die meisten waren es. Von Melissas Beinen und ihrem wohlgeformten Hintern war für Sians Geschmack ein bisschen viel zu sehen gewesen, als sie durch die Türöffnung gekrochen war.

Gus trug Rory jetzt auf den Schultern. Als er ihn herunterließ, fiel Rory auf den Rasen und kicherte fast hysterisch. Schließlich rollten sie beide auf dem Boden herum.

»Hey, ihr zwei!«, rief Melissa. »Ihr seht euch total ähnlich. Beide ganz dreckig.« Dann hielt sie plötzlich inne und starrte sie an. »Ihr seht euch tatsächlich ähnlich. Ich frage mich, woran das liegen mag.«

»Ich kann keine Ähnlichkeit feststellen«. erklärte Penny schnell, während Sian den Atem anhielt und Fiona ihren Sohn besorgt anblickte. »Rory ist doch blond!«

»Nein, ernsthaft, Angus. Was hast du vor fünf Jahren und ungefähr neun Monaten gemacht?« Melissa sah Gus herausfordernd an.

Die anderen waren mucksmäuschenstill geworden.

Sian konnte es nicht ertragen. Sie wandte sich abrupt um und lief ins Haus, denn sie hatte den Blick gesehen, den Gus Rory geschenkt hatte. Kein Zweifel, er kannte nun die Wahrheit.

Sian schloss sich in der Gästetoilette im Erdgeschoss ein und verbrachte eine lange Zeit damit, sich die Hände zu waschen und sich Wasser ins Gesicht zu spritzen. Es war so weit. Sie musste sich Gus stellen. Deshalb wappnete sie sich und öffnete die Tür.

Es überraschte Sian nicht, dass er draußen auf sie wartete. »Und? Wolltest du es mir erzählen? Jemals?«

Er war wütend. Furchtbar wütend. Und plötzlich fand Sian diese Reaktion völlig irrational. Das machte ihr Mut. »Beruhige dich! Ich hätte es dir gesagt, ich habe nur auf den richtigen Moment gewartet. Und ich kann jetzt wirklich nicht darüber reden. Schließlich feiern wir gerade Rorys Geburtstag.«

»Oh? Und wann wäre der richtige Zeitpunkt gewesen? Wenn er zur Universität geht?«

»Heute. Ich hätte es dir heute gesagt«, verteidigte sie sich.

»Tatsächlich? Komische Wahl! Schließlich feiern wir gerade seinen Geburtstag!«

»Ich habe es Fiona versprochen ...«

»So, dann wusste meine Mutter es also? Und aus ihrem schuldbewussten Gesichtsausdruck zu schließen, ist deine Mutter ebenfalls im Bilde. Die ganze verdammte Welt weiß, dass ich Rorys Vater bin, nur ich nicht!«

Er stand drohend vor ihr, und sie wich in Richtung Toilettentür zurück. Plötzlich kam Sian sich dumm und sehr schutzlos vor. Alle anderen hatten es unglücklicherweise für klüger gehalten, draußen zu bleiben. Es würde keine willkommenen Unterbrechungen geben.

»Ich habe es Fiona nicht gesagt, ich schwöre es«, widersprach sie leise. »Sie hat es selbst gemerkt. Und ich habe es meiner Mutter erst heute erzählt, kurz bevor wir herkamen.«

»Trotzdem bin ich der Letzte, der es erfährt. Ich hätte der Erste sein sollen. Du hättest es mir vor Jahren sagen sollen. Vor fünf Jahren!«

»Ich konnte keinen Kontakt zu dir aufnehmen. Das weißt du. Du bist ungerecht.« Sie fühlte sich jetzt wieder etwas sicherer.

»Ich bin nicht ungerecht! Ich habe gerade herausgefunden, dass ich der Vater eines Kindes bin, das du mir fünf Jahre vorenthalten hast! Und da soll ich nicht wütend sein? Ich habe jedes Recht dazu, finde ich.«

»Nein! Gus, ich konnte es dir nicht sagen. Ich dachte, ich würde dich nie wiedersehen. Wir hatten beschlossen, dass es so das Beste wäre. Du warst auch der Meinung.«

»Aber du hast mich wiedergesehen. Spätestens dann hättest du es mir sagen müssen.«

»Wirklich? Wie denn? ›Hallo Gus, was für eine Überraschung, dich nach all der Zeit wiederzusehen! Übrigens habe ich einen kleinen Jungen, und du bist der Vater.‹ Das wäre gut gewesen, oder?«

»Es wäre in Ordnung gewesen. Auf jeden Fall gab es keinen Grund, bis jetzt zu warten. Warum hast du das getan? Wolltest du uns absichtlich voneinander fernhalten? Es ist Wochen her!«

»Nein!« Es war das erste Mal in diesem Gespräch, dass sie ihn anlog, und dann wurde ihr klar, dass sie ihm die Wahrheit schuldete. Sie atmete tief aus und versuchte, seinem intensiven Blick auszuweichen. »Gus, ich kenne dich nicht. Ich wusste nicht, wie du auf die Nachricht reagieren würdest und was für eine Art von Vater du sein würdest. Ich wollte nicht, dass Rory jemanden in sein Herz schließt, der bald wieder in die Welt hinauszieht.«

Gus funkelte sie wütend an, und sie wich ein wenig weiter zurück.

»Du bist ein Abenteurer«, sagte sie leise. »Das ist dein Beruf. Es ist durchaus möglich, dass du wieder gehst.«

»Ich bin kein Abenteurer mehr!«, entgegnete er, immer noch wütend.

Sian wollte gerade etwas erwidern, als Richard erschien.

»Was ist denn hier los?«, fragte er »Ich habe laute Stimmen gehört.«

Sian wusste nicht, ob sie sich freute, ihn zu sehen. Ihr fiel auch auf die Schnelle keine Antwort ein.

»Sian hat mir gerade etwas mitgeteilt«, erklärte Gus. »Eine Information, die sie mir schon vor langer Zeit hätte geben müssen.«

»Gus, das ist so ungerecht ...«

»Ich finde nicht, dass ein Kindergeburtstag der richtige Zeitpunkt für ein ernstes Gespräch ist«, mischte Richard sich ein. »Sian, Schatz, Rory möchte seine Geschenke auspacken. Du solltest dabei sein.«

Gus drehte sich um und stapfte davon. Die Hintertür fiel krachend hinter ihm ins Schloss.

»Was ist mit ihm los?«, wollte Richard wissen. »Worüber habt ihr denn gestritten, um Himmels willen?«

Sian wandte sich zu ihm um. »Nicht jetzt, Richard. Ich kann darüber im Augenblick nicht reden.«

Er runzelte die Stirn. »Das klingt geheimnisvoll. Warum kannst du es mir nicht sagen?«

»Es ist kompliziert«, fuhr sie ihn an. Schuldbewusst, weil sie nicht nur Gus', sondern jetzt auch noch Richards Gefühle verletzt hatte, drängte sie sich an ihm vorbei und ging zurück zu der Gruppe von Leuten, die sich um den Tisch versammelt hatten, auf dem die Geschenke lagen.

»Und das ist von mir und Grandpa. Es sind Eintrittskarten für Euro Disney«, sagte Penny gerade.

Richard stellte sich hinter Sian. Offenbar hatte er ihr den kurzen Ausbruch verziehen, denn er legte ihr die Hand auf die Schulter.

Irgendwie gelang es Sian, sich so zu verhalten, wie es von ihr erwartet wurde, und Rory dazu aufzufordern, sich zu bedanken, wenn er es nach dem Öffnen eines Geschenks vergaß. Sie sah, dass ihre Mutter sich notierte, wer was geschenkt hatte, damit sie später Dankeskarten schreiben konnten. Sian war ihr dafür dankbar. Mit Erleichterung bemerkte sie, dass die anderen, von denen vermutlich einige die Wahrheit ebenfalls erkannt hatten, sie nicht komisch ansahen.

In ihrem Kopf wirbelten die Gedanken durcheinander. Richards Hand, die sanft ihre Schulter knetete, empfand Sian als beruhigend. Erleichtert hatte sie festgestellt, dass von Gus jede Spur fehlte. Dann fiel ihr auf, dass Melissa auch nicht da war, und diese Erkenntnis versetzte ihr einen feinen Stich. Doch wahrscheinlich löcherte die Gute gerade Gus. Oder schüttete er ihr in diesem Moment etwa sein Herz aus, und Melissa tröstete ihn?

»Und jetzt die Geburtstagstorten!«, verkündete Fiona, als das letzte Geschenkpapier gefaltet war und Rory seine Dankbarkeit gebührend zum Ausdruck gebracht hatte. »Wir haben das Glück, zwei zu haben!«

Zumindest sagt niemand: Eine von jeder Großmutter, dachte Sian, was durchaus hätte passieren können, wenn Melissa da gewesen wäre. Alle anderen schienen bereit zu sein, das, was vorhin geschehen war, nicht zur Sprache zu bringen.

»Was für tolle Kuchen!«, rief Jody. »Sieh nur, Annabelle! Ein Drache! Und eine Hütte, genauso wie die, die Gus zum Spielen gebaut hat! Wunderschön!«

»Ja, Mum«, sagte Sian und riss sich ein bisschen zusammen. Sie ging um den Tisch herum, um ihre Mutter zu umarmen. »Die Torte ist brillant! Und Fiona! Diese Hütte ist einfach großartig. Da ist ja sogar ein kleines Feuer vor dem Eingang, mit einem Kessel drauf.«

»Ich hatte so viel Spaß beim Backen! Diese langen, dünnen Minzstäbchen eigneten sich zusammen mit den zerschnittenen Curly-Wurlys ideal als Äste.«

»Keine Schokoladenfinger? Die benutze ich immer zu Dekorationszwecken«, erklärte Immi.

Fiona schüttelte den Kopf. »Ich habe es zuerst mit ihnen versucht, aber sie waren zu gerade. Es war schlimm, ich musste sie essen.«

Die anderen lachten.

»Das gehört zu den Opfern, die man als Großmutter bringen muss – als stellvertretende Großmutter«, fügte Fiona schnell hinzu. »Es erfordert viel Aufopferungsbereitschaft.«

»Und wie haben Sie das mit dem Laub hinbekommen?«, fragte Peter. »Ist das nur geraspelte Schokolade?«

»*Nur* geraspelte Schokolade? Pah!«, sagte Fiona. »Ich habe Stunden damit verbracht, sie zu raspeln und zu zerkleinern, und wenn die Stücke zu klein wurden, dann musste ich die auch essen. Es war ein echter Akt der Liebe.« Sie umarmte

Rory. »Und jetzt sehen wir uns mal den Drachen an. Er ist sehr schön geworden. Eine Art Fabergé-Drache.«

Penny stand stolz vor ihrer Torte. »Na ja, wie man sehen kann, habe ich eine Menge von diesen kleinen Süßigkeiten in Diamantform verwendet. Die eignen sich hervorragend für die Rückenschuppen.

»Es ist ein Dinosaurier«, sagte Annabelle.

»Nein, er sieht nur ein bisschen so aus«, widersprach Sian.

»Das Ganze basiert tatsächlich auf der Vorlage für einen Dinosaurier«, gestand Penny lächelnd. »Und ich habe es mit den Verzierungen wahrscheinlich ein bisschen übertrieben.«

»Wo sind die Kerzen?«, fragte Rory, der sich offenbar sorgte, weil dieser entscheidende Teil auf beiden Geburtstagstorten fehlte.

»Hier!«, rief Fiona. Sie holte zwei Teller. Auf einem waren mit Zuckerguss fünf gestreifte Kerzen befestigt. Auf dem anderen lag eine dicke gebackene Fünf, in der fünf Wunderkerzen steckten.

»Was soll das denn?«, wollte einer der Väter wissen. »Das ist Betrug!«

»Penny und ich haben unabhängig voneinander beschlossen, unsere Kunstwerke nicht durch Kerzen zu verschandeln«, sagte Fiona.

»Also gut, Rory, blas die Kerzen aus, und wir schneiden den Kuchen an!«, erklärte Penny.

»Ja!«, riefen die anderen Kinder begeistert.

Während die Männer sich entspannt unterhielten, schnitten die Frauen den Kuchen an und servierten ihn. Die meisten wollten ihren mit nach Hause nehmen, und Sian hatte die Aufgabe, die Stücke einzupacken. Leider wurde ihre Fähigkeit, komplizierte geometrische Figuren zu schneiden, von ihrer emotionalen Anspannung beeinträchtigt.

Als endlich alle mit einem Stück Kuchen versorgt waren – in einigen Fällen sogar mit zwei, einem von jedem Kuchen – und die Kinder noch eine Stunde ausgelassen im Garten gespielt hatten, verabschiedeten sich die ersten Gäste.

Richard sagte zu Fiona: »Macht es dir etwas aus, wenn ich Sian und Rory jetzt nach Hause bringe? Sian sieht total erschöpft aus, und Rory ist es vermutlich auch.«

»Oh, aber ich möchte erst noch beim Aufräumen helfen«, wandte Sian ein, obwohl sie sich von ganzem Herzen wünschte, einfach gehen zu können. »Ich fühle mich gut, und Rory kann noch eine Weile fernsehen, wenn er sich wirklich ausruhen muss.«

»Natürlich kannst du das«, sagte Fiona zu Richard und ignorierte Sian.

»Ja«, stimmte Penny zu. »Ich werde Fiona helfen, Klarschiff zu machen, und später nachkommen. Du kannst Sian ins Bett bringen.«

»Ja«, wiederholte Gus, der plötzlich im Zimmer stand. »Bring Sian ins Bett, *Richard*.«

16

Als die Uhr endlich halb sechs morgens zeigte, stand Sian auf, froh darüber, sich nicht länger wach im Bett herumwälzen zu müssen.

Sie kochte sich eine Tasse Tee, ging in den Garten und setzte sich auf einen der Gartenstühle. Sie hatte sich eine alte Kaschmir-Strickjacke, die vom vielen Waschen schon ganz flockig war, über das Nachthemd gezogen. Es würde ein schöner Tag werden, aber Sian fror ein bisschen. Ob das an der Morgenkühle oder an ihrem Kummer lag, konnte sie nicht entscheiden.

Der Tau auf den Pflanzen verlieh allem, sogar dem Unkraut, weiche Konturen, sodass es wirkte wie glitzernder Samt. Alles, von den Rosen an der Pergola über die Bohnen, von denen Rory die ersten schon vor ein paar Tagen geerntet hatte, bis hin zu den Erdbeeren, sah wunderschön aus.

Der Anblick brachte Sian fast zum Weinen, nachdem sie so lange gegen die Tränen angekämpft hatte.

Sie umfasste ihren Becher, um sich zu wärmen, zog die Beine hoch und strich ihr Nachthemd über ihre Knie. Würde das Leben jemals wieder normal und friedlich sein?

Aus den Augenwinkeln bemerkte sie eine Bewegung jenseits der Gartenmauer. Ein Kopf mit dunklem Haar hüpfte auf und ab; jemand joggte über die Straße. Auch ohne das Gesicht zu sehen, wusste Sian, dass es Gus war. Wenn er noch ein Stück den Hügel hinauflief, würde er auf Augenhöhe mit ihr sein, und wenn er den Kopf hob, würde er sie sehen.

Im ersten Moment wollte Sian ins Haus fliehen, um Gus

nicht zu begegnen, doch dann schüttelte sie den Kopf. Warum sollte sie das tun? Sie saß in ihrem Garten und genoss den frühen Morgen. Sie würde sich von niemandem vertreiben lassen. Wahrscheinlich würde Gus sie gar nicht bemerken.

Der Kopf verschwand aus ihrem Blickfeld. Zwei Sekunden später stand Gus im Garten. Er trug Shorts, Turnschuhe und ein zerrissenen T-Shirt. »Hallo«, sagte er.

Sian zuckte zusammen. Sie war nicht angezogen, wodurch sie sich verletzlich fühlte, und er war offenbar noch genauso wütend auf sie wie bei ihrer letzten Begegnung. Er schwitzte und strahlte etwas aus, das sie als Wut, ja sogar Hass interpretierte.

»Hallo«, erwiderte sie vorsichtig.

»Ist Richard da?«

Sie runzelte die Stirn. »Nein. Warum sollte er? Wolltest du ihn sprechen?«

Gus stellte einen Fuß auf eine Kiste mit Blumentöpfen und schien sich ein bisschen zu entspannen. »Ich dachte nur, er wäre vielleicht über Nacht geblieben, nachdem er dich ›ins Bett gebracht‹ hatte.«

»Nein, ist er nicht. Wie du sehr genau weißt. Außerdem ist meine Mutter zu Besuch. Also wirklich.« Warum musste Gus immer die falschen Schlüsse ziehen?

Er zuckte mit den Schultern. »Mir ist klar geworden, dass ich nicht viel über dich weiß. Auch nicht, was für dich ein akzeptables Verhalten ist und was nicht. Nichts von dem, was ich zu wissen glaubte, scheint noch zu stimmen. Mein Leben steht seit gestern kopf.«

Sie empfand genauso, aber das behielt sie für sich. Wie aufgewühlt sie auch war, für Gus musste alles noch verwirrender sein. »Es tut mir leid.«

»Das sollte es auch, es sollte dir verdammt leidtun! Wir müssen reden.«

Sie seufzte. »Wir reden doch gerade.«

»Ich meine, wir müssen reden, ohne dabei unsere Stimmen zu dämpfen.«

Gus hatte recht. Er konnte hier seinem Ärger nicht Luft machen, und sie konnte ihm nicht flüsternd ihr Verhalten erklären. Doch Sian wollte sich nicht mit ihm verabreden müssen; es war besser, diese Aussprache schnell hinter sich zu bringen.

»Okay. Ich sage meiner Mutter, dass ich weggehe, damit sie nach Rory sehen kann, wenn er wach wird, und ziehe mich schnell an. Wir können ein Stück spazieren gehen.«

»Beeil dich!«

Sie ließ ihn im Garten zurück, wo er wie ein wütender Bär auf und ab lief, und weckte ihre Mutter.

»Mum?«, flüsterte sie. »Gus ist hier«, sagte sie, als ihre Mutter schläfrig etwas murmelte. »Er will reden. Ich schulde ihm das. Würdest du dich um Rory kümmern, wenn er aufwacht, bis ich wieder zurück bin?«

»Natürlich, Schatz.« Penny setzte sich auf. »Viel Glück.«

Sian zog sich schnell Jeans, ein T-Shirt, Turnschuhe und ihre Strickjacke an. Ihr würde vielleicht warm werden, aber die weiche Jacke fühlte sich tröstlich an, und Sian brauchte im Moment Trost.

Sie fuhr sich schnell mit den Fingern durchs Haar, putzte sich die Zähne und trug ein bisschen Feuchtigkeitscreme auf, dann war sie fertig. Make-up würde ihr jetzt nicht helfen. Sie wollte Gus lieber so natürlich wie möglich gegenübertreten.

»Wohin sollen wir gehen?«, fragte sie, als sie wieder im Garten stand.

»Wir laufen um das Dorf herum. Es spielt keine Rolle. Wir werden ohnehin nicht auf die Landschaft achten.«

Sie gingen durch das Tor und liefen über die Straße in Richtung Dorf. Sie waren erst ein paar Meter weit gekommen, als Gus zu reden anfing.

»Okay, was ich wissen will, ist, warum du es mir nicht sofort erzählt hast, als wir uns wiedergesehen haben.« Gus klang, als müsste er sich zwingen, ruhig zu bleiben.

Sian hatte das Gefühl, dass er ihre Beweggründe niemals verstehen würde, ganz egal, wie oft sie sie ihm erklärte, aber sie tat ihr Bestes. »Ich musste über vieles erst nachdenken. Ich hatte nicht erwartet, dich jemals wiederzusehen, sondern gedacht, ich würde Rory allein aufziehen, ohne einen Vater.«

»Aber was ist mit Richard? Ich glaube nicht, dass er das so sieht.«

»Er hat damit nichts zu tun!« Sian riss im Vorbeigehen eine Blüte von einem Blutweiderich ab, um ihre Hände zu beschäftigen.

»Nein? Ich glaube schon. Ich glaube, er hält sich für deinen zukünftigen Mann und Rorys Stiefvater.«

Sian antwortete nicht sofort. Gus hatte recht, und sie wusste, dass sie sich noch nicht wirklich überlegt hatte, welche Rolle Richard in ihrem Leben spielte. Sie wusste, dass sie ihn nicht liebte, deshalb hatte sie nicht weiter über Richards Gefühle nachgedacht. Aber war das richtig? Sie erinnerte sich an den verletzten und verwirrten Ausdruck auf Richards Gesicht, als sie ihm am Vorabend auf dem Nachhauseweg alles erzählt hatte. Er war verletzt gewesen, weil sie es ihm nicht früher gestanden hatte, und verwirrt, weil er nicht sicher war, was die veränderte Situation jetzt für seine Beziehung zu Sian und Rory bedeutete. Zu ihrer Erleichterung hatte er sie jedoch nicht weiter bedrängt und war kurz danach gegangen.

»Und warum sollte er sich auch nicht wie Rorys Vater fühlen? Jungen brauchen ein männliches Vorbild«, fuhr Gus fort.

»Oh, fang du nicht auch noch damit an! Alle erzählen mir ständig, dass Jungen ein männliches Vorbild brauchen. Das bedeutet nicht, dass ich heiraten muss. Und Richard würde nicht mit mir vor den Traualtar treten, nur damit er für Rory ein männliches Vorbild sein kann.« Sian hatte genug davon, dass man ihr sagte, was gut für ihren Sohn war. Den Sohn, den sie in den letzten fünf Jahren ganz allein aufgezogen hatte – mit der Hilfe ihrer Eltern natürlich.

»Oh, nein, er will *dich*«, knurrte Gus. »Er nimmt Rory in Kauf, weil es der einzige Weg ist, um dich zu bekommen.«

»Das klingt, als wäre er ein schlechter Mensch!«

»Ich weiß genau, was für ein verdammter Heiliger Richard ist! Aber was immer er für Vorzüge hat, er ist nicht Rorys Vater!«

»Das weiß ich«, sagte sie leise und hoffte, dass Gus dann auch seine Stimme senken würde.

»Doch ich war der Letzte, der es erfahren hat, stimmt's?«

»Rory weiß es noch nicht.«

»Aber du wirst es ihm sagen. Und zwar bald. Ich habe fünf Jahre seines Lebens verpasst, ich werde von nun an nichts mehr versäumen. Und ich werde mich nicht als ›Freund der Familie‹ abspeisen lassen!«

»Ich habe dir Rory nicht aus bösem Willen vorenthalten! Du warst nicht erreichbar – ich wusste, dass ich dich nicht würde erreichen können! Wir haben dieses Gespräch schon geführt – vor fast sechs Jahren.«

Sie war außer Atem, doch sie wollte Gus nicht bitten, langsamer zu gehen. So lief sie tapfer neben ihm her und tat ihr Bestes, um mit seinen weiten, wütenden Schritten mitzuhalten.

»Schön, du konntest mich nicht erreichen. Das weiß ich. Aber ich bin schockiert. Ich habe einen fünf Jahre alten Sohn!

Und ich hätte das vielleicht nie erfahren, wenn das Schicksal dich nicht direkt neben mein Elternhaus verschlagen hätte!«

»Ich weiß. Für mich war das auch ein Schock, als der Mann, von dem ich geglaubt hatte, ich würde ihn nie wiedersehen, plötzlich auf einer Dinnerparty auf dem Land auftauchte. Mein Gott, ich war – ich bin – Fionas Freundin! Ich wusste nicht, dass du ihr Sohn bist. Warum glaubst du mir das denn nicht?«

Gus war nicht bereit, irgendwelche Zugeständnisse zu machen. »Ja, aber du hattest Zeit, den Schock zu überwinden. Wenn meine Mutter dir kein Ultimatum gestellt hätte, dann hättest du es mir vielleicht nie erzählt.«

Sie antwortete nicht.

»Und du hast es mir ja auch gar nicht gesagt! Du hast es mich selbst herausfinden lassen!«

»Ich hätte es dir erzählt. Wenn Melissa nicht die Ähnlichkeit zwischen euch bemerkt und diese dumme Bemerkung gemacht hätte ...«

»Gib nicht Melissa die Schuld. Sie war mir eine große Stütze!«

»Wie schön!« Sian spürte, wie jetzt auch in ihr Wut aufstieg.

»Und warum wolltest du nicht, dass ich von Rory erfahre?«, beharrte er.

»So war es nicht. Ich habe nur auf den richtigen Moment gewartet. Aber diesen Moment hätte es wohl niemals gegeben, das ist mir jetzt klar!«

»Willst du mir vorwerfen, dass ich wütend bin?«

»Nein! Doch ich wünschte, du würdest verstehen, wie schwer es für mich war, den richtigen Zeitpunkt zu finden.«

Gus antwortete nicht. Er schien sich ein wenig zu beruhigen. Vielleicht konnten sie jetzt wie zivilisierte Menschen miteinander reden.

»Ehrlich, ich habe etwas sehr Ähnliches durchgemacht. Als ich dich so unerwartet wiedersah, war ich auch geschockt.«

Noch war sein Zorn nicht erloschen. »Das kann man wohl kaum vergleichen! Du wusstest, dass ich Rorys Vater bin. Ich hingegen hatte keine Ahnung, dass ich einen Sohn habe.«

Sian blieb stehen und sah zu ihm auf. »Was willst du noch von mir hören? Ich kann nicht ständig sagen, dass es mir leidtut, auch wenn es wirklich so ist. Ich kann mich nicht mehr entschuldigen!«

Schweigend gingen sie weiter.

»Wir müssen darüber reden, wie oft ich Rory sehen kann.«

Sian blickte zu Boden und entdeckte zum ersten Mal die Narbe an seinem Bein. »Du meinst das Besuchsrecht?«

»Nein! Ich meine kein verdammtes Besuchsrecht! Das klingt, als wären wir geschieden und ich müsste jedes zweite Wochenende in irgendeinem verdammten Freizeitpark oder bei McDonald' verbringen! Ich möchte meinen Sohn sehen und Zeit mit ihm verbringen. Und ich will, dass er weiß, dass ich sein Vater bin.«

»Ich werde es ihm sagen.«

»Wann? Wenn er achtzehn ist? Wenn er danach fragt? Ich möchte, dass er es jetzt erfährt!«

»Er ist erst fünf.«

»Das werde ich wohl kaum vergessen können.« Er zögerte. »Hör zu, ich mag Rory sehr, aber ich möchte ihn besser kennenlernen, als meinen Sohn.«

»Das wirst du. Obwohl es schwieriger werden könnte, wenn wir von hier wegziehen müssen.«

»Mach dir keine Sorgen wegen des Umzugs. Das kommt in Ordnung.«

Er spielte diese echte Bedrohung so herunter, dass Sian wieder wütend wurde. »Das wissen wir doch gar nicht. Es sei denn, Melissa hätte dir gesagt, dass sie das Haus nicht mehr kaufen will.«

»Doch, das will sie nach wie vor.«

»Dann werden wir umziehen müssen. Und ich weiß nicht, ob wir hier in der Gegend etwas finden, das ich mir leisten kann. Ich glaube, wir sollten jetzt zurückgehen«, fügte sie hinzu und drehte um. »Rory wird inzwischen wach sein und sich fragen, wo ich bin.«

»Ich könnte mit dir mitkommen...«

»Hör zu. Ich sagte, dass ich dir den Kontakt nicht verbieten werde, doch Rory wird nach seiner Party müde sein. Und wir beide müssen erst in Ruhe über alles nachdenken.«

»Ich habe über alles nachgedacht.«

»Ich kann aber nicht mehr. Nicht jetzt. Ich muss erst Zeit haben, meine Gedanken zu ordnen. Geh nach Hause, nimm eine Dusche und iss etwas! Wir finden eine Lösung.«

Obwohl er offensichtlich nicht glücklich darüber war, schien Gus zu spüren, dass er an diesem Punkt nicht mehr weiterkommen würde, und stimmte Sian zu. Sein Gesichtsausdruck war längst nicht mehr so grimmig wie zuvor.

Sie gingen über die Straße zurück, und das Schweigen zwischen ihnen war alles andere als kameradschaftlich, doch zumindest stritten sie nicht mehr. Dann bog Gus zum Haus seiner Mutter ab, ohne zum Abschied auch nur zu nicken.

Na, das ist ja großartig gelaufen!, dachte Sian und ging mit hängenden Schultern nach Hause.

»Hey! Mum! Warst du spazieren?«

Sian zog ihre Strickjacke aus, hängte sie über die Lehne

eines Küchenstuhls und küsste Rory auf die Wange. »Ja, Schatz. Was hattest du denn zum Frühstück?«

»Eierbrot.«

»Seine Leibspeise«, sagte Sians Mutter. »Was möchtest du essen?«

»Oh, nur einen Toast mit Marmite, wie üblich. Und Tee.« Sie setzte sich an den Tisch und lächelte ihre Mutter dankbar an. »Es ist schön, ein bisschen bemuttert zu werden.«

Sie trank gerade ihre zweite Tasse Tee, als Richard anrief.

»Tut mir leid, dass ich so früh störe, aber ich muss in einer Stunde zum Flughafen fahren. Wir müssen reden.«

Nicht er auch noch!

»Wir reden doch schon.« Sie lachte leise und hoffte, dass ihre Worte nicht zu aggressiv geklungen hatten. Es war nicht fair, ihre Wut auf Gus an Richard auszulassen.

»Ja, ich weiß, aber ich möchte richtig reden, über unsere Zukunft. Zu erfahren, dass Gus Rorys Vater ist, hat die Dinge ziemlich verändert.«

»Hat es das? Ich meine – zwischen uns?«

Es entstand eine Pause. Sian konnte beinahe hören, wie Richard über seinen nächsten Satz nachdachte. »Ich glaube, wir sollten die Sache regeln. Für Rory.«

»Wie meinst du das?«

»Ich meine, dass du umziehen musst ... Wenn wir zusammenziehen, bräuchtest du das Dorf nicht zu verlassen. Rory könnte die Schule besuchen, die du für ihn ausgesucht hast. Er müsste sich kaum umgewöhnen ...«

War das ein Heiratsantrag, oder bot Richard ihr nur eine Wohngemeinschaft an? »Tut mir leid, dass ich so schwer von Begriff bin, Richard, aber ...«

Er fiel ihr hastig und nervös ins Wort. Sian nahm an, dass er in Zeitnot war, aber dass er das Land auch nicht verlassen wollte, ohne zumindest zu versuchen, sein Anliegen vorzutragen – oder sein Revier abzustecken. »Wir reden weiter, wenn ich zurück bin. Ich muss jetzt los. Pass auf dich auf!«

Müde und verwirrt kehrte Sian in die Küche zurück. Es kam ihr so vor, als würden zwei Männer sich darum streiten, wer der Vater ihres Kindes sein durfte. Sie wusste, wie sehr Richard sich eine feste Beziehung zu ihr wünschte und dass er Rory sehr gernhatte, aber er hatte sie nie bedrängt, und sie war froh gewesen, die Dinge einfach so zu lassen, wie sie waren. Würde sich das jetzt ändern? Würde Richard sie zwingen, eine Entscheidung zu treffen, die sie nicht treffen wollte? Warum konnte sie Rory nicht einfach allein aufziehen? Sian wusste, dass das nicht möglich war – zumindest, soweit es Gus betraf. Er würde jetzt ein Teil von Rorys Leben sein, und er war wichtig für den Jungen. Auch wenn Gus nicht gut für ihr eigenes seelisches Gleichgewicht war, wünschte sie sich, dass er am Leben ihres Sohnes teilnahm.

Sian wollte sich gerade wieder an den Tisch setzen, als sie das Klappern des Briefschlitzes hörte. Sie ging zur Haustür in der Hoffnung, dass eine Auftragsbestätigung oder ein Scheck in der Post sein würden.

Auf der Fußmatte lag ein dicker cremefarbener Umschlag, auf den ihr Name getippt war. Noch bevor sie ihn aufgehoben hatte, wusste Sian, dass er schlechte Nachrichten enthielt.

»Was ist das? Etwas Schönes?«, fragte ihre Mutter, die Rory gerade mit einem feuchten Tuch die Finger abwischte.

»Ich glaube nicht.« Sian öffnete den Umschlag und las den Inhalt. »Nein. Es ist die Bestätigung, dass Luella das Haus verkauft hat. Sie will, dass ich bis Oktober ausgezogen bin. Ich könnte noch bis Dezember bleiben, aber sie bezahlt mir ein bisschen was, wenn ich früher gehe, und wer möchte schon an

Weihnachten umziehen.« Sian ließ sich auf den Küchenstuhl sinken. Konnte der heutige Tag noch schlimmer werden?

»Das kommt jetzt aber plötzlich!«, sagte Penny und sah Sian besorgt an. Nachdem sie ihren Enkel zu ihrer Zufriedenheit gesäubert hatte, zerzauste sie ihm das Haar und zog den Stuhl für ihn zurück. »Rory, warum malst du mir nicht nebenan ein Bild, bis es Zeit für die Spielgruppe ist?«

Der Junge sah von seiner Großmutter zu Sian. »Ihr wollt reden, oder?«

»Ja. Und es ist ein sehr langweiliges Gespräch«, sagte Sian. »Mal ein schönes Bild, Schatz. Ich habe eine Idee: Mal eins von deinen Geburtstagstorten! Du könntest Fiona auch eins schenken, als Dankeschön.«

Inspiriert von dem Vorschlag, ging Rory ins Esszimmer, um nach seinen Stiften zu suchen.

Etwas später stellte Penny einen frischen Becher Tee vor Sian auf den Tisch. Sian hatte ihr kurz von ihren Gesprächen mit Gus und Richard erzählt.

Penny seufzte. »Warum kommst du mit Rory nicht für ein paar Tage zu uns? Dad würde sich freuen, euch zu sehen, und dann könntest du in Ruhe über eure Zukunft nachdenken.«

Plötzlich sehnte Sian sich danach heimzufahren – in das Haus, in dem sie aufgewachsen war. »Ich muss noch ein bisschen arbeiten und dann Fiona beim Aufräumen helfen«, sagte sie halbherzig und wartete darauf, dass ihre Mutter das als Ausrede abtun würde.

»Das kann ich übernehmen. Rory geht zur Spielgruppe, du arbeitest, und ich helfe Fiona. Ich mag sie sehr und bin sicher, dass es ihr nichts ausmacht, wenn ich ihr an deiner Stelle zur Hand gehe. Und danach, am Nachmittag, fahren wir zu uns nach Hause. Dein Auto kannst du stehen lassen und mit dem Zug zurückfahren, oder ich bringe dich.«

Sian war plötzlich den Tränen nahe. Sie war so froh, dass ihre Mutter da war! »Es sieht doch nicht so aus, als liefe ich weg, oder?«

»Vor was? Nein, es ist verständlich, dass du deine Eltern besuchen möchtest. Und wenn du bei uns bist, suchen wir im Internet nach einem neuen Haus in der Nähe. Und außerdem hat Mrs. Florence gesagt, dass der Tisch, den du für sie bemalt hast, ein bisschen ausgebessert werden muss. Ich glaube, das Bein ist etwas angeschlagen.«

»Dann kann ich sogar sagen, dass ich arbeiten muss! Oh Mum, danke!« Sie lief um den Tisch und umarmte ihre Mutter.

Sian brachte Rory in die Spielgruppe und spürte zum ersten Mal, seit Gus die Wahrheit über Rory kannte, einen Anflug von Hoffnung. Vielleicht würde am Ende doch alles gut werden. Und die Zeit bei ihren Eltern würde ihr helfen, sich über einige wichtige Fragen klar zu werden.

Rory schlief hinten im Auto, und Sian nutzte die Zeit zum Nachdenken. Ihre Mutter, die zu merken schien, was mit ihr los war, schwieg und bat nur hin und wieder um ein Pfefferminz.

Welche Entscheidung war die beste? Sollte sie Richard erlauben, ihre Probleme zu lösen, Rory ein guter Stiefvater und ihr eine Stütze zu sein? Bestimmt war er in dieser Rolle großartig. Er würde niemals den Hochzeitstag vergessen, er würde mit ihnen in guten Hotels an schönen Orten Urlaub machen, und sie würden nie den Flieger verpassen.

Wenn sie sich mit Gus auf mehr als eine Affäre einließ,

dann würde sie auf tief verschneite Berge steigen, Rory würde frierend und stöhnend hinter ihnen herstapfen, und Gus würde von ihr erwarten, dass sie auf offenem Feuer kochte.

Und es war nicht nur das, es ging auch um Verlässlichkeit. Richard war problemlos in der Lage, sich zu binden. Er würde für sie und Rory da sein und sich für die Familie einsetzen.

Aber Gus? Wie standen die Chancen bei ihm? Wie lang war sein Atem, was Frauen anging? Schwer zu sagen. Bei ihrem Wiedersehen hatte er Interesse an ihr gehabt, doch jetzt war es Melissa, die ihm »eine große Stütze« war.

Doch so einfach war es nicht. Sie, Sian, war ihm keine große Stütze gewesen, im Gegenteil: Sie hatte ihm fünf Jahre verschwiegen, dass er Vater eines Sohnes war.

Dass sie für Richard nicht das empfinden konnte, was sie bei ihrer ersten Begegnung für Gus empfunden hatte, war nicht wirklich ein Problem. Und auch nicht die Tatsache, dass sie immer noch etwas für Gus empfand. Das würde – musste – verblassen.

Und dann war da die Haus-Frage. »Wie hoch stehen die Chancen, dass ich in der gleichen Gegend etwas finden werde, das ich mir leisten kann?«, fragte sie laut, froh darüber, dass Rory immer noch friedlich schlief.

Penny antwortete nicht sofort. »Es wird schwierig«, gestand sie dann ein. »Doch du weißt, wie fit ich im Internet bin, ich kann dort alles finden.«

»Aber Luellas Haus ist erstaunlich günstig gewesen.«

»Du wirst Kompromisse machen müssen, vielleicht keinen so großen Garten mehr haben, aber dafür unter Umständen eine schönere Küche.«

»Es geht vor allem um die Gegend. Rory hat Freunde gefunden, und da ist die Schule. Die Schulleiterin der Fillhollow School ist sehr nett. Es wäre die perfekte Schule für ihn.«

»Du könntest ihn möglicherweise hinfahren. Dein neues Haus muss ja nicht am Ende der Welt liegen.«

Sie schwiegen wieder eine Weile. »Was ist mit Gus?«, fragte Penny. »Natürlich ist er umwerfend, aber ist er auch der richtige Mann für dich?« Hatte sie Sians Gedanken erraten?

»Ich weiß nicht mal, ob er überhaupt mein Mann sein will. Er will Rorys Vater sein. Ich bin nicht sicher, ob das für ihn zusammengehört.« Alles war so verworren. Sian konnte im Augenblick nicht klar denken. Sie wusste, dass diese Nacht mit Gus etwas ganz Besonderes für sie gewesen war, aber ihr war auch klar, dass sexuelle Anziehungskraft sich wie richtige Liebe anfühlen, sich jedoch rasch verflüchtigen konnte. Sie musste diese leidenschaftlichen Gefühle Rory zuliebe vergessen und sich für das Richtige entscheiden.

»Wie findest du, dass Gus Interesse an Rory hat?«, fragte ihre Mutter vorsichtig.

»Natürlich freue ich mich darüber.« Das stimmte wirklich. »Aber ...«

Penny sah sie an. »Aber?«

»Da ist auch noch Richard. Er will mich ... und auch Rory, und er wäre als Mann und Stiefvater großartig. Solide, verlässlich, liebevoll. Wenn ich bei ihm einziehe – ihn vielleicht sogar heirate –, dann könnte ich in der Gegend bleiben. Er ist viel unterwegs, also hätte ich viel Zeit für mich, Rory und meine Arbeit, was ich schätze. Er wäre perfekt!«

»Du musst ihn mir nicht verkaufen. Ich meine, du schilderst mir seine Vorzüge, aber du hast das Wichtigste nicht erwähnt: Liebst du Richard?«

»Ich mag ihn! Ich respektiere ihn. Er ist ein Freund – er könnte mehr als mein bester Freund werden. Ich könnte ihn irgendwann lieben. So etwas passiert.«

»Du weißt, wie dein Vater und ich zu Richard stehen, wir

haben ihn sehr gern. Doch warum solltest du Kompromisse eingehen? Warum solltest du mit jemandem zusammenleben, den du nicht von Herzen liebst? Selbst wenn derjenige Liebe für dich empfindet – und ich glaube, das tut Richard. Auf der Party hat er dich kaum einen Moment aus den Augen gelassen. Er ist ein guter Mann.«

»Ich weiß.«

»Womit ich nicht sagen will, dass Gus ein schlechter Mann ist. Aber wäre er ein guter Ehemann?«

Sian antwortete nicht. Das war die große Frage.

17

Als Sian und Rory ein paar Tage später mit dem Zug zurückfuhren, fühlte Sian sich gestärkt und hoffte, nun besser in der Lage zu sein, mit ihren Problemen fertig zu werden. Es ging doch nichts über ein paar Tage, in denen man verwöhnt wurde, um wieder optimistisch in die Zukunft zu blicken.

Sie hatte Mrs. Florence' angeschlagenes Tischbein repariert (indem sie einen Engel dazugemalt hatte, um die Reparatur zu verdecken) und noch ein paar Aufträge erhalten. Einer, bei dem sie eine Weinranke auf ein Fenster gemalt hatte, war ihr so gut gelungen, dass sie Fotos davon in ihr Portfolio einfügen würde. Bei dem anderen Auftrag, für den sie den Entwurf noch zeichnen musste, sollte sich eine Schlange über einen altmodischen Toilettenwassertank ranken.

Penny hatte auch ein paar Häuser entdeckt. Sie lagen nahe der Fillhollow School und waren gerade noch erschwinglich, deshalb freute Sian sich darauf, sie zu besichtigen.

Und Rory hatte die Zeit bei seinen Großeltern auch sehr genossen. Er war verwöhnt worden und hatte mit seinem hingebungsvollen Großvater Ausflüge unternommen, während seine Mutter gearbeitet hatte.

Fiona holte sie am Bahnhof ab, lehnte es jedoch anschließend ab, noch eine Tasse Tee bei ihr zu trinken.

»Nein, nein, Liebes«, sagte sie. »Ihr müsst doch erst mal ankommen.« Als Rory in den Garten gelaufen war, um nach den Bohnen zu sehen, die Fiona während ihrer Abwesenheit gegossen hatte, sagte sie vorsichtig: »Sian, wenn Gus dich besucht, könntest du ihn dann hereinbitten? Er hat den Schock etwas überwunden und versprochen, dich nicht mehr anzuschreien. Er möchte Rory besser kennenlernen, bevor du dem Jungen irgendwann sagst, wer sein Vater ist.«

Sian straffte sich. Sie fühlte sich jetzt stärker. »Gern! Das klingt sehr vernünftig. Aber Rory mag Gus schon jetzt.«

Gus erschien einige Tage später. »Hi! Ist Rory da?«

»Nein, leider nicht. Er ist bei Annabelle.« Sian musste lächeln. Es hatte so geklungen, als hätte Gus gefragt: »Kann Rory mit mir spielen?«

Gus grinste verlegen, als hätte er es auch bemerkt. »Hättest du Zeit mir einen Tee zu kochen? Ich verspreche, dass ich nicht wieder laut werde.«

Sian merkte, wie sehr sie sich trotz der Spannungen zwischen ihnen freute, ihn zu sehen. »Du hast Glück. Ich wollte gerade eine Pause machen. Ich habe gemalt.«

»Kann ich die Arbeit sehen?«

Sie führte ihn nach oben, wo sie Ponys auf eine kleine Kommode malte. Die kleinen Reiter sahen genauso aus wie Annabelle. »Die Idee kam mir bei der Arbeit an Melissas Namensschild. Der Umzug aufs Land hat mich auf die pferdeverrückten Mädchen aufmerksam gemacht und darauf, wie ich das für mein Geschäft nutzen kann.«

»Du kannst das gut, oder? Sehnst du dich manchmal danach, richtige Bilder zu malen?«

Sian schüttelte den Kopf. »Nein. Es sind die Illustrationen, die ich liebe. Ich glaube nicht, dass ich meinen inneren Aufruhr auf einer Leinwand zum Ausdruck bringen könnte.« Sie lächelte rasch und wünschte, sie könnte die Worte zurücknehmen. »Aber es war schön in London.«

»Ja?«

Sie nickte. »Abgesehen von der Zeit mit Mum und Dad habe ich noch ein paar Aufträge bekommen.« Sie beschrieb die Weinranke und die Schlange. »Ich habe auch zwei Häuser im Internet gefunden.« Sie zögerte. »Sie werden natürlich nicht so schön sein wie dieses, haben dafür aber vielleicht andere Vorzüge. Komm, trinken wir einen Tee.«

»Du wirst in jedem Haus Platz zum Arbeiten brauchen.«

»Ja, klar. Aber dank dir und Fiona habe ich ja die Scheune für die größeren Möbelstücke.« Sie blieb plötzlich stehen. »Es sei denn, du brauchst den Platz für dich?«

Er schüttelte den Kopf. »Im Moment nicht. Die Scheune gehört dir.«

Sian kochte Tee, und sie nahmen ihn mit in den Garten hinaus. Es war eine Erleichterung, dass sie jetzt ruhiger miteinander reden konnten.

»Ich werde das alles hier vermissen«, gestand sie und sah sich zu dem Beet mit den Bohnen und Erdbeeren um.

»Diesen Garten im Besonderen? Oder einfach die Tatsache, einen Garten zu haben?«

»Nein, diesen Garten hier. Ich habe so viel Arbeit reingesteckt. Aber ich glaube, wenn ich irgendwo ein bisschen Land hätte – einen Ort, an dem Rory spielen und ich herumgraben kann –, dann wäre es in Ordnung.«

»Also«, sagte er, als sie eine Weile geschwiegen hatten, »kommen wir zum Grund meines Besuches. Denkst du, dass Rory vielleicht heute Abend in der Hütte schlafen möchte? Ich habe ihm an seinem Geburtstag versprochen, dass wir darin übernachten könnten, und ich habe mir die Wettervorhersage angesehen. Das gute Wetter wird nicht ewig halten. Heute ist vielleicht die letzte Gelegenheit.«

Panik erfasste Sian. Sie wollte vernünftig sein und ihm

erlauben, Rory zu sehen, wann immer Gus wollte. Aber es ging ihr einfach alles viel zu schnell. »Das wäre schade«, sagte sie vorsichtig. »Was passiert denn, wenn es auf die Hütte regnet?«

»Der Hütte macht das nichts aus, doch der Erdboden um sie herum würde sehr matschig werden. Das macht es schwieriger für unerfahrene Hüttenbewohner.«

»Da bin ich sicher!« Innerlich rang sie mit sich und wandte sich ab, damit Gus ihren gequälten Gesichtsausdruck nicht sah. Dann fiel ihr eine Möglichkeit ein, dem Ganzen zu entgehen. »Die Sache ist nur die, ich bin nicht sicher, ob Rory wirklich eine Nacht in der Hütte durchhält. Selbst wenn du bei ihm bist«, fügte sie hinzu.

Gus hatte offenbar schon daran gedacht. »Dann musst du auch mitkommen. Wir verabreden mit Mum, dass jeder von uns ins Haus gehen kann, falls es ihm in der Hütte nicht mehr gefällt.«

Das war fast noch schlimmer. Die Nacht mit Gus und Rory auf so kleinem Raum zu verbringen war nicht das, was Sian sich unter dem »Besuchsrecht« vorgestellt hatte, das sie ihm vor ihrer Abreise nach London so großzügig angeboten hatte.

»Ach, komm schon!«, drängte Gus. »Ich kaufe Würstchen, und wir grillen unser Abendbrot auf dem offenen Feuer.« Er zögerte. »Ich habe es Rory versprochen. Er soll nicht denken, ich hätte es vergessen. Es ist wichtig, dass er mich als jemanden sieht, auf den er sich verlassen kann.«

Dem konnte Sian nicht widersprechen. »Okay. Ich sorge für den Nachtisch. Wird Fiona mit uns essen?«

Gus schüttelte den Kopf. »Sie fährt weg. Wir sind allein. Ohne Anstandsdame.«

»Du machst vielleicht Witze darüber, aber was werden die Leute sagen, wenn sie erfahren, dass wir die Nacht zusammen verbracht haben?«

»In einer Hütte mit Rory? Nicht viel, denke ich. Von welchen Leuten sprichst du überhaupt?«

Sian entspannte sich, überrascht, dass sie mit Gus scherzen konnte. Der Aufenthalt in London hatte ihr wirklich gutgetan. »Du hast recht«, gab sie zu.

»Und es ist vielleicht auch eine gute Gelegenheit, Rory zu sagen, dass ich sein Vater bin«, fuhr Gus zögernd fort. Seine Stimme klang fragend.

Sian antwortete nicht. Obwohl sie sich zweifellos stärker fühlte und mit Rory und Gus später in der Hütte übernachten wollte, so war sie doch noch nicht bereit, dieses spezielle Thema anzusprechen. »Das sehen wir dann, ja? Ich muss jetzt Rory abholen. Was sollen wir außer dem Nachtisch mitbringen?«

»Einen Schlafsack für den Jungen, aber ansonsten habe ich alles, inklusive eines sehr teuren Schlafsacks für dich, den meine Mutter nur einmal benutzt hat.«

»Okay, das klingt gut. Dann kommen wir so um sieben? Oder ist das zu früh? Ich möchte, dass Rory nach dem Essen bald schlafen geht.«

»Ich werde alles vorbereiten.«

Rory war begeistert von dem Gedanken, die Nacht in der Hütte zu verbringen, vor allem, nachdem er erfahren hatte, dass seine Mutter auch dabei sein würde. »Kann ich meine Taschenlampe mitnehmen?«

»Du solltest sie auf jeden Fall einstecken. Wir packen dir einen Rucksack mit nützlichen Dingen.«

»Und Teddy?«

»Ja. Den dürfen wir nicht vergessen.«

»Ein Buch zum Lesen?«

»Gus liest dir vielleicht was vor. Steck es ein.«

Am Ende war der Rucksack voll mit Sachen, die Rory für unentbehrlich für die Übernachtung hielt. Sian, die den alten Trainingsanzug, den sie trug, nicht ausziehen würde, nahm nur wenig mit. In ihrer Tasche befanden sich eine Taschenlampe, ein bisschen Nachtcreme für ihr Gesicht und ein Paket Feuchttücher. Sie ging nicht davon aus, dass sie tatsächlich die ganze Nacht in der Hütte würde schlafen müssen. Rory würde bestimmt irgendwann genug haben und entweder nach Hause zurückgehen oder in Fionas Gästezimmer schlafen wollen. Sian war sicher, dass sie sich ein Nachthemd von Fiona borgen konnte, wenn sie nicht nach Hause zurückkehrten.

Sie hatten einen Johannisbeerkuchen dabei. Er kam gerade aus dem Ofen und war noch warm, denn Sian hatte ihn gebacken, während Rory gepackt hatte.

Gus hatte Teelichter aufgestellt, die ihnen den Weg in den hinteren Teil des Gartens wiesen, wo schon ein Lagerfeuer brannte. Sian musste gestehen, dass es wirklich magisch aussah. Aber bestimmt ist es Fionas Idee gewesen, überlegte sie.

»Hey! Rory!« Gus hob ihn hoch und schwang ihn durch die Luft. »Sian!« Nachdem er den Jungen wieder auf den Boden gestellt hatte, gab er ihr einen Kuss. »Schön, euch beide zu sehen! Rory, ich musste das Feuer schon ohne dich anzünden, sonst würde das Essen nicht rechtzeitig fertig, bevor uns allen die Augen zufallen.«

»Es ist heiß!«, sagte Rory und hüpfte vor Aufregung von einem Bein auf das andere.

»So mögen wir es. Sian, setz dich und nimm dir ein Glas Wein! Möchtest du einen Stuhl?«

»Ach was, der Boden genügt mir«, sagte Sian und setzte sich auf das Kissen, das Gus ihr fürsorglich reichte.

Er hatte sich viel Mühe gegeben, es für sie gemütlich zu machen. Abgesehen von dem Feuer, das groß genug zu sein schien, um darauf einen Ochsen zu braten, waren da Schlafsäcke und Kissen, auf denen man liegen konnte. Ein Holzklotz, dessen Oberseite glatt gehobelt war, diente als Tisch. Laternen mit Kerzen hingen in den Bäumen in der Nähe, und Sian sah Wein- und Sprudelflaschen.

»Wow!«, murmelte sie. »Jetzt brauchen wir nur noch leise Hintergrundmusik, und es ist alles fertig für ...«, einen romantischen Abend, hatte sie sagen wollen, doch sie hielt sich gerade noch zurück, »... na ja, für eine Party.«

»Musik ist nur einen Knopfdruck entfernt. Ich nehme immer meinen iPod mit, wenn ich auf Reisen bin.«

»Oh, nein, lass uns keine Musik hören! Das erscheint mir irgendwie unpassend, es sei denn, du kannst Gitarre spielen oder so.« Sian lachte über sich selbst und entspannte sich. »Ich glaube, meine Vorstellung von einem richtigen Lagerfeuer basiert auf einer Menge Western.«

»Dann solltest du keinen Wein trinken«, sagte Gus und zog das Glas zurück, das er ihr hingehalten hatte.

»Nur Kaffee«, stimmte Sian ihm zu und nahm das Glas trotzdem.

»Und ein paar Schlucke Red Eye direkt aus der Flasche«, sagte Gus. »Rory? Möchtest du Holunderblütensaft oder etwas anderes?«

»In *Kampf um die Insel* nennen sie es Grog«, sagte Rory.

Sian setzte sich etwas gemütlicher hin, trank von ihrem Wein und wünschte, sie hätte sich mit ihrem Aussehen ein bisschen mehr Mühe gegeben; ihr mit Farbe besprenkelter Trainingsanzug kam ihr jetzt doch nicht mehr angemessen für diese wundervolle Umgebung vor. »Das liegt an meinem Dad«, erklärte sie. »Er liest seinem Enkel nur Bücher vor, die ihm auch gefallen, also kennt Rory eine Menge Geschichten, für die er eigentlich noch zu klein ist.«

»Ich liebe *Kampf um die Insel*«, sagte Gus. »Da dein Großvater ja nicht hier ist, könnte ich dir aus einem dieser Bücher vorlesen.«

»Cool«, meinte Rory und trank von seinem Grog.

»Jetzt zum Proviant ...« Gus lehnte sich zurück, griff hinter den Holzklotz-Tisch und holte einen großen rechteckigen Metallkasten mit Deckel hervor. »Wir haben Koteletts, Würstchen, Steaks und selbst gemachte Burger von Fiona. Der Salat ist auch von ihr.«

»Oh, und ich habe den Nachtisch in meiner Tasche«, sagte Sian.

»Ich dachte, wir braten die Sachen«, meinte Rory.

»Ja, aber es ist spät, fast schon Schlafenszeit – für mich jedenfalls –, und ich fand, dass es zu lange dauert. Ein paar Würstchen oder Steaks können wir noch braten, doch ich dachte, deine Mum hat vielleicht Hunger und muss direkt etwas essen.«

»Ich habe wirklich Hunger. Du hast ja schon bei Annabelle gegessen, Rory, du kannst wahrscheinlich noch ein bisschen warten.«

»Okay, Mummy kann etwas bekommen, aber ich möchte mein Würstchen selbst braten.«

»In Ordnung.« Gus gab Sian ein Brötchen. »Was möchtest du haben?«

»Ein Würstchen bitte, ohne Ketchup.« Einen Moment später biss sie schon hinein. »Das ist himmlisch!«

»Es geht doch nichts über frisch gegrilltes Essen. Es schmeckt natürlich noch besser, wenn man vorher noch ein Stück gewandert ist. Und jetzt, Rory, grillst du das hier.« Er gab ihm einen abgeschälten Ast, auf den ein Würstchen gesteckt war. »Halt es über die Stelle, wo keine Flammen sind, sondern nur Glut. Sag mir, wenn dein Arm müde wird, dann bauen wir was.«

»Mein Arm ist müde«, verkündete Rory nach wenigen Sekunden.

»Okay.« Wie ein Zauberer griff Gus hinter den Holzklotz und holte zwei Stöcke hervor, die sich am Ende gabelten. Er wählte ihren Standort mit Bedacht und steckte sie in die Erde. Dann schob er Rorys Würstchen noch etwas weiter auf den Stock, fügte zwei weitere dazu und legte den Stock dann in die Astgabeln. »So! Ein Bratenspieß, der sich nicht drehen lässt.«

Rory sah ihn fragend an.

Sian erklärte es ihm. »Wenn man etwas am Spieß brät, dann dreht man es, sodass die Würstchen oder was immer man grillt, von allen Seiten braun werden. Gus wird die Würstchen umdrehen müssen, wenn eine Seite fertig ist. Aber das ist kein Problem. Er ist das gewohnt.«

»Hast du die Koteletts auch über dem Feuer gebraten?«, fragte Rory. »Hast du sie auf den Spieß gesteckt?«

»Nein, ich habe sie auf diesen Rost gelegt.« Er holte einen zusammenklappbaren Grillrost heraus.

»Das sieht nicht wie etwas aus, das du auf einer Wanderung im Rucksack hast«, meinte Sian.

»Nein, aber versuch mal, Koteletts ohne irgendeine Art von Grill über dem Feuer zu braten, dann sehen wir, wie das klappt.« Er drehte die Würstchen. »Ich könnte natürlich eine Rehkeule über dem Feuer rösten, kein Problem. Es sind diese kleinen zurechtgeschnittenen Dinger, die am schwierigsten zu grillen sind. Noch mehr Wein?«

»Ich muss sagen, dass das hier ein sehr luxuriöses Campen ist«, bemerkte Sian und erlaubte Gus ausnahmsweise, ihr Glas noch einmal aufzufüllen. Es war einer der Nachteile des Daseins als Alleinerziehende, dass sie immer vernünftig sein musste und nüchtern. Sie genoss die Zeiten, wenn sie sich ein bisschen gehen lassen konnte. Und selbst wenn es nur dieser eine Abend war, liebte sie es, bei Gus zu sitzen und sich zwanglos mit ihm zu unterhalten, ohne dass Spannungen zwischen ihnen die Atmosphäre vergifteten. Sie konnten »eine ganz normale kleine Familie« sein, wie Melissa sagen würde. Sian rief sich selbst zur Ordnung; sie wollte nicht an Melissa denken und auch nicht an die Zukunft oder das, was sie vielleicht bringen würde. Sie wollte einfach diesen harmonischen Moment genießen.

»Ich dachte, dass du es lieber etwas gemütlicher hättest«, sagte Gus. »Rory und ich werden irgendwann richtig zünftig wandern gehen. Natürlich nur, wenn deine Mum nichts dagegen hat, Kumpel.«

»Mum?« Rory, der langsam müde wurde und einzuschlafen drohte, bevor sein Würstchen fertig war, setzte sich ruckartig wieder auf. »Darf ich mit Gus wandern gehen?«

»Natürlich«, sagte Sian. Sie war wirklich davon überzeugt, dass Rory bei Gus ganz sicher war.

Es war nicht einfach, in der einbrechenden Dunkelheit Gus' Gesichtsausdruck zu erkennen, aber Sian meinte, Wärme darin zu sehen. »Danke, Sian«, sagte er. »Ich bin froh, dass du uns Männern zutraust, allein loszuziehen.«

»Rory wurde dazu erzogen, vernünftig zu sein, und da ich Fiona kenne, nehme ich an, das wurdest du auch. Ich bin sicher, ihr zwei kommt zurecht.« Sie kicherte. »Schatz«, sagte sie zu Rory, »ich glaube, du solltest dich jetzt in deinen Schlafsack kuscheln. Dann kannst du dein Würstchen essen und schlafen gehen.«

»Ich bin müde«, murmelte er. »Kann ich Ketchup dazu haben?«

»Natürlich.«

Während Gus sich mit dem Würstchen beschäftigte, steckte

Sian Rory in den Schlafsack. »Du kannst dich aufsetzen und essen, und wenn du satt bist, kriechst du in die Hütte. Gus wird dir helfen.«

Rory kicherte. Er raschelte mit dem Schlafsack und spielte, er wäre eine Raupe, doch nachdem er in der Hütte lag, auf deren Boden jetzt eine Decke ausgebreitet war, bekam er es mit der Angst zu tun. »Es ist hier drin so dunkel! Du gehst doch nicht weg, oder, Mummy?«, fragte er nervös, wieder ihr kleiner Junge.

»Nein. Wir sind beide hier«, versicherte ihm Gus. »Du kannst uns am Feuer sehen. Und später schlafen wir in der Hütte bei dir. Du bist nicht allein.«

»Ich möchte eine Geschichte hören!«

»Schatz, es ist ein bisschen schwierig, bei diesem Licht zu lesen«, sagte Sian.

»Hast du ein Buch dabei?«, fragte Gus.

»Ja!«, rief Rory. Er wühlte in seinem Rucksack und zog es heraus. »Mum meinte, ich soll eins mitnehmen, weil du es mir vielleicht vorliest«, fügte er hoffnungsvoll hinzu.

»Dann komm noch mal aus der Hütte!« Gus kramte jetzt in seinem eigenen Rucksack. »Was für ein Buch ist es?«

»*Brer Rabbit*«, sagte Rory und kroch in seinem Schlafsack aus der Hütte. »Es gehört Grandpa.«

»Hier.« Gus gab Rory etwas, das wie ein dickes Gummiband aussah. Als er sich selbst auch eines aufsetzte, wurde Sian klar, dass es eine Kopflampe war. »Kopflampen sind wichtig im Dunkeln, wenn man auf einer Wanderung ist. Man muss schließlich sehen, wohin man seine Füße setzt, und die Hände frei haben. Die gehört übrigens dir«, sagte Gus beiläufig und half Rory, die Bänder so anzupassen, dass die Lampe fest saß.

»Oh, Gus, das ist aber nett von dir!«

»Danke, Gus!«, rief Rory begeistert.

»Ich schalte sie für dich ein. Es ist am Anfang ein bisschen schwierig.«

Sian legte sich zurück und sah den beiden zu. Sie aß noch einen Burger, während Vater und Sohn sich mit ihren Kopflampen aneinanderkuschelten. Wer wäre bei ihrem Anblick nicht dahingeschmolzen? Sian biss noch einmal in ihren Burger und versuchte, die Rührung abzuschütteln. Sie durfte jetzt auf keinen Fall sentimental werden.

Gus las sehr gut vor und imitierte dabei die verschiedenen Stimmen. Rory kicherte und wurde sichtlich noch müder. Immer wieder sackte sein Kopf nach vorn, doch dann hob er ihn wieder, fest entschlossen, wach zu bleiben. Die Geschichte endete, und Gus streifte Rory vorsichtig die Kopflampe ab. »Komm, Kumpel.« Er hob den Jungen hoch und zwängte sich mit ihm in die Hütte.

Obwohl er schon fast eingeschlafen war, murmelte Rory: »Kann die Taschenlampe eingeschaltet bleiben?«

»Sicher, wenn du willst«, sagte Gus. »Aber du kannst doch das Feuer draußen sehen; das verbreitet ein viel schöneres Licht. Deine Mum und ich sind gleich hier. Und wenn du aufwachst, liegen wir vielleicht schon neben dir.«

»Okay.« Rory seufzte. »Ich kann ja mal die Augen zumachen ...«

»Ich muss zugeben, dass du sehr gut mit ihm umgehst«, sagte Sian leise, nachdem Rory eingeschlafen war.

Gus nahm das Lob mit einem Grinsen zur Kenntnis.

»Und es liegt sicher nicht daran, dass du sein Vater bist«, fuhr Sian fort. »Du hast einfach ein Händchen für Kinder. Das ist mir auf Rorys Geburtstagsparty aufgefallen. Du bist ein Naturtalent.«

»Ich fühle mich Rory sehr nah, aber ich mag Kinder generell.« Er seufzte. »Ich habe da einen Traum ...«

Sian hatte das Bedürfnis, ihre Unterhaltung leicht zu halten. »Was, willst du eine ganze Horde Kinder in der Wildnis großziehen?«

Gus lachte verlegen. »Na ja, das auch, aber mein ganz konkreter Traum ist, Überlebenstrainings-Kurse für Kinder anzubieten. Vor allem Stadtkinder wissen nicht, dass man spannendere Sachen mit einem Messer machen kann, als seine Kumpel damit abzustechen.«

»Wären Kinder in Rorys Alter nicht ein bisschen zu jung für solche Kurse?«

»Wahrscheinlich. Einem Kind allein kann man sehr viel beibringen. Aber ich möchte gern Kurse für Kinder von vielleicht neun oder zehn Jahren anbieten – bevor sie sich zu schade sind, um im Wald zu spielen.«

»Ich finde, das ist ein großartiger Plan. Du könntest das tun, was du am liebsten machst, und würdest der Welt gleichzeitig einen Dienst erweisen.« Sian zuckte mit den Schultern. »Na ja, du weißt schon, wie ich das meine. Dass du den Kindern beibringst, die Natur und die Tiere zu respektieren und keinen Müll in den Wald zu werfen – das ist wichtig.«

»Das finde ich auch.«

»Und was hält dich davon ab?«, fragte sie. In seiner Stimme hatte so viel Leidenschaft gelegen, als er von seinem Plan gesprochen hatte. Sian war geschmeichelt, dass er ihr davon erzählt hatte, und sie war sicher, dass er erreichen würde, was er sich vornahm. Sie erinnerte sich plötzlich an die vielen Gerätschaften in der Scheune und lächelte. »Du hast jedenfalls genug Jurten, um alle Teilnehmer unterzubringen.«

»Das stimmt.« Gus streckte sich und veränderte seine Position. »Leider sind die Jurten nicht alles, was ich brauchen würde. Zuerst bräuchte ich ein Stück Land. Ich könnte es am Anfang vielleicht pachten, aber ohne Kapital kann man sich nicht selbstständig machen. Deshalb scheitern so viele.«

Sie dachte eine Minute nach. »Ich bin sicher, dass Felicity Andrews von der Fillhollow School dir helfen würde. Vielleicht könntest du mit den ältesten Schülern einen Ausflug unternehmen. Dann kannst du üben. Du könntest sehen, wie so ein Kurs bei Kindern ankommt und was sie schon können und was nicht. Felicity würde den anderen Schulleitern davon erzählen, und dann kämen noch mehr Kinder zu dir.«

»Das ist eine tolle Idee! Ich bräuchte die Unterstützung vieler Eltern, aber ich denke, das wäre kein Problem.«

»Wo würdest du den Kurs abhalten?«

»Am liebsten in dem Wald, in dem ich mit dir und Rory gewesen bin. Das Problem ist, dass ich nicht weiß, wem er gehört.«

Sian kicherte. »Dann bitte meine Mutter, es für dich herauszufinden. Sie ist ein Internet-Genie. Gib ihr eine Ortsbezeichnung, und sie wird es herausfinden, da bin ich sicher.«

»Also«, sagte Gus, »das wäre zumindest ein guter Anfang. Wenn ich diesen Wald für ein Wochenende pachten oder wenigstens nutzen könnte, dann könnte ich alles ausprobieren. Aber ich brauche immer noch Kapital.«

»Würde Fiona dir denn nicht helfen?«

»Sicher, doch ich bin jetzt in einem Alter, in dem es nicht mehr akzeptabel ist, Almosen von seiner Mutter anzunehmen.«

Sian seufzte. »Aber es wären doch nicht wirklich Almosen! Du würdest es ihr zurückzahlen. Ich wäre ohne meine Eltern nicht zurechtgekommen, als ich Rory bekam. Sie haben mich auf jede erdenkliche Weise unterstützt.«

»Das ist etwas anderes«, sagte Gus, der offenbar immer noch verärgert war, wenn es um Sians Leben als Alleinerziehende ging. »Du bist eine junge Frau, und ein Baby war unterwegs. Ich habe solche besonderen Umstände nicht aufzuweisen, und ich muss ohne Hilfe an Geld kommen.«

»Okay«, meinte Sian nach einem Moment des Schweigens und versuchte, sich in Gus' Lage zu versetzen. »Denken wir mal nach. Hast du irgendetwas, das du verkaufen kannst? All diese Jurten, das Kanu, die Gerätschaften, die du von deinen Reisen mitgebracht hast? Musst du das wirklich alles behalten?«

»Eigentlich nicht. Aber ich würde nicht viel dafür bekommen, und das Kanu habe ich selbst gebaut. Ich habe dafür eine verdammte Ewigkeit gebraucht. Das verkaufe ich nicht.«

»In Ordnung. Was ist mit dem Buch, das du schreiben sollst?«

»Ich glaube nicht, dass ich dafür genug Geld bekomme, um die ›Waldschule‹ zu eröffnen.« Gus hob etwas auf, das sich als ein Löffel herausstellte, an dem er schnitzte. Er zog ein Messer aus dem Gürtel und arbeitete weiter. Gus war genau wie Rory. Er konnte nicht still sitzen, musste immer etwas zu tun haben. Sie erkannte jetzt, wie ähnlich die beiden sich waren. »Irgendwann wirft es vielleicht etwas ab, aber eben nicht sofort«, fuhr Gus fort.

»Hast du bei der Bank nach einem Kredit gefragt?«

»Machst du Witze? Keine Bank würde mir Geld leihen, nicht in der momentanen Situation – wahrscheinlich nicht mal mit Mums Haus als Sicherheit. Das hat sie vorgeschlagen, doch ich habe vehement abgelehnt.«

»Dann brauchst du einen reichen Investor.«

»Und wo soll ich den deiner Meinung nach finden?«

Sie kicherte.

»Ach, ich werde es schon irgendwie schaffen. Ich muss nur positiv denken und die Nase am Boden behalten.«

»Das klingt ungemütlich.«

Er lachte. »Zum Glück bin ich ein Abenteurer, ich bin ›Ungemütlichkeiten‹ gewohnt. Komm, du hast kaum etwas gegessen. Nimm dir ein Kotelett!«

»Vielleicht wäre es Zeit für den Nachtisch? Rory wird seinen zum Frühstück essen müssen.«

»Nein, nein, fürs Frühstück habe ich etwas viel Besseres. Es ist eine Art Buschbrot, weißt du, so wie die Pfadfinder es backen.«

»Hm, ich glaube, ich bevorzuge den Kuchen.«

Gus grinste. »Okay, dann gib mir auch ein Stück!«

»Hier. Richard würde Vanillesoße dazu wollen. Ich habe ein bisschen Sahne mitgebracht.«

»Ich mag Sahne«, sagte Gus und sah Sian auf eine Weise an, die sie nicht deuten konnte.

»Auch auf die Gefahr hin, missverstanden zu werden«, meinte Gus später, als sie den Wein getrunken und fast das ganze Essen verputzt hatten, »ich glaube, es wird Zeit, dass wir ins Bett gehen.«

Sian seufzte. Sie wusste nicht, ob es am Alkohol, am flackernden Lagerfeuer oder an der romantischen Atmosphäre lag, aber ein Teil von ihr – die Frau und nicht die Mutter – hätte gern mit ihm geschlafen, so wie vor all den Jahren. Es war fantastisch gewesen. Und er war hier draußen in seinem Element, sein attraktives, kantiges Gesicht war im Halbdunkel noch anziehender. Aber sie war jetzt eine Mutter; sie konnte nicht mehr spontan sein, sondern musste an Rory denken. Und es konnte alles furchtbar schiefgehen. Was, wenn Gus sich schnell mit ihr langweilte und sie verließ? Wahrscheinlich für Melissa Lewis-Jones? Es würde ihr, Sian, schwerfallen, Rory zu ihm zu geben, wenn sie sich wieder Hals über Kopf in ihn verliebte und er sie nicht wollte. Oder konnte sie ihm vertrauen? Wirklich vertrauen? Ach was, die Frage war sowieso hinfällig, ob sie mit Gus schlafen durfte oder nicht, schließlich hatten sie einen Fünfjährigen als Anstandsdame.

»Ich gehe nur schnell zum Haus und wasche mich«, sagte sie. Gus half ihr hoch; sie schwankte ein bisschen.

»Das liegt daran, dass du die ganze Zeit im Schneidersitz gesessen hast«, sagte Gus. »Danach ist man zuerst ein bisschen unsicher auf den Beinen.«

Sian lächelte. »Dann hat es nichts mit dem Wein zu tun?«

»Nein, gar nichts! Soll ich mit zum Haus kommen?«

»Auf keinen Fall. Ich schaffe das schon!« Sie ging den Weg entlang, der von den Kerzen erhellt wurde. »Ich bin gleich zurück.«

Sie wusch sich das Gesicht mit kaltem Wasser, denn sie wollte im Vollbesitz ihrer geistigen Kräfte sein, wenn sie zur Hütte zurückkehrte. Nach dem Waschen fiel ihr Blick auf einen kleinen Flakon; sie schnupperte daran und legte ein bisschen Parfüm auf. Fiona hatte sicher nichts dagegen, wenn sie es benutzte.

Wenig später kroch sie in die Hütte und schlüpfte in den Schlafsack, den Gus ihr gegeben hatte. Schließlich lag sie bequem und war froh über das weiche Kopfkissen, für das Gus ebenfalls gesorgt hatte. Sie konnte Rory gleichmäßig atmen hören; er schlief tief und fest.

»Okay? Liegst du bequem? Ist noch Platz für mich?«, fragte Gus vom Hütteneingang her.

»Ja, klar. So dick sind Rory und ich ja nicht.«

Aber Gus nahm viel Raum ein. Sian hörte ihn raschelnd nach einer bequemen Position suchen, dann wurde es still im Innern der Hütte.

Obwohl Sian müde und ein wenig beschwipst war und eigentlich umgehend hätte einschlafen müssen, lag sie jetzt wach. Mit einem Mal wurde ihr bewusst, von wie vielen Insekten sie umgeben war, und schauderte. Ich kann es nicht fassen, dachte sie, da bin ich hier, um Rory zu beschützen, und habe Angst vor Ohrenkneifern!

Obwohl sie so still dalag wie möglich und versuchte, sich zu entspannen, merkte Gus, dass sie wach war.

»Geht es dir gut?«, fragte er, als spürte er ihre Anspannung.

»Ich glaube schon. Aber ich habe Angst, dass etwas auf mich drauffällt.«

»Was denn?«

»Ein Krabbeltier.«

»Ich glaube nicht, dass da welche sind. Und wir würden es auch hören, wenn eines auf uns fällt.«

Das war absolut logisch, und Sian versuchte, sich zu beruhigen. »Okay. Ich ziehe mir einfach die Kapuze des Schlafsacks über den Kopf«, sagte sie. Warum hatte sie nicht schon vorher daran gedacht?

»Wird dir dann nicht zu warm?«

Egal. »Hauptsache die Krabbelviecher kommen nicht an mich heran. Oh Gott, da ist was runtergefallen. Ich habe es ganz genau gehört.«

»Warte. Bleib ruhig. Ich kümmere mich darum. Versteck dich für einen Moment im Schlafsack, ich sehe mal, was ich tun kann.«

Es kam Sian wie Stunden vor, aber sie wusste, dass es nur Minuten waren, bis Gus zurückkam. Sie linste vorsichtig aus ihrem Schlafsack. Gus hatte die Kopflampe angezogen und trug etwas.

»Es ist eine Plane. Ich werde sie unter die Decke spannen. Ich wünschte nur, du hättest vorher erwähnt, dass du dich vor Insekten ekelst. Es wäre einfacher gewesen, sie anzubringen, ohne über Rory steigen zu müssen. Er ist erstaunlich, dass er einfach weiterschlafen kann.«

»Ich gehe nach draußen«, entschied Sian. »Dann hast du mehr Platz.«

Zehn Minuten später legte Sian sich, beschützt vor herabfallenden Blättern und Ästen und Tausendfüßlern, zurück in die Hütte.

»Ich dachte, Rory würde sich fürchten, ich hatte nicht damit gerechnet, dass ich es bin«, entschuldigte sie sich.

»Du musst keine Angst haben, du hast doch mich. Ich beschütze dich.«

»Und die Plane.«

Gus lachte leise. »Und die Plane, ja. Gute Nacht, John-Boy.«

Sian kicherte. »Irgendwie hätte ich nicht gedacht, dass du ein *Waltons*-Fan bist.«

»Oh, doch. Ich habe alle Wiederholungen gesehen.« Er zögerte. »Also, gute Nacht, schlaf gut und lass dich nicht vom Ohrenkneifer beißen.«

»Ach, sei still!«, flüsterte sie und war sich sicher, dass er grinste.

Irgendwann in der Nacht registrierte Sian ein Rascheln neben sich. Doch sie war zu müde, um der Sache auf den Grund zu gehen. Als sie etwas später richtig wach wurde, war Rory, der neben ihr geschlafen hatte, verschwunden, und Gus lag dicht neben ihr in seinem Schlafsack.

»Wo ist Rory?«, fragte sie und fuhr in die Höhe.

»Beruhige dich! Er ist wach geworden und wollte ins Haus gehen. Ich habe ihn ins Gästezimmer gebracht. Es geht ihm gut.«

»Ja, aber ...«

»Er hat ein tragbares Telefon und kann mich auf dem Handy

anrufen, wenn er Angst hat. Ich habe ihm die Kurzwahltaste gezeigt. Aber er ist sofort wieder eingeschlafen. Ich habe gewartet, bis ich ganz sicher war.«

Sians Gehirn akzeptierte, dass alles in Ordnung war. Doch ihrem Körper gelang es nicht, sich ebenfalls zu entspannen. »Aber wir sollten ihn nicht im Haus allein lassen.«

»Er ist nicht allein. Mum ist wieder zu Hause, und ich habe ihr gesagt, dass sie einen Schlafgast hat.«

»Aha.« Da ihr Sohn offensichtlich gut versorgt war, fand Sian keine glaubhafte Ausrede, um ins Haus zurückzukehren. Ihr Atem ging schnell, und obwohl sie wusste, dass nicht Rory der Grund dafür war, klammerte sie sich an ihre Muttergefühle wie an eine Rettungsleine. »Ich glaube, ich sollte trotzdem nach ihm sehen ...«

»Warum denn? Es geht ihm gut.«

Den wahren Grund, warum sie ins Haus wollte, konnte sie Gus unmöglich eingestehen. Aber vor sich selbst gab sie es zu: Sie wollte nicht mit Gus im Dunkeln allein sein. Das war ... na ja ... zu erotisch. Sie konnte immer noch die Wärme seines Körpers spüren, der vor wenigen Augenblicken noch dicht an ihrem gelegen hatte.

Sian räusperte sich. »Es ist wirklich nett von dir, dass du dich um Rory gekümmert hast. Vielen Dank.«

Sie spürte, dass er sich anspannte. »Er ist mein Sohn, das hat mit Nettsein nichts zu tun.«

»Doch, es ist nett! Viele Väter würden erwarten, dass die Mutter die Nachtschicht übernimmt.«

»Dann bin ich offensichtlich nicht so wie viele Väter.«

»Ja.«

Sian versuchte alles, um sich zu entspannen und wieder ruhig zu atmen, doch es schien nur schlimmer zu werden.

Schließlich drehte Gus sich um und sagte: »Du bist plötzlich so angespannt. Ist ein Ohrenkneifer in deinen Schlafsack gekrochen?«

Sie stieß einen Laut aus, der halb wie ein Kichern und halb wie ein Quietschen klang. »Wenn einer drin wäre, würde ich längst schreiend draußen auf der Wiese herumhüpfen.«

Gus tätschelte sie durch den Schlafsack. »Also, das würde ich wirklich gern sehen.«

»Ich werde dir dazu keine Gelegenheit geben. Ich stehe nämlich jetzt auf, gehe ins Haus und lege mich zu Rory.«

»Warum darf er eigentlich immer den ganzen Spaß haben?«

»Es wird keinen Spaß geben! Wir werden schlafen! Es ist verrückt hierzubleiben, wenn ...« Sie hielt inne.

»Wenn was?« Seine Stimme war nur ein Hauch.

»Wenn Rory gar nicht in der Hütte ist.« Es klang nicht sehr überzeugend.

»Das ist es nicht, oder?«

»Wie meinst du das?«

»Sei ehrlich. Du fühlst dich nicht wohl, weil du hier mit mir allein bist.«

»Nein ...«

»Weil du nicht sicher bist, was passieren wird. Du kannst nicht garantieren, dass sich das, was vor fast sechs Jahren geschehen ist, nicht wiederholt.«

Die Tatsache, dass er recht hatte, brachte sie noch mehr auf. »Das ist albern! Ich mache mir keine Sorgen, dass du über mich herfallen könntest, Gus! Herrgott noch mal ...«

»Du hast keine Angst vor mir. Du hast Angst vor dir selbst.«

»Das ist das Lächerlichste, was ich jemals gehört habe. Ich werde jetzt schlafen. Gute Nacht.«

Die Wahrheit war kein gutes Schlafmittel, wie Sian feststellte. Zusammengerollt und angespannt lag sie in ihrem Schlafsack und lauschte in die Dunkelheit.

18

Campen! So etwas konnte auch nur Angus einfallen! Um fair zu bleiben, musste Fiona ihrem Sohn zugestehen, dass er seinen Übernachtungsgästen zumindest noch ein Frühstück zubereitet hatte. Wenn Sian und er doch nur alles vergessen könnten, was sie trennte! Denn die beiden wären perfekt füreinander, da war Fiona ganz sicher! Junge Leute waren manchmal so dumm. Aber wenigstens wusste Angus jetzt, dass Rory sein Sohn war.

Fiona lenkte den Wagen in Richtung Stadt und Buchladen. Heute wollte sie sich bei James für seine Freundlichkeit revanchieren, und sie freute sich darauf. »*Milly-Molly-Mandy im Kaufladen*« war immer ihre Lieblingsgeschichte gewesen.

Aber sie war trotzdem schrecklich nervös, denn sie wollte ihre Sache als Aushilfsbuchhändlerin gut machen. Mit klopfendem Herzen öffnete sie die Ladentür.

»Guten Morgen!«, sagte James. »Sie sind wunderbar pünktlich. Sogar zu früh.«

»Na ja, ich hatte Übernachtungsgäste, die im Garten gecampt haben. Angus hat für Rorys Geburtstag eine Hütte gebaut, und gestern Abend haben die drei darin geschlafen. Aber nicht besonders gut, denn sie waren sehr früh wieder auf den Beinen.«

»Fürs Camping konnte ich mich nie erwärmen, wie ich beschämt gestehen muss«, meinte James, der auf seinem Schreibtisch Papiere zusammenschob.

»Ich auch nicht, doch Angus liebt es. Es bedeutet ihm viel,

dass Sian und Rory die Nacht – oder in Rorys Fall einen Teil der Nacht – in der Hütte verbracht haben.«

»Dann versteht er sich mit dem Jungen?« Fiona hatte James von den verwandtschaftlichen Banden erzählt, als er angerufen hatte, um sie um den Gefallen zu bitten, ihn ein paar Stunden im Geschäft zu vertreten.

»Ja, sehr gut. Angus ist fest entschlossen, Rory ein sehr guter Vater zu sein. Bevor Sie aufbrechen, müssen Sie mir noch zeigen, wie die Kasse funktioniert und all das.«

»Sie werden nicht allzu viel zu tun haben. Die meisten meiner Verkäufe laufen über das Internet. Ich habe den Laden nur noch für ein paar Einheimische und weil ich es mir leisten kann.« Er lächelte verlegen. »Und ich schätze, weil ich altmodisch bin.«

»Ich bin froh, dass Sie das sind«, sagte Fiona. »Ich glaube, das bin ich auch ein bisschen.«

»Also, dann zeige ich Ihnen zuerst, wo Sie Ihre Sachen aufbewahren können. Ich habe ein Aufenthaltskämmerchen. Es steht voller Sachen und ist schrecklich unaufgeräumt. Ich muss mich entschuldigen.«

»Natürlich ist es in meinem Haus absolut ordentlich. Es wird mich total schockieren, Dinge nicht an ihrem Platz zu sehen«, erwiderte sie trocken und lachte.

»Es gibt tatsächlich Frauen, die darüber entsetzt sind. Ich habe eine Zugehfrau, die den Laden putzt, aber hier lasse ich sie nicht rein. Also«, fuhr er voller Tatendrang fort, »hängen Sie Ihre Jacke hier auf, es sei denn, Sie möchten sie anlassen. Es wird wärmer im Laden, wenn die Sonne herumkommt, aber am Morgen ist es noch ziemlich frisch.«

»Ja, ich werde sie erst einmal anbehalten. Außerdem gehört sie zu meinem Outfit. Ich bin nicht sicher, ob es ohne sie noch aussieht.«

James betrachtete Fiona einen Moment lang. »Es ist sehr schön. Aber ich bin sicher, dass es auch ohne Jacke schick ist.«

»Danke. Ich weiß eigentlich nicht, warum ich das erwähnt habe. Sie haben etwas an sich, das mich Dinge sagen lässt, die ich normalerweise für mich behalten würde.«

»Ich hoffe, das ist etwas Gutes.«

»Ich weiß nicht, zumindest muss es bedeuten, dass ich Ihnen vertraue. Und ich hoffe, dass Sie mir vertrauen!«

»Natürlich tue ich das, Fiona. Andernfalls würde ich meinen Laden wohl kaum in Ihre Hände legen, nicht wahr?«

Fiona biss sich auf die Lippe. »Ich möchte ehrlich sein: Ich bin nicht besonders gut im Addieren, und die Kasse macht mir furchtbar Angst.«

»Okay, dazu kommen wir gleich. Es gibt einen Wasserkessel, alle Arten von Teebeuteln, Kaffee, Kakao – wichtig im Winter, wie ich finde – und Plätzchen. Ich habe extra für Sie ein paar sehr leckere gekauft, also müssen Sie die auch essen. Und es gibt einen kleinen Kühlschrank für die Milch.«

»Wie schön. Ich kann hier den ganzen Tag sitzen und lesen und Plätzchen essen!«

»Das können Sie. Und wenn Ihnen die Plätzchen ausgehen, dann nehmen Sie sich in der Mittagspause Geld aus der Portokasse, die ich hier aufbewahre.« Er deutete auf eine wunderbar altmodische schwarze Dose.

»Oh, die ist aber schön!«, entfuhr es Fiona. Sie fuhr mit dem Finger darüber. »Aber ist das Geld darin sicher?«

»Nicht wirklich. Doch es ist nicht viel drin, und wenn ich weggehe, dann stelle ich sie in den Safe.«

»An den Safe möchte ich nicht gehen. Ich nehme die Dose mit, wenn ich Pause mache, glaube ich.«

»Aber sie ist schwer und sperrig.«

»Es wäre mir wirklich lieber.«

Er ließ das Thema ruhen. »Und jetzt zur Kasse.«

Die Registrierkasse kam Fiona sehr kompliziert vor, doch James gab ihr einen Block und einen Stift, damit sie die Einzelheiten von jedem Verkauf aufschreiben konnte, falls etwas schiefging.

»Und muss ich auch den Kartenleser bedienen?«, wollte Fiona besorgt wissen.

»Nein. Ich glaube, heute werden wir uns weigern, Kartenzahlungen zu akzeptieren. Wenn es Stammkunden sind, dann schreiben Sie einfach die Namen auf, und wir erledigen das mit dem Bezahlen später. Und Fremde können noch mal wiederkommen.«

»Aber dadurch geht Ihnen vielleicht ein gutes Geschäft durch die Lappen!«

»Nein. Wenn es Sammler sind, dann kommen sie wieder. Wirklich, Sie müssen sich deshalb keine Sorgen machen.« Er lächelte sie freundlich an. »Ich könnte den Laden natürlich auch schließen, aber Sie haben so darauf bestanden, dass Sie mich gern vertreten wollen, und ich schließe das Geschäft nicht gern, ohne einen wirklich triftigen Grund dafür zu haben. Schlechter Service ist immer eine Enttäuschung.« Er lächelte wieder. Ihr wurde bewusst, dass er auf schüchterne Art sehr charmant war. Es musste Menschen geben, die es liebten, hier ihre Bücher zu kaufen, einfach, weil James so nett war.

Schließlich war Fiona allein. Sie ging durch den ganzen Laden und sah sich alle Regale genau an.

Sie fand eine Abteilung mit Kochbüchern, die größer als die anderen war. James musste darauf spezialisiert sein. Mit einem Lächeln dachte sie an das kleine Buch, das er ihr nach der Dinnerparty geschenkt hatte. Bücher waren schöne Geschenke.

Sie nahm eine frühe Ausgabe von Elizabeth Davids *Mediterranes Essen* zur Hand und blätterte interessiert darin.

Ein Regal weiter standen die Gartenbücher, die sie sich ebenfalls genau ansah. Da war ein Wildblumen-Buch, in dem neben den lateinischen Namen auch die alten Bezeichnungen für die Pflanzen drinstanden:

Sumpfschafgarbe, Stinkender Gänsefuß, Behaartes Franzosenkraut.

Fiona ging alle Abteilungen durch. Zum Teil, weil es sie faszinierte, und zum Teil, weil sie das Gefühl hatte, dass sie dann die Kunden später besser würde beraten können.

Schließlich zog sie ein Buch mit dem Titel *Mrs. Beetons ausführliches Kochbuch* aus einem Regal. Das Erscheinungsjahr war nicht vermerkt, aber anhand der Reklame darin – eine Anzeige warb für einen Füllungsmix namens Stuffo – nahm Fiona an, dass es aus den Dreißigerjahren des vergangenen Jahrhunderts stammen musste. Sie öffnete es und fand ein Rezept für Ochsengaumen und drei verschiedene Zubereitungsarten für Kutteln. Schnell blätterte sie weiter zu den Soufflés.

Obwohl sie ein paar Bücher von Ethel M. Dells entdeckt hatte, die sie von jeher geliebt hatte, hatte sie sich absichtlich keinen Roman ausgesucht, weil sie fand, dass sie nicht in eine andere Welt abtauchen durfte, während sie auf das Geschäft aufpasste. Vielleicht würde sie diese Bücher später kaufen.

Die ersten beiden Kunden des Tages schlenderten nur an den Regalen vorbei, kauften aber nichts. Die nächste Kundin suchte ein Geschenk für eine Tante, und Fiona konnte ihr zeigen, wo die Abteilungen für Koch- und Gartenbücher waren. Die Frau war nett, bezahlte bar, und Fiona gelang es, die Kasse zu bedienen. Dadurch fasste Fiona neuen Mut. Sie sah auf die

Uhr. Es waren noch zwei Stunden, bis sie den Laden für die Mittagspause schließen würde.

Sie fragte sich gegen Mittag gerade, ob es sich lohnte, irgendwo etwas essen zu gehen, als eine Frau hereinkam. Sie war ungefähr in Fionas Alter, attraktiv und gut angezogen, und sie trug eine mit Alufolie bedeckte Auflaufform.

»Entschuldigung«, sagte sie, als sie Fiona sah. »Wo ist James?« Sie klang entrüstet darüber, dass er nicht da war, wo sie ihn erwartet hatte. »Er ist doch immer hier.«

Fiona lächelte entschuldigend. »Er ist auf einer Auktion. Ich vertrete ihn im Laden. Kann ich Ihnen irgendwie helfen?«

»Das glaube ich kaum«, sagte die Frau. »Ich habe einen Auflauf für ihn zubereitet. Hühnchen mit Pilzen. Als Mittagessen. Er mag meine Aufläufe sehr. Er sagt, ich habe ein Händchen für Blätterteig.«

Das klang auf charmante Weise altmodisch, also ganz nach James. »Wir können ihn ja in den Kühlschrank stellen. Dann kann James ihn essen, wenn er zurückkommt – aufgewärmt.«

Die Frau dachte nach.

»Aber er schmeckt viel besser, wenn er frisch aus dem Ofen kommt.« Sie runzelte die Stirn. »Was soll ich denn jetzt damit machen?« James' Abwesenheit hatte ihr offenbar den Tag ruiniert.

Fiona versuchte, freundlich zu bleiben. »Na ja, ich könnte uns ja vielleicht einen Tee kochen, und dann essen wir ihn zusammen?«

Die Frau hätte nicht entsetzter sein können, wenn Fiona vorgeschlagen hätte, die Kasse auszuräumen und mit dem Geld auf Sauftour zu gehen. »Nein! Es ist ein Geschenk für James!« Sie schüttelte verärgert den Kopf. »Entschuldigen Sie, aber wer sind Sie eigentlich? Ich habe Sie noch nie im Laden gesehen.«

Fiona hatte mit einem Mal ein schlechtes Gewissen, obwohl sie wusste, dass das Unsinn war. »Ich bin eine Freundin von James«, erklärte sie entschuldigend. »Er hat mich gebeten, ihn heute im Geschäft zu vertreten.«

»Und warum hat er mich nicht gefragt?«

Da Fiona keine Ahnung hatte, wer diese Frau war und in welchem Verhältnis James zu ihr stand, konnte sie ihr nicht helfen. Vielleicht hatte er sie nicht gefragt, weil sie so besitzergreifend war? »Er hat mich darum gebeten, weil ich ihm noch einen Gefallen schuldete.«

»Ach? Welchen denn?«

Fiona würde dieser Frau auf keinen Fall die Einzelheiten ihrer »Rettung« schildern, aber ihr blieb nicht viel Zeit, um sich eine Antwort zu überlegen. »Er hat ... mir einmal sehr geholfen.«

»Es tut mir leid«, fuhr die Auflauf-Frau erbost fort, »ich dachte, ich kenne alle Freunde von James.«

»Ich bin Fiona.« Ihr wurde plötzlich klar, wie wenig sie über James' Privatleben wusste. Sie hoffte wirklich, dass diese Frau nicht James' Freundin war. Nicht nur, weil sie wirklich ein bisschen wahnsinnig wirkte. Aus irgendeinem Grund wollte Fiona nicht, dass es eine Frau in James' Leben gab.

»Woher kennen Sie ihn denn überhaupt?«.

»Er hat meine Bibliothek für mich durchgesehen.« Das klingt gut, dachte Fiona, so, als würde ich ihn aus beruflichen Gründen im Laden vertreten. Erst jetzt fiel ihr auf, dass die Auflauf-Frau bisher diejenige gewesen war, die die Fragen stellte, und beschloss, das umgehend zu ändern. »Und woher kennen *Sie* James?«

»Oh, ich kenne ihn, seit er hergezogen ist.«

Na, dann hast du ja ganz klar die älteren Rechte, dachte Fiona spöttisch. Laut sagte sie: »Möchten Sie sich setzen? Und stellen Sie doch den Auflauf ab. Ich bin sicher, er schmeckt noch sehr gut, wenn wir ihn aufwärmen, das wird genau das sein, was James nach einem langen Tag auf der Auktion braucht. Ich hebe ihn im Kühlschrank auf.«

»Ich wusste nicht, dass er hier einen Kühlschrank hat.« Die Frau klang verärgert, als sollte sie wissen, wo James' Haushaltsgeräte standen.

»Es ist nur ein ganz kleiner. Im Aufenthaltsraum. Für die Milch für den Tee und den Kaffee. Sind Sie sicher, dass Sie nichts trinken möchten?« Der köstliche Geruch des Auflaufs hatte Fiona Appetit gemacht.

»Wann kommt James denn zurück?« Die Frau umklammerte die Auflaufform und schien fest entschlossen zu sein, sie Fiona nicht zu überlassen.

»Ich weiß es nicht. Er war selbst nicht sicher. Ich glaube, es hängt davon ab, ob er selbst etwas kauft oder nicht.«

»Also will er dort etwas verkaufen?«

»Und kaufen. Hören Sie, es ist Mittag. Ich wollte gerade Wasser aufsetzen. Trinken Sie doch eine Tasse Tee mit mir!«

»Mittag? Möchten Sie eine Pause machen? Ich könnte für eine Stunde auf den Laden aufpassen.« Sie schien ganz versessen darauf zu sein.

Obwohl sie keine besitzergreifende Frau war und auch kein Recht hatte, James für sich zu beanspruchen, wollte Fiona der Auflaufköchin auf keinen Fall die Kontrolle über James' Geschäft überlassen, nicht einmal für eine Stunde. Denn wenn er diese Frau wirklich so gut kannte, warum hatte er sie dann nicht gebeten, auf den Laden aufzupassen? Dafür gab es vermutlich einen Grund. »Das ist sehr nett, aber die Alarmanlage ist sehr kompliziert. Ich könnte sie Ihnen nicht erklären. Ich habe gerade beschlossen hierzubleiben.«

Sie entdeckten den Fehler in der Argumentation zum gleichen Zeitpunkt. »Wenn ich hier bin, müssen Sie doch nicht abschließen. Ich kümmere mich um alles«, sagte die Auflaufexpertin.

Die Frau wirkte ein bisschen zu begierig darauf, die Aufsicht über den Laden zu übernehmen. Fiona ahnte, warum James sie nicht gefragt hatte. »Ich bin sicher, das würden Sie, doch ich kann das wirklich nicht eigenmächtig entscheiden.«

»Ich verstehe das nicht. Ich kenne James schon viel länger als Sie!«

»Woher wissen Sie das?« Langsam verlor Fiona die Geduld. »Wo haben *Sie* ihn denn kennengelernt?«

Fionas Rettung kam von unerwarteter Seite. Die Türklingel ertönte, und Robert Warren betrat den Laden.

Fiona und Robert sahen sich überrascht an.

»Fiona. Äh ... hallo!«

»Hallo Robert!« Fiona freute sich viel mehr, ihn zu sehen, als sie sollte. »Wie schön!«

Die Auflauf-Frau bedachte Robert mit dem gleichen vorwurfsvollen Blick wie zuvor Fiona. »Sind Sie auch ein Freund von James?«

»Äh ... nein. Ich bin hier, weil ich ein Buch über Antiquitäten suche«, sagte Robert.

Fiona überlegte, ob sie ihn daran erinnern sollte, dass er James tatsächlich schon begegnet war, oder ob sie ihn im Dunkeln lassen sollte. Ein leises Schnauben der Auflauf-Frau half ihr bei der Entscheidung. »Du hast ihn schon kennengelernt, Robert. Er war auf meiner Dinnerparty.«

»Ja, jetzt erinnere ich mich. Er hat den Wein ausgesucht!«

»Genau den meine ich«, bestätigte Fiona, was ihr einen bösen Blick von der Auflauf-Frau eintrug.

»Sie müssen James ziemlich gut kennen, wenn er zum Dinner bei Ihnen zu Hause eingeladen war und den Wein ausgesucht hat«, bemerkte die Auflauf-Frau. Ihrem taxierenden Blick zufolge schien sie anzunehmen, dass Fiona und James auch das Bett miteinander teilten.

»Er hat in meiner Bibliothek gearbeitet«, erklärte Fiona steif, die sehr gut zwischen den Zeilen lesen konnte.

»Ich erinnere mich jetzt an ihn«, sagte Robert. »Er war sehr an alten Gebäuden interessiert.«

»Wir haben uns in der Gesellschaft für Geschichte kennengelernt. Er hat einen Vortrag über alte Bücher gehalten«, sagte die Auflauf-Frau, und ihr Gesichtsausdruck wurde etwas weicher.

»Dann sind Sie eine Freundin von Fiona?« Robert konnte sehr charmant sein, und er wirkte ernsthaft interessiert daran, die Auflauf-Frau kennenzulernen.

»Nein, nein«, erklärte Fiona hastig. »Ich kenne nicht mal ihren Namen.« Sie lächelte die Frau an, um sie zu ermuntern, sich vorzustellen. »Ich bin Fiona Matcham.«

»Miriam Holmes«, sagte die Auflaufköchin, als gäbe sie damit eine Geheiminformation preis.

»Und das ist Robert Warren«, erklärte Fiona. »Miriam – darf ich Sie so nennen? – hat ein Händchen für Blätterteig. Hat sie mir erzählt.«

»Das ist schön«, sagte Robert und schenkte Miriam sein schmeichelndes Lächeln.

»Also«, fragte Miriam vollends besänftigt. »Wie haben Sie beide sich kennengelernt?«

»Über das Internet«, antwortete Robert, bevor Fiona eine etwas unverfänglichere Erklärung liefern konnte.

Miriam wurde blass, während sie das Entsetzliche zu verarbeiten versuchte. »Sie wollen mir doch damit nicht sagen, dass Sie James ebenfalls über das Internet kennengelernt haben? Das ist abstoßend!«

»Ist es nicht!«, verteidigte sich Fiona. »So habe ich Robert kennengelernt.« Sie musste sich zwingen, das Bild von dem ekelhaften und bösen Evan zu verdrängen, dessen Bekanntschaft sie ebenfalls auf diese Weise gemacht hatte. »Und ich habe es Ihnen schon gesagt – ich sage es Ihnen die ganze Zeit –, dass ich James kenne, weil er meine Bibliothek für mich durchgesehen hat.«

»Sie glauben doch nicht, dass James im Internet nach einer Frau sucht, oder?« Miriam wirkte überhaupt nicht beruhigt.

»Ich bin sicher, das tut er nicht«, versicherte ihr Fiona. »Er hat jede Menge andere Möglichkeiten, Frauen kennenzulernen, wie wir beide bestätigen können. Also, soll ich den Auflauf jetzt für später in den Kühlschrank stellen, oder möchten Sie ihn wieder mit nach Hause nehmen?«

Zögernd gab Miriam den Auflauf ab. »Nein. Ich habe ihn für James zubereitet. Und ich möchte, dass er ihn bekommt. Haben Sie einen Zettel und einen Stift, damit ich ihm eine Nachricht hinterlassen kann?«

Fiona reichte ihr beides bereitwillig und wandte sich dann an Robert. »Kann ich Ihnen irgendwie helfen? Ich kümmere mich heute um den Laden.«

»Haben Sie eine Abteilung über Antiquitäten?«

»Die haben wir in der Tat. Folgen Sie mir bitte«, sagte Fiona.

»Mir war nicht klar, dass Sie so gut mit James befreundet sind«, sagte er und klang tadelnd, während er ihr an den Regalen vorbei folgte.

»Das sind wir nicht«, erklärte sie leichthin. »Ich schuldete ihm nur einen Gefallen.«

»Wieso denn das?«

»Also wirklich, Robert, das muss Sie nicht interessieren.« Sie lächelte und wünschte sich gleichzeitig, ihr wäre auf die

Schnelle eine akzeptable Antwort eingefallen. Dann hätte sie nicht so unhöflich sein müssen. Das war nicht ihr Stil.

Sie ließ Robert vor den Büchern über Antiquitäten zurück und ging wieder nach vorne, um Miriams Nachricht entgegenzunehmen, doch die Auflauf-Frau schrieb immer noch. Fiona beschloss in diesem Moment, dass sie den Auflauf essen würde, sobald Miriam und Robert wieder gegangen waren.

»Ich habe nicht alles aufgegessen«, sagte Fiona ein paar Stunden später entschuldigend zu James, »aber ich war so hungrig.«

James fand die ganze Sache unglaublich komisch. »Kommen Sie, wir gehen nach oben und trinken noch was! Ich schließe den Laden ab, und dann können Sie mir die Geschichte noch mal in allen Einzelheiten erzählen.«

Nachdem der Rest des Auflaufs sicher in der kleinen Küche verstaut war und Fiona ein großes Glas Weißwein in der Hand hielt, konnte sie ebenfalls die lustige Seite sehen. »Ich habe beim letzten Mal gar keine Einzelheiten ausgelassen. Diese Miriam war so wütend darüber, mich zu sehen! Sie würde mich umbringen, wenn sie das mit dem Auflauf wüsste! Wer ist sie?«

James bedeutete ihr, sich auf das Sofa zu setzen. »Miriam? Sie ist ziemlich beängstigend, eine Frau in einem gewissen Alter, die auf der Suche nach einem Mann ist.«

Fiona, die auf dem Weg zum Sofa gewesen war, erstarrte. »So könnte man mich auch beschreiben!«

»Ich weiß, doch Sie suchen nicht nach einem Ehemann, und niemand könnte Sie beängstigend finden.«

»Für mich klingt das überhaupt nicht schmeichelhaft!« Fiona war entrüstet. »Ich kann sehr beängstigend sein, wenn ich will!«

»Und wenn nicht, dann bist du absolut bezaubernd.« Schnell und ohne Vorwarnung nahm James ihr das Glas Weißwein aus der Hand, stellte es auf einen Tisch und küsste sie.

Es dauerte ein paar Sekunden, bis Fiona klar wurde, dass dies nicht nur ein freundschaftlicher Kuss war. Nein, sein Mund lag auf ihrem, und seine Arme schlossen sich fest um sie.

Sie hatte noch Zeit, sich zu fragen, wie lange es her war, dass sie so geküsst worden war, dann hörte sie auf zu denken.

»Ach, du meine Güte«, murmelte sie, als James sie wieder freigab. »Das kam sehr unerwartet.«

»Aber nicht unerwünscht?«

Fiona schüttelte ein wenig den Kopf und ließ sich auf das Sofa sinken. Sie holte sich ihr Glas und nahm einen Schluck.

»Es tut mir leid, wenn ich dich erschreckt habe«, sagte James. »Ich wollte dich schon sehr lange küssen.«

»Wirklich?« Sie nahm noch einen zweiten, sehr großen Schluck, weil sie so verwirrt war. »Ich hatte keine Ahnung.«

James schien das kaum glauben zu können. »Oh, komm schon, du musst doch die Anzeichen bemerkt haben. Das kommt doch sicher oft vor.«

»Nein! Kommt es nicht. Und ich dachte, wir wären nur Freunde. Ich hatte keine Ahnung, dass du mich küssen wolltest.«

James nahm sich sein eigenes Glas und setzte sich neben sie. »Und den Rest auch...«

Fiona wurde rot und versuchte törichterweise, sich daran zu erinnern, welche Unterwäsche sie trug.

»Ich will dich schon, seit du damals in meinen Laden spaziert bist. Es ist einer der Gründe, warum ich so lange gebraucht habe, deine Bücher zu sortieren. Oh! Ich habe übrigens einen Scheck über eine schöne Summe für dich. Diese kleine Buchsammlung hat einen guten Preis erzielt.«

Fiona klatschte in die Hände. »Sehr gut. Ich freue mich. Und du hast deine Provision einbehalten?«

»Den Betrag für meine Ausgaben, ja.«

»Vielen Dank. Ich bin so erleichtert.« Sie hatte ihr Glas jetzt fast ausgetrunken.

»Fiona, ich spüre, dass ich dich ziemlich überfahren habe. Es tut mir leid, ich konnte einfach nicht widerstehen.«

»Nein, das ist in Ordnung. Es hat mir überhaupt nichts ausgemacht, dich zu küssen.«

Er stellte ihr leeres Glas an einen sicheren Ort und schmunzelte. »Dann würde es dich nicht stören, wenn ich es noch einmal tue?«

Sie antwortete nicht.

»Es wird sehr unterschätzt, wie schön es ist, auf dem Sofa zu knutschen«, bemerkte Fiona etwas später.

»Mm«, sagte James, der da nicht so sicher zu sein schien. »Ich wünschte nur, ich hätte eine Chaiselongue.«

»Warum?«

»Na ja, nach dem Getümmel hier...«

»Oh! Du sehnst dich also nach dem tiefen, tiefen Frieden des Doppelbettes?«

»Kein Wunder, dass ich dich liebe.« James schob ihr zärtlich eine Haarsträhne hinters Ohr.

Fiona schluckte. »Das alles kommt sehr überraschend für mich, James.«

»Ich weiß. Ich bedränge dich.«

»Nur ein bisschen.«

»Essen wir dann zusammen? Doch ich schätze, ich kann dich nicht für einen Auflauf mit Hühnchen und Pilzen begeistern?«

Der Wein, die nachlassende Anspannung und die Tatsache, dass James' Frage wirklich lustig gewesen war, ließen Fiona kichern.

»Ich habe dich aber nicht ganz verschreckt, oder?«, James füllte ihr Glas noch einmal auf.

»Nein. Gar nicht. Ich muss mich nur erst an den Gedanken gewöhnen, das ist alles.«

»Sehen wir mal im Kühlschrank nach, ob wir irgendetwas finden, was wir zu dem Rest von dem Auflauf essen können.«

»Gefrorene Erbsen wären gut«, sagte Fiona und öffnete das kleine Gefrierfach oben in seinem Kühlschrank. »Was ist?« James sah sie auf eine so merkwürdige Weise an, dass Fiona verwirrt den Kopf schüttelte.

»Tut mir leid, ich muss das einfach tun.« Er nahm sie in die Arme und küsste sie sehr leidenschaftlich.

James fuhr Fiona nach dem Essen nach Hause. Sie bat ihn nicht mehr herein, aber sie küsste ihn zum Abschied ausgiebig. Sie war aufgeregt und glücklich, und als sie das Haus betrat und allein in ihrem Wohnzimmer saß, wünschte sie, sie hätte mit James geschlafen. Sie würde vermutlich nie wieder die Chance haben – oder den Mut. Fiona kochte sich eine Tasse Tee und hatte das Gefühl, dass der Abend sehr viel aufregender hätte enden können, wenn sie ein bisschen mutiger gewesen wäre.

19

Sian nähte im Garten Namensschilder in Rorys Kleidung. Es dämmerte schon, und die große Citronella-Kerze, die sie auf den Tisch gestellt hatte, spendete nicht mehr genug Licht. Und obwohl Sian eine Strickjacke und eine Jeans trug, fror sie ein bisschen. Doch sie wollte unbedingt den letzten Rest des Sommers noch genießen, weil sie wusste, dass sie bald von hier fortgehen musste.

»Hey!«, sagte Gus und betrat den Garten.

»Hey!« Sie nähte weiter in der Hoffnung, dass er nicht bemerkte, welchen Sprung ihr Herz bei seinem Anblick machte.

»Was machst du hier draußen? Es ist doch gar nicht warm genug.«

»Ach was, es ist ein so schöner Abend. Was führt dich her?«

»Ich dachte, du wärst vielleicht einsam, weil Rory nicht da ist.«

Sie biss einen Faden durch. »Ich vermisse ihn, aber ich weiß, dass er sich amüsiert. Mum hat vorhin angerufen.«

»Und wie gefällt es deinem Dad in Euro Disney?«

»Er erträgt es, denke ich. Doch er würde für Rory jedes Opfer bringen, also ist es wohl in Ordnung. Zumindest bekommt man in Paris Wein.«

»Da wir gerade davon sprechen.« Gus zog eine Flasche hinter seinem Rücken hervor. »Würdest du den gern mit mir trinken?«

»Ich muss das hier erst fertig machen.« Sie deutete auf einen großen Stapel Pullover, Socken und T-Shirts und einen kleinen Stapel Namensschilder, die sie von einer Rolle abgeschnitten hatte. »Aber ich schätze, man kann mich nicht für Trunkenheit an der Nadel belangen.«

Er lachte. »Lass uns reingehen. Du kannst hier doch gar nicht genug sehen, und die Stühle, die du da hast, sind nicht besonders bequem.«

»Okay. Ich gebe auf. Der Sommer ist wirklich fast vorbei, oder? Wenn Rory erst zur Schule geht ...«

»Das ist eins der Dinge, über die ich gern mit dir sprechen wollte.«

Obwohl seine Stimme irgendwie beunruhigend klang, blieb Sian ruhig. »Ich glaube, ich kann mir wahrscheinlich denken, was es ist, und ich stimme dir zu.«

»Wirklich?« Gus war offensichtlich sehr überrascht.

»Ja. Nimm den Wein mit, ich hole Gläser!«

»Ich zünde den Kamin im Wohnzimmer an, wenn es dich nicht stört. Ich weiß, es ist noch August, aber im Haus ist es so feucht.«

Etwas später kam Sian mit zwei Gläsern, einer Tüte Chips und Rorys Schulsachen zu ihm ins Wohnzimmer. Sie hatte das Garn in ihre Tasche und die Nadel in den Aufschlag der Strickjacke gesteckt. Das Feuer brannte knackend im Kamin, und sie sah, dass Gus die Kerzen auf dem Sims angezündet und die Lampe auf dem Tisch neben dem Sofa angeknipst hatte.

»Dieses Haus ist ein bisschen feucht«, bestätigte sie, als sie sich auf das Sofa setzte und sich das Nähzeug zurechtlegte. »Das haben mir alle gesagt, aber es ist mir erst jetzt wirklich aufgefallen. Vielleicht ist das hier nur ein Haus für den Sommer.«

»Vielleicht.«

»Es spielt ja auch keine Rolle. Gießt du bitte den Wein ein?«

»Hast du schon gegessen?«, fragte Gus.

Sie zuckte mit den Schultern. »Toast mit Marmite. Das ist mein Standardessen, wenn Rory nicht da ist, fürchte ich.«

»Ich bereite dir was zu.«

»Nein, das ist nicht nötig. Wir sollten darüber reden, wie wir es Rory sagen. Sollten wir es zusammen tun, oder sollte ich es lieber allein machen?«

»Du meinst, Rory sagen, dass ich sein Vater bin?« Er wirkte überrascht.

Jetzt war sie verwirrt. Worüber wollte er denn sonst reden? »Ja, das wolltest du doch mit mir besprechen? Ich habe beschlossen, dass Rory es erfahren sollte, bevor er in die Schule kommt.« Sie runzelte die Stirn. »Was meintest du denn?«

»Lass uns nicht anfangen zu streiten, bevor wir nicht wenigstens ein Glas Wein getrunken haben.«

»Dann werden wir uns also streiten? Vielleicht sollte ich dann lieber klar bei Verstand bleiben.« Sie erlaubte sich ein schnelles, keckes Lächeln und nahm sich einen weiteren Pullover vor.

»Das geht nicht«, sagte Sian nach einer Weile streng, als Gus ihr erklärt hatte, was er vorhatte. »Alle werden glauben, du wärst der Vater...«

»Was ich ja auch bin! Was ist das Problem?«

»Ich weiß, dass du der Vater bist, und ich wage zu behaupten, dass das halbe Dorf es auch schon weiß, aber bei der Anmeldung habe ich deinen Namen nicht angegeben.«

»Das ist lächerlich. Niemand wird es interessieren, was du auf diese dämliche Anmeldung geschrieben hast. Du schaffst Probleme, wo keine sind!«

Sian war entschlossen, ruhig zu bleiben. »Nein, das stimmt nicht. Die Schule will nicht, dass da alle möglichen Leute unangemeldet auftauchen. Ich wette, der erste Schultag wird sowieso total chaotisch.«

Gus stand auf und machte sich am Feuer zu schaffen. Er rückte die Holzscheite zurecht, sodass die Enden besser brannten. »Rory wünscht sich, dass ich komme. Er hat mich gefragt, ob ich dabei sein könnte.«

Rory hatte diese Bitte auch an Sian herangetragen, und sie hatte ihm erklärt, dass es nicht möglich sei. Ihre Argumente hatten Rory nicht überzeugt, aber schließlich hatte er das Nein seiner Mutter akzeptiert. »Er kann nicht alles bekommen, was er will. Das ist etwas, das er lernen sollte.«

»Vielleicht, aber es ist doch kein übertriebener Wunsch. Ich finde es verständlich, dass er möchte, dass sein Vater bei seiner Einschulung dabei ist.«

»Er weiß nicht, dass du sein Vater bist! Das ergibt keinen Sinn.« Sie runzelte die Stirn. »Und wir müssen es ihm sagen, bevor er es aus Versehen von jemand anders erfährt.«

»Ich weiß.« Gus seufzte.

»Ich muss es ihm erzählen. Ich habe nur noch nicht entschieden, wann.«

»Dann willst du es ihm also allein sagen?«

Sie war immer diejenige gewesen, die Rory wichtige Dinge mitgeteilt hatte, sie allein, schließlich hatte sie ihn bisher ohne einen Partner großgezogen. »Ja. Ich weiß, er wird sich sehr freuen, doch du musst mich entscheiden lassen, wann der beste Zeitpunkt ist. Ich bin seine Mutter.«

»Warte mal! Und ich habe da gar nicht mitzureden? Ich bin sein Vater!«

»Das habe ich nicht vergessen!«

»Okay, dann sagen wir Rory zusammen, dass ich sein Vater bin, und bringen ihn gemeinsam zur Schule.«

»Ich habe Rory gesagt, dass nur er und ich hingehen werden.« Sie hörte selbst, wie wenig überzeugend sie klang.

»Dann erklärst du ihm eben, dass die Dinge sich geändert haben. So etwas kommt vor!«

»Aber wir sind nicht zusammen. Wenn wir am ersten Morgen mit Rory auf dem Schulhof auftauchen, dann werden die Leute uns als Paar sehen. Und das sind wir nicht.«

»Du machst dir völlig unnötig Sorgen.«

Sein plötzliches Lächeln ließ ihr Herz schneller schlagen. Und vielleicht *machte* sie sich ja unnötig Sorgen. Die Vorstellung, dass Gus sie begleiten würde, war verführerisch. Rorys erster Schultag war ein besonderer Tag für sie, an dem sie bestimmt sentimental werden würde; und Sian war sicher, dass Gus' Anwesenheit ihn zu einem schönen Erlebnis machen würde. Mit Gus an ihrer Seite würde sie sich kein bisschen einsam fühlen. Sian wandte sich ab und nahm einen weiteren Pullover zur Hand. »Also gut. Du kannst mitkommen, wenn du ein Namensschild annähst. Hier. Nimm dir einen Pulli, bei dem ist es nicht so kompliziert wie bei einer Socke.«

Gus' Augen wurden schmal, und er sah sie drohend an, dann nahm er den Pullover, den Sian ihm hinhielt, und die Nadel und den Faden. Er wandte sich von ihr ab und beugte sich vor, sodass sie nicht sehen konnte, wie er sich beim Nähen anstellte.

»Ich hole noch ein paar Holzscheite«, erklärte sie.

Während sie im Schuppen den Korb mit Scheiten füllte, die dort mindestens seit dem letzten Winter lagen und wunderbar trocken waren, fragte sie sich, ob es unfair gewesen war, Gus so eine Aufgabe zu stellen. Schließlich konnten Männer in der Regel nicht nähen.

Als sie zurück ins Haus kam, klingelte das Telefon.

»Hi Sian, wie geht es dir?«, wollte Melissa wissen.

»Gut. Und dir?« Sian versuchte aus Gründen der Höflichkeit, wenigstens ein bisschen enthusiastisch zu klingen.

»Ich bin furchtbar aufgeregt. Der Kauf des Hauses verläuft reibungslos, wahrscheinlich, weil ich bar zahle und es keine Probleme gibt.«

»Oh...«

»Tut mir leid! Das war ein bisschen taktlos von mir. Natürlich sind das für dich keine guten Neuigkeiten, doch du wirst etwas anderes finden. Es gibt im Moment jede Menge Miethäuser, weil niemand verkaufen kann. Ich habe mich erkundigt, wie es auf dem Markt aussieht, für den Fall, dass ich das Haus vermieten möchte.«

Das war ein weiterer Schlag für Sian. »Ich dachte, du wolltest selbst hier wohnen. Aber wenn nicht, dann könnte ich es ja von dir mieten und müsste gar nicht umziehen.«

»Nein, nein, das geht nicht. Ich möchte das ganze Haus komplett renovieren. Es muss so viel geändert und ausgebessert werden. Natürlich könntest du es anschließend mieten, wenn ich beschließe, nicht selbst darin zu wohnen.« Schnell fügte sie hinzu: »Aber ich fürchte, dann müsstest du mir etwas mehr Miete zahlen.«

»Okay, dann steht das nicht zur Debatte.« Sian zögerte. »Warum hast du eigentlich angerufen?« Sie wollte dieses Gespräch so schnell wie möglich beenden.

»Äh... ich möchte mit einem Handwerker und einem Innenarchitekten vorbeikommen, und vielleicht auch noch mit einem Architekten. Mein Vater kennt einen, der die Pläne umsonst für mich anfertigen würde.«

»Da hast du ja Glück.«

»Ja, nicht wahr?« Melissa merkte nicht, dass Sians Bemerkung sarkastisch gemeint war. »Jedenfalls können sie alle nur am Montag in zehn Tagen. Wäre dir das recht?«

Sian seufzte. Sie wünschte, sie hätte absagen können. Es war Rorys erster Schultag. Sie würde sich wahrscheinlich sowieso unglücklich fühlen, also konnte sie genauso gut zulassen, dass Melissa mit ihrem Team von eifrigen Helfern in ihr Haus einfiel. Sie musste ja nicht bleiben. Sie konnte mit Fiona eine Tasse Kaffee trinken, während Melissa und ihre Männer ihr Heim auseinandernahmen, vermutlich wortwörtlich. »Du kannst um halb zehn kommen.«

»Nicht vorher? Handwerker fangen schrecklich früh an, weißt du. Ginge auch halb neun?«

»Auf keinen Fall. Es ist Rorys erster Schultag, und wir beide werden um halb neun noch sehr beschäftigt sein. Und jetzt muss ich Schluss machen. Wir sehen uns nächste Woche Montag.« Sie legte etwas heftiger auf, als sie eigentlich vorgehabt hatte. Verdammte Melissa!

Sian ging mit dem Holz zurück ins Wohnzimmer. Der Pullover lag auf ihrem Sessel, versehen mit einem wunderschön angenähten Namensschild. Darauf lag ein T-Shirt, das ebenfalls schon ein Schildchen hatte. Gus hatte sich gerade Sportshorts vorgenommen und sich ein neues Namensschild von der Rolle auf dem Tisch abgeschnitten.

»Du kannst ja tatsächlich nähen!«, sagte Sian ehrlich beeindruckt.

»Was bedeutet, dass ich euch an Rorys erstem Schultag begleite.« Gus klang entschlossen.

»Also gut.« Sie seufzte. »Wenn ich gewusst hätte, wie geschickt du mit der Nadel umgehen kannst, hätte ich dich alle Namensschilder annähen lassen«, fügte sie hinzu.

Er runzelte die Stirn. »Du bist doch nicht sauer, weil ich nähen kann, oder? Was ist los mit dir?«

»Deine Freundin Melissa. Sie war es, die eben angerufen hat.« Sian berichtete ihm von dem Gespräch.

»Das ist ärgerlich, aber keine wirkliche Überraschung, oder?«

»Eigentlich nicht. Ich wusste ja, dass sie die Küche renovieren will.«

»Ich glaube, du hast Hunger und bist deshalb überreizt«, sagte Gus und stand auf. »Mein Motto lautet: ›Streite nie mit einer hungrigen Frau.‹ Ich werde dir etwas zu essen zubereiten.«

Sie versuchte, nicht zu lachen, bis er das Zimmer verlassen hatte.

Die Namensschilder waren fertig angenäht, als er mit zwei gefüllten Tellern zurückkam.

»Kein Wunder, dass du so schlechter Laune bist. Es gibt keine Lebensmittel in diesem Haus!«

»Was hast du denn dann da auf dem Teller?«

»Bohnen auf Toast, mit Käse überbacken, aber ich musste auch das Brotknäppchen dazu verwenden.«

»Braver Junge.« Beim Anblick der Bohnen überfiel sie der Hunger regelrecht.

»Dann lass es dir schmecken.« Er goss noch etwas Wein in ihr Glas.

Als er die zweite Scheibe Bohnen auf Toast aß, stellte sie fest: »Du warst auch hungrig.«

»Das bin ich immer.«

»Wie Rory.« Dann stand sie hastig auf und wünschte, sie hätte das nicht gesagt. »Ich hole uns Nachtisch.«

»Ha! Ich wette, du wirst nichts finden.«

Zum Glück stieß sie nach dieser voreiligen Ankündigung auf Eis und die Zutaten für Schokoladensoße. Sie röstete schnell ein paar Mandeln und mischte dann alles miteinander.

»Ta-da! Eis mit Nüssen und Schokoladensoße«, verkündete sie stolz, als sie die Gläser ins Wohnzimmer trug.

»Wow! Mein Lieblingsnachtisch.« Gus nahm sein Glas und steckte strahlend den Löffel hinein. Es war fast so, als hätte sie eine ältere Version von Rory im Haus. Vater und Sohn waren sich wirklich beängstigend ähnlich.

Als sie ihren Löffel vorsichtig am Rand in das Glas schob, um nichts zu verschütten, fiel ihr Blick auf den Skizzenblock, der auf dem Tisch lag. »Sieh einmal an, du hast herumgeschnüffelt.«

»Ja«, erwiderte er unverfroren. »Du bist richtig gut! Ich meine, du kannst zeichnen und nicht nur malen«

Sie nahm sich einen Moment Zeit für ihre Antwort. »Ja. Oft kommt das eine vor dem anderen. Aber nicht immer«, fügte sie hinzu.

»Zeichnen erscheint mir immer wie Zauberei. Ich bin da einfach völlig unbegabt. Und jeder, der zeichnen kann, ist für mich ein Zauberer.«

»Wir haben alle unsere Talente. Ich habe dieses Gefühl bei Mathe.« Sie nahm ihren Skizzenblock und blätterte ihn durch. »Und du kannst schreiben.«

»Kann ich das? Mein Agent war zwar ziemlich enthusiastisch, und das Schreiben macht mir auch Spaß, aber ich habe irgendwie kalte Füße bekommen. Ich meine, es ist etwas ganz anderes, über Überlebenstraining zu schreiben, als sich mit dem, was die Natur einem bietet, in der Wildnis wirklich gut durchzuschlagen.«

»Aber es gibt Fotos? Du hast gesagt, du hättest ganz viele.«

»Ja, das stimmt. Das Buch wird sehr hübsch bebildert sein, mit vielen Farbbildern von wunderschönen Sonnenuntergängen und so etwas, aber die Techniken – und die sind es, die ich den Lesern eigentlich vermitteln will – werden aufgrund meiner sprachlichen Inkompetenz verlorengehen.«

»Dann brauchst du Zeichnungen!«

Er sah sie an. »So ist es.«

Zu spät wurde ihr klar, dass sie sich vielleicht ein wenig zu vorschnell zu etwas bereit erklärt hatte. »Und du möchtest, dass ich die Zeichnungen anfertige?« Sie versuchte zu verbergen, wie sehr sie sich auf diese Aufgabe freute.

»Na ja, wenn du Zeit hast. Ich weiß, das ist vielleicht ein bisschen langweilig.«

»Gar nicht! Ich finde es sehr spannend!« Plötzlich kam es ihr dumm vor, ihre Begeisterung vor ihm zu verbergen.

»Ich kann dich nicht bezahlen...«

»Also ehrlich, Gus! Du musst dir über so etwas keine Gedanken machen, bis du dein Buch verkauft und ein bisschen Geld verdient hast.«

»Ich werde dich in Naturalien bezahlen.«

»Sei nicht albern.«

Gus war beleidigt. Er stand auf, kam zu ihr und setzte sich mit einem schrecklich vertrauten Ausdruck in den Augen auf ihre Armlehne. »Du findest mich also albern?«

Sian stand auf. Er war ihr zu nah. Sie wollte nicht, dass er bemerkte, wie schwer ihr das Atmen mit einem Mal fiel. Aber das war ein Fehler. Gus stand ebenfalls auf und hielt sie fest. Sie konnte kaum sprechen. »Ja!« Ihre Stimme klang rau.

»Ich finde dich auch albern!« Dann zog er sie an sich und küsste sie, lange und leidenschaftlich und mit sehr viel Liebe zum Detail.

Während sie sich küssten, schmolz Sians Widerstand dahin. Sie war nicht länger die alleinerziehende Mutter, die vernünftig bleiben musste, sondern eine Frau, die in den Armen des Mannes lag, den sie liebte und begehrte. Endlich konnte sie sich eingestehen, dass sie nie aufgehört hatte, Gus zu lieben, in all den Jahren nicht, obwohl sie es versucht hatte. Als er später fragte: »Möchtest du ...«, sagte sie, ohne zu zögern: »Ja«, und führte ihn nach oben in ihr Schlafzimmer.

All die Anziehungskraft, die es vor fast sechs Jahren zwischen ihnen gegeben hatte, war noch da, und sie wurde dadurch intensiviert, dass Sian seitdem mit keinem Mann mehr zusammen gewesen war. Das erste Mal war schnell, heiß, leidenschaftlich und fast überstürzt, aber danach nahmen sie sich Zeit, erkundeten den Körper des anderen und entdeckten ihn neu.

»Das ist das erste Mal seit Langem, dass ich mich wieder wie eine Frau fühle und nicht nur wie eine Mutter.«

»Seit wann?«

»Seit fast sechs Jahren.«

Er küsste ihre nackte Schulter. »Das ist sehr schmeichelhaft.«

»Ich weiß.« Sie sagte ihm nicht, dass er sie für andere Männer verdorben hatte. Einige Dinge behielt man besser für sich.

Sie erwachten spät.

»Es gibt nichts zu essen«, sagte Sian, als sie Gus' Magen knurren hörte. »Jedenfalls kein Brot.«

»Was ist denn noch da?«

Sian lehnte sich zurück und versuchte, sich auf ihre Vorräte zu konzentrieren. »Ich habe Milch. Und Mehl und Zucker. Marmelade. Marmite. Erdnussbutter. Alles, was man auf Toast essen kann.«

»Eier?«

Sie nickte. »Aber keinen Schinken oder Tomaten, Pilze oder sonst etwas, das man für ein warmes Frühstück braucht.«

»Das stimmt nicht. Ich brate uns Pfannkuchen. Die luftige Variante«, erklärte er. »Du kannst weiterschlafen.«

Sie glaubte zwar nicht, dass sie noch einmal würde einschlafen können, ließ sich jedoch in die Kissen zurücksinken und kuschelte sich unter die Decke, weil sie einfach noch mal in der Erinnerung nacherleben wollte, was in den letzten Stunden passiert war.

Als sie wieder wach wurde, stellte Gus gerade ein Tablett aufs Bett. Darauf standen Pfannkuchen, eine Tasse mit goldenem Sirup, Butter und ein paar Teller und Messer.

»Ich hole noch den Tee«, sagte er und verschwand nach unten. Ihn schien die Kälte nicht zu stören, denn er trug nur seine Boxershorts.

Sian betrachtete das Festessen vor sich auf dem Tablett. Daran könnte sie sich wirklich gewöhnen.

Nachdem sie zusammen geduscht hatten, beschlossen sie, irgendwo essen zu gehen.

»Nicht hier in der Nähe«, erklärte Gus. »Lass uns das gute Wetter ausnutzen. Vielleicht ist heute der letzte Sommertag.«

»Und wir haben ihn fast nur im Bett verbracht.« Sian seufzte glücklich.

»Sieh mich nicht so an, sonst trage ich dich gleich wieder dahin zurück«, sagte Gus mit einem Ausdruck in den Augen, bei dem Sian zu der Überzeugung kam, dass diese Möglichkeit nicht die schlechteste war.

»Wenn es noch irgendetwas zu essen in diesem Haus gäbe, dann würde ich dich beim Wort nehmen, aber du musst bei Kräften bleiben.«

Nachdem er ihr bewiesen hatte, dass seine Stärke kein bisschen gelitten hatte, ließ er sie los, und Sian zog sich an. Gus ging nach Hause, um sich frische Sachen zu holen, und Sian schlüpfte in eine Jeans und ein gestreiftes Matrosenshirt. Es war ein lässiges Outfit, doch sie wusste, dass es ihr stand. Dann legte sie noch ein wenig Make-up auf: gerade so viel, dass Gus es gar nicht bemerken würde, aber ihre Augen und Lippen betont waren. Ihre Haut brauchte nur ein bisschen Feuchtigkeitscreme. Kaum hatte Sian die Schuhe angezogen, war Gus auch schon zurück.

»Also, wo möchtest du hingehen?«, fragte er. »In ein Herrenhaus, in einen Freizeitpark oder in ein Gartencenter?«

»Ich möchte nirgendwohin, wo viele Leute sind. Bring mich einfach an einen schönen Ort!«

»Okay. Und möchtest du etwas für ein Picknick mitnehmen? Ein Feuer entfachen und darauf Tee kochen? Oder in einem Pub essen?«

»In einem Pub essen«, sagte Sian und hoffte, dass es für Gus nicht die völlig falsche Antwort war.

Er lachte. »Ich kenne sogar einen netten Pub. Komm!«

»Und wohin fahren wir?«, fragte sie, nachdem sie ein paar Minuten im Auto unterwegs waren.

»Zu meinem Lieblingsplatz. Erinnerst du dich an den Wald, in dem ich mit dir und Rory war? Wir gehen etwas weiter als letztes Mal. Es gibt da etwas, das ich dir zeigen möchte.«

»Oh, schön. Vielleicht hätten wir doch einen Picknickkorb mitnehmen sollen.«

»Nein, das wäre reine Zeitverschwendung gewesen. Wir laufen ein bisschen, suchen den Pub, essen etwas und trinken Bier, und dann gehen wir zurück und ... machen eine Siesta.«

»Ja. Eine gute Idee!«

Sian verbrachte den Rest der Fahrt damit, abwechselnd aus dem Fenster und auf Gus' Oberschenkel zu sehen. Es war eine glückliche Zeit.

»Wir sind da«, sagte Gus, nachdem er eine Weile durch den Wald gefahren war und schließlich angehalten hatte. Sie stiegen aus dem Land Rover, und Gus schlang einen Arm um

Sians Hüfte. Sie versuchte, mit ihm Schritt zu halten, aber nach ein paar Metern musste sie stehen bleiben.

»Es hat keinen Zweck, meine Beine sind einfach nicht lang genug.«

»Deine Beine haben die perfekte Länge. Weißt du was? Ich mache einfach kleinere Schritte.«

Die Erwähnung von Beinen erinnerte sie an etwas. »Was ist eigentlich mit deiner Verletzung? Du redest nie darüber«, bemerkte sie.

Er zuckte mit den Schultern. »Es ist jetzt viel besser und meistens okay. Ich würde mich auf langen Expeditionen aber nicht mehr darauf verlassen.« Er sah sie an. »Ich bin nicht mehr so ein Abenteurer – nicht so wie früher.«

Sian blickte zu ihm auf und lächelte.

Sie liefen durch den Wald und kamen zu einer großen Lichtung auf einem Hügel. »Hier würde ich gern meine Waldschule eröffnen. Die Lichtung ist groß genug für ein paar Zelte oder Jurten und ein Hauptlager in der Mitte.«

»Es ist ein schöner Platz.« Sie sah sich um. Der Ort war magisch, als wäre hier seit Langem niemand mehr gewesen.

»Ja. Dieser Platz wäre absolut perfekt, wenn auch noch ein Fluss in der Nähe wäre. Zum Glück gibt es aber einen, der nicht allzu weit entfernt ist«, erklärte Gus.

»Was möchtest du denn lieber tun? Ein Buch schreiben oder die Waldschule gründen?«

»Weißt du was? Wenn du mir diese Frage vor zwei Monaten gestellt hättest, dann hätte ich gesagt, die Waldschule gründen, ganz klar. Aber ich habe inzwischen an dem Buch weitergearbeitet, und je weiter ich komme, desto mehr Spaß macht es mir. Ich bin fast fertig. Wie gesagt, einen Teil habe ich schon meinem Agenten geschickt, und es gefällt ihm sehr. Er hat sogar schon einen Verlag für mich gefunden.«

»Das freut mich. Ich glaube, dein Buch wird interessant werden. Ich würde es gern lesen – oder einen Teil davon, wenn du mir nicht alles zeigen möchtest«, fügte sie schnell hinzu. »Ich weiß, dass manche Autoren ihr Werk nicht gern jemandem zu lesen geben, nicht einmal ihrer Familie oder Freunden, bevor es fertig ist.«

»Du musst es lesen, wenn du die Zeichnungen anfertigst.«

Sie gingen eine Weile schweigend weiter, bis Gus plötzlich stehen blieb. »Würdest du ... würdest du zu dem Meeting mitkommen? Wenn ich mich mit den Leuten vom Verlag treffe?«

»Warum willst du mich dabeihaben? Ich glaube nicht, dass das üblich ist. Schließlich ist es kein Bilderbuch für Kinder.«

»Ich weiß, aber ...« Ihm schienen die Worte zu fehlen.

»Was? Sag es mir.« Sie wandte sich zu ihm um und zwang ihn, sie anzusehen.

»Ich weiß, dass es albern ist, schließlich bist du nur eine Frau«, er grinste schnell, um klarzumachen, dass er wirklich scherzte, »doch ich würde mich sicherer fühlen, wenn du dabei wärst. Ich kann mich selbst nicht sonderlich gut verkaufen. Wenn du dabei bist, könnte ich es vielleicht.«

Sian war gerührt, zögerte jedoch immer noch. »Du hast doch deinen Agenten. Er wird das für dich erledigen.«

»Ja, aber wenn die Leute vom Verlag nicht an mich glauben, dann werden sie mein Buch vielleicht doch nicht kaufen, oder?«

»Ich schätze nicht. Und wenn du mich dabeihaben willst, dann komme ich mit.« Sie würde alles tun, um Gus zu helfen.

Sie gingen weiter, und Gus erzählte ihr davon, wie er mit seinem Bruder hier früher gespielt hatte. Es klang nach einer sehr idyllischen Kindheit. War Rorys Kindheit auch so perfekt?

»Was denkst du gerade?«, wollte Gus wissen, als sie eine Weile geschwiegen hatte.

»Ich dachte, was für eine wunderbar freie Kindheit du und dein Bruder in den Wäldern und Feldern hattet.«

»Es war nicht alles perfekt, wenn du es genau wissen willst. Als Mum den falschen Mann heiratete, war es schlimm für uns alle. Schlimmer für sie, glaube ich. Er war ein Tyrann. Aber das hier«, er deutete auf den Wald um sie herum, »hat uns für vieles entschädigt.«

»Ich möchte, dass Rory auch so eine Kindheit hat und nicht den ganzen Tag vor dem Computer hockt oder auf der Straße herumhängt. Das war einer der Gründe für unseren Umzug. Er hat sich in der Vorschule in London nicht wohlgefühlt. Ich musste ihn nach einigen Monaten wieder rausnehmen. Er ist dort fast eingegangen.«

»Hier wird er nicht eingehen!«

»Ich weiß, deshalb will ich ja nicht von hier fort. Die Fillhollow School wirkt so ideal. Jody, Annabelles Mutter, sagt, dass sie ganz toll ist.«

»Du musst auch nicht wegziehen, jedenfalls nicht weit«, erklärte Gus voller Überzeugung, »also kann Rory immer noch auf diese Schule gehen.«

Sian seufzte. »Selbst wenn das stimmt und eines von den Häusern, die Mum für mich gefunden hat, für uns geeignet ist...« Sie hielt inne.

»Was?« Seine Stimme klang fordernd, aber nicht ungeduldig. Er schien wirklich wissen zu wollen, was ihr Sorgen bereitete.

»Ich habe das Gefühl, dass dieser Sommer eine Idylle war, die enden wird, wenn Rory in die Schule kommt. Es war so schön hier. Das Wetter war perfekt, und deine Mutter hat mich hier so herzlich aufgenommen. Ich habe das Gefühl, angekommen zu sein. Ich habe Freunde gefunden, ich habe Arbeit und lebe in einem Haus, das ich liebe. Und am ersten Tag des neuen Schuljahres wird es ausgemessen, um es völlig umzugestalten, und für Rory beginnt ein ganz neuer Lebensabschnitt. Eigentlich ist jetzt alles zu Ende.«

Gus legte ihr den Arm um die Schulter, schwer und tröstlich. »Nein, ist es nicht. Rory wird dich noch jahrelang brauchen. Und es wird immer noch idyllisch sein.«

Er klang so sicher, und Sian fühlte sich gleich ein wenig getröstet.

20

»Mum«, sagte Rory eines Morgens früh. In wenigen Tagen kam er zur Schule, und Sian schickte ihn nicht mehr zur Spielgruppe, denn sie wollte noch ein bisschen Zeit mit ihm verbringen. Außerdem hatte sie vor, die Häuser zu besichtigen, die ihre Mutter für sie herausgesucht hatte.

»Ja, Schatz?« Sie frühstückten entspannt, und Sian war schmerzlich bewusst, dass solche ausgiebigen gemeinsamen Frühstücke sehr bald auf die Wochenenden beschränkt sein würden.

»Die Schule wird doch nicht so sein wie in London, oder?«

Rorys Ausflug in die Vorschule in London war für alle ein traumatisches Erlebnis gewesen.

»Auf gar keinen Fall. Annabelles Brüder lieben es, da zu sein! Die Fillhollow School ist auch viel kleiner, weißt du nicht mehr? Und die Lehrerin kennst du auch schon.«

Die Schulleiterin, Felicity, hatte in den Ferien eine kleine Party für die neuen Schüler veranstaltet, und so waren weder die Lehrer noch die anderen Kinder Rory völlig fremd. Sian war sehr angetan von dem einladenden Klassenraum mit den fröhlichen Bildern an den Wänden, den interessanten und abwechslungsreichen Unterrichtsmaterialien und der warmherzigen und liebevollen Haltung des Lehrerkollegiums gewesen.

»Und ich kenne die Kinder, nicht wahr? Von der Spielgruppe.«

»Ja, genau. Annabelle ist deine beste Freundin.« Sian sprach es nicht aus, aber sie wusste, dass Annabelle die Art von kleinem frechen Mädchen war, die Rory beschützen würde, wenn es nötig sein würde.

»Und ich kann schon fast lesen!«

»Also gibt es nichts, worüber du dir Sorgen machen müsstest, oder?«, sagte sie und umarmte ihn.

Nach dieser kleinen Unterhaltung freute Rory sich nur noch auf die Schule. Sie war froh, dass er so empfand, aber sie war auch ein bisschen traurig. Obwohl sie die Aussicht, mehr Zeit zum Arbeiten zu haben, sehr genoss, wusste sie, dass sie Rory vermissen würde. Es war jedoch schön, den Beitrag für die Spielgruppe nicht mehr bezahlen zu müssen.

Sians Gedanken wanderten zu Gus. Seit dem Wochenende hatte sie nichts von ihm gehört, was sie ein bisschen beunruhigte. Eigentlich hatte sie gehofft, dass er die Häuser mit ihr besichtigen würde, und dann war da ja auch noch das wichtige Gespräch mit Rory, das sie vor Schulbeginn gemeinsam mit ihm führen wollten ... Sie waren am Wochenende so miteinander beschäftigt gewesen, dass sie über die ernsteren Themen nicht gesprochen hatten.

Am Ende gab Sian das Warten auf und rief bei Gus an. Fiona meldete sich und sagte, er sei nicht da und habe in letzter Zeit sehr viel zu tun.

Sian wartete einen Tag, schluckte dann ihren Stolz herunter und wählte erneut Fionas Nummer.

»Hallo Sian! Es tut mir leid, aber Angus kann im Augenblick nicht ans Telefon kommen«, erklärte Fiona. Sie klang fast schuldbewusst, und Sian drängte sie nicht weiter und hinterließ auch keine Nachricht für Gus. Plötzlich erschien ihr das alles sinnlos.

Sie versuchte, sich selbst davon zu überzeugen, dass alles in Ordnung war. Natürlich hatte er zu tun! Er schrieb an seinem

Buch. Sie würde nicht neurotisch werden. Warum sollte sie ihm misstrauen?

Aber irgendwie setzte sich der Zweifel wie ein winziger Splitter in ihrem Herzen fest.

Vielleicht hätte Sian sich nicht so viele Sorgen gemacht, wenn sie nicht sicher gewesen wäre, dass sie Melissa bei ihrem Telefonat mit Fiona im Hintergrund lachen gehört hatte. Plötzlich fragte Sian sich, ob sie sich vielleicht vorschnell Hoffnungen gemacht hatte. Sie konnte Fiona nicht danach fragen, weil sie nicht sicher war, ob Gus seiner Mutter von dem Wochenende erzählt hatte.

Unsinn, sagte Sian sich dann, es wird für sein Schweigen eine absolut logische Erklärung geben. Außerdem hatte sie genug zu tun, um sich abzulenken: Am Nachmittag hatte sie einen Termin mit Veronica vereinbart, um mit dem Bemalen des Einbauschranks anzufangen. Rory wollte bei Annabelle spielen, die ebenfalls bis zum Schulbeginn zu Hause bleiben würde.

Und dann kam Sian noch ein Gedanke. Richard. Plötzlich hatte sie ein schrecklich schlechtes Gewissen. Er war noch vierzehn Tage unterwegs, aber dann würde er mit ihr reden wollen und ihr vermutlich einen Heiratsantrag machen. Wie sollte sie ihm erklären, dass sie ihn nicht liebte und nicht mit ihm zusammen sein konnte? Unmöglich konnte sie ihm sagen, dass sie sich in Gus verliebt hatte; sie würde nur Salz in seine Wunde reiben. Und außerdem konnte sie gar nicht sicher sein, dass sie mit Gus eine Zukunft haben würde.

Was war das Beste für Rory? Wie oft hatte sie sich diese Frage in den vergangenen fünf Jahren schon gestellt? Gerade, als sie geglaubt hatte, ihr Leben würde einfach werden, hatte sich eine neue Wagenladung Sorgen und Fragen über sie ergossen, die nach Antworten verlangten.

Sians Nervosität wuchs. Sie hatte gerade ein wundervolles Wochenende mit Gus verbracht, aber wo war er jetzt, und warum ging er nicht ans Telefon? Hatte er sie vielleicht nur verführt, um zu beweisen, dass er noch dieselbe Anziehungskraft auf sie ausübte wie vor all den Jahren? Sian schüttelte den Kopf. Nein, so hatte es sich nicht angefühlt, aber konnte sie sicher sein?

Schließlich war es Fiona, die Sian anrief.
»Hast du Lust, mit Rory am Sonntag zum Tee zu kommen? Zu einer kleinen Einschulungsfeier?«
»Ist seine Einschulung denn wirklich so ein Grund zur Freude?« Sian war nicht sicher, warum sie die Aussicht, dass Rory bald ein Schulkind war, plötzlich so bedrückte.
Fiona gab einen mitfühlenden Laut von sich. »Aber es ist das Ende einer Ära, oder nicht? Und mit leckerem Kuchen und einer heißen Tasse Tee fühlt sich alles nur noch halb so schlimm an.«
»Wird Gus auch da sein?« Sian bemühte sich, beiläufig zu klingen.
»Ja.«
»Gut. Wir haben nämlich beschlossen, Rory vor Schulbeginn zu sagen, dass Gus sein Vater ist. Sonntag wird die letzte Gelegenheit dazu sein.«
»Natürlich. Es tut mir leid, dass Angus in letzter Zeit so ...«
»Du musst dich nicht entschuldigen! Das macht ja nichts.«
»Es macht wohl etwas, und ich finde es nicht gut von ihm, dass er es so lange vor sich hergeschoben hat, auch wenn ich zu seiner Verteidigung sagen muss, dass er sehr ...«
»... beschäftigt war, ich weiß. Es ist schon gut.«

Sie musste wirklich unbeschwert und entspannt geklungen haben, denn sie hörte Gus' Mutter erleichtert seufzen. »Bis Sonntag dann«, meinte Fiona. »Gegen halb vier? Falls Angus dann beschließt, dass er doch noch ein Feuer anzünden muss oder so etwas, haben wir genug Zeit zum Klönen.«

Am Sonntag saßen Fiona, Sian und Rory um den Küchentisch herum, als Gus' die Treppe herunterpolterte.

Zumindest ist er da, dachte Sian. Für seinen Sohn war er aus der Deckung gekommen, auch wenn er am Telefon nicht mit ihr hatte sprechen wollen.

Er nahm Rory auf den Arm, warf ihn in die Luft und drehte ihn im Kreis, bis der Junge quietschte. »Wo ist mein großer Mann? Wir gehen morgen zur Schule, ja?«

»Ja!«, rief Rory und lachte begeistert.

So verhält sich kein Vater, dachte Sian, sondern eher ein wilder jüngerer Onkel. Richard wäre niemals so grob mit Rory umgegangen. Und dann verspürte sie plötzlich wieder ein schlechtes Gewissen.

»Setz dich doch, Angus«, sagte Fiona in tadelndem Ton. »Rory bricht gleich seinen Kuchen wieder aus, wenn du nicht aufpasst.«

»In einer Minute. Ich muss nur noch schnell mein Lieblingsmädchen begrüßen.« Dann küsste Gus Sian auf den Mund und sah sie mit einem verruchten Funkeln in den Augen an. Sian duckte sich weg, bevor er zu weit gehen konnte, doch ihr Herz klopfte stürmisch. Wie viel wusste Fiona? Wahrscheinlich alles, so wie Gus sich benahm. Aber Sian würde nicht zulassen, dass er so tat, als wäre alles in bester Ordnung und als hätte er sie nicht die ganze vergangene Woche ignoriert.

»Gus, wir müssen uns kurz allein unterhalten«, sagte Sian, während Rory und Fiona den Kuchen betrachteten, auf dem eine große Schultüte aus Marzipan prangte.

»Müssen wir das?«, erwiderte Gus. »Ach, lass uns warten, bis wir mit dem Tee fertig sind! Hey Rory? Ich habe was für dich.« Er gab dem Jungen ein kleines in eine Serviette eingewickeltes Päckchen.

»Es ist ein Drache!«, sagte Rory, nachdem er es geöffnet hatte.

»Hast du den geschnitzt?«, fragte Fiona ungläubig. »Er ist wunderschön.«

»Das ist er wirklich«, sagte Sian leise und bewunderte die perfekt herausgearbeiteten Schuppen, Klauen und Nüstern der Holzfigur, die Rory immer wieder in seiner kleinen Hand drehte. »Du kannst schnitzen, warum kannst du dann nicht zeichnen?«

»Schnitzen ist nicht so schwer, und Drachen sollen ja ein bisschen grob und schuppig aussehen. Mit einem Messer kann ich umgehen. Da wir gerade davon sprechen, willst du den Kuchen nicht endlich anschneiden, Rory? Hier, nimm das dafür.« Er reichte ihm ein Messer, das eine Frau niemals einem Kind überlassen hätte. Doch weder Sian noch Fiona erhoben Einspruch.

Rory stellte sich beim Schneiden sehr geschickt an; stolz legte er jedem ein Stück Kuchen auf den Teller.

»Und, willst du dem Drachen nicht einen Namen geben?«, fragte Gus.

»Ja, das ist eine gute Idee«, sagte Sian. »Du könntest ihn in deiner Tasche mit zur Schule nehmen.«

»Dann hast du einen Freund dabei«, ergänzte Fiona.

»Ich habe schon eine Menge Freunde in der Schule«, erwiderte Rory stolz. »Aber meinen Drachen nehme ich auch mit«, fügte er hinzu, weil er Gus nicht kränken wollte.

»Und, willst du ihm einen Namen geben?«, hakte Fiona nach.

»Weiß nicht«, sagte Rory und strich liebevoll über das kleine Spielzeug. »Wie soll ich ihn denn nennen?«

»Das ist deine Entscheidung, Kumpel«, meinte Gus. »Du könntest ihn Bill nennen oder so. Oder denk dir etwas Drachenmäßiges aus.«

»Was ist drachenmäßig? Ich meine, was ist ein guter Drachenname?«, fragte Rory.

»Bitte fühl dich nicht verpflichtet, ihn Puff zu nennen wie der Drache in dem Lied«, sagte Fiona. »Sonst singen wir es den ganzen Abend.«

»Also nicht Puff«, sagte Rory und überlegte. »Ich glaube, er soll Bill heißen. Bill der Drache.«

»Das gefällt mir!«, erklärte Sian. »Du brauchst keine angeberische Alliteration. Das hast du gar nicht nötig.«

Rory sah sie an. »Ist das eins von Grandpas schweren Wörtern?«

»Ja«, sagte Sian. »Es bedeutet, dass Wörter mit demselben Buchstaben anfangen, aber darüber brauchst du dir noch keine Gedanken zu machen. Das musst du erst wissen, wenn du viel größer bist.«

»Ich bin jetzt schon groß.«

Sian beschloss, dass es keinen Sinn hatte, länger darauf zu warten, Gus unter vier Augen zu sprechen, sondern lieber zu sagen, was ihr auf der Seele brannte. Es gab keinen besseren Zeitpunkt. Sie holte tief Luft und sprach es einfach aus, bevor sie Zeit hatte, es sich noch einmal anders zu überlegen. »Das bist du! Und weil du so ein großer Junge bist, haben Gus und ich beschlossen, dir etwas zu sagen.«

Fiona wollte aufstehen, doch Sian legte ihr die Hand auf den Arm und hielt sie fest. Dann sah sie Gus an, und er nickte leicht.

»Du weißt doch, dass viele Kinder eine Mummy und einen Daddy haben. Du hast nur eine Mummy...«

»Und deine Großeltern«, fügte Fiona hinzu.

»Ja?« Rory spielte mit seinem Drachen und schien nicht besonders interessiert zu sein.

»Na ja, du hast natürlich auch einen Daddy...«

»Und das bin ich!«, rief Gus, der offensichtlich nicht länger an sich halten konnte. »Wie findest du das?«

»Cool«, sagte Rory, der immer noch mit dem Drachen spielte. »Kriege ich dann jetzt ein Messer? Tom in der Spielgruppe hat auch eins von seinem Daddy bekommen.«

Sian wusste nicht, ob sie lachen oder weinen sollte. Sie war nicht sicher, welche Reaktion sie von Rory erwartet hatte, aber diese war nicht bei den Szenarien gewesen, die sie sich ausgemalt hatte.

»Zu deinem nächsten Geburtstag, Kumpel, wenn du wirklich, wirklich vorsichtig damit bist«, versprach Gus.

Fiona und Sian sahen sich an und lachten.

»Ich glaube, es ist Zeit für ein Glas Wein«, verkündete Fiona.

Gus brachte Sian und Rory später nach Hause. Als der Junge zum Haus vorlief, küsste Gus sie. Irgendwann ließ er sie los und sagte: »Wir sehen uns morgen. Um halb neun?«

Sian nickte und schaute ihm nach, als er kehrtmachte und nach Hause ging. Was ging wirklich in seinem Kopf vor? Sie war verwirrter als je zuvor. Er hatte sie die ganze letzte Woche vollkommen ignoriert und dann so getan, als wäre nichts gewesen. Hatte er sie einfach nur ausgenutzt, als sie zusammen gewesen waren? Oder war er wirklich so nett und liebevoll, wie er manchmal wirkte? Es war so lieb von ihm gewesen, Rory den Drachen zu schenken! Gus schien wirklich ein guter Vater sein zu wollen, doch wie stand er zu ihr, Sian? Was empfand er für sie?

Nachdem sie Rory ein Abendbrot zubereitet, ihn dann ins Bett gebracht und noch einmal mit ihm darüber geredet hatte, wie schön es in der Schule sein würde, beschloss Sian, an der Spielzeugkommode weiterzuarbeiten, die sie Jody als Dankeschön schenken wollte. Es war genau das, was sie brauchte, um sich abzulenken.

Gus kam am nächsten Morgen pünktlich um halb neun, und die drei machten sich gemeinsam auf den Weg. Es versprach ein schöner Tag zu werden, und Rory war glücklich über seine Schuluniform, die aus grauen Shorts und einem blauen Pullover bestand. Er hatte seinen nigelnagelneuen Tornister auf dem Rücken, den Penny ihm gekauft hatte und der bis heute Morgen versteckt gewesen war. In der Brotdose lag, unter dem Pausenbrot versteckt, der Drache Bill.

Sian trug Rorys Sportsachen in dem Beutel, auf den Rorys Name gestickt war. Sie hatte überlegt, auch noch einen kleinen Drachen daraufzusticken, der zu dem auf seinem Namensschild passte, die Idee aber dann verworfen. Und außerdem würde Rory den Drachen vielleicht entwachsen, obwohl sie das wegen Bill nicht hoffte.

»Das einzige Problem an der Schule ist, dass da auch Mädchen hingehen«, sagte Gus.

»Ja, ich weiß. Aber Annabelle ist auch ein Mädchen. Und sie ist meine Freundin.«

»Mein Bruder und ich fanden Mädchen immer komisch«, fuhr Gus unbeeindruckt fort. »Wir kannten keine, bis wir in die Grundschule kamen, und dann wurden wir aufs Internat geschickt, wo es wieder keine gab. Das erklärt eine Menge.« Er sah Sian bedeutungsvoll an.

Sie lächelte, wie von ihr erwartet wurde, froh darüber, dass Gus da war, um sie davon abzuhalten, allzu sentimental zu werden.

Rory entdeckte seine Klassenlehrerin, die mit einigen Kindern aus seiner Klasse vor der Schule wartete. Er rannte auf sie zu und winkte seinen Eltern noch einmal lässig zu. »Ciao!«, rief er.

Gus und Sian sahen sich an. »Wo hat er denn das her?«, fragte Sian.

»Von mir nicht, Schatz.« Gus nahm ihre Hand. »Möchtest du, dass ich dabei bin, wenn Melissa mit ihrer Abriss-Mannschaft vorbeikommt?«

Sian war diese öffentliche Liebesbezeugung etwas peinlich. Die anderen Mütter hatten sie schließlich als eine alleinstehende Frau kennengelernt. Gott sei Dank bog in diesem Moment Jody um die Ecke!

»Hey, ihr! Gus, wie schön, dass du Sian beistehst, und wie typisch von den kleinen Biestern, dass sie einfach reinrennen und uns gar nicht mehr beachten! Kommt ihr noch mit auf einen Kaffee?«

»Nein, danke«, antwortete Sian. »Melissa hat sich angekündigt. Sie misst das Haus aus.«

»Gus? Du wärst auch eingeladen«, sagte Jody.

Er schüttelte den Kopf. »Ich muss noch arbeiten. Aber danke für das Angebot.« Er wandte sich an Sian. »Könntest du noch kurz mit zu Mum kommen? Sie möchte gern von dir hören, wie es Rory ergangen ist.«

Sian sah auf die Uhr. »Okay, aber es ist keine Zeit für einen Kaffee oder einen Tee. Ich habe nur noch eine halbe Stunde.«

»Wie ist es gelaufen?«, fragte Fiona, als sie in die Küche kamen.

»Bestens! Rory hat uns gar nicht mehr beachtet. Es war gut, dass Annabelle da war und er seine Lehrerin und die Schulleiterin schon kannte.« Sian war ein bisschen traurig, wollte es aber nicht zeigen. Mit dem ersten Schultag begann ein wichtiger Loslösungsprozess für Rory, aber auch für sie, seine Mutter.

»Möchtest du ein Stück Kuchen?«, bot Fiona an. »Etwas, um dich aufzumuntern? Du fühlst dich wahrscheinlich ein bisschen niedergeschlagen.«

»Ich habe leider keine Zeit. Melissa wird gleich mit Handwerkern und Innenarchitekten bei mir einfallen.« Sie gab sich Mühe, ein fröhliches Gesicht zu machen. »Offenbar ist sie fest entschlossen, das Haus zu kaufen.«

»Du Arme!«, sagte Fiona. »Wie furchtbar, eine ganze Horde Fremder, die durch dein Heim poltern und darüber diskutieren, was sie abreißen. Komm sofort wieder, sobald sie weg sind. Dann essen wir zusammen.«

Sian ging über die Straße und dachte wehmütig, wie sehr es ihr fehlen würde, so nah bei Fiona zu wohnen, die immer Tee oder Kuchen, Wein oder eine Leckerei für sie bereithielt.

Sie hatte gerade den Frühstückstisch abgeräumt und die Betten gemacht, als die Invasion einsetzte.

Melissa gab Sian zur Begrüßung einen herzlichen Kuss, als wären sie die besten Freundinnen. »Liebes! Es ist so nett von dir, dass wir so früh am Montagmorgen schon bei dir einfallen dürfen!«

»Schon gut.« Sian machte sich nicht die Mühe zu erwähnen, dass sie nicht wirklich eine Wahl hatte.

»Ich stelle dir alle vor. Das ist Phil, der Architekt.« Sian nickte einem freundlichen Mann mit Brille zu. »Bob, der Handwerker – wie könnte es auch anders sein? Wenn man heutzutage Bob heißt, dann muss man einfach ein Baumeister sein. Und das ist Wendy, die Innenarchitektin.« Melissa verkündete das, als wäre es eine angenehme Überraschung. Sian lächelte freundlich.

»Also, ich werde Ihnen nicht anbieten, Ihnen allen Kaffee zu kochen«, sagte sie, »und ich werde Sie auch nicht herumführen. Das Haus ist viel zu klein für uns alle, deshalb gehe ich in den Garten.«

»Bevor ich es vergesse! Gleich kommt auch noch ein Landschaftsgärtner. Ich möchte eine große Terrasse und einen Pool.«

»Aber keine Gemüsebeete?«

»Schätzchen, sehen wir den Tatsachen ins Auge: Nur Frauen, die den ganzen Tag zu Hause sind, können Gemüse anbauen. Und natürlich pensionierte Großväter.«

Sian hatte keine Lust, ihr zu widersprechen. »Na ja. Es ist trotzdem schade, aber bitte. Ich werde ein bisschen draußen arbeiten.« Sian versuchte erneut zu lächeln, doch ihr gelang nur eine schiefe Grimasse.

Sie hackte das Beet mit dem Salat, der gerade anfing zuschießen, und fragte sich, ob sie ihn noch ernten konnte, als Wendy, die Innenarchitektin, in den Garten kam.

»Hi!«, sagte sie. »Stört es Sie, wenn ich Ihnen ein bisschen Gesellschaft leiste? Der Handwerker und der Architekt streiten darüber, wie man am besten eine tragende Wand abstützt, bevor man sie herausreißt, und ich bin der Meinung, dass sie sie stehen lassen sollten.«

Sian sah auf. »Mir wäre es am liebsten, wenn hier alles so bliebe, wie es ist. Ich möchte hier einfach nur wohnen.«

»Ich glaube, Sie würden feststellen, dass die Küche im

Winter dunkel und feucht ist, und im Grunde ist sie auch zu klein, aber deshalb wollte ich nicht mit Ihnen sprechen.«

»Worüber denn dann?«

»Ich habe Ihre wunderschönen Möbel gesehen, die Stücke, die Sie bemalen.«

Sian entspannte sich. »Ich habe nur die kleineren Sachen hier. Größere Stücke bemale ich in der Scheune meiner Freundin. Deshalb möchte ich auch nicht so gern wegziehen.«

»Melissa sagte, dass Sie eigentlich lieber bleiben wollen.«

»Aber wenn Luella, meine Vermieterin, verkaufen will, dann kann ich sie nicht wirklich davon abhalten.«

Wendy machte eine taktvolle Pause. »Nehmen Sie auch Aufträge für das Bemalen von Möbeln an?«

»Natürlich.« Sians Miene hellte sich auf. »Ich bemale Möbelstücke auf Verdacht, weil meine Mutter immer mal eines auf Auktionen kauft und ich nicht widerstehen kann. Aber Aufträge sind mir natürlich sehr willkommen. Im Moment arbeite ich für Melissas Mutter.«

»Fantastisch! Ich habe eine Kundin, die ein großes Schlafzimmer hat. Die Möbel, die im Augenblick darin stehen, können wir entsorgen, doch sie will einen Einbauschrank behalten, in den wirklich viel hineinpasst, und ich dachte, Sie könnten ihn vielleicht wie ein Wandbild bemalen, damit er zu der anderen Wand passt.«

»Wunderbar. Das wird Spaß machen.« Veronica war begeistert von dem Teil des Schranks, den Sian schon fertiggestellt hatte, und wollte unbedingt, dass sie bald mit dem Wandbild im Esszimmer anfing. Also konnte Sian diesen Auftrag ruhig wieder annehmen. Sie zögerte, weil ihre Erziehung es ihr eigentlich verbot, über Geld zu sprechen. »Bezahlt sie gut, diese Frau?«

»Absolut. Ich sorge dafür, dass Ihre Arbeit wirklich gut honoriert wird. Geben Sie mir Ihre Telefonnummer, dann vereinbaren wir einen Termin, damit Sie sich den Schrank ansehen und Mrs. Wilkinson kennenlernen können. Sie lebt ganz in der Nähe.«

Jetzt, da sie einen guten Auftrag hatte, über den sie nachdenken konnte, fühlte Sian sich gleich ein bisschen zuversichtlicher.

»Ich dachte, ich fahre in die Stadt und gehe mit den Kindern Pizza essen«, sagte Jody, nachdem sie Annabelle und die Jungen wieder abgeholt hatte. »Sonst schlafen sie vor dem Fernseher ein, während ich koche, essen nichts und gehen anschließend mit leerem Magen ins Bett. Möchtet ihr mitkommen?«

Rory sprang aufgeregt neben Annabelle auf und ab.

»Also gut«, sagte Sian. »Ich wollte eigentlich Fischstäbchen mit Pommes zubereiten, aber Pizza wäre eine schöne Abwechslung.«

»Und gemeinsam essen zu gehen macht viel mehr Spaß«, meinte Jody. »Der erste Schultag ist wirklich gut gelaufen, doch Annabelle ist meine Kleinste. Ich weiß nicht, wie es dir geht, aber für mich ist das auch ein sehr wichtiger Tag.«

»Absolut. Wir haben eine Hürde genommen, und das sollten wir feiern.«

»Komm, wir quetschen uns alle in den Van«, erklärte Jody. »Dann kannst du sogar ein Glas Wein trinken.«

»Das ist eine tolle Idee«, meinte Sian. Annabelle und Rory stritten sich fröhlich darüber, wer von ihnen besser rechnen konnte, und Annabelles Brüder unterhielten sich über Fußball.

Während der Fahrt unterhielt Sian Jody mit Geschichten über Melissa und ihre Mannschaft. Ihrer Freundin von dem Morgen zu erzählen und davon, wie Melissa im Geiste schon Wände abgerissen und einen Pool gebaut hatte, machte das Erlebnis irgendwie weniger schrecklich. Aber natürlich konnte sie Jody nicht gestehen, was ihr am meisten zu schaffen machte: die Sache mit Gus, die ihr mehr denn je im Kopf herumspukte. Okay, er war gestern Nachmittag und heute Morgen freundlich gewesen, doch er hatte sich recht unverbindlich benommen. Meinte er es wirklich ernst mit ihr? Das war so schwer zu sagen, und Sian wagte es nicht, ihn danach zu fragen. Sie wand sich förmlich bei dem Gedanken. Sian unterdrückte ein Seufzen. Vielleicht war sie ja nur eine Eroberung für ihn, eine Frau, mit der er sich ein bisschen amüsierte, und er war nur nett zu ihr, damit sie es sich nicht anders überlegte und ihm den Umgang mit Rory verwehrte.

In mancherlei Hinsicht war es verführerisch, es einfach laufen zu lassen und für den Moment zu leben, wie Gus es zu tun schien, aber das konnte sie nicht. Sie trug zu viel Verantwortung und konnte es nicht riskieren, wieder verletzt zu werden. Eine Mutter mit Liebeskummer tat einem kleinen Jungen nicht gut. Gus hatte ihr selbst von der schrecklichen zweiten Ehe seiner Mutter berichtet.

Das Singen der Kinder riss Sian aus ihren Gedanken, und sie bemerkte, dass sie vor dem Restaurant angekommen waren. Jody parkte den Van, und die Kinder stiegen aus. Als erfahrene Mutter sorgte Jody dafür, dass sie sicher in das Restaurant gelangten.

»Oh, sieh mal!«, sagte sie, während sie die Tür aufhielt und die Kinder unter ihrem Arm hindurchschlüpften. »Es gibt jetzt eine Cocktailbar im alten *County Hotel*. Wie heißt sie?«

»*Boca Loca*«, antwortete Sian. Sie hatte die Bar schon vor

ein paar Tagen bemerkt, als sie in der Stadt war, um Farben zu kaufen.

»Irgendwann lassen wir die Kinder bei den Männern und treffen uns hier mit den anderen Mädels. Ich liebe Cocktails.«

»Ich auch«, gestand Sian. »Aber sie müssen stark sein, sonst sind sie genau wie diese Alkopops, und man trinkt zu viele und ist hinterher sturzbetrunken.«

»Was ja jetzt leider nicht mehr geht«, meinte Jody mit einem Blick auf ihre Rasselbande. »Okay, Kinder, was möchtet ihr essen und trinken?«

Sie verließen das Restaurant gerade wieder, als Rory sagte: »Guck mal, Mum, da ist Gus!«

Sian blickte in die Richtung, in die er zeigte. Gus trug einen Anzug und betrat eben das *Boca Loca*. An seiner Seite war Melissa, die in ihrem Kostüm sehr hübsch aussah. Seine Hand lag auf Melissas Hüfte, und er lächelte sie an. Sian wandte schnell den Kopf ab.

Ihr war plötzlich furchtbar schlecht. Sie räusperte sich und wischte sich über die Stirn. Die Teile des Puzzles schienen herumzuwirbeln und endlich an den richtigen Platz zu rutschen. Fionas ausweichende Antworten, als Sian angerufen und nach Gus gefragt hatte; die Tatsache, dass er kaum mit ihr gesprochen hatte; der Verdacht, dass sie bei ihrem Anruf Melissa im Hintergrund hatte lachen hören. Das ergab nun alles einen Sinn. Gus war mit Melissa zusammen. Das zwischen ihr, Sian, und ihm war nur Sex gewesen – fantastischer Sex, aber offensichtlich nicht mehr. Für ihn jedenfalls nicht.

»Geht es dir gut, Sian? Du siehst aus, als hättest du ein Gespenst gesehen.«

Sian schüttelte schnell den Kopf. »Nein, alles in Ordnung.

Mir war nur ... nur ein bisschen komisch.« Und mit einem kurzen Blick zurück zu der Tür, durch die die beiden so fröhlich verschwunden waren, stieg sie in den Van. Die Freude, die sie gerade noch empfunden hatte, war mit einem Schlag verflogen.

21

»Bist du sicher, dass es dir gut geht?«, erkundigte sich Jody, als sie Sian und Rory vor ihrem Haus absetzte. »Du siehst immer noch blass aus.«

»Ich glaube, mir liegt nur die Pizza etwas schwer im Magen. Ich vergesse immer, dass ich Jalapeños nicht so gut vertrage. Ich mag sie ...«

»Aber sie mögen dich nicht«, sagte Jody, »wie unsere Großmütter es ausgedrückt hätten.«

Sian gelang es zu lachen. »Ich nehme etwas gegen die Übelkeit, wenn Rory im Bett liegt.«

Nach dem Zähneputzen und einer Geschichte schlief Rory schnell ein. Sian ging nach unten und stellte den Fernseher an, doch die Sendung rauschte an ihr vorbei. Sian konnte sich nicht konzentrieren, konnte nicht einmal arbeiten, etwas, das sie sonst immer von ihren größten Problemen abgelenkt hatte. Deshalb gab sie es am Ende auf und ging ins Bett, doch die Bilder von Gus und Melissa verfolgten sie noch im Schlaf.

Am Morgen, nachdem sie Rory zur Schule gebracht hatte, ging sie sofort nach Hause und griff zum Telefon. Sie konnte nicht mehr darauf warten, dass Gus sich bei ihr meldete; sie brauchte Gewissheit. Sie würde mutig sein, Melissa anrufen und sie durch die Blume danach fragen, wie Gus und sie zueinander standen.

»Melissa! Hi! Hier ist Sian.«

»Hallo Sian!«, sagte Melissa nach einem kurzen Zögern, das so lang war, dass Sian sich fragte, ob Gus vielleicht bei ihr war.

»Hi«, wiederholte sie, »tut mir leid, dass ich so früh anrufe, aber ich wollte mich noch mal wegen der Termine vergewissern. Wann, sagtest du, kommt der Architekt ein zweites Mal?«

»Der Architekt? Ach, Phil! Tut mir leid, ich wusste für einen Moment gar nicht, wen du meinst. Ich sehe schnell in meinem Terminkalender nach.«

Sian lauschte auf Geflüster, während Melissa ihren Kalender zurate zog, doch es blieb alles still. Sie schob das Bild von Gus beiseite, der im Bett darauf wartete, dass Melissa zurückkam.

Nachdem sie Sian das Datum genannt hatte, sagte Melissa: »Tut mir leid, dass ich so verdreht bin. Ich war gestern Abend aus und habe viel zu viele Mojitos getrunken.«

Sie spielt mir in die Hände, dachte Sina. »Ja. Ich glaube, ich habe dich gesehen, wie du ins *Boca Loca* gegangen bist.«

»Hast du?« Melissa klang peinlich berührt.

»Ja. Wie war's denn?«

»Was?« Jetzt klang sie fast panisch.

»Die Cocktailbar?«

»Oh, schön! Du solltest unbedingt mal hingehen. Wirklich nett. Da arbeiten ein paar süße Typen. Sie jonglieren mit den Flaschen, dass man nur staunen kann.«

»Cool!« Sian imitierte Melissas mädchenhaften Tonfall. »Und war Gus bei dir?«

»Angus? Äh ... ja. Wir hatten einen schönen Abend. Er ist so lustig.«

»Ja, das kann er sein, nicht wahr?« Dieses Mal fiel es Sian schwer, ihre Stimme nicht sarkastisch klingen zu lassen. Als sie es bemerkte, beschloss sie, das Gespräch besser zu beenden, auch wenn sie die alles entscheidende Frage, um die es ihr ging, noch nicht gestellt hatte. Eigentlich hatte Melissa ja alles gesagt. »Ich muss jetzt Schluss machen. Ich habe noch *sooo* viel zu tun!«

Das stimmte, aber Sian konnte sich nicht richtig aufs Malen konzentrieren. Weil sie fand, dass sie eine Beschäftigung brauchte, schrieb sie schließlich eine Mail an Richard.

Sian hatte seinetwegen ein schrecklich schlechtes Gewissen. Nach dem Wochenende mit Gus hatte sie ihm eigentlich schonend, aber bestimmt schreiben wollen, dass er nichts von ihr erwarten konnte außer Freundschaft. Doch aus irgendeinem Grund hatte sie es immer vor sich hergeschoben. Lag es daran, dass sie so mit Gus beschäftigt gewesen war, dass sie gar nicht an Richard gedacht hatte? Oder war es Feigheit? Oder, und das fühlte sich wie der eigentliche Grund an, konnte sie sich einfach nicht entscheiden?

Mit Richard Kontakt aufzunehmen, half vielleicht. Er verstand es so gut, sie zu beruhigen. Und deshalb tippte sie drauflos, ohne lange zu überlegen, ob es wirklich vernünftig war, Richard auch noch in diese unglückliche Sache mit hineinzuziehen:

Lieber Richard, wann kommst du noch mal zurück? Es fühlt sich an, als wärst du schon eine Ewigkeit fort. Ich vermisse dich.

Sie blieb noch eine Weile im Internet, betrachtete ihre Webseite und überlegte, ob sie sie vielleicht noch einmal auf den neuesten Stand bringen sollte, als ihr Mail-Account Laut gab. Richard hatte zurückgeschrieben.

Hey! Lustig, dass du mir gerade jetzt schreibst, ich bin auf dem Weg zum Flughafen. Komme morgen zurück. Kannst du einen Babysitter organisieren? Ich würde dich gern zu mir zum Essen einladen.

Es gab eine Million Gründe, warum sie das ablehnen sollte. Es war Rorys erste Woche in der Schule, es war unglaublich kurzfristig für einen Babysitter, und sie wollte eigentlich auch mal früh schlafen gehen. Und sie wusste, dass sie nur noch mehr Entscheidungen würde treffen müssen, wenn sie Richard wiedersah. Aber nachdem sie Gus mit Melissa gesehen und Melissa ihre schlimmsten Befürchtungen indirekt bestätigt hatte, hatte Sian irgendwie das Gefühl, dass sie jemanden brauchte, der wirklich an ihr interessiert war. Ihr war nicht klar gewesen, wie sehr sie insgeheim gehofft hatte, Gus hätte sich geändert, dass sie sich auf ihn verlassen konnte und sie vielleicht auch in seinen Zukunftsplänen vorkam. Dass er bereit war, sesshaft zu werden. Wie sehr sie sich getäuscht hatte! Er war immer noch der risikobereite, abenteuerlustige Mann, als den sie ihn damals kennengelernt hatte. Es fühlte sich an, als hätte ihr jemand in den Magen geboxt. Sie hatte Gus alles gegeben, und er hatte es einfach genommen und war gegangen. Vielleicht würde ein Wiedersehen mit Richard ihr helfen, die Dinge wieder klarer zu sehen.

Fiona versprach ihr, auf Rory aufzupassen, und so sagte Sian Richard zu. Die Bereitwilligkeit, mit der Fiona sich als Babysitter angeboten hatte, hatte Sian nur in der Überzeugung bestärkt, dass Gus jetzt mit Melissa zusammen war und dass Fiona deswegen ein schlechtes Gewissen hatte.

Richard bestand darauf, Sian abzuholen. Sie gab sich mit ihrem Aussehen sehr viel Mühe, schminkte sich sorgfältig und zog ihr schwarzes Lieblingskleid an. Es endete über dem Knie und hatte einen schmeichelhaften Wasserfallkragen, der ein wenig Dekolleté zeigte. Dann wurde ihr klar, dass sie eine Strumpfhose dazu tragen musste. Als Sian in eine schwarze Nylonstumpfhose schlüpfte, war sie versucht, darin einen symbolischen Akt zu sehen: Sie war bereit, sich von den lässigen Sommerklamotten eines Mädchens zu trennen und sich wieder wie eine erwachsene Frau zu kleiden. Die hochhackigen Schuhe verstärkten dieses Gefühl. Sie war eine starke Frau, die alles unter Kontrolle hatte. Kein verwirrtes, verletzliches Mädchen, das jeden Moment zusammenzubrechen drohte.

»Du siehst super aus, Mummy«, sagte Rory von seinem Bett aus. Fiona, die vor einer halben Stunde gekommen war, lag neben ihm, bereit für eine ganze Reihe von Gutenachtgeschichten.

»Ja! Wirklich toll!«, bestätigte sie.

»Jetzt tut nicht so überrascht! Ich kann mich ein bisschen hübsch machen, wenn ich will.«

»Ich weiß«, sagte Fiona, »du siehst nur so ... na ja, anders aus.« Etwas an Fionas Ton schien anzudeuten, dass ihre Freundin die »alte Sian« hübscher gefunden hatte.

Als Sian in Richards Auto stieg, das neu und sehr luxuriös war, beschloss sie, dass sie sich wirklich ändern wollte. Sie wollte nicht mehr die dumme, romantische und idealistische Sian sein, sondern würde sich zwingen, ein bisschen pragmatischer und vernünftiger zu denken. Die Sache mit der Liebe wurde sowieso überbewertet. Es war ohnehin nur eine chemische Reaktion. Das würde bald vorübergehen. Sian verdrängte den Gedanken daran, dass diese Liebe während der letzten fast sechs Jahre allerdings nicht vorübergegangen war.

»Du siehst absolut umwerfend aus!«, sagte Richard, als er Sian in den Wagen half und sich neben sie setzte.

»Du siehst aber auch ziemlich heiß aus«, erwiderte sie fröhlich und betrachtete ihn dann noch einmal genauer. Es war tatsächlich so. Richard trug einen schönen Anzug und sah auf eine angenehme Art und Weise gepflegt und wohlhabend aus.

»Neues Auto?«, fragte sie. Sie hielt sich gut, fand sie. Sie konnte eine weltgewandte Frau sein und mit einem attraktiven Mann, den sie mochte, einen Abend verbringen.

»Ja. Ich dachte, es wäre an der Zeit, mir mal etwas Luxuriöseres zu gönnen. Und hinten ist genug Platz für einen Kindersitz.«

Sian dachte kurz an Gus' alten Land Rover und kam zu dem Schluss, dass sie Richards neuen Audi schöner fand. Sie beschloss allerdings, die Bemerkung über den Kindersitz zu ignorieren.

»Ich kann nicht glauben, dass ich noch nie in deinem Haus war«, sagte Sian und blickte die Einfahrt hinauf, an deren Ende ein etwas protziges rotes Backsteinhaus mit einem Ziegeldach stand.

»Du wohnst noch nicht so lange hier, und ich war so viel unterwegs. Gefällt es dir?« Er hatte das Auto angehalten, kurz nachdem sie durch das elektronische Tor gefahren waren.

Sian musste lachen. Sie fühlte sich wie Elizabeth Bennet in *Stolz und Vorurteil* bei ihrem ersten Blick auf Pemberley. »Ich fand diese Architekturperiode immer besonders schön.« Sie hoffte, dass Richard sie nicht nach dem Grund für ihre Erheiterung fragen würde.

»Edwardianisch. Ich stimme dir zu. Ich wollte einen Ort, an dem ich mich wirklich ausbreiten kann.«

»Dann hast du das Haus noch nicht so lange?« Seltsam, dass wir nie darüber gesprochen haben, dachte sie nun.

»Ich besitze es seit ungefähr fünf Jahren, aber ich bin erst kürzlich wieder eingezogen, wie du weißt.« Er zog die Handbremse an. »Es war vermietet. Ich habe allerdings viel renoviert.«

Richard schloss die Haustür auf und ließ Sian eintreten.

Er gab ihr ein Glas Champagner. Die Flasche holte er aus

einem sehr schicken Designer-Kühlschrank, der in einem Alkoven direkt hinter der Haustür stand, umgeben von mehreren Weinregalen. Dann nahm er sein eigenes Glas und führte Sian herum.

Sie fingen in der großen holzvertäfelten Halle an. Für Sians Geschmack war sie ein bisschen dunkel, aber der Parkettboden glänzte und brachte die Perserteppiche gut zur Geltung. »Und das hier ist das Wohnzimmer«, fuhr er fort und öffnete eine Tür zur Rechten.

Der Raum war riesig und hatte ein Erkerfenster am Ende mit dicken zurückgebundenen Brokatgardinen mit Fransen und passenden Kissen auf der Fensterbank. Der Kamin war gemauert und umgeben von Ledersofas, auf denen noch mehr Kissen lagen. Überall standen Kerzen, und im Kamin war bereits Holz aufgeschichtet.

»Wir zünden ihn später an, wenn uns kalt ist. Komm, ich zeige dir die Küche.«

Am Herd stand eine junge Frau, die in einem Topf rührte. »Das ist Joy«, erklärte Richard. »Sie kocht manchmal für mich. Joy, das ist Sian.«

»Es riecht köstlich«, sagte Sian und lächelte, während sie die Marmorarbeitsplatte, die Kochinsel und den gefliesten Boden betrachtete. Es war alles wunderschön arrangiert, aber irgendwie traf es nicht wirklich Sians Geschmack.

»Ich werde Ihnen nicht verraten, was es gibt«, erklärte Joy. »Aber ich bin sehr zufrieden damit.« Joy lächelte. »Richard, vergessen Sie nicht, Sian die Speisekammer zu zeigen.«

Er vergaß es nicht. Und er vergaß auch nicht, ihr den Gästetrakt zu zeigen, das Spielzimmer mit dem Billardtisch und das Schwimmbad im Garten. Draußen deutete er auf einen kleinen Stalltrakt. »Mag Rory Ponys?«

»Und wie«, antwortete Sian und dachte an seine Enttäuschung, als er auf dem Reiterfest nicht auf einem hatte reiten können. Wenn Richard sie beeindrucken wollte, dann war ihm das gelungen.

»Es gibt Platz für jeweils ein Reittier für euch beide, falls du auch ein Pferd haben möchtest.«

»Richard, ich weiß nicht, was ich sagen soll!« Sie war wirklich sprachlos.

»Sag einfach Ja zu einem weiteren Glas Champagner«, meinte er lächelnd, »und mach dir über mehr im Moment noch keine Gedanken.«

Sie gingen zurück ins Wohnzimmer, wo jemand, vermutlich Joy, das Licht gedimmt, die Kerzen angezündet und ein Feuer im Kamin angezündet hatte. Es wirkte alles sehr gemütlich.

Sian ließ sich von Richard noch einmal nachschenken und machte es sich auf dem Sofa gemütlich. »Ich hatte keine Ahnung, dass du so ...«

»... wohlhabend bist? Reich?« Er lachte und setzte sich neben sie. »Mach dir darüber keine Gedanken. Ich arbeite hart, und ich werde gut dafür bezahlt.«

»Offensichtlich. Der Champagner ist köstlich.«

»Sian, Liebes, du siehst aus, als fühltest du dich nicht wohl. Ist das Kissen zu dick? Ich hole dir ein kleineres.«

»Nein.« Sie hielt ihn am Handgelenk zurück, als er aufspringen wollte. »Mir geht es gut. Ich bin nur ein bisschen überwältigt.«

Er lächelte. »Aber auf eine gute Weise, hoffe ich?«

»Es ist ein wunderschönes Haus!«, erwiderte sie zögernd.

»Doch du hast keine Ahnung, was ich während der letzten halben Stunde anzudeuten versucht habe? Es tut mir leid«, sagte er und schien sich selbst plötzlich unbehaglich zu fühlen. »Ich bin nicht sehr gut in diesen Dingen.«

Sian versteckte sich hinter ihrem Glas. Irgendwie wusste sie, was jetzt kommen würde.

»Ich wollte eigentlich bis nach dem Essen warten, aber ich kann das, was ich dir vorschlagen wollte, auch genauso gut jetzt loswerden.«

Oh, bitte nicht!, dachte Sian. Sag nichts, was bedeutet, dass ich eine Entscheidung treffen muss, die ich noch nicht treffen kann! Sie wünschte, sie könnten hier einfach sitzen wie alte Freunde und sich über Alltägliches unterhalten. Er sah sie an. Ein Lächeln lag auf seinem freundlichen, attraktiven Gesicht – und Sian hätte am liebsten die Flucht ergriffen. Sie zwang sich, das Lächeln zu erwidern. Ich kann das, redete sie sich gut zu und umklammerte ihr Champagnerglas, als wäre es die Sicherheitsstange einer Achterbahn. Sie fühlte sich vom Leben beängstigend herumgewirbelt.

Richard nahm einen Schluck Champagner und verkündete: »Ich möchte, dass du mit Rory bei mir einziehst. Wie du gesehen hast, habe ich genug Platz. Du könntest deine eigenen Zimmer bekommen und alles, ich würde nichts von dir erwarten.«

Das war nicht das, was sie erwartet hatte, aber sie fürchtete, dass Richard mit seinen Ausführungen noch nicht fertig war. Wollte er wirklich nur Mitbewohner und bot ihr nichts weiter an als ein Dach über dem Kopf?

»Meinst du das ernst? Dass wir in getrennten Bereichen wohnen könnten?«

»Na ja, ich meine ... natürlich mit der Zeit ... « Er nahm ihre Hand, und Sian zwang sich, sie nicht zurückzuziehen. Er war so nett. »Wenn du nicht bald eventuell auf der Straße sitzen würdest«, fuhr er lächelnd fort, »dann würde ich dir noch ein bisschen länger den Hof machen, doch ich kann den Gedanken nicht ertragen, dass du mit Rory in irgendeiner Bruchbude wohnst, wenn ich all das hier habe, das ich mit dir teilen könnte.«

»Aber wir wären schon zurechtgekommen. Wir *werden* zurechtkommen«, sagte sie leise.

»Das werdet ihr, wenn ihr hier bei mir wohnt. Ich würde mich gern um dich kümmern, Sian – und um Rory. Es gibt hier einen wunderbaren großen Schuppen, in dem du arbeiten könntest. Doch du müsstest auch nicht arbeiten. Du würdest nie mehr arbeiten müssen, wenn du nicht willst. Ich kann dir alles geben, Sian, wenn du es annimmst.«

Sie blickte diesen netten Mann an, der ihr schon so oft geholfen hatte. Jetzt bot er ihr sein Haus als neues Heim an und, wenn sie es wollte, mehr als das: sich selbst.

Es war ein sehr großzügiges Angebot. Aber konnte sie es annehmen? Es hätte so viele Vorteile, vor allem für Rory. Und sie mochte Richard wirklich sehr. Vielleicht würde sich diese Zuneigung irgendwann in echte Liebe verwandeln, wenn sie es versuchte. Sian zweifelte inzwischen daran, dass das, was sie für Gus empfand, »wahre Liebe« war. Es war nur Lust, ein tödlicher Hormoncocktail, der ihr Gehirn auf fatale Weise außer Gefecht setzte. Und Gus war ein Windhund, ein Abenteurer, der das Leben genoss, wann immer sich eine Gelegenheit dazu bot. Vielleicht sollte sie einmal ihrem Verstand folgen anstatt ihrem Herzen, das sie schon einmal so schlimm im Stich gelassen hatte.

Richard legte seine Hand auf ihre. »Das hier ist ein tolles Haus, ich weiß, aber es braucht eine Familie, um es mit Leben zu füllen.«

Sian wollte nicht darüber nachdenken, ob sie dieses Haus wirklich so toll fand, doch bei dem Wort »Familie« zuckte sie leicht zusammen. Sie konnte sich vorstellen, dass Richard und Rory gut miteinander auskommen würden, sah sich jedoch selbst nicht als Teil dieses Trios, weil sie keine Beziehung zu einem Mann eingehen konnte, den sie nur sehr mochte.

Aber vielleicht würde es gehen. Vielleicht sollte sie wie immer zuerst an Rory denken. Ihm eine unbeschwerte, finanziell abgesicherte Zukunft bieten. Sie und Richard waren beide vernünftig, sie würden sich gegenseitig ihre Freiheiten lassen.

Vielleicht konnte sie hier wohnen und platonisch mit Richard zusammenleben, um zu testen, wie das funktionierte. Sian holte tief Luft und trank noch einen Schluck Champagner.

»Du bist so nett! Kann ich darüber nachdenken? Es kommt ein bisschen plötzlich. Und ich würde arbeiten müssen, um dir etwas bezahlen zu können, sonst käme es mir so vor, als hieltest du mich aus.« Sie lächelte, um das Entsetzen zu verstecken, das dieser Gedanke in ihr auslöste. Sie durfte ihre Unabhängigkeit nicht aufgeben!

»Wie du willst. Und als Dank dafür...«

Es musste eine Bedingung geben, sonst war es nicht fair. Sie wartete darauf, dass er weitersprach.

»Als Dank dafür versprichst du mir, dass du lernst – dass du es jedenfalls versuchst –, mich zu lieben.« Er stand auf und setzte sich näher zu ihr. Dann nahm er sie in die Arme und küsste sie.

Es ist schön, dachte Sian überrascht. Sie ließ sich erneut von ihm küssen. Vielleicht würde es mehr als nur in Ordnung sein, bei Richard zu wohnen. Vielleicht würde sie ihn wirklich irgendwann so lieben, wie er es sich wünschte.

»Und wenn du findest, dass ich kein schlechter Fang bin«, sagte er ein bisschen später, »dann sprechen wir später darüber, ob wir heiraten und ob ich Rory adoptiere. Dann regeln wir alles. Endlich. Ich weiß, dass ich ein guter Ehemann und ein guter Vater sein werde.«

Sian mochte ihn nicht daran erinnern, dass Rory bereits einen Vater hatte. Sie wollte sich selbst nicht daran erinnern. Sie umarmte Richard und verdrängte diese Gedanken.

Als sie später wieder im Auto saßen und Richard sie nach einem köstlichen Essen und noch ein paar Küssen nach Hause fuhr, bemerkte er: »Ich habe dir das nie gesagt, doch ich wollte schon gern für dich und Rory sorgen, als ich erfuhr, dass du schwanger warst.«

»Aber Richard, ich hatte ja keine Ahnung!«, erwiderte Sian überrascht.

»Ich weiß. Ich war schüchtern und konnte dir damals nichts bieten. Das hat sich geändert.« Er lachte leise. »Wusstest du, dass ich meiner Schwester Geld gegeben habe, damit sie ihre Spielgruppe früher eröffnen kann, als Anreiz für dich und Rory hierherzukommen?« Er zögerte. »Ich hoffe, du findest mich jetzt nicht hinterhältig. Ich hatte einfach das Gefühl, dass ich dir Zeit geben muss, um über Rorys Vater ... Gus ... hinwegzukommen.« Er sah sie schnell an, als wollte er sehen, wie sie auf den Namen reagierte. »Du warst in ihn verliebt, nicht wahr?«

Sie nickte nur. Sprechen konnte sie nicht.

»Ich weiß, dass du nicht mit ihm geschlafen hättest, wenn du nicht in ihn verliebt gewesen wärst. So eine Frau bist du nicht.«

Sie nickte erneut. Er hatte so recht. So eine Frau war sie nicht. Und sie hatte wieder mit Gus geschlafen. Aber das war etwas, das Richard niemals erfahren durfte. Und er musste es auch nicht erfahren. Das mit Gus und ihr war vorbei, falls es jemals wirklich begonnen hatte. Es brachte nichts, jemanden zu lieben, der nicht bereit war, sich zu binden. Gus würde ihr nur wieder und wieder das Herz brechen.

»Wirst du also darüber nachdenken? Ob du mit Rory bei mir

einziehst? Ich werde dafür sorgen, dass ich nicht mehr so viel unterwegs bin.«

»Ich denke darüber nach«, stimmte sie zu. »Definitiv.« Und ihr wurde klar, dass sie es ernst meinte.

Nachdem sie sich im Auto noch einmal geküsst hatten, war Sian schnell ins Haus gegangen. Fiona hatte sich zum Glück direkt verabschiedet und sie nicht noch bei einer Tasse Tee mit unangenehmen Fragen gelöchert. Nun lag Sian in ihrem Bett und hing ihren Grübeleien nach. Falls sie wirklich zu Richard ziehen sollte, würde sie ihm niemals verraten, dass sie Gus noch liebte. Das durfte er nie erfahren, er durfte sich nicht als zweite Wahl fühlen. Und sie würde lernen, ihn zu lieben, natürlich würde sie das!

Sian wünschte wirklich, sie hätte jemanden gehabt, mit dem sie über diese Sachen sprechen konnte, aber ihre neuen Freundinnen standen ihr dafür nicht nahe genug. Jody würde sie nicht verurteilen, doch ob sie Verständnis dafür haben würde, dass Sian bei einem Mann einziehen wollte, den sie nicht wirklich liebte, war mehr als zweifelhaft. Würde es nicht so aussehen, als ginge es ihr, Sian, in ihrer momentanen Situation nur um das große Haus?

Aber so war es nicht. Sie sehnte sich nach einem Zuhause und danach, bei einem Menschen geborgen zu sein. Und sie wollte sich alle Mühe geben, ihm eine gute Frau zu sein. Sie würde für Richard kochen, ihn verwöhnen, seine Freunde bewirten, mit ihm schlafen. Sie würde eine oscarreife Vorstellung liefern, falls das nötig war. Er würde niemals herausfinden, dass sie einen anderen liebte. Dafür würde sie sorgen.

Sian traf ihre Entscheidung irgendwann in dieser Nacht: Für Rory und sie würde es das Beste sein, bei Richard einzuziehen. Und da ihnen nur noch ein Monat blieb, bis sie ihr Haus verlassen mussten, sollte sie am besten dafür sorgen, dass Richard und Rory sich schnell besser kennenlernten.

Richard freute sich sehr, als sie ihn am nächsten Morgen anrief, um sich für den schönen Abend zu bedanken und ihn für den Nachmittag zu sich zum Essen einzuladen. Sie wusste, dass er im Augenblick von zu Hause arbeitete und sich seine Zeit einteilen konnte. Sian erwähnte sein Angebot vom vorangegangenen Abend nicht. Dafür würde noch genug Zeit sein.

Richard kam pünktlich um fünf mit einem Geschenk für Rory. »Ich habe deinen ersten Schultag verpasst, deshalb ist das hier ein nachträgliches Geschenk zur Einschulung.«

Es war eine große Packung Legosteine, mit denen man einen Hubschrauber bauen konnte. Rory war begeistert. Strahlend sah er zu Richard auf.

»Richard, das ist großartig!«, sagte Sian, gerührt darüber, wie gut er für ihren Sohn gewählt hatte. »Und ich hoffe, dass du Rory beim Bauen helfen kannst. Ich kann Bauanleitungen nicht lesen – zumindest fällt es mir nicht leicht.«

»Sollen wir den Hubschrauber zusammen bauen, Rory?«, fragte Richard. »Vielleicht gleich, nach dem Essen?«

Der Junge blickte zu ihm auf und nickte. »Danke«, flüsterte er.

Sie waren gerade beim Nachtisch angelangt, Sirupkuchen mit Vanillesoße, als sie ein Geräusch hörten und Gus durch die Hintertür hereinkam. »Hallo! Jemand zu Hause? Oh...« Er erschien in der Tür zum Esszimmer und blieb abrupt stehen. Unter dem Arm trug er einen gepolsterten Umschlag.

Einen Augenblick lang rührte sich niemand, doch dann

hatte sich Sian wieder unter Kontrolle. »Hallo Gus. Richard isst bei uns«, erklärte sie fröhlich, als wäre es etwas völlig Alltägliches, dass sie alle drei um halb sechs gemütlich zusammensaßen.

»Das sehe ich«, erwiderte Gus, dem es offensichtlich überhaupt nicht gefiel, Richard neben seinem Sohn sitzen zu sehen.

»Möchtest du auch etwas essen? Es ist Sirupkuchen. Mit Vanillesoße.«

»Ich mag keine Vanillesoße.«

»Du weißt nicht, was du verpasst«, sagte Richard.

»Wir haben auch Eis«, meinte Rory vermittelnd.

»Oder möchtest du vielleicht eine Tasse Tee?«, fragte Sian und sprang auf, weil sie sich so schrecklich unwohl fühlte.

»Eigentlich wollte ich nur kurz mit dir reden, Sian. Allein, wenn das möglich wäre«, entgegnete Gus knapp.

»Wie gesagt, wir essen gerade«, antwortete Sian und wünschte, Gus würde einfach wieder verschwinden und sie in Ruhe lassen. Sie fühlte sich noch nicht dazu in der Lage, mit ihm zu sprechen.

»Ich warte.«

Trotzig lehnte Gus alle Angebote ab, etwas zu essen oder zu trinken, blieb im Türrahmen stehen und wirkte schrecklich ungeduldig.

Schließlich sagte Sian: »Warum erzählst du Gus nicht, was du heute gemacht hast, Rory?«

»Oh, ich war in der Schule! Richard hat mir ein Geschenk zur Einschulung gekauft, eine große Lego-Packung. Und er hat ein eigenes Schwimmbad! Toll, nicht?«

Sian wusste, dass Rory einfach nur drauflosplapperte, und obwohl sie sich für Richard freute, wünschte sie, Rory hätte Richards Geschenk und das Schwimmbad nicht erwähnt. Sie konnte sehen, dass Gus sich darüber ärgerte.

»Und hat es dir in der Schule gefallen?«, erkundigte sich Gus.

»Ja, es war super!«

»Bist du gut zurechtgekommen?«

»Ja-ha. Und nach dem ersten Schultag war ich mit Mummy, Annabelle und ihren Brüdern und Jody im *Pizza Express*.«

»Was für eine Pizza hast du denn gegessen?«, fragte Gus.

»Ich hatte eine mit ...«

Während die Männer über ihre Pizza-Vorlieben diskutierten, beschäftigte Sian sich wieder mit dem Nachtisch. Sie legte Richard, ohne zu fragen, noch mehr Sirupkuchen auf den Teller und reichte ihm die Vanillesoße.

»Ob ich wohl so frei sein dürfte, dich zu bitten, die Soße kurz noch mal in die Mikrowelle zu stellen? Ich mag Vanillesoße eigentlich nur warm.« Er lächelte verlegen, und Sian unterdrückte sofort jegliche Verärgerung über seine Bemerkung.

Gus gab sich in dieser Hinsicht keine Mühe; er schnaubte, offensichtlich genervt von Richards Dreistigkeit.

»Oh!«, sagte Rory zu seinem Vater. »Ich hab dich auch gesehen!«

»Wann?«, wollte Gus wissen. »Wann hast du mich gesehen?« Er runzelte die Stirn.

»Als wir Pizza essen waren. Du warst so komisch schick angezogen!«

»Ich weiß immer noch nicht, wann das gewesen sein soll, Kumpel«, erklärte Gus.

»Du bist in die Cocktailbar gegenüber der Pizzeria gegangen«, warf Sian ein. »Mit Melissa.« Kaum waren die Worte heraus, biss sie sich auf die Lippe.

Gus sah irritiert aus. »Mir ist die Pizzeria gar nicht aufgefallen.«

»Warum auch, wenn das *Boca Loca* lockt?« Sian trank von ihrem Wein. Er schmeckte scheußlich zu dem Nachtisch, aber sie musste aufhören, so zu klingen, als wäre sie eifersüchtig. Gus hatte nicht einmal schuldbewusst gewirkt, als sie die Cocktailbar erwähnt hatte.

Er räusperte sich. »Sian, es gibt da etwas, das ich gern unter vier Augen mit dir besprechen würde.«

Richard hob die Augenbrauen. »Wir essen noch.«

Gus holte tief Luft, doch bevor er etwas sagen konnte, mischte Sian sich ein. Sie war nicht erpicht darauf, allein mit Gus zu reden, aber sie wollte auch vor Rory keinen Streit vom Zaun brechen. »Ich bin satt«, erklärte sie. »Warum esst ihr beide nicht noch euren Nachtisch auf und fangt schon mal mit den Legosteinen an?«

»Okay«, sagte Richard. »Aber zuerst räumen wir ab.« Er sah Gus an und lächelte. »Wir wollen einen Hubschrauber zusammenbauen.«

Gus sah auf die riesige Packung, die auf der Arbeitsplatte lag. »Ich verstehe.«

Sian spürte eine Welle des Mitgefühls. Gus konnte es sich nicht leisten, so viel Geld für ein Spielzeug auszugeben. Sie selbst auch nicht. »Dann komm. Gehen wir ins Wohnzimmer!«

»Richard und du seid ja plötzlich ganz dicke miteinander«, bemerkte Gus mit eisiger Stimme, nachdem Sian die Wohnzimmertür geschlossen hatte. »Er hat euch beide zu sich eingeladen und Rory ein teures Spielzeug gekauft?«

»Rory war nicht bei Richard, ich war allein dort. Ich habe dem Jungen von dem Schwimmbad erzählt.«

»Du hast mit Richard gegessen? Und ihr wart ganz allein? Und hat er auch ein rundes Bett mit schwarzer Satinbettwäsche?«

»Gus, was soll das?« Er benahm sich wirklich unmöglich! »Wie kannst du es wagen, herzukommen und mich über Richard auszufragen? Was ich mit meiner Zeit anfange, ist allein meine Sache.«

»Ich muss zugeben, ich bin ein bisschen verwirrt.« Gus' Augen blitzten wütend auf. »Ich bin hergekommen, um dir etwas zu sagen, und wie sich herausstellt, hast du selbst Neuigkeiten für mich! Korrigiere mich, wenn ich mich irre! Du hast Richards Haus gesehen und plötzlich gedacht: Was für ein netter Kerl! Der mich mit seinem geregelten Einkommen und seinem schicken Auto gut versorgen kann! Den werde ich mir mal warmhalten!«

Sian wurde wütend. Wie konnte Gus es wagen, ihr Vorwürfe zu machen, nach dem, was er sich geleistet hatte? »Richard ist zum Essen gekommen, das ist alles. Außerdem glaube ich nicht, dass du das Recht hast, mir vorzuschreiben, mit wem ich mich treffe oder nicht!«

»Nein? Selbst wenn die Person, die du triffst, vielleicht der Stiefvater *meines* Sohnes wird?«

»Sei nicht albern! Du würdest Rory immer sehen können. Du kannst ihn so oft besuchen, wie du möchtest...«

»Oh, wie großzügig von dir!«

»Das ist es tatsächlich, nachdem du mir bewiesen hast, wie völlig unzuverlässig du bist!«

»Bin ich das? Wie kommst du denn darauf?« Er starrte sie an.

Plötzlich brachte Sian es nicht über sich, auf ihn und Melissa zu sprechen zu kommen und darauf, wie verzweifelt sie war, als er sich nach ihrer Liebesnacht nicht bei ihr gemeldet hatte.

»Ich denke, du weißt, was ich meine! Außerdem ist das alles Vergangenheit.«

»Ist es das?«

»Ja. Was wolltest du mir nun sagen?« Sie wurde ungeduldig. Der Schmerz und die Enttäuschung, die sie empfunden hatte, als sie Gus mit Melissa gesehen hatte, gaben ihr jetzt die Kraft, stolz das Kinn zu recken und nicht in frustrierte, wütende Tränen auszubrechen.

Gus lachte und schüttelte den Kopf. »Das werde ich dir nicht sagen. Es spielt keine Rolle mehr.«

Jetzt benahm er sich wirklich kindisch!

»In dem Fall hält dich hier nichts mehr, oder?«

»Abgesehen von Rory.«

»Sag ihm »Gute Nacht«, aber lass mich eins klarstellen: Wenn du mir auf irgendeine Weise Schwierigkeiten machst, indem du anschließend nicht sofort gehst, dann werden deine Besuche nur noch an vorher vereinbarten Terminen stattfinden können. Dann kannst du nicht mehr vorbeikommen, wann es dir gerade passt.« Sie konnte nicht riskieren, dass Rory wehgetan wurde, ganz egal, wie verletzt und wütend sie selbst war.

»Du würdest mir verbieten, meinen eigenen Sohn zu sehen?«

»Nicht, wenn du vernünftig bist, doch ich muss auch an mein eigenes Leben denken.«

»Und ich sehe genau, in welche Richtung deine Gedanken gerade gehen!«

»Und warum sollte ich nicht auch mal an mich selbst denken? Ich stelle meine eigenen Bedürfnisse seit fünf Jahren zurück, und ich habe es gern getan, aber das bedeutet nicht, dass ich keine hätte!«

»Und ich bin sicher, dass Richard in der Lage sein wird, sie zu erfüllen! Abgesehen von einer Sache!«

»Wovon sprichst du?«

Gus sah sie mit einer solchen Intensität an, dass sie unwillkürlich zurückzuckte. »Ich rede von Sex! Das zwischen uns ist ...«

Sian wollte nicht darüber nachdenken, was zwischen ihr und Gus war – gewesen war, erinnerte sie sich. Und sie hatte es schon gesagt: Das war Vergangenheit. Sie würde neu anfangen. Sie hatte ihre Entscheidung getroffen, und sie würde sich nicht von jemandem dafür beschimpfen lassen, der absolut kein Recht hatte, sich über sie zu erheben.

»Darüber brauchst du dir nicht den Kopf zu zerbrechen«, sagte sie, und ihr war bewusst, wie förmlich sie klang. Aber sie war fest entschlossen, die Kontrolle über die Situation zu behalten. »Auf dem Gebiet gibt es überhaupt keine Probleme, danke der Nachfrage!«

»Ich verstehe! Das hast du also auch schon überprüft, genau wie seinen Kontostand, ja?«

Wie konnte er es wagen! »Wenn du nicht sofort mein Haus verlässt ...«

»Oh, das werde ich! Sobald ich Rory »Gute Nacht« gesagt habe.«

»Ich glaube nicht, dass das eine gute Idee wäre. In deinem Zustand solltest du nicht zu ihm gehen.« Seine Augen loderten jetzt regelrecht, und sie wich einen Schritt zurück. »Und noch etwas: Wenn du glaubst, ich fahre mit dir nach London, um dir zu helfen, dein verdammtes Buch zu verkaufen, dann täuschst du dich gewaltig! Und jetzt geh bitte!«

»Ich bin schon weg. Und wenn du mal lachen möchtest, dann kannst du das hier lesen!« Er knallte den Umschlag auf ein kleines Regal und stürmte aus dem Haus.

22

Fiona schnitt die welken Rosenblüten ab und versuchte, bei dieser Tätigkeit, die sie sonst immer beruhigte, Trost zu finden. Es war ihr unerträglich, zusehen zu müssen, wie ihr sonst so unbeschwerter, fröhlicher Sohn litt.

Als er vor ein paar Tagen abends von Sian zurückgekommen war, hatte sie nicht gewusst, ob er so wütend war, dass er es nicht in Worte fassen konnte, oder so am Boden zerstört, dass er nicht sprechen wollte. Fiona fühlte sich schrecklich hilflos.

Sie hatte sich aus dem wenigen, das sie Angus hatte entlocken können, eins und eins zusammengereimt und nahm an, dass Angus zu Sian gegangen war, um ihr die Neuigkeit zu erzählen. Aber Richard hatte bei ihr gegessen, der sich plötzlich in Krösus verwandelt hatte und nicht länger der nette Mann zu sein schien, den sie schon so lange kannte. Und Sians neues Interesse an Richard ließ sie in keinem vorteilhaften Licht erscheinen ...

Fiona hatte sofort angeboten, mit Sian zu sprechen, um herauszufinden, was da vor sich ging, aber Angus hatte es ihr vehement verboten. Sie war sicher, dass es ein Missverständnis war, doch sie durfte sich nicht einmischen. Und seitdem musste sie zusehen, wie Angus litt. Stundenlang saß er in seinem Arbeitszimmer über seinem Buch.

Sie hatte gerade eine Rose abgeschnitten, die eigentlich noch nicht wirklich verblüht war, als sie das Telefon klingeln hörte. Fiona rannte ins Haus in der Hoffnung, dass es Sian war, die anrief.

Doch es war James, der sich am anderen Ende der Leitung meldete.

Plötzlich fiel Fiona das Atmen schwer. Sie war ohnehin vom schnellen Laufen ein bisschen außer Atem. »Oh, hallo!«, sagte sie und versuchte, ihn ihre Aufregung nicht hören zu lassen.

»Hallo Fiona, ich wollte dich zum Essen einladen.«

»Das wäre schön.« Fiona atmete wieder ruhiger. Sie setzte sich auf die kleine Bank, die neben dem Telefon in der Halle stand, und stellte sich ein kleines Restaurant oder einen Pub am Ufer eines Flusses vor.

»Bei mir zu Hause«, fuhr James fort.

Fiona fuhr in die Höhe. Jede Menge Schmetterlinge flatterten in ihrem Bauch, als sie die unterschwellige Botschaft wahrnahm.

»Ich möchte dir etwas ganz Besonderes kochen.« Er zögerte. »Wirst du kommen?«

Fiona biss sich auf die Lippe. Es würde schön sein, ihn wiederzusehen, und es gab ihr Gelegenheit, das Haus zu verlassen und Angus' Unglück für eine Weile zu vergessen.

»Wenn du mir sagst, wann, dann komme ich gern.« Sie wollte nicht zu überschwänglich klingen.

»Wie wäre es am Mittwoch? Um halb acht?«

»Ja. Das passt mir gut.«

Sie plauderten noch eine Weile über dies und das, dann verabschiedeten sie sich voneinander.

Als Fiona aufgelegt hatte, wurde ihr klar, dass sie sich seit vielen Jahren nicht mehr so beschwingt gefühlt hatte.

Natürlich war sie nicht verliebt. Das war unmöglich. So gut kannte sie James noch gar nicht. Es war Lust. Aber zusammen mit der Erkenntnis überfiel Fiona plötzlich Panik. Für einen Moment vergaß sie ihre Traurigkeit über die Missverständnisse zwischen Angus und Sian und lief nach oben, um ihren Kleiderschrank nach einem hübschen Outfit für die Verabredung mit James durchzusehen.

Der Mittwoch kam, und Fiona fand sich zum gefühlt ein millionsten Mal innerhalb der letzten drei Tage vor ihrem Kleiderschrank wieder.

Sie starrte auf die Kleider, die sie schon mehrmals in der Hand gehabt und wieder in den Schrank zurückgehängt hatte, und griff dann, einem Impuls folgend, nach einem Lieblingskleid, das so oft gewaschen war, dass das Muster bereits etwas verblasst war. Die Farbe brachte ihre Haarfarbe aber gut zur Geltung, und zufällig passte das Kleid perfekt zu dem Überwurf, den Fiona sich extra für das Essen gekauft hatte.

Erleichtert, diese Entscheidung getroffen zu haben, ging sie ins Badezimmer.

Sie hatte am Abend zuvor ein komplettes Peeling gemacht und eine Feuchtigkeitsmaske aufgetragen, deshalb duschte sie nur kurz und konnte einigermaßen sicher sein, dass ihre Haut so glatt war, wie sie eben sein konnte. Sie hatte sich auch die Achseln enthaart. Jetzt hatte sie das Gefühl, ihr Bestes getan zu haben, und war eigentlich ganz zufrieden mit sich. Als ihr wieder einfiel, was sie mal von Schönheitsguru Gok Wan zu dem Thema gehört hatte, bearbeitete sie ihren Intimbereich mit einer Schere und etwas Tönungsschaum, weigerte sich jedoch, auch nur über seinen Rat nachzudenken, dort eine Wachsbehandlung vorzunehmen. Fiona wollte lieber sterben, ohne je wieder Sex zu haben, bevor sie solche Schmerzen ertrug.

Sie betrachtete sich selbst im Spiegel, nahm die Schultern zurück, zog den Bauch ein und beschloss, dass sie bei gedämpftem Licht einer Musterung problemlos standhalten würde. Sorgfältig legte sie noch ein dezentes Make-up auf, dann war sie startklar.

Als sie sich endlich auf den Weg in die Stadt zu James' Wohnung machte, vielleicht ein bisschen früher als nötig, war sie immer noch überzeugt davon, dass die Chance, mit ihm Sex zu haben, gering war. Es war nicht so, dass sie es nicht wollte, doch sie konnte sich einfach nicht vorstellen, wie sie die Verlegenheit davor ertragen sollte. Im Augenblick erschien es ihr einfach unmöglich, sich vor jemandem auszuziehen. Tatsächlich zwang sie sich, nicht mehr darüber nachzudenken, weil ihr jedes Szenario, das sie sich ausmalte, einfach zu albern vorkam. Vielleicht war es besser, als keusche alte Frau zu sterben, als so etwas durchzumachen!

Fiona hatte eine Flasche Rotwein dabei, die aus ihren Vorräten stammte, und wollte sie James als Geschenk überreichen. Als sie das Haus verlassen hatte, hatte sie sich ein bisschen unaufrichtig gefühlt, weil sie Angus gegenüber behauptet hatte, sie würde mit einer Freundin essen und gegebenenfalls bei ihr übernachten.

Fiona wollte nicht wirklich darüber nachdenken, wie Angus auf die Nachricht reagieren würde, dass sie einen Freund hatte. Sie hatte ihrer aller Leben ruiniert, als sie zu schnell nach dem Tod ihres Mannes wieder geheiratet hatte, in dem Irrglauben, dass es für die Jungen gut wäre, wieder einen Vater zu haben.

Ihr Selbstbewusstsein und ihre Vorfreude wuchsen während der Fahrt. Es war ein schöner Spätsommerabend, und obwohl die Nervosität, die sie seit James' Anruf plagte, sich nicht gelegt hatte, wurde sie jetzt von Begehren überlagert.

Sie war zu früh. Sie parkte den Wagen auf dem Parkplatz,

den sie immer anfuhr, wenn sie in der Stadt war, richtete sich das Haar im Rückspiegel und versuchte, ruhig zu atmen. Dann machte sie sich langsam auf den Weg zu James' Wohnung. Er war selbst immer sehr pünktlich, es würde ihn nicht stören, wenn sie genau zur verabredeten Zeit erschien.

James musste im Laden auf sie gewartet haben, denn er öffnete ihr sofort die Tür. Er stand im Eingang, sah sie an und lächelte. Ihr eigenes Lächeln wurde immer breiter, während sie seinen Blick erwiderte.

»Ich freue mich so sehr, dich zu sehen!«, sagte er. »Komm doch rein!«

Sie trat über die Schwelle in den Laden, der voller Schatten zu sein schien. James legte die Hände auf ihre Schultern und küsste sie auf die Wange. Dann nahm er sie in die Arme und küsste sie erneut, diesmal auf den Mund. Als sie sich wieder voneinander lösten, blickte sie ihn an und fragte sich, wieso sie nicht schon früher bemerkt hatte, wie sexy und schelmisch seine Augen blitzten. Ihre Nervosität legte sich ein bisschen, aber ihr Verlangen nach ihm nicht.

»Komm mit nach oben!«

Sie ging über die schmale geschwungene Treppe voran in die Wohnung über dem Geschäft, und Fiona dachte wieder, wie gut sie ihr gefiel mit den breiten glänzenden Holzdielen, die ein wenig uneben waren, den alten Teppichen, den halbrunden Fenstern und den dunklen Möbeln.

Sie blickte sich um und wollte sich auf das Sofa vor dem Kamin setzen.

»Nein, nicht da«, sagte er und führte sie zu einer Ecke, die ihr vorher noch nicht aufgefallen war. Eine etwas schiefe Tür stand offen. »Wir gehen in das, was ich als meinen ›Garten‹ bezeichne.«

Er führte sie auf einen Balkon, der gerade groß genug für

einen kleinen runden Tisch und zwei Stühle war. Eine Platte mit kleinen Pfannkuchen mit Lachs und etwas, das wie Crème fraîche aussah, und zwei Gläser standen bereit. An einem mit Lavendel bepflanzten Topf lehnte ein Weinkühler mit einer Flasche Sekt darin.

»Das ist hübsch!«, entfuhr es ihr. »Und so überraschend!«

»Ja. Eigentlich ist es nur ein Dachvorsprung über dem Flur unten, aber er war schon zu einem Balkon umgebaut worden, als ich das Gebäude kaufte. Ich glaube, dieser kleine Freisitz hat mich davon überzeugt, dass es das richtige Haus ist.«

James goss den Sekt ein und reichte Fiona ein Glas. »Auf dich«, meinte er. »Ich kann dir gar nicht sagen, wie sehr ich mich auf diesen Abend gefreut habe.«

Aber auf was genau freute er sich? Fionas Zweifel meldeten sich zurück; Verlangen kämpfte gegen Angst. Fiona trank einen Schluck; der Sekt half. Nein, sie würde nicht mit ihm schlafen. Sie hatte einfach zu viel Angst.

Nachdem sie diese Entscheidung getroffen hatte, entspannte sie sich ein wenig und probierte die Pfannkuchen. Sie waren köstlich.

»Was feiern wir?« Es war nicht die intelligenteste Bemerkung, die jemals ausgesprochen wurde, aber ihr fiel nichts Besseres ein.

»Hier zu sein, an diesem wunderschönen Abend. Wir beide zusammen.« James schien nicht zu ahnen, welchen Entschluss sie gerade gefasst hatte. Er würde also die Unterwäsche nicht zu sehen bekommen, die sie sich extra für diesen Abend gekauft hatte – bezahlt aus dem Erlös der Bücherverkäufe und teurer als alles andere, das sie trug, zusammen.

»Es ist schön, hier zu sein, das muss ich sagen.« Sie seufzte leise. »Ich habe eine Flasche Rotwein mitgebracht. Ich habe sie drinnen auf dem Tisch stehen lassen. Aber wir müssen den

Wein nicht trinken – eigentlich ist er ein Geschenk.« Weil sie merkte, dass sie zu viel redete, nippte sie noch einmal an ihrem Sekt. Ich muss schlimm wirken, dachte sie, zu alt, um mädchenhaft zu sein, und zu naiv für eine weltgewandte ältere Dame.

»Entspann dich einfach, Fiona!«, sagte James, und ihr Herz machte einen Hüpfer. »Es wird nichts passieren, was du nicht willst. Konzentrieren wir uns auf ein schönes Essen in einer angenehmen Umgebung. Obwohl ich gestehen muss, dass ich an solchen Abenden gern einen Garten hätte.«

»Aber hier ist es auch schön.« Fiona sah auf die Dächer und Schornsteine, die sie umgaben, und auf die Straßen, die Cafés und Bars und die Leute, die dort den Abend verbrachten.

»Die meiste Zeit bin ich sehr glücklich über mein städtisches Leben. Sieh nur. Dahinten ist die Turmspitze der Kirche, und direkt dahinter kannst du den Fluss sehen. Es ist eine alte Stadt, und das gefällt mir. Nur ab und zu hätte ich es gern etwas grüner.«

»Du könntest Geißblatt in einem Kübel auf den Balkon stellen oder eine andere Kletterpflanze, vielleicht mit einem Spalier, dann wirkt der Balkon mehr wie ein Garten.« Dann hörte sie auf zu reden, weil ihr bewusst wurde, dass sie wieder in ihre alte Angewohnheit verfallen war, die Probleme der anderen zu lösen, selbst wenn diese das gar nicht wollten.

»Setz dich, Liebling, und iss die Pfannkuchen! Ich muss noch mal in die Küche.« Sie mochte die Art, wie er »Liebling« sagte. Es erinnerte sie an ihren ersten Mann.

James hat sich definitiv verändert, seit ich ihn kenne, überlegte Fiona. Oder lag es nur daran, dass sie ihn jetzt mit anderen Augen sah? Als sie ihn kennengelernt hatte, hatte er charmant und höflich gewirkt, aber nicht besonders dynamisch. Jetzt übernahm er auf eine Weise die Führung, die sie sehr attraktiv fand.

Er kam recht schnell mit einer großen Schüssel Spargel und einer kleineren mit Sauce Hollandaise wieder zurück. »Ich weiß, er hat jetzt eigentlich nicht Saison, doch die Spargelzeit ist immer so kurz. Ich finde, da kann man sie ruhig ein bisschen verlängern.« Er hatte Servietten mitgebracht, aber keine Teller. »Ich dachte, wir tauchen ihn einfach in die Soße und essen ihn.«

Fiona tunkte eine Stange in die Hollandaise. »Hast du die selbst zubereitet?«

»Ja, habe ich. Das ist nicht wirklich schwer.«

Sie aßen und tranken in kameradschaftlichem Schweigen. Aber obwohl Fiona hoffte, dass sie ruhig wirkte, war sie noch immer schrecklich nervös. Es war so lange her, seit sie mit einem Mann auf diese Weise allein war.

James wollte ihr Glas noch einmal auffüllen, aber sie hielt ihn davon ab. »Ich sollte nicht zu viel trinken. Ich muss ja noch fahren.«

Er stellte die Flasche ab und nahm ihre Hände, um sicherzustellen, dass er ihre volle Aufmerksamkeit hatte. »Fiona, ich weiß, dass du dir Sorgen machst, aber das musst du nicht. Diese Wohnung ist nicht riesig, doch es gibt ein zweites Schlafzimmer. Ich benutze es meistens als Arbeitszimmer, aber es steht ein Bett darin. Wenn du zu viel trinkst und nicht mehr fahren kannst, dann überlasse ich dir mein Bett, und ich schlafe im Arbeitszimmer. Entspann dich einfach.« Er zögerte. »Ich habe das Bett frisch bezogen – das mache ich auch, wenn meine Schwester bei mir übernachtet.«

»Okay!« Das zu wissen half definitiv. Fiona nahm einen großen Schluck Sekt und entspannte sich erneut. James war so verständnisvoll. Es war schon gut, dass sie immer eine Feuchtigkeitscreme und Make-up in ihrer Handtasche dabeihatte.

Nach dem Spargel gab es Lachs mit Pesto und Parmesan und dazu neue Kartoffeln.

»Du wirst bemerkt haben, dass es die Art von Gerichten ist, die man sehr gut vorbereiten kann und die schnell und einfach gekocht sind«, sagte James und schenkte Fiona Pinot Grigio in ein Weinglas, das er mit auf den Balkon gebracht hatte.

»Es ist ein schönes Sommermenü«, sagte Fiona, die auch fand, dass es genau die Art von Essen war, die man für einen Freund kochte: einfach, köstlich und nicht zu schwer.

»Zum Glück gibt es die simplen Rezepte der guten alten Delia Smith.«

Fiona lachte und entspannte sich endgültig. Sie waren einfach zwei Freunde, die an einem wunderschönen Abend zusammen aßen. Sie würde über Nacht bleiben, genauso wie sie bei einer Freundin übernachten würde, wenn sie nicht mehr fahren wollte. Den Unsinn mit der Unterwäsche und dem Tönungsschaum hätte sie sich wirklich sparen können!

»Noch einen Schluck Wein?«, fragte James etwas später.

»Ja, gern, warum nicht?« Fiona legte Messer und Gabel auf den Teller. »Das war absolut köstlich«, sagte sie. »Ich schätze, dass du das Pesto selbst gemacht hast.«

Er nickte. »Es ist so einfach. Zumindest, seit meine Schwester mir einen Zerkleinerer zu Weihnachten geschenkt hat.«

»Angus bereitet auch wunderbares Pesto mit Bärlauch zu«, fuhr Fiona fort. »Er nimmt Cheddar statt Parmesan und Sonnenblumen- statt Pinienkerne. Es ist köstlich.«

»Das ist es ganz bestimmt, aber es passt nicht wirklich zu dem, was jetzt kommt.«

»Und was ist das?«

James lächelte. Seine Augen strahlten wieder, und Fiona spürte eine neue Welle der Erregung. Er stand auf, nahm ihre Hand und zog Fiona hoch. »Komm mit!«

Fiona sagte nichts, sondern ließ sich nur von ihm durch die kleine Tür zurück in die Wohnung führen. In diesem Moment warf sie alle Zweifel über Bord: Ja, sie wollte mit James schlafen, sehr sogar.

Eine Kerze, die er irgendwann im Laufe des Abends angezündet haben musste, spendete das einzige Licht im Schlafzimmer. Er küsste sie und zog ihr dabei den Überwurf aus. Fiona kickte die Schuhe von den Füßen. James öffnete ihr Kleid. Plötzlich wollte sie möglichst schnell alle Kleidung ablegen und James' Haut an ihrer spüren.

Die Sorge glomm noch einmal kurz auf. Was, wenn ihr Körper nicht mehr wusste, was er tun musste? Was, wenn es dafür zu spät war? Es war Jahre her, seit sie zuletzt mit einem Mann geschlafen hatte. Und doch knöpften ihre Finger wie von selbst James' Hemd auf, und ihre Hände fuhren über seine Haut, als sie die Arme um ihn schlang.

Ihre Unterwäsche fand nicht viel Beachtung, wie Fiona gerade noch klar wurde, bevor sie nackt auf das Bett sanken und alles andere um sich herum vergaßen.

Viel später sagte sie: »Mein Gott, das war wirklich gut, oder?«

James, der schnell atmete, lehnte sich in die Kissen zurück und lachte. »Du bist eine unglaubliche und absolut wunderbare Frau.«

Sie seufzte genüsslich, während sie sich neben ihn legte und sich das Laken über die Brust zog. »Du hast die ganze harte Arbeit geleistet, ich bin nur ... mitgeritten.« Sie kicherte. »Bitte sei ein Gentleman und ignoriere das Wortspiel.«

Er stützte sich auf den Ellbogen und küsste den Ansatz ihrer Brüste, der gerade noch sichtbar war. »Ich werde ein Gentleman sein und dir etwas zu trinken holen. Wein? Tee? Wasser?«

»Wasser, denke ich. Das wäre schön.«

»Und vielleicht Nachtisch?«

Sie setzte sich etwas auf. »Ich dachte, das wäre der Nachtisch gewesen.«

Er lächelte verlegen. »Nein, das war nur der Zwischengang ...«

Sie warf ein Kissen nach ihm.

»Tut mir leid, ich konnte nicht widerstehen. Ich hole schnell beides. Wasser und Crème brûlée.«

Während sie etwas später im Bett saßen und sich den Nachtisch schmecken ließen, gestand sie: »Ich war so schrecklich nervös. Allein der Gedanke an ... na ja ... du weißt schon.«

Er lächelte und nahm ihr die leere Schüssel und den Löffel ab. »Ich weiß, dass du angespannt warst. Ich hoffe, ich war es nicht, der dich nervös gemacht hat.«

»Doch, aber irgendwie war es dadurch nur noch aufregender. Und schön.«

»Ich bin froh, das zu hören. Und jetzt kann ich es ja zugeben: Ich war auch nervös.«

»Das überrascht mich. Du wirktest so ... selbstsicher.«

»Nur deinetwegen. Weil ich dich so wollte, war es einfach. Ich muss gestehen, dass ich schon daran gedacht habe, als ich dich das erste Mal sah.«

»Es ist so schön, dass du das sagst. Wenn man ein Kopfkissen der Gesellschaft ist ...«

»Du meinst, eine Stütze, oder?«

Sie kicherte. »Eigentlich schon, aber ›Kopfkissen‹ erschien mir unter diesen Umständen passender. Doch wie du weißt, bin ich eine brave Frau, ich kümmere mich um den Blumenschmuck in der Kirche, ich backe Kuchen ...«

»Du veranstaltest Dinnerpartys.«

»Manchmal. Und obwohl ich es mit Internet-Verabredungen versucht habe, hätte ich nicht erwartet, wieder Sex zu haben.«

»Hat dich der Gedanke gestört, keinen mehr zu haben?«

»Ja, weil es ein wichtiger Teil des Lebens ist, doch ich hatte mich damit abgefunden.« Sie runzelte die Stirn. »Ich wünschte nur, mein geliebter Sohn und Sian würden das endlich einsehen und ihre Beziehung wieder in Ordnung bringen.«

»Möchtest du wieder mit mir schlafen? In naher Zukunft, meine ich?«

»Oh ja.« Dann überfiel sie das schlechte Gewissen. »Aber ich möchte nicht heiraten. Du auch nicht, oder? Ich weiß, das passt nicht ins Bild, aber ich möchte mein Leben nicht mehr ändern...« Ihre Stimme erstarb, als ihr klar wurde, dass sie gerade einen riesigen Gedankensprung gemacht hatte, von Sex zur Ehe war es ein weiter Bogen. Aber mit James fühlte sich alles so instinktiv richtig an, dass es schwer war, ihn nicht als jemanden zu sehen, der ein fester Bestandteil ihres Lebens werden konnte.

Zum Glück lächelte James. »Schon gut. Ich würde mich freuen, wenn wir richtig zusammen wären und teilweise bei dir, teilweise bei mir wohnen könnten, doch ich möchte nicht wieder heiraten.«

»Es ist nur, dass ich mir plötzlich Sorgen mache«, erklärte Fiona.

»Warum? Was habe ich gesagt, das dich beunruhigt?«

»Es geht um Angus! Und um Russel – seinen Bruder. Was werden sie denken, wenn ihre Mutter...«

»... ein Kopfkissen der Gesellschaft...«

»... einen superheißen Liebhaber hat?«

James fing an zu lachen, bis ihm die Tränen nur so über die Wangen liefen. »Es tut mir leid, das hat mich einfach verrissen. Ich bin Besitzer eines Buchantiquariats. Ich sehe mich selbst nicht wirklich als ›superheißen Liebhaber‹.«

»Ich aber schon! Ich würde so ein Wort normalerweise auch nicht gebrauchen, doch ich fand es passend.«

»Machst du dir wirklich Sorgen darüber, was deine Söhne denken könnten? Angus und ich haben uns auf der Dinnerparty sehr gut verstanden.«

»Ich weiß, aber Jungs und ihre Mütter ... du weißt, wie sie sind. Und ich habe in dieser Hinsicht schon mal sehr danebengelegen.«

»Dieses Mal wirst du nicht heiraten, und außerdem sind sie jetzt erwachsen.«

»Ich glaube nicht, dass sie jemals erwachsen genug sein werden, um den Gedanken zu ertragen, dass die eigene Mutter ein Sexualleben hat. Sex ist immer nur etwas, das nur die eigene Generation tut, findest du nicht?«

»Um ehrlich zu sein, habe ich noch nie darüber nachgedacht.«

»Ich mache mir vermutlich zu viele Sorgen.«

»Ich bin sicher, das tust du, und ich bin gern auch einfach nur ein Freund, der mal bei dir übernachtet ...«

»In meinem Bett!«

»Ja. Schließlich ist dein Haus so klein, dass du auf keinen Fall irgendwo anders ein Zimmer für mich finden könntest.«

Sie stieß sanft gegen seinen Arm und schmiegte sich dann an ihn, legte den Kopf auf seine Brust und lauschte seinem Herzschlag. »Lass uns jetzt nicht darüber nachdenken.«

Er küsste ihre Schulter. »Nein. Aber ich möchte, dass du weißt, dass ich dich nicht nur wirklich sehr begehre, sondern dass ich auch in dich verliebt bin.«

Fiona fuhr auf einer Wolke des Glücks nach Hause. Weil James den Laden um zehn Uhr öffnen musste, hatten sie sich schließlich trennen müssen, aber James war einfach der perfekte Liebhaber gewesen. Er hatte ihr ein Hemd für die Nacht geliehen, ihr am Morgen Tee und Croissants ans Bett gebracht und ihr später ein Bad eingelassen. Sie hatten sich zum Abschied geküsst wie Teenager, und sie hatten vor, sich bald wiederzusehen, sehr bald.

Als sie nach Hause kam, saß Angus in der Küche und starrte die Wand an. Er sah noch immer aus wie eine Sturmwolke mit Depressionen. Ihr eigenes Glück ließ sie zu einer Einsicht kommen: Manchmal musste man seine Ehre in den Wind schreiben und ein Versprechen brechen. Wenn sie die Möglichkeit hatten, dann würde sie versuchen, Sian und Angus wieder zusammenzubringen. Sie konnte nicht länger danebenstehen und zusehen, wie die beiden ihr Leben ruinierten.

23

Warum Sian ausgerechnet das *Boca Loca* ausgesucht hatte, um dort mit Richard essen zu gehen, wusste sie nicht. Vielleicht war sie abgelenkt gewesen, als er angerufen hatte, und hatte einfach den ersten Namen gesagt, der ihr eingefallen war. Als sie jetzt den Wagen parkte, verfluchte sie sich für diese Wahl. Sie verbrachte jeden wachen Moment damit, Gus zu vergessen, und das würde ihr in diesem Lokal wohl kaum gelingen.

Sie entdeckte Richard an einem der Tische; er las in einer Zeitung. Er war offensichtlich früher gekommen, aber irgendwie war seine Überpünktlichkeit etwas, das Sian eher irritierte als freute. Sie ging zum Tisch und versuchte, sich nicht zu fühlen wie ein Lamm auf dem Weg zur Schlachtbank.

Richard entdeckte sie und erhob sich lächelnd, um sie zu begrüßen. »Hi Prinzessin«, sagte er und küsste sie auf die Wange.

Dass er sie »Prinzessin« nannte, war eine neue Angewohnheit von ihm, und Sian war nicht sicher, ob sie ihr gefiel. »Hallo Richard.« Sie konnte sich nicht dazu durchringen, ihn »Prinz« zu nennen.

Er schob ihr den Stuhl zurecht, und sie setzte sich.

»Möchtest du einen Cocktail?«, fragte er. »Oder sollen wir Wein zum Essen trinken?«

»Für mich nur eine Weinschorle oder so etwas. Ich muss ja noch fahren.«

»Na ja«, meinte er mit einem Blick in die Karte. »Du könntest einen alkoholfreien Cocktail trinken.«

»Das wäre schön. Such mir etwas aus!« Aus irgendeinem

Grund raubte ihr das Zusammensein mit Richard immer alle Energie, weil sie das Gefühl hatte, dass sie hart daran arbeiten musste, ihn glücklich zu machen oder sich selbst in seiner Gegenwart glücklich zu fühlen. Oder vielleicht war es auch nur das schlechte Gewissen, das sie nie losließ. Sian wünschte oft, sie könnten wieder einfach nur Freunde sein, so wie früher, bevor sie sich mehr oder weniger dazu bereit erklärt hatte, mit ihm zusammenzuziehen. Aber andererseits waren sie nie wirklich nur Freunde gewesen – jedenfalls nicht, soweit es Richard betraf.

Sie saßen einander gegenüber, und Richard blickte sie liebevoll an. Sian suchte fieberhaft nach einem Gesprächsthema. Warum war das alles nur so anstrengend?

»Rory hat angefangen, Bücher mit nach Hause zu bringen. Er kann schon recht gut lesen«, sagte sie und beschloss, weiter über Rory zu reden. Bei diesem Thema fühlte sie sich sicher.

»Das liegt daran, dass du ihm immer so viel vorgelesen hast. Du bist eine sehr gute Mutter, Sian. Und ich hoffe, du willst vielleicht noch mehr Kinder.« Er legte seine Hand beschützend auf ihre.

Sie blickte ihm in die Augen und sah darin seine Sehnsucht nach eigenen Kindern. Sie wusste, dass er ein sehr guter Vater sein würde.

Sian horchte in sich hinein. Ja, wahrscheinlich wollte sie noch mehr Kinder. Da Rory so viel von ihrer Zeit beanspruchte, dachte sie jedoch nicht oft darüber nach, aber sie war viel zu jung, um den Gedanken an weitere Kinder schon aufzugeben. Richard ein Kind zu schenken würde eine sehr gute Möglichkeit sein, ihn für seine Mühen zu entschädigen. Wenn sie das tat, konnte sie aufhören, ein schlechtes Gewissen zu haben. Dann war ihre Schuld beglichen. Aber wie schrecklich kalt das klang – selbst in ihren Ohren!

»Hm?« Sanft drückte er ihre Hand, die er noch immer festhielt, und Sian wurde klar, dass sie noch nicht geantwortet hatte.

»Ja, ich möchte noch mehr Kinder«, sagte sie lächelnd, »doch lass uns jetzt etwas essen, ja?« Sie wollte nicht über Themen sprechen, die zu tiefgründig und bedeutungsvoll waren; sie war noch nicht bereit dazu. Sian ignorierte die kleine nagende Stimme in ihr, die wisperte: »Das wirst du niemals sein.«

Richard lachte. »Natürlich, es ist ja noch früh, und wir haben ja noch nicht mal entschieden, wann du bei mir einziehen wirst, nicht wahr?«

»Ich finde einfach, dass wir nichts überstürzen sollten. Es wird für alle eine große Umstellung sein, dass wir ein Paar sind.«

»Ich weiß, doch je früher wir es verkünden, desto besser. Rory braucht eine richtige Familie, jetzt, da er in der Schule ist. Eltern, die verheiratet sind.«

Sian setzte einen Gesichtsausdruck auf, von dem sie hoffte, dass er willig und attraktiv aussah, und beschäftigte sich mit dem Besteck, um sich Zeit zu verschaffen. Ihr wurde jetzt klar, wie konventionell Richard tatsächlich war und wie viel von diesem Charakterzug er für sie bereit war zu unterdrücken. Es würde ihm nicht schwerfallen, eine nette ungebundene und unbelastete Frau zu finden, die er heiraten konnte und die ihn von ganzem Herzen liebte. Er war wirklich ein guter Mann, aber alles, was er sagte, ließ Sian weiter auf ihrem Stuhl zusammensinken. Es war nicht so, dass sie nicht zu schätzen gewusst hätte, was er ihr anbot oder wie sehr er sie liebte und begehrte – es war nur alles so erdrückend.

»Ich glaube, ich nehme den Lachs«, sagte sie und ignorierten den hingebungsvollen Ausdruck auf Richards Gesicht.

Er kicherte leise. »Du bist wirklich sehr ungewöhnlich. Ich

mache dir quasi einen Heiratsantrag, und du sagst mir, du willst essen. Na ja ...«

Die Wahrheit war, dass Sian froh war, sich auf eine einfache Entscheidung konzentrieren zu können. Zumindest wusste sie das genau: Sie mochte Lachs. Nichts in ihrem Leben schien im Moment so sicher zu sein wie das.

»Ich glaube, es ist noch zu früh, um über eine Heirat zu sprechen«, sagte sie. »Aber es ist nie zu früh, um über das Essen zu reden.«

»Also gut. Ich nehme auch den Lachs. Möchtest du eine Vorspeise?«

Plötzlich spürte Sian, wie eine Welle der Panik in ihr aufstieg. Sie sah ihre Zukunft vor sich liegen: ein Leben voller perfekter Essen wie diesem. Sie würde in einem perfekten, wunderbaren Leben gefangen sein – und sie konnte den Gedanken nicht ertragen.

»Nein, ich glaube nicht«, antwortete sie und stand auf. »Tatsächlich ist mir im Moment ein bisschen übel. Ich gehe nur schnell auf die Toilette. Wenn du mich entschuldigst ...«

Als sie auf der Damentoilette war, blickte Sian sich im Spiegel an. Ja, sie wusste, warum ihr übel war. Es war der Gedanke, den Rest ihres Lebens mit einem guten, freundlichen Mann zu verbringen, der sie zu Tode langweilte. Wie konnte sie lernen, einen solchen Mann zu lieben? Das war unmöglich. Richard wirkte fade und einfallslos. Gus hatte seine Fehler, aber er war nicht langweilig. Mit ihm würde es immer etwas Neues und Spannendes zu entdecken geben.

Es war nicht wirklich so, dass sie die Wahl hatte – Gus war unerreichbar für sie –, doch wenn sie immer noch in jeder bewussten und unbewussten Minute an Gus dachte, musste sie aufhören, Richard etwas vorzumachen!

Sian holte mehrmals tief Luft und ging dann zurück ins Restaurant, um Richard das Herz zu brechen.

Als Sian zurück ins Dorf fuhr, liefen ihr Tränen über die Wangen. Richard hatte es so gut aufgenommen, so nobel und absolut selbstlos. Sie war fast versucht gewesen, alles zurückzunehmen und sich ihm in die Arme zu werfen.

»Ich wusste immer, dass es zu schön ist, um wahr zu sein«, sagte Richard. »Und ich wusste, dass dieser Bastard Angus am Ende siegt.« Er machte eine Pause, während Sian ihre Tränen tapfer zurückdrängte. »Sag mir Bescheid, wenn er dich im Stich lässt. Ich werde da sein.«

Sie hatte Gus gar nicht erwähnt, sie hatte nur gesagt, dass sie nicht mit ihm, Richard, zusammenleben konnte, weil sie ihn nicht wirklich liebte. Sian wusste tief in ihrem Herzen, dass sie die richtige Entscheidung getroffen hatte, doch irgendwie tröstete dieses Wissen sie nicht.

Als sie im Dorf ankam, erkannte sie, dass sie jetzt unmöglich allein im Haus sein konnte. Es war ihr Zufluchtsort gewesen, aber darin standen schon die Kisten und Kartons für den Umzug zu Richard bereit. Jetzt musste sie noch dringender etwas Neues finden. Aber wo? Nicht einmal die gründliche Internetsuche ihrer Mutter hatte etwas Bezahlbares in der Gegend zutage gefördert.

Sian beschloss, Fiona zu besuchen. Sie hatte sie seit einer kleinen Ewigkeit nicht gesehen. Sie waren einander aus dem Weg gegangen, wahrscheinlich weil keiner von ihnen wusste, wie sie nach Sians Streit mit Gus miteinander umgehen sollten. Aber Sian war mit Fiona schon befreundet gewesen, bevor Gus aufgetaucht war: Die Differenzen mit ihm sollten ihrer Freundschaft mit Fiona nichts anhaben können!

Sian fuhr an Fionas Haus vorbei. Gus' Land Rover war nirgends zu sehen. Sie stellte den Wagen zu Hause ab und ging zu Fiona hinüber. Entschlossen putzte sie sich die Nase. Hoffentlich sah man nicht mehr, dass sie geweint hatte!

»Ist Gus da?«, fragte sie, als Fiona die Tür öffnete.

»Nein, leider nicht. Aber...«

»Gott sei Dank. Kann ich reinkommen?«, unterbrach Sian sie nervös. Sie war plötzlich unsicher, ob sie wirklich willkommen war.

»Natürlich«, sagte Fiona und öffnete die Tür weit, um sie einzulassen. »Du bist offensichtlich furchtbar aufgewühlt. Ich hatte gehofft, du wärst gekommen, um Gus zu sehen, doch das scheint nicht der Fall zu sein.« Sie ging voraus in die Küche, und Sian folgte ihr, immer noch schniefend.

Als sie am Küchentisch saßen, gab Sian sich große Mühe, sich wieder zu beruhigen.

»Soll ich Wasser aufsetzen oder eine Flasche Wein aufmachen?«, wollte Fiona wissen.

»Tee wäre schön. Ich muss gleich Rory von der Schule abholen.«

Fiona kochte Tee und Sian versuchte, sich ein bisschen zu fassen.

»Also«, sagte Fiona und stellte Sian einen Becher und ein Paket Jaffa-Kekse hin. »Was ist los?«

Sian seufzte und umklammerte den Becher mit Tee wie einen Rettungsanker. Unter Fionas besorgtem, liebevollem Blick musste sie gegen das Bedürfnis ankämpfen, den Kopf auf den Tisch zu legen und laut zu schluchzen.

»Ich habe einem guten Mann gerade das Herz gebrochen«, sagte sie.

»Das wäre dann das zweite Mal in diesem Monat. Wird langsam zur Angewohnheit.«

Sian sah Fiona verwirrt an. »Fiona, ich nehme an, du sprichst von Gus, aber ich habe ihm nicht das Herz gebrochen. Er war aus irgendeinem Grund wütend auf Richard, doch dazu hatte er kein Recht. Ich bezweifle, dass er deswegen leidet! Es geht ihm gut, da bin ich ziemlich sicher.«

Fiona schüttelte den Kopf. »Nein, du irrst dich! Ich lebe mit ihm zusammen, ich weiß genau, wie schlecht es ihm geht.« Fiona stand auf und holte ein Messer, um die Kekspackung zu öffnen.

»Das ist nicht meine Schuld. Und wenn jemand das Recht hat, unglücklich zu sein, dann bin ich das!«, widersprach Sian. Das war wieder einmal typisch für Gus, dass er so tat, als wäre er derjenige, der trauerte, und als wäre das alles ihre, Sians, Schuld. Als hätte er nicht nur Stunden nach ihrem wunderbaren Wochenende Melissa zu einem romantischen Essen eingeladen. Und natürlich, seine Mutter glaubte ihm!

Dabei bin ich diejenige, der das Herz gebrochen wurde, dachte Sian wütend.

»Ich schwöre dir, dass ich ihm nicht das Herz gebrochen habe, und ich kann nicht glauben, dass Melissa ihn so früh in ihrer Beziehung schon allein wegfahren lässt.«

Fiona sah verwirrt aus. »Sian, wovon zum Teufel redest du? Angus und Melissa sind nicht zusammen, sie sind nur Freunde.«

Sian dachte nach und erinnerte sich noch einmal an das, was sie vor dem *Boca Loca* beobachtet hatte. Fiona musste sich irren.

»Das glaube ich nicht. Ich habe sie zusammen gesehen, wie sie in eine Cocktailbar gingen. Sie sind definitiv mehr als Freunde. Sie sahen aus wie ein Paar.«

Fiona schüttelte den Kopf. »Ehrlich, das sind sie nicht.«

»Doch! Das sind sie!« Sian hätte sich in diesem Punkt gern geirrt, aber so war es nicht. Sie konnte Körpersprache deuten.

»Wenn die beiden kein Paar sind, warum sind sie dann schick angezogen zusammen in die Bar gegangen und haben sich lächelnd in die Augen gesehen?« Als sie spürte, dass Fiona immer noch nicht überzeugt war, fügte sie hinzu: »Und warum hat Gus sich nicht bei mir gemeldet...« Sie konnte nicht sagen: »...nachdem wir diesen großartigen Sex hatten.« Fiona war schließlich Gus' Mutter. Das wären zu viele intime Informationen gewesen.

Fiona schwieg nachdenklich; sie trank von ihrem Tee. Sian beobachtete ihre Freundin besorgt. »Was ist?«, fragte Sian schließlich und machte sich auf eine bittere Enttäuschung gefasst.

»Ich denke, dass ich ein Versprechen brechen muss. Wahrscheinlich mehr als eins.« Fiona nahm noch einen Schluck Tee. Die Entscheidung fiel ihr offensichtlich schwer. »Wann musst du Rory abholen?«

Sian sah auf die Uhr. »In einer halben Stunde.«

»Dann müssen wir uns beeilen. Komm mit.«

Verwirrt folgte Sian ihrer Freundin die Treppe hinauf in den ersten Stock und dann hinauf auf den Dachboden. Auf dem Treppenabsatz öffnete Fiona die Tür. »Geh du zuerst rein.«

Der Geruch nach frischer Farbe und gesägten Brettern drang Sian in die Nase. Die Räume waren nicht wiederzuerkennen. Eine alte Dachluke war wieder freigelegt und erfüllte den Raum mit Licht. Ein weiteres Fenster, das Sian vorher nie bemerkt hatte, ließ den Raum auch von der anderen Seite hell erscheinen. Sie ging darauf zu und sah hinaus auf die Baumkronen, die Hügel und die Felder dahinter. Der Ausblick war überwältigend. Aber warum hatte Fiona sie hergebracht?

»Das hier ist natürlich das Wohnzimmer«, erklärte Fiona, »und zu den Schlafzimmern geht es dort entlang. Das hier ist das erste.«

Sian folgte ihr in ein kleines Zimmer mit einem Doppelbett, einer alten Frisierkommode, die Sian wiedererkannte, und einer Kommode mit Schubladen. Dieser Raum, der vorher mit Möbeln vollgestellt gewesen war, wirkte ebenfalls hell und luftig. Das Fenster war kleiner, und als Sian hinausblickte, sah sie den gegenüberliegenden Giebel. Ein neues Veluxfenster befand sich in der Dachschräge.

»Ich hoffe, dass niemand jemals dieses Fenster bemerkt – es ist nicht vom Bauamt genehmigt worden«, erklärte Fiona, »aber man kann es komplett öffnen und von dort aus die Feuerleiter erreichen, also ist es aus architektonischer Sicht sicher und sinnvoll.«

Sian hörte ihr kaum zu. Sie trat in das kleine Zimmer nebenan, in dem ein Einzelbett stand und das mit den Einbaumöbeln wie eine Schiffskabine gestaltet war. Es hatte sogar ein rundes Fenster.

»Das hier ist natürlich das perfekte Zimmer für einen kleinen Jungen«, fuhr Fiona fort, »und das Badezimmer – wenn du noch Zeit hast, es dir anzusehen – ist hier drüben.«

Sian blickte auf die Uhr. »Ich muss Rory abholen...«

»Schau es dir einfach schnell an.«

Sian warf einen Blick in das kleine Bad, in dem sich eine Eckbadewanne befand. Wachbecken und Toilette nahmen den Rest des Platzes ein.

»Und eine kleine Einbauküche«, sagte Fiona und öffnete eine weitere Tür, hinter der eine Spüle, ein Herd und Schränke zum Vorschein kamen. »Sie ist winzig, aber man ist unabhängig.«

»Das ist wunderschön«, sagte Sian, die immer noch nicht sicher war, warum Fiona ihr die Räume zeigte. »Willst du die Wohnung vermieten?«

»Nein, du Dummerchen! Sie ist für dich!«

Sian sah Fiona verwirrt an, doch sie hatte keine Zeit mehr, sie zu fragen, wovon sie da um Himmels willen sprach. Rory hatte gleich Schulschluss. »Ich muss los, sonst komme ich zu spät.« Sian ging zur Treppe.

»Ich komme mit«, erklärte Fiona und lief ihr nach, »dann kann ich dir alles erklären.«

Sie beeilten sich so, dass sie am Ende zu früh an der Schule ankamen und noch ein paar Minuten im Auto warten mussten.

»Angus hat die Räume für dich umgestaltet«, sagte Fiona. »Deshalb hatte er so wenig Zeit. Er hat so hart gearbeitet, damit die Wohnung rechtzeitig fertig ist. Er wollte nicht, dass du von hier wegziehen musst.«

Sian schaute Fiona fassungslos an. »Ich weiß nicht, was ich sagen soll«, murmelte sie verwirrt. Warum hatte Gus ihr nicht einfach davon erzählt? Und warum baute er für sie im Haus seiner Mutter eine Wohnung um, jetzt, da er mit Melissa zusammen war? Dann wurde ihr klar: Er hatte dabei an Rory gedacht. Er wollte nicht, dass sein Sohn auf der Straße stand. »Das ist nett von ihm«, fuhr sie fort. »Natürlich werde ich dir Miete zahlen.«

Aber es war nicht wirklich ideal, mit dem Mann, den man zu vergessen versuchte, unter einem Dach zu leben. Vielleicht würde Sian auf dem Weg in ihre Wohnung Melissa in einem knappen Nachthemd begegnen – oder, möge Gott es verhüten, ohne Nachthemd.

»Du verstehst es immer noch nicht, oder?«, fragte Fiona und riss sie damit aus den albtraumartigen Gedanken.

»Es tut mir leid, dass ich so schwer von Begriff bin, Fiona, doch ich glaube, ich verstehe das wirklich nicht. Vielleicht könntest du es mir erklären?«

»Eigentlich steht es mir nicht zu, Angus vorzugreifen.«

»Bitte, Fiona, sag mir einfach, um was es geht!« Es passte nicht zu ihrer Freundin, dass sie nicht zum Punkt kam.

»Ich glaube, Angus wollte ...«

In diesem Moment sah Sian eine Gruppe von Kindern auf das Schultor zulaufen. »Da sind sie schon. Ich gehe Rory entgegen.«

»Dann trink noch eine Tasse Tee mit mir. Du musst die Wahrheit erfahren.«

Aber Sian war schon über den Schulhof zu ihrem Sohn gelaufen.

»Fiona ist da«, sagte sie zu Rory, nachdem sie ihm den Tornister und die Jacke abgenommen hatte. »Ich bin mit dem Auto da. Möchtest du noch bei Fiona etwas trinken?«

»Ja! Darf ich dann in meine Hütte gehen? Ist Gus auch da?«

Rorys Begeisterung stimmte Sian milder. Also gut, sie würde noch einen Tee bei Fiona trinken. Gedankenverloren folgte sie Rory zum Wagen.

Fiona war ebenfalls ausgestiegen, und der Junge rannte auf sie zu. »Ist Gus da? Ich möchte ihn sehen!«

Fiona fing ihn auf und wirbelte ihn durch die Luft. »Es tut mir leid, Schatz, aber Gus ist in London.«

»Oh.« Rory war enttäuscht, tröstete sich jedoch schnell wieder. »Darf ich in die Hütte gehen? Ist sie noch da?«

»Natürlich. Aber du hast deine Schuluniform an, und in der Hütte wirst du schmutzig werden. Deine Mummy muss entscheiden, ob du mit der Uniform draußen spielen darfst.«

Sian war hin- und hergerissen. Seltsamerweise hatte sie auch Angst vor dem, was Fiona ihr gleich eröffnen würde, und wäre am liebsten gleich zu sich nach Hause gefahren.

»Ich weiß was«, sagte Fiona, »wir suchen dir einfach ein Shirt und ein Paar Shorts von Angus ... von Gus ... heraus, die du stattdessen anziehen kannst. Die Sachen werden dir viel zu groß sein, aber irgendwie wird es schon gehen. Und während du in der Hütte spielst, können Mummy und ich uns in Ruhe unterhalten.« Sie sah Sian bedeutungsvoll an.

Sian ergab sich in das Unvermeidbare.

Fiona hatte schnell alles Nötige besorgt. Das alte Sweatshirt von Gus reichte Rory bis über die Knie, und eine Kordel hielt die Shorts am Bund zusammen.

»Ihr müsst mit nach draußen kommen und mir beim Spielen zusehen!«, rief er an der Gartentür und lief voraus.

»Ich hole dir noch eine Banane«, sagte Fiona, »die kannst du draußen essen.«

Kurz darauf folgten die beiden Frauen Rory in den Garten hinaus.

»Was macht Gus in London?«, fragte Sian.

Fiona warf ihr einen tadelnden Blick zu. »Er trifft sich mit seinem Agenten und den Leuten vom Verlag.«

Sian biss sich auf die Lippe. »Das hatte ich vergessen.«

Sie spürte einen Stich, als ihr klar wurde, dass sie jetzt bei ihm wäre, wenn es anders zwischen ihnen stünde. Dann fiel ihr wieder ein, dass Gus allein Schuld an ihrer Abwesenheit hatte. Trotzdem wünschte sie sich, dass sein Buch ein Erfolg wurde.

»Ja, aber du wolltest ihn ja ohnehin nicht begleiten, oder?«, erwiderte Fiona. »Du hast dich mit Gus gestritten.«

»Ja.«

»Er hat mir erzählt, dass du jetzt mit Richard zusammen wärst.«

Darum ging es also. Gus hatte kein Recht, deswegen wütend zu sein! Er hatte schließlich etwas mit Melissa angefangen, nur wenige Stunden, nachdem er aus ihrem, Sians, Bett gestiegen war, und er wagte es, ihr vorzuschreiben, mit wem sie zusammen war! Dabei hatte *sie* Richard nur geküsst. Bei Gus und

Melissa war es sicher nicht bei einem Kuss geblieben! Die beiden hatten bestimmt über sie, die arme Sian, gelacht, die immer noch so leicht verführbar war! Und jetzt ließ Gus seine eigene Mutter seine Kämpfe ausfechten. Er war wirklich unglaublich!

»Er ist doch auch mit Melissa zusammen«, erklärte sie und versuchte, ruhig zu bleiben. »Und sag mir nicht schon wieder, dass das nicht stimmt! Ich habe die beiden schließlich zusammen gesehen.«

Fiona seufzte. »Ehrlich, das war vollkommen harmlos.«

»Woher willst du das wissen?«

»Weil ...« Fiona wollte es gerade erklären, als Rory auf sie zugelaufen kam und nach seiner Banane fragte.

»Die Hütte ist kein bisschen kaputt!«, rief er. »Wir könnten noch mal darin schlafen.«

Als er mit der Banane in der Hand wieder weggelaufen war, bemerkte Fiona ruhig: »Sian, du musst die Wahrheit über Melissa und Angus erfahren.«

»Ich bin nicht sicher, ob ich diese Wahrheit kennen will.«

»Doch, das willst du. Sei nicht albern! Melissa hat ein Treffen für ihn arrangiert, mit jemandem, dem recht viel Land gehört. Sie und ihre Eltern kennen jeden in der Gegend. Dieser Mann besitzt Land, und er möchte etwas investieren. Mit ein bisschen Kapital könnte Angus die Waldschule aufbauen, von der er schon so lange träumt.«

»Oh ...!«, murmelte Sian betroffen, als ihr klar wurde, dass Fiona tatsächlich recht haben könnte. »Ich weiß, wie gern er diese Waldschule eröffnen möchte«, fügte sie hinzu.

»Aber er wird kein Kapital bekommen, wenn er sein Buch morgen nicht verkauft«, fuhr Fiona fort. Ihre Stimme klang jetzt drängend, als sie merkte, dass sie endlich zu Sian durchdrang.

»Das wird er, er wird kein Problem damit haben. Es ist ein tolles Buch, mit großartigen Fotos.«

»Ich bin mir da nicht so sicher...« Fiona sah sie mit einem Gesichtsausdruck an, den Sian nicht deuten konnte. War es Missbilligung? Enttäuschung? Oder vielleicht Hoffnung?

»Wie meinst du das?«

»Er braucht dich dafür, Sian.«

»Aber warum?«

»Um ihm Selbstbewusstsein zu geben, ihr seid ein Team. Er braucht dich an seiner Seite!«, wiederholte Fiona.

»Dann hätte er doch etwas sagen können! Er hätte mit mir reden können! Und warum konnte Melissa ihn nicht begleiten?« Aber Sians Wut und ihr Schmerz verwandelten sich langsam in ein schlechtes Gewissen. Wie hatte sie alles nur so falsch deuten können?

Fiona nahm Sians Arm und drehte sie langsam zu sich um. »Sian, Schatz, warum fängst du immer wieder von Melissa an? Die beiden verbindet nichts als Freundschaft. Das war schon immer so.« Sie zögerte. »Ich will damit nicht sagen, dass es Melissa nicht gefallen hätte, wenn mehr aus ihnen geworden wäre – sie hat Angus schöne Augen gemacht, als er zurückkam. Aber er sieht in ihr nur eine lustige Freundin aus Kindertagen... und in letzter Zeit einen wichtigen Geschäftskontakt.« Sie holte Luft. »Ich muss sagen, dass Melissa damit wirklich gut umgegangen ist. Als ihr klar wurde, dass Angus an ihr als Frau nicht interessiert ist, hat sie ihm als alte Freundin sehr geholfen. Und als sich herausstellte, dass er Rorys Vater ist, war die Sache endgültig erledigt.«

Sian nickte. Sie hatte einen Riesenfehler gemacht!

»Angus hat mir erzählt, dass du mit Richard zusammen bist. Ich weiß, dass du es nicht bist, nicht mehr, aber das war ein schwerer Schlag für ihn. Er hat die Wohnung im Dachgeschoss nur für dich renoviert. Nicht allein, er hat Handwerker kommen lassen, die er bezahlt hat, damit du ein Dach über dem Kopf hast. Er musste auch viele Überstunden bezahlen, damit alles so schnell fertig wurde.«

Sian hatte das Gefühl, lange auf dem Grund eines tiefen Sees gestanden zu haben und langsam wieder an die Oberfläche zu steigen. »Das wusste ich nicht.« Vielleicht hatte sie voreilige Schlüsse gezogen. »Aber warum hat er es mir nicht gesagt? Warum hat er sich nicht mehr bei mir gemeldet?« Ihr Herz zog sich traurig zusammen.

»Er wollte dich mit der Wohnung überraschen. Du weißt doch, wie er ist.« Fiona zögerte einen Moment, als wollte sie eine letzte Information doch noch für sich behalten, aber dann sprach sie weiter. »Er hat seine gesamten Ersparnisse in die Wohnung für dich investiert. Geld, das er auch für seine Waldschule hätte verwenden können.«

»Oh, nein, das ist ja schrecklich! Ich dachte, er ... ich dachte, er würde mich nicht ... er hat nicht ein Mal angerufen ... er hat mir nie gesagt, dass er mich liebt!« Sie biss sich auf die Lippe und kämpfte verzweifelt gegen die Tränen an, die ihr in die Augen steigen wollten.

Fiona legte Sian den Arm um die Schultern. »Er hat es vielleicht nicht mit Worten gesagt, aber er hat es dir gezeigt. Handlungen sagen mehr aus als Worte, finde ich. Und wenn du ihn liebst ...«

»Das tue ich. Ich weiß, dass ich ihn liebe. Deshalb habe ich mit Richard Schluss gemacht.«

»Dann musst du es Gus zeigen, so wie er es dir gezeigt hat.«

»Aber wie? Außerdem ... ich hätte wirklich gedacht, dass er weiß, was ich für ihn empfinde.«

»Du wusstest ja auch nicht, was er für dich empfindet.«

Sian nickte und wandte sich ab. Langsam ging sie ein Stück

tiefer in den Garten hinein. Sie brauchte einen Moment für sich, sie musste darüber nachdenken, was sie jetzt unternehmen sollte. Dann blieb sie stehen, weil sie es plötzlich wusste. Schnell lief sie zurück zu Fiona.

»Ich muss gehen. Ich muss nach London! Ich muss bei ihm sein und ihm zeigen, wie wichtig er mir ist – und ihm helfen, das Buch zu verkaufen.«

»Wie willst du das anstellen?« Obwohl sie sich offensichtlich freute, dass Sian endlich Vernunft annahm, war Fiona wie immer pragmatisch.

Zum tausendsten Mal an diesem Tag sah Sian auf die Uhr. »Ich könnte Rory ins Auto setzen und mit ihm zu meinen Eltern fahren. Wenn wir sofort aufbrechen, dann sind wir da, bevor er ins Bett muss.«

»Aber Rory hat doch morgen Schule.«

»Ja... und ich habe vergessen, dass er mit Annabelle verabredet ist, doch das spielt keine Rolle.«

»Warum fragen wir ihn nicht, ob er bei mir bleiben möchte? Dann könntest du mit dem Zug nach London fahren.«

»Ginge das? Hast du Zeit?«

Fiona nickte strahlend.

Rory war begeistert über die Aussicht, bei Fiona zu übernachten, denn er wusste, dass sie mehrere Zeichentrickfilme auf DVD besaß, die er noch nicht kannte.

»Geh nach Hause, Sian, und pack deine Sachen«, sagte Fiona, »dann bringen Rory und ich dich zum Bahnhof und holen uns auf dem Rückweg Fish and Chips«, flüsterte sie dem Jungen zu.

»Fish and Chips!«, jubelte er, und Sian lachte. Plötzlich fiel ihr etwas ein.

»Was soll ich denn nur anziehen? Was trägt man zu einem Treffen mit Leuten vom Verlag?«

»Liebes, ich habe keine Ahnung! Du musst nur hübsch aussehen – und das gelingt dir immer. Ganz egal, was du trägst, es wird in Ordnung sein!«

Sian wollte nach dem Packen gerade aus dem Haus laufen, als ihr Blick auf den Umschlag fiel, den Gus ihr damals dagelassen hatte. Bisher hatte sie noch nicht reingesehen. Ihr blieb auch jetzt keine Zeit dafür, aber sie steckte ihn schnell in ihre Tasche, bevor sie das Haus verließ.

Erst als Sian im Zug nach London saß, wurde ihr klar, dass sie nicht wusste, bei welchem Verlag Gus den Termin hatte. Sie rief Fiona von unterwegs aus an. Leider konnte ihre Freundin ihr zwar den Namen des Verlages nennen, aber nicht die Uhrzeit des Treffens.

»Ich weiß, dass es irgendwann am Morgen ist«, sagte Fiona hilflos. »Und nicht allzu früh. Ich denke, gegen zehn wahrscheinlich.«

»Hm, ich habe ja noch den ganzen Abend Zeit, mir zu überlegen, wie ich es herausfinden kann. Vielen Dank, dass du auf Rory aufpasst.«

Fiona lachte. »Gern geschehen. Aber es geht ja auch um das Glück meines Sohnes.«

Ihre Eltern waren zwar ein bisschen überrascht, als Sian anrief, freuten sich jedoch darüber, dass sie die Nacht bei ihnen verbringen wollte.

Nachdem sie aufgelegt hatte, lehnte Sian sich seufzend in ihrem Sitz zurück. Dann wühlte sie in ihrer Tasche nach ihrem kleinen Skizzenbuch, das sie anstelle des sperrigen A3-Portfolios eingesteckt hatte. Nachdenklich blätterte sie es durch und wurde immer mutloser. Da waren Zeichnungen von Blumen, Elfen, Drachen, Seepferdchen und Schwertlilien, aber soweit sie sehen konnte, gab es nichts, das bewies, dass sie die Richtige war, um ein Buch zum Thema Überlebenstraining zu illustrieren. Gus und sie hatten so viel Zeit auf dieses dumme Missverständnis verschwendet! Wenn sie sich nicht so schlimm gestritten hätten, dann hätte sie einen Teil seines Buches lesen und schon mal ein paar Zeichnungen anfertigen können.

Nein, das Skizzenbuch würde Gus nicht weiterhelfen. Tatsächlich würde es ihn nur behindern. Die Leute vom Verlag würden sie – und deshalb auch ihn – nicht ernst nehmen.

Ihre Kleidung spielte vielleicht keine Rolle, aber ihre Arbeit schon. Sobald sie bei ihren Eltern war, würde sie mit einigen Zeichnungen beginnen. Wenn es sein musste, würde sie die ganze Nacht zeichnen. Gus' Karriere – sein Buch, sein Waldschulen-Projekt, alles – stand auf dem Spiel.

Dann fiel Sian der Umschlag wieder ein, und sie nahm ihn aus der Tasche. Darin befanden sich ungefähr fünfzig getippte Seiten – der erste Teil seines Buches! Sie lächelte, als sie erkannte, dass das Buch wirklich lustig war. Gus konnte schreiben, das konnte er wirklich! Sie musste kein Profi sein, um das zu erkennen. Das Buch riss sie mit, es faszinierte und amüsierte sie, und sie fühlte sich gut unterhalten. Gus' Persönlichkeit fand sich auf jeder Seite wieder, in jeder Zeile, neckend, anarchisch, aber informativ.

Später an diesem Abend, nach einem gemütlichen, aber eiligen Essen mit ihren Eltern, schaffte Sian Platz auf dem Schreibtisch in ihrem alten Zimmer und fing an zu zeichnen.

Sie hatte keine lebenden Modelle, deshalb musste sie aus dem Gedächtnis zeichnen. Gus' Hände, die gerade mit einem

Messer ein Stück Birkenrinde abschabten, um daraus Zunder zu machen; die Hütte mit ihrer dicken Laubschicht; Gus, wie er schnitzte und dabei so feine Holzspäne schuf, dass sie wie Geschenkpapierschleifen aussahen, und wie er mit der Axt über dem Kopf dastand.

Als ihr nichts mehr einfiel, überflog Sian noch einmal die ersten Seiten seines Buches und wählte Szenen aus, die sich für Zeichnungen eigneten. Sie lächelte bei der Arbeit, und ihr Enthusiasmus wuchs, während sie die beschriebenen Szenen mit Bleistiftstrichen und Schattierungen zum Leben erweckte. Schließlich fügte Sian noch ein Bild von Rory hinzu, wie er mit einem dicken Ast in der Hand umherrannte. Sie wollte zeigen, dass solche Unternehmungen im Freien Kindern jeden Alters Spaß machten.

Als Sian schließlich ihre Zeichenutensilien zusammenräumte, war sie sicher, einige ihrer besten Arbeiten geschaffen zu haben, genug, um selbst die anspruchsvollsten Verlagsmitarbeiter zufriedenzustellen. Sie schloss den Skizzenblock, stand auf und streckte sich. Dann ging sie runter, um vor dem Schlafengehen noch eine Tasse Tee mit ihren Eltern zu trinken.

24

Die Empfangsdame war sehr freundlich. »Es tut mir sehr leid, aber Sie sind hier falsch. Das hier ist der Hauptsitz. Emmanuel and Green finden Sie in der Park Street.«

Sian hätte am liebsten geweint. Sie war pünktlich losgefahren, die Oyster-Fahrkarte ihrer Mutter in der einen und den *London von A bis Z*-Stadtplan ihres Vaters in der anderen Tasche, und alles hätte reibungslos klappen müssen. Leider war es in der U-Bahn chaotisch zugegangen, weil es auf einer Linie einen Stromausfall gegeben hatte. Und nun war Sian spät dran. Zumindest nahm sie das an – sie wusste ja nicht wirklich, wann das Treffen stattfand.

»Wie komme ich am schnellsten dorthin?«

»Mit dem Fahrrad, aber Sie können auch ein Taxi nehmen. Ich rufe dort an und gebe Bescheid, dass Sie auf dem Weg sind, wenn Sie wollen. Mit wem sind Sie denn verabredet?«

»Ach, lassen Sie nur! Vielen Dank!«, rief Sian und eilte aus dem Gebäude.

Im Taxi versuchte sie, sich zu beruhigen und nicht über die Taxiuhr nachzudenken, die erschreckend schnell tickte. Zum Glück hatte ihr Vater Sian ein paar Geldscheine in die Hand gedrückt, sechzig Pfund, wie sie nun feststellte. Als Sian sich ihrem Ziel näherte, wurde ihr außerdem klar, dass sie die Gegend kannte.

Endlich hielt das Taxi an. »Wir sind da«, verkündete der Fahrer.

Sian zahlte und sprang aus dem Wagen, dann rannte sie die Treppen zum Eingang hinauf.

Dieses Verlagsgebäude war viel kleiner als das vorherige, was Sian als gutes Zeichen nahm. Hier würden gewiss nicht so viele Meetings stattfinden; sie hatte eine Chance, Gus aufzuspüren.

Einen Moment später stand sie vor einer Glastür. Sian musste in ein Mikrofon sprechen, um ihr Anliegen vorzutragen. Es kostete sie ihre ganze Willenskraft, ruhig und professionell zu klingen.

»Ich begleite Angus Berresford, den Sie sicher ebenfalls eingelassen haben, und ich bin möglicherweise ein wenig zu spät ...«

Die Tür summte, und Sian warf sich dagegen und schwang sie auf. »Hallo!« Sie hatte eigentlich gehofft, Gus vielleicht noch im Foyer anzutreffen. »Ich bin sogar noch später dran, als ich dachte. Hat das Meeting schon angefangen?«

Die Frau am Empfang sah ein wenig irritiert aus und zupfte an ihrem Telefon-Headset. »Äh ... ja, das hat es«, sagte sie.

Erleichtert registrierte Sian, dass die Empfangsdame nicht fragte: »Welches Meeting?«

»Könnten Sie mir sagen, wo ich hinmuss?«

Eigentlich wäre es ihr lieb gewesen, wenn die Frau sie an die Hand genommen und zu dem Meetingraum begleitet hätte, aber in diesem Moment klingelte das Telefon. Die Empfangsdame winkte mit der Hand. »Zweiter Stock, dritte Tür rechts. Äh ... der Fahrstuhl ist da vorn«, hielt die Dame sie auf, als Sian in die falsche Richtung laufen wollte.

Wenig später stolperte Sian aus dem Aufzug und fand sich in einem Flur mit sehr vielen Türen wieder. Was hatte die Empfangsdame gesagt? Die dritte Tür auf der rechten Seite? Sian zählte eins, zwei, drei, klopfte mutig an und trat ein: Es war die

Herrentoilette. Zum Glück hielt sich niemand darin auf. Warum war sie nicht gekennzeichnet? Wütend ging Sian wieder auf den Flur hinaus und stellte fest, dass die Tür durchaus gekennzeichnet war; Sian hatte nur nicht auf das Symbol geachtet. Gegenüber befand sich die Damentoilette. Sian überlegte. Sollte sie sich die Zeit nehmen, sich ein bisschen frisch zu machen? Sie war ohnehin spät dran, würden ein paar Minuten mehr da noch einen Unterschied machen? Sian war schon durch die Tür, bevor sie sich diese Frage beantwortet hatte.

In der Damentoilette hielt sich noch jemand auf. Eine junge Frau wusch sich gerade die Hände. »Oh, Gott sei Dank«, sagte Sian. »Ich bin zu spät für ein Meeting, und ich kann den Raum nicht finden. Sie wissen nicht vielleicht, wo es stattfindet?«

Die Frau ging zum Handtuchspender und zog ein Stück heraus, dann trocknete sie sich die Hände ab. Anschließend nahm sie sich Handcreme aus dem Spender. »Mit wem sind Sie denn verabredet?«

»Tja, das weiß ich nicht.« Sian schenkte ihr ein entschuldigendes Lächeln. »Ich begleite Angus Berresford. Wissen Sie vielleicht, wo er und die anderen sind?«

»Zufällig ja. Im Besprechungsraum am Ende des Flurs. Ich zeige es Ihnen.«

»Die Empfangsdame sagte, es wäre die dritte Tür auf der rechten Seite.«

»Das ist Edwards Büro, aber da ja auch der Agent an dem Meeting teilnimmt, außerdem Leute von der Herstellung und die Leiter der Marketingabteilung, war der Raum zu klein. Die Besprechung findet hier statt.« Sie zögerte. »Soll ich Sie kurz vorstellen?«

Sian dachte nach. »Ja, bitte. Ich bin Sian Bishop. Die Illustratorin«, fügte sie mit mehr Überzeugung hinzu, als sie empfand.

Die junge Frau klopfte und ging hinein. »Das hier ist Sian Bishop, die Illustratorin«, verkündete sie und ließ Sian ein.

»Tut mir leid, ich bin zu spät«, sagte Sian fröhlich. »Machen Sie einfach weiter. Ich kann sicher folgen.«

Alle im Raum starrten sie an, und die meisten schienen sich zu fragen, wer um Himmels willen sie war und was zur Hölle sie hier wollte. Sian wagte kaum, Gus anzusehen, während sie den Tisch umrundete. Zum Glück war da ein leerer Stuhl, auf den sie sich hastig setzte.

Gus starrte sie von der anderen Seite des Tisches an, wie Sian spürte. Sie konnte ihm nicht in die Augen sehen.

Wenn sie gehofft hatte, nicht weiter aufzufallen, dann wurde sie enttäuscht. Das Meeting wurde unterbrochen.

»Entschuldigung?«, fragte ein jüngerer Mann in einem zerknitterten Leinenanzug. »Wer sind Sie?« Er lächelte Sian an, weil er offensichtlich nicht unhöflich sein wollte.

»Das ist Sian Bishop«, erklärte Gus mit fester Stimme. »Sie ist meine Illustratorin.«

»Beachten Sie mich gar nicht«, bat Sian, ermutigt von der Tatsache, dass Gus nicht leugnete, sie überhaupt zu kennen. »Ich mache mir nur ein paar Notizen. Fahren Sie einfach fort.«

Rascheln wurde laut, dann bemerkte der junge Mann: »Wie ich schon sagte, was dieses Buch braucht, sind totale Leidenschaft und Hingabe.« Er sah die Frau, die am Kopf des Tisches saß, nervös an.

Die Worte hingen schwer im Raum.

Gus starrte vor sich hin, wie Sian bei einem raschen Blick auf ihn bemerkte. Der Mann in dem Leinenanzug kritzelte etwas auf seinen Block, und alle anderen sahen verlegen und enttäuscht aus. Die Frau am Kopf des Tisches wirkte müde.

Sian musste etwas unternehmen. »Oh, die habe ich!«, rief

sie und beschloss, einfach ins kalte Wasser zu springen. Sie hatte sich schon bei ihrer Ankunft bis auf die Knochen blamiert. Schlimmer konnte es nicht werden. »Absolut! Jede Menge Leidenschaft und Hingabe! Und ich weiß, dass dieses Buch ganz großartig werden wird! Weil Gus ... ich meine, Mr. Berresford ... wunderbar ist.« Sie lächelte Gus kurz an. »Er ist ein wunderbarer Schriftsteller, der sich in seinem Thema wirklich auskennt, und ein großartiger Kommunikator.«

»Das ist eigentlich mein Part«, sagte ein anderer Mann in einem gestreiften Hemd und einem Nadelstreifenanzug. »Ich bin sein Agent.« Doch er klang nicht beleidigt, ganz im Gegenteil.

»Aber ich hatte das Privileg, ihn in Aktion zu sehen«, fuhr Sian fort, als sie erkannte, dass niemand weiter darauf eingehen wollte. »Ich war natürlich nicht auf seinen Expeditionen dabei, doch ich habe gesehen, wie Mr. Berresford unterrichtet! Ich habe erlebt, wie er nicht nur die Aufmerksamkeit von kleinen Kindern, sondern auch die von Erwachsenen gewonnen hat, die sich eigentlich auf einer Party amüsieren wollten. Beide sind keine aufmerksamen Zuhörer, da werden Sie mir zustimmen. Aber sie haben förmlich an Mr. Berresfords Lippen geklebt! Wenn Sie mir das Klischee verzeihen«, fügte sie hinzu, weil sie das Gefühl hatte, ein wenig übertrieben zu haben.

»Und sein Schreibstil ist exzellent«, fügte sein Agent hinzu. »Darüber waren wir uns ja einig. Wir brauchen nur ...«

»Ein bisschen mehr Pfiff«, warf eine junge Frau in einer engen weißen Bluse mit einem tiefen Ausschnitt ein. »Für den Mrs. Bishop sorgen wird, wie ich glaube!«

Sian lächelte sie breit an und beschloss, dass sie dieser Frau sofort eine Niere spenden würde, sollte sie jemals eine brauchen. »Nennen Sie mich ruhig Sian.«

»Äh ...«, sagte ein Mann mit braunen Locken, »würden Sie uns dann mal einige Ihrer Illustrationen zeigen?«

Sian holte ihr Skizzenbuch heraus. »Natürlich habe ich nicht viel dabei. Gus und ich ...« – sie wurde ein bisschen rot, hoffte jedoch, dass es niemandem auffiel – »... hatten zuletzt nicht viel Zeit, zusammen zu arbeiten, aber ich liebe ihn ... ich meine, ich liebe das Projekt, das Konzept von Gus als den neuen Abenteurer.«

Sie kramte verlegen nach einem Taschentuch, während die Verlagsleute ihre Zeichnungen betrachteten.

»Ja«, sagte Gus und schaute sie jetzt direkt an. »Manchmal muss man auf jemanden setzen und nicht immer den sicheren Weg wählen, selbst wenn es auf den ersten Blick vernünftiger zu sein scheint.«

»Genau.« Sian nickte und hielt Gus' Blick fest, ohne auf die anderen im Raum zu achten, »es macht einem vielleicht Angst, doch letztlich ist das Risiko viel geringer, als man denkt. Die langweilige Variante ist gefährlicher.«

Gus' Agent räusperte sich.

Ein anderer Mann, der bisher geschwiegen hatte, beugte sich vor. »Wie es scheint, haben wir hier einen sehr leidenschaftlichen Autor, ein fantastisches Projekt und eine Illustratorin, die ungewöhnlich engagiert ist.« Er zog Sians Skizzenbuch zu sich herüber und blätterte es durch. »Das gefällt mir!«

Es war die Zeichnung von Rory.

»Oh«, entfuhr es Gus nach einem Augenblick, nachdem auch er die Zeichnung betrachtet hatte. »Das ist Rory.«

Sian und er sahen sich für einen Moment in die Augen. Sian schluckte und hoffte, dass man ihr die Gefühle, die in ihr tobten, nicht anmerkte.

»Ist das Ihr Sohn, Angus? Sind Sian und Sie ...?«, fragte

eine Frau, die sich bisher noch nicht zu Wort gemeldet hatte. Sie trug ein sehr schickes Kostüm in der Farbe reifer Tomaten, hatte schwarze lockige Haare und war perfekt geschminkt. »Interessant.«

Gus' Agent runzelte die Stirn. »Ich wusste nicht, dass du eine Partnerin hast, Angus.«

»Derzeit ist unsere Beziehung rein beruflich«, erklärte Sian und wandte den Blick von Gus ab.

»Aber das ändert sich vielleicht?«, beharrte die Frau in dem roten Kostüm.

»Na ja, das Privatleben der beiden tut bei einem solchen Meeting ja eigentlich nichts zur Sache«, wandte Gus' Agent ein.

»Aber das würde dem Projekt noch etwas mehr Würze geben«, erwiderte die Frau augenzwinkernd.

Sian war verwirrt über die Richtung, in die das Gespräch auf einmal lief. Es kam ihr ein wenig unorthodox vor, in einem Meeting über das Liebesleben des Autors zu sprechen, doch wenn es dabei half, das Buch zu verkaufen, sollte es ihr recht sein. Sian überlegte. Das ganze Meeting hatte mit ihrer Ankunft eine bizarre Wendung genommen. Als Sian jetzt in die Gesichter der Versammelten blickte, wurde ihr klar, dass sie offenbar alle in ihren Bann geschlagen hatte – auf positive Weise. Denn sie lächelten sie an.

Ein Mann mit Hosenträgern räusperte sich. »Ob Sie beide nun ein Paar sind oder nicht, ich glaube, ich kann voller Überzeugung sagen, dass wir Ihnen bald ein Angebot vorlegen werden. Wir müssen das noch genau durchrechnen und mit der Marketing-Abteilung einige Details besprechen, aber ich habe da ein sehr gutes Gefühl. Wirklich, ein sehr gutes.« Er strahlte in die Runde und stand dann auf, um anzudeuten, dass das Meeting vorbei war.

Gus' Agent küsste Sian auf beide Wangen. »Sie haben im perfekten Moment einen Hasen aus dem Hut gezaubert! Bis dahin lief es nach der anfänglichen Begeisterung eher mäßig. Man konnte merken, dass dem Meeting die Energie fehlte.«

»Sian, das ist Rollo Cunningham, mein Agent«, erklärte Gus. »Der Beste, den es gibt. Behauptet er jedenfalls. Rollo, das ist Sian, meine ... na ja, sie ist meine ...«

»Illustratorin reicht fürs Erste«, sagte Sian mit einem Lächeln.

»Aber wir kennen uns schon sehr lange«, fügte Gus hinzu.

Sian sah auf ihre Schuhspitzen. Sie hatte ihr Bestes gegeben, um Gus zu zeigen, dass sie ihn liebte – doch sie wusste immer noch nicht, wie er zu ihr stand. Fiona konnte sich schließlich irren. Deshalb musste Sian es von ihm selbst hören.

»Wir müssen reden«, sagte Gus mit einem Blick auf sie.

»Das müssen wir unbedingt«, stimmte Rollo zu. »Wir müssen die Details besprechen und sicherstellen, dass wir alle an einem Strang ziehen. Ich kenne ein schönes kleines Restaurant direkt hier um die Ecke. Es ist noch früh, aber das heißt, dass dort noch nicht viel los sein wird.«

»Ich sollte vielleicht zurück zu meinen Eltern fahren ...«, begann Sian.

»Wenn die nicht unbedingt ihre nächste Dosis Medikamente benötigen, dann bestehe ich darauf, dass Sie mit uns essen gehen!«, erklärte Rollo. »Sie werden ein wichtiger Teil dieses Projektes sein. Vor allem jetzt, da die Leute von Emmanuel and Green sich in Sie verliebt zu haben scheinen.«

»Macht es dir etwas aus?«, fragte Gus. Es schien ihm wichtig zu sein, dass sie sie begleitete.

»Nein, das ist in Ordnung.« Sie wollte ihn beruhigen. »Meinen Eltern geht es sehr gut«, sagte sie zu Rollo. »Ich komme gern mit essen.«

Sian folgte den Männern, die in ein Gespräch vertieft waren, die Straße hinunter.

Sie blieben vor einer schmalen Tür stehen, und Gus wartete auf Sian, um ihr den Vortritt zu lassen. Im Innern des Lokals war es düster und höhlenartig, aber als ihre Augen sich an das Dämmerlicht gewöhnt hatten, sah Sian, dass es nicht allzu viele Tische gab. Sie waren jedoch mit weißen Tischdecken und funkelnden Gläsern eingedeckt.

Rollo sprach mit dem Oberkellner, offensichtlich ein alter Freund, der sie zu einem Tisch führte.

»Hier gibt es die gute alte englische Küche«, sagte Rollo. »Das Lokal ist bekannt für seine süßen Aufläufe mit Vanillesoße.«

»Dann wäre es ja ideal für Richard«, meinte Gus und sah Sian bedeutungsvoll an.

»Das wäre es.« Sian gestattete Rollo, ihr den Stuhl zurechtzurücken. Sie hatte das Gefühl, dass die Sache mit Richard mehr Erklärungen bedurfte, als sie hier geben konnte. Erneut überfielen sie Schuldgefühle; sie hatte Gus so unglücklich gemacht! Sian konnte kaum glauben, dass er sie wirklich liebte.

»Und es gibt hier auch ausgezeichnete Pommes frites!«, fuhr Rollo fort. »Was immer wir essen, wir müssen Pommes dazu bestellen. Und Sekt.« Er sah sich um, und ein Kellner kam sofort zum Tisch. »Wir haben etwas zu feiern!«

Wenig später trat der Kellner wieder zu ihnen und schenkte ihnen Sekt ein.

»Auf das Buch?«, fragte Rollo und hob sein Glas.

»Auf das Buch«, sagte Sian. »Es wird großartig werden. Und trinken wir auch darauf, dass Gus jede Menge Geld dafür bekommen wird.« Sie sah Rollo an, der lächelte und sein Glas erneut hob.

»Ja, und auf Sian«, meinte Gus, »die den Tag gerettet hat.«

»Das habe ich nicht! Ich bin nur in die Besprechung geplatzt – und habe mich ... na ja, ziemlich lächerlich gemacht.«

Rollo und Gus schüttelten den Kopf. »Wie gesagt, die Luft war ein bisschen raus«, erwiderte Rollo. »Wir brauchten einen Anstoß: Ihre wunderbaren Zeichnungen und Ihre Anwesenheit.«

»Ach was. Gus ist der Star!«

»Auch ein Star braucht manchmal Schützenhilfe«, erklärte Rollo, »und Angus hat diese Schützenhilfe von ganz bezaubernder Seite erhalten, wenn ich das so sagen darf.«

»Hört, hört«, meinte Gus.

Zum Glück kehrte der Kellner zurück, goss ihnen noch Sekt nach und gab ihnen die Karten. Das verschaffte Sian Gelegenheit, sich zu beruhigen.

Das Essen schien ewig auf sich warten zu lassen, und das Gespräch wandte sich einigen Details des Buchprojektes zu. Sian sah immer wieder Gus an, der ihre Blicke erwiderte. Sie spürte seinen Fuß auf ihrem, doch sie war nicht sicher, ob er ihn absichtlich dorthin gestellt hatte. Jedenfalls bewegte sie sich nicht und genoss den Kontakt in der Hoffnung, dass es ein Zeichen dafür war, dass die Dinge zwischen ihnen wieder in Ordnung kommen würden.

»Also«, sagte Rollo, nachdem er den süßen Auflauf mit Marmelade und Vanillesoße gegessen hatte, »was habt ihr beide heute Nachmittag noch vor? Irgendwelche Pläne?« Als keiner von ihnen antwortete, fuhr er fort: »Das Meeting hat am Ende ja eine ziemlich bizarre Wendung genommen, fand ich.« Er zögerte und wandte sich an Gus: »Seid ihr beide denn nun zusammen?«

Sie sahen sich an, aber Sian konnte Gus' Gesichtsausdruck nicht deuten. Waren das Entsetzen und Panik bei dem Gedanken, dass sie ein Paar waren? Oder etwas anderes? Ihr Herz, das während des Essens Achterbahn gefahren war, vollführte einen Satz abwärts.

»Äh ... na ja ...«, begann Gus.

»Mein Gott. Ich habe ins Fettnäpfchen getreten, oder?«, platzte Rollo heraus. »Seid ihr sicher, dass ihr keinen Absacker mehr trinken wollt? Ich weiß, es ist erst Mittag, aber wir haben schließlich einen guten Abschluss zu feiern!«

»Nein, wirklich, ich falle um, wenn ich noch mehr trinke«, sagte Sian. Sie hatte schon zwei Gläser Sekt und eineinhalb Gläser Rotwein getrunken, das reichte.

»Und wie geht es jetzt mit dem Buch weiter?«, fragte Gus und kehrte zum eigentlichen Thema zurück.

»Der Verlag rechnet alles durch und macht uns ein Angebot, das wir ablehnen ...«

»Egal, wie hoch es ist?«, wunderte sich Sian.

»Ja. Akzeptiere niemals das erste Angebot, das ist die Grundregel.«

»Ich dachte, Emmanuel and Green wäre der einzige Interessent?«

»Na ja, im Augenblick schon, aber es gibt noch ein paar Verlage, denen ich das Buch gar nicht angeboten habe. Das könnten wir immer noch nachholen, wenn die Summe, die der Verlag bietet, nicht akzeptabel ist.«

»Wie lange werden wir warten müssen?«, fragte Sian.

Rollo zuckte mit den Schultern. »Weiß nicht. Es kann schnell gehen, oder sie lassen uns tagelang zappeln. Ich hoffe allerdings auf eine schnelle Reaktion.«

»Das ist alles so nervenaufreibend«, meinte Sian.

»Ja«, stimmte Gus ihr zu, »und irgendwie seltsam. Ich komme mir ein bisschen vor wie ein Sklave, der an den Meistbietenden verkauft wird.«

Rollo nickte. »Das ist ganz normal. Kein Grund zur Sorge. Ich werde dafür sorgen, dass wir ein gutes Geschäft machen.« Er zögerte. »Seid ihr wirklich sicher, dass ihr nichts mehr wollt? In dem Fall bestelle ich die Rechnung.«

Rollo beglich die Rechnung mit großer Geste und flachste mit dem Personal. »So«, meinte er, »kann ich euch im Taxi irgendwohin mitnehmen?«

Sian geriet ins Stottern, und Gus sagte: »Nein, danke, wir kommen zurecht.« Er bedankte sich noch einmal bei Rollo für die Unterstützung, und Sian schloss sich ihm an. Schließlich winkten sie dem Agenten zum Abschied nach.

»So, wir beide müssen uns unterhalten«, erklärte Gus, kaum dass Rollo ihren Blicken entschwunden war.

Sians Herz machte einen Salto, doch sie nickte tapfer. »Ja. Sollen wir in ein Café gehen?«

Gus schüttelte den Kopf. »Ich brauche frische Luft, irgendwo im Grünen. Ich kann in London nicht richtig denken.«

Sian lächelte. »Zum Glück kenne ich einen Platz, an den wir gehen können. Komm mit!«

Es dauerte nicht lange, bis Sian sie in einen kleinen abgelegenen Park geführt hatte, der sich hinter alten Gebäuden und einem neuen Büroblock verbarg und den man nur über eine schmale Gasse zwischen einem Pub und einer Anwaltskanzlei erreichte.

»Wow!«, sagte Gus. »Wer hätte das hier vermutet?« Er deutete auf die großen alten Bäume und auf die Blumenbeete; es gab Rasen, Bänke und eine Vogelbadewanne.

»Ich habe in dieser Gegend mal gejobbt. Hier habe ich immer mittags mein Sandwich gegessen«, erklärte Sian. »Ich bin nicht sicher, ob es früher nicht vielleicht mal ein Friedhof war.«

»Es ist eine Oase.«

»Ja. Sollen wir uns setzen?« Sie deutete auf eine Bank in der Nähe, wo Tauben nach Brotkrümeln suchten.

Gus sah sie entschuldigend an. »Würde es dir etwas ausmachen, wenn wir ein bisschen laufen? Dabei fällt es mir leichter zu reden.«

Sian ging lächelnd neben ihm her. Sie war schrecklich nervös.

Gus wollte ihr vielleicht nur für ihre Unterstützung bei den Verhandlungen danken.

Er nahm ihre Hand und hakte Sian auf altmodische Weise unter, sodass sie dicht bei ihm blieb. Sie spürte einen Anflug von Hoffnung. »Ich möchte mich bei dir dafür bedanken, dass du gekommen bist«, sagte er.

»Das war das Mindeste, was ich tun konnte. Ich hatte versprochen, dir zu helfen, und dann ... habe ich es wieder zurückgenommen. Das war falsch. Ich musste das in Ordnung bringen.«

»Macht es Richard nichts aus, dass du hier bist?«

»Nein, er weiß es nicht.«

»Du bist hergekommen, ohne es ihm zu erzählen?«

»Ja.« Gus war stehen geblieben, hatte ihren Arm losgelassen und sah sie ernst an. »Gus, Richard und ich sind nicht zusammen. Das waren wir nie wirklich.«

»Nicht?« Er sah verwirrt aus. »Aber du hast mit ihm geschlafen.«

»Nein, habe ich nicht! Ich habe es dich nur glauben lassen, weil ich wütend und verletzt war und dachte, dass du mit Melissa zusammen bist.«

»Mit Lissa? Mein Gott, wie kommst du denn darauf?«

Jetzt kamen Sian die Beweise sehr mager vor, aber damals war es ihr eindeutig erschienen. Sie gingen für eine Weile schweigend nebeneinander her. »Ich habe euch zusammen gesehen, nachdem du dich nicht gemeldet hattest und du nie ans Telefon gegangen bist, wenn ich angerufen habe ...« Obwohl Fiona ihr versichert hatte, dass Gus und Melissa nicht zusammen waren, musste Sian es von ihm selbst hören.

»Sie hat mich nur jemandem vorgestellt, der Land verpachtet und Geld hat, das er investieren möchte. Sie ist eine tolle Frau, natürlich, aber ... nein, wir sind kein Paar. Ich kann nicht glauben, dass du die ganze Zeit dachtest, ich wäre mit ihr zusammen, und nichts gesagt hast. Du hättest mich direkt danach fragen sollen.«

»Ja, vielleicht, aber na ja, ich war so schrecklich verletzt. Und du hast dich nicht gemeldet. Da bin ich zu Richard gegangen.«

Gus schien ihre Gründe nicht stichhaltig zu finden. »Oh, ja, Richard, alias Mister Darcy.«

Der Vergleich mit dem arroganten Romanhelden war unfair; Sian beschloss, Richard zu verteidigen. »Er ist ein guter Mann, und ich fühle mich furchtbar seinetwegen.«

»Warum? Er hat ein großes Haus und ein schnelles Auto, warum sorgst du dich um ihn?«

»Weil ich ihm das Herz gebrochen habe. Als ich ihm sagte ...« Sie hielt inne.

»Was hast du ihm gesagt?«, fragte er leise. Er hatte die Hand wieder um ihren Arm gelegt und hielt Sian fest, als hätte er Angst, dass sie weglaufen könnte.

Keine Frau wollte in einer Beziehung das Wort »Liebe« zuerst aussprechen. »Ich sagte ihm, dass ich nicht mit ihm zusammen sein kann. Nicht wenn ... Ich habe jedenfalls mit ihm Schluss gemacht.«

Er sah sie an. »Was willst du mir sagen?«

»Ich glaube, das weißt du.« Sie wich seinem Blick nicht aus, aber sie konnte es nicht aussprechen.

»Und nun wartest du darauf, dass ich es dir zuerst sage?«

Es war eine Pattsituation. Keiner von ihnen schien als Erster von Liebe sprechen zu wollen, aber Sian musste unbedingt sicher sein, dass Gus sie liebte. Ihre eigenen Gefühle waren zu ramponiert, um es zu wagen. »Warum sagst du es dann nicht?«, drängte sie ihn sanft.

Er schluckte und holte tief Luft, als müsste er sich wappnen. »Ich habe mich bis jetzt nie für einen Feigling gehalten, doch das hier ist das Unheimlichste, was ich jemals tun musste. Ich liebe dich, Sian. Als ich nach Hause kam und dich sah, habe ich mich sofort wieder in dich verliebt, lange bevor ich das mit Rory erfuhr.«

Sian erwiderte für eine Weile gar nichts. Sie fürchtete, jeden Augenblick weinen zu müssen. Er hatte es gesagt. Er hatte endlich gesagt, dass er sie liebte! Der letzte kleine Teil von ihr, der sich noch an den Zweifel geklammert hatte, ließ los.

»Oh Sian! Schatz, bitte! Jetzt bist du an der Reihe. Bitte, spann mich nicht auf die Folter.«

Sian hatte ihn nicht quälen wollen. Sie hatte nur zuerst sichergehen wollen. »Ich bin froh darüber. Fiona hat mir die Wohnung gezeigt – sei nicht böse auf sie, sie war verzweifelt –, und ich dachte, du hättest die Räume vielleicht nur deshalb ausgebaut, damit Rory nicht obdachlos wird.«

»Natürlich möchte ich das nicht, aber ich habe dabei in erster Linie an dich gedacht. Dir wollte ich ein Zuhause geben, nicht nur Rory. Er hat ja dich.«

»Das ist schön«, sagte sie ruhig.

»Du bist eine gute Mutter.«

Gus nahm ihr Gesicht in seine Hände und küsste sie lange. Irgendwann registrierte Sian, dass jemand den kleinen Park betrat, und löste sich von Gus. Er trat ebenfalls einen Schritt zurück. »Also, wollen wir dann gemeinsam in eine unsichere Zukunft gehen?«

»Ja! Ich habe lieber eine unsichere Zukunft mit dir vor mir als ein Leben in Luxus und Sicherheit mit Richard. Und ich möchte, dass du weißt, dass ich eine Zukunft mit Richard nur Rory zuliebe in Betracht gezogen habe. Nie für mich.«

»Wirklich? Richard lebt doch in einem prächtigen Herrenhaus.«

Sian nickte. »Es ist ein großes Haus, aber die Küche ist nicht besonders schön. Na ja, sie ist okay...«

Gus runzelte die Stirn, offensichtlich verwirrt. »Willst du mir damit sagen...«

»Ich meine«, fuhr Sian fort, entschlossen, ihn ein wenig aufzuziehen, »wenn man so viel für ein Haus ausgibt, dann sollte die Küche doch mehr als ›okay‹ sein, oder?«

Gus sah jetzt ein bisschen besorgt aus. »Die Küche in der Wohnung ist winzig. Wird das ein Problem sein?«

Sian kostete das Gefühl aus, die Oberhand zu haben – sie wusste, dass es nicht lange anhalten würde. »An der Größe lag es nicht. Mir gefiel die Arbeitsplatte in der Küche nicht, es war die falsche Art Marmor. Sie erinnerte mich an Hackfleisch – an diese groben Suppen, die man in Frankreich bekommt.«

Gus schüttelte den Kopf. »Willst du mir damit sagen, dass du Richard nicht wolltest, weil dir der Marmor in seiner Küche – in einem riesigen Haus mit Schwimmbad und Ställen – nicht gefallen hat?«

»Woher weißt du das mit dem Schwimmbad?«

»Erinnerst du dich nicht mehr? Rory hat es mir an jenem Tag erzählt. Und jetzt komm schon, sag mir, was war es: die Küche, das Schwimmbad, die Ställe...?«, neckte er sie.

»Wirklich, es war der Marmor. Und ich bin auch nicht sicher, ob mir der Kamin im Wohnzimmer gefallen hat.«

»Und deshalb wolltest du Richard nicht?«

Sie sah mit großen Augen unschuldig zu ihm auf. »Was für einen Grund könnte ich sonst haben?«

»Du bist ein kleines Biest! Aber bei mir hast du es auf jeden Fall besser: Da stellt sich die Frage nach der Marmorfarbe gar nicht. Ich bin froh, dass du die richtige Entscheidung getroffen hast.«

»Nein, Gus, das habe ich nicht.« Sian wurde ernst. »Du verstehst es nicht. Es war keine Entscheidung zwischen dir und Richard. Es ist eher so, dass ich entschieden habe, nicht mit Richard zusammen zu sein. Ich konnte mich nicht für dich entscheiden, verstehst du? Ich dachte gar nicht, dass ich in dieser Hinsicht die Wahl hätte.«

»Wieso nicht?« Er sah überrascht aus.

»Richard bot mir Sicherheit und die Liebe eines guten Mannes, aber du...« Sie zögerte einen Moment. Es war wichtig, dass er das verstand. »Ich dachte, du würdest mir gar nichts anbieten.«

»Hast du denn nicht gewusst, dass ich dich liebe?«

»Nein! Woher hätte ich das wissen sollen? Du hast es nie gesagt, nicht mal zu Zeiten – so heißt es jedenfalls –, in denen die meisten Männer gewillt sind, der Frau, mit der sie zusammen sind, ihre Liebe zu gestehen. Ich meine, wenn sie gerade großartigen Sex hatten. Ich dachte, es wäre nur das für dich gewesen, nur großartiger Sex eben.« Sie sah verlegen zu Boden.

»Oh Gott, ich bin so ein Idiot! Ich hätte dir wirklich zeigen sollen, dass ich dich liebe. Ich dachte, wenn ich es ausspreche, dann bekommst du es mit der Angst zu tun. Es hat *mir* Angst eingejagt.«

»Und ich dachte, du hättest Angst vor einer Bindung.« Selbst jetzt traute sie sich kaum, ihre größte Sorge auszusprechen: dass er ein Abenteurer war.

»Nein. Ich wollte mich nie an einen Arbeitgeber binden oder an einen Beruf, den ich mir nicht selbst gesucht hatte, doch als ich dich traf ... ich wusste immer, dass ich, wenn ich meine Seelenverwandte erst gefunden habe, keine andere Frau mehr wollen würde.«

Sie seufzte, und da der Park jetzt wieder leer war, nahm Gus sie erneut in die Arme.

»Ich liebe dich, weißt du?«

So, sie hatte es auch ausgesprochen. Sie wussten jetzt beide, was sie füreinander empfanden, und das war ein wundervolles Gefühl.

Später, nachdem sie sich auf eine Bank gesetzt und ausgiebig geküsst hatten, fragte Gus: »Und was hast du jetzt vor?«

Sie sah auf ihre Uhr. »Großer Gott, mein Zug! Ich muss mich beeilen.«

»Wir rufen dir ein Taxi. Ich komme mit zum Bahnhof!«

»Dass ich das fast vergessen hätte! Was für eine Mutter bin ich nur!«

»Du weißt doch, dass Mum sich um Rory kümmert, du musst dir um ihn keine Sorgen machen.«

»Und du musst mich nicht zum Bahnhof bringen. Was hast du noch zu erledigen?«

»Ich muss nur noch ein paar Sachen aus der Wohnung meines Freundes holen, bei dem ich gestern übernachtet habe. Könntest du auch einen Zug später nehmen? Dann fahren wir zusammen. Ich bin ja auch mit dem Zug nach London gekommen; der Land Rover steht zu Hause im Bahnhofsparkhaus.«

»Dann müsste ich ziemlich viel zusätzlich bezahlen.«

Sie verließen den Park und beeilten sich; Gus zog sie hinter sich her durch die Menge, bis sie eine Straßenecke erreichten, wo sie ein Taxi anhalten konnten.

Sian wandte sich zu ihm um. »Du musst nicht mitkommen. Ich schaffe das schon.«

»Ich möchte keinen Moment mehr von dir getrennt sein, wenn es nicht sein muss. Ich begleite dich.«

»Gus, sei doch vernünftig!«

In diesem Moment rempelte sie jemand an, und Sian rutschte mit dem Fuß von der Bordsteinkante ab. In der nächsten Sekunde schoss Schmerz in ihren Unterschenkel, und sie fand sich auf dem Boden wieder. Bremsen quietschten.

»Oh, mein Gott!«, rief eine Frau.

25

Sie backten Plätzchen, aber Fiona war mit den Gedanken ganz woanders. Während Rory fröhlich die passende Ausstechform wählte und darüber nachdachte, ob auf das Stück ausgerollten Teig noch ein Dinosaurier passte, überlegte Fiona fieberhaft, wie es wohl gerade in London lief. War Sian rechtzeitig zu dem Meeting gekommen? War es ihr gelungen, dort etwas Gutes zu bewirken? Und wie hatte Angus reagiert? War er so wütend auf sie gewesen, dass er vielleicht ihre Hilfe abgelehnt hatte? Es wäre furchtbar, wenn Sian mit hochrotem Gesicht und ihrem Skizzenbuch unter dem Arm wieder hätte gehen müssen.

Das Telefon klingelte.

»Okay, Schätzchen, ich gehe nur schnell an den Apparat. Fall nicht vom Stuhl oder so etwas. Hallo?«

Als sie zehn Minuten später wieder auflegte, war sie ein bisschen angespannt. Das Telefon klingelte erneut, und Fiona hob sofort ab.

»Hallo, meine Liebste, du klingst ein bisschen gestresst«, bemerkte James.

»Das bin ich! Eigentlich gibt es keinen Grund dafür, aber ich habe gerade mit Penny, Sians Mutter, telefoniert. Sian hat sich schlimm den Knöchel verstaucht, was bedeutet, dass Angus und sie erst morgen zurückkommen können. Zum Glück ist er bei ihr, doch ich weiß immer noch nicht, wie das Meeting gelaufen ist.«

»Arme Sian, das ist wirklich Pech. Geht es Rory gut? Er ist doch sicher bei dir geblieben, oder?«

Unwillkürlich musste Fiona lächeln. »Ja, er ist hier, und obwohl er ein Schatz ist, fällt es mir ein bisschen schwer, mich auf ihn zu konzentrieren, wenn ich mir die ganze Zeit Sorgen um meinen eigenen Sohn mache.«

»Soll ich vorbeikommen? Ich könnte dir helfen, Rory zu beschäftigen, und etwas kochen.«

Fiona war einen Moment unschlüssig. Würde sie ihre Pflicht, sich um Rory zu kümmern, vernachlässigen, wenn sie James einlud? Ach was. »Ja, bitte! Es wäre schön, wenn du hier wärst«, sagte sie.

Zu wissen, dass James auf dem Weg zu ihr war, hob Fionas Laune sehr.

»Du warst aber lange weg«, sagte Rory ein wenig vorwurfsvoll und blickte zu ihr auf. Er war gerade dabei, Bonbons in den Teig zu drücken, um in dem Lokomotiven-Plätzchen ein buntes Glasfenster zu schaffen.

»Das stimmt, entschuldige. Zuerst hat Penny, deine Granny, angerufen, und ich fürchte, es gibt eine Planänderung.«

Rory hielt mit den Bonbons in der Hand inne.

»Mummy hat sich den Knöchel verstaucht. Es geht ihr aber gut, du musst dir keine Sorgen machen«, versicherte sie ihm hastig, als sie sah, wie ein Schatten über Rorys kleines Gesicht huschte. Nachdem sie sicher war, dass er ihr glaubte, fuhr sie fort: »Sie bleibt heute Nacht in London bei ihren Eltern, deinen Großeltern. Was bedeutet, mein Schätzchen, dass du noch eine Nacht bei mir übernachten kannst! Das wird lustig, oder?«

»Okay. Wo ist Gus?«, fügte Rory hinzu, als wäre der Aufenthaltsort seines Vaters viel wichtiger als der Knöchel seiner Mutter.

»Er bleibt auch in London.« Unwillkürlich fragte Fiona sich, wo er wohl schlafen würde. »Angus bringt sie morgen früh wieder her.«

»Aha.«

Er sieht nicht wirklich unglücklich aus, dachte Fiona, aber auch nicht begeistert. »Mein Freund James kommt gleich, um uns Gesellschaft zu leisten. Ich glaube, du kennst ihn schon.«

Rory zuckte mit den Schultern und runzelte die Stirn. Die Nachricht schien ihn jedoch zu freuen. »Essen wir nachher Plätzchen?«

»Nach dem Essen, ja. Was hättest du denn gern zum Abendbrot?«

»Nudeln?«

»In Ordnung. Hey, weißt du was? Ich habe Buchstabennudeln! Wir könnten sie in klarer Hühnersuppe essen. Würde dir das gefallen?«

»Ich mag nur Tomatensuppe. Aus der Dose.«

»Die habe ich leider nicht im Haus, aber ich habe Spaghetti. Möchtest du Spaghetti mit Tomatensoße essen? Oder mit Ketchup...«

Fiona war halb fertig mit dem Menü, auf das sie sich schließlich mit Rory geeinigt hatte, als James erschien. Er hatte eine Flasche Wein für Fiona und ein Buch für Rory dabei.

»Hi Rory«, sagte er. »Ich bin James. Wie ich hörte, hattest du letztens Geburtstag, deshalb habe ich dir noch ein Geschenk mitgebracht.« Er reichte ihm die braune Papiertüte. »Und ich dachte, dass du vielleicht später mit mir Schach spielen könntest. Ich habe ein Schachspiel dabei. Kannst du schon ein wenig Schach spielen?«

Fiona wollte einwenden, dass Rory viel zu jung dafür war, ließ es dann jedoch. Sie goss James ein Glas Wein aus der Flasche ein, die sie bereits geöffnet hatte.

Rory zog das Buch aus der Tüte. Es war *The Jolly Postman*, ein hübsches Kinderbuch, in das richtige Briefe mit Umschlägen geklebt waren. »Wir hatten das in der Vorschule in London, aber wir duften es nicht selbst lesen. Die Lehrerinnen hatten Angst, dass wir die Briefe verlieren.«

»Ich hoffe, du bist nicht schon zu alt dafür, Rory, doch auf die Schnelle konnte ich kein anderes Buch finden«, entschuldigte sich James.

»Dafür ist er noch überhaupt nicht zu alt, und es ist sehr nett von dir, überhaupt etwas mitzubringen. Nicht wahr, Schatz?«

Zu ihrer großen Erleichterung reagierte der Junge sofort. »Ja, toll. Danke«, sagte er, und Fiona umarmte ihn gerührt.

»Also«, fuhr James fort, »wie wäre es mit einer Partie Schach vor dem Essen? Haben wir Zeit dafür?«

»Natürlich. Ich rufe euch, wenn es fertig ist.«

Die beiden »Männer« gingen zum Spielen in den Wintergarten.

»In Ordnung«, erklärte James, »in der hinteren Reihe stehen die tollen und wichtigen Figuren. Die kleinen Kerle davor nennt man Bauern, aber sie sind viel nützlicher, als sie auf den ersten Blick zu sein scheinen.«

Fiona beobachtete, wie James dem Jungen erklärte, was jede Figur konnte, und bewunderte seine Geduld. Er ging so toll mit Rory um. Dann kehrte Fiona wieder zurück in die Küche.

Während sie kochte und einen Salat anrichtete, gingen ihre Gedanken wieder auf Wanderschaft

Würde Angus auch bei Penny und ihrem Mann übernachten? Und wie würde Sians Vater auf ihn reagieren? Wahrscheinlich war er dankbar, dass Angus ihre verletzte Tochter zu ihnen gebracht hatte, aber er hegte vielleicht schon seit Jahren einen Groll gegen den Vater von Sians unehelichem Kind. Die Situation würde unangenehm für alle sein. Vor allem für Angus, der doch die volle Verantwortung für Rory übernommen hatte. Er verhielt sich wirklich vorbildlich, fand Fiona. Aber wie würde Sians Familie ihn aufnehmen?

Und dann war da noch das Treffen mit den Verlagsvertretern. War Sians Rettungsversuch gelungen, oder hatten die Leute vom Verlag Angus wie eine heiße Kartoffel fallen lassen? So viele unbeantwortete Fragen. Aber jetzt wurde es Zeit, James und Rory an den Tisch zu rufen – und herauszufinden, wer beim Schach gewonnen hatte.

»Der Junge lernt wirklich schnell«, bemerkte James. »Er ist ein bisschen leichtsinnig mit seinen Bauern, doch das ist bei Spielanfängern nichts Ungewöhnliches. Du hast dich sehr gut geschlagen, Rory! Du weißt jetzt, welche Züge man mit den jeweiligen Figuren machen kann, nicht wahr?«

»Ich mag die Pferde ... äh ... die Springer am liebsten«, sagte Rory.

»Ich auch«, stimmte Fiona ihm zu. »Weil sie wie Pferde aussehen.«

»Kannst du etwa auch Schach spielen, Fona?«, fragte Rory erstaunt.

»Na ja, ich kenne die Regeln dieses Spiels ...«

»Wir können es ja mal probieren«, meinte Rory großzügig, der eine Gegnerin entdeckt hatte, die er vielleicht schlagen konnte.

Rory schlief, die Küche war aufgeräumt, und die zweite Flasche Wein geöffnet.

»Ich sollte jetzt gehen«, sagte James.

Fiona wollte protestieren. »Musst du denn morgen früh in den Laden?«

»Nein. Meine Auflauf-Freundin schließt morgen auf und hat angeboten, den ganzen Tag zu bleiben. Sie war ganz versessen darauf. Ich konnte das Angebot unmöglich ablehnen.«

Er zwinkerte Fiona zu, und sie wandte den Kopf ein wenig ab

und biss sich auf die Lippe, damit er ihr erfreutes Lächeln nicht sah. Er sollte nicht wissen, wie sehr sie sich wünschte, dass er blieb.

»Rory schläft sehr fest«, sagte Fiona und hoffte, dass James den Wink verstehen würde.

»Du meinst, er kommt wahrscheinlich nicht nachts an dein Bett getappt?«

»Nein. Er hat mein Handy auf seinem Nachttisch und die Kurzwahl eingespeichert. Wenn ich kommen soll, dann ruft er mich an. Wir haben das letzte Nacht geübt. Er hat mich mehrmals angerufen, und ich bin in meinem Schlafzimmer ans Telefon gegangen.«

»Und du hast noch ein schönes Gästezimmer?«

Fiona gab es auf, ihre wahren Absichten zu verstecken. »Das habe ich, doch das Bett ist nicht gemacht. Meines dagegen ist frisch bezogen, und die Matratze ist auch sehr viel bequemer.«

James nahm sie in die Arme. »Es heißt schon was, wenn eine schöne Frau einem Mann vorschlägt, dass er bei ihr schlafen soll, weil sie eine sehr bequeme Matratze hat.«

Sie blickte kichernd zu ihm auf. »Na ja, wir werden älter, da sind solche Dinge wichtig.«

»Nicht so wichtig wie andere ›Dinge‹«, erklärte er, nahm ihre Hand und führte sie die Treppe hinauf.

Sian wollte sich umdrehen und wurde von dem Schmerz in ihrem Knöchel geweckt. Sie öffnete die Augen und stellte fest, dass sie in ihrem ehemaligen Kinderzimmer im Bett lag. Eine Sekunde lang war sie verwirrt. Dann fiel ihr alles wieder ein. Sie ließ sich in die Kissen zurücksinken und versuchte, die Erinnerungen zu ordnen.

Sie wusste, dass Angus ihr Handy benutzt hatte, um ihre Mutter anzurufen, und dass sie lange darüber diskutiert hatten, ob Sian nach Hause oder direkt in die Notaufnahme des nächstgelegenen Krankenhauses gebracht werden sollte.

Schließlich hatte Gus ihr Handy zurück in ihre Handtasche gesteckt. »Offenbar wohnt eine pensionierte Ärztin direkt neben deinen Eltern«, teilte er ihr mit.

»Ja, das stimmt«, sagte Sian stöhnend. »Daran habe ich gar nicht gedacht.«

»Jedenfalls ist sie zu Hause; auf dich wartet dort ein ganzes Empfangskomitee.«

Angus hielt ein Taxi an. Er strahlte eine unglaubliche Ruhe und Sicherheit aus, und Sian wurde klar, dass es Vorteile hatte, einen Freund zu haben, der es gewöhnt war, in jeder Umgebung – auch in einer Großstadt – zu überleben. Das Taxi ließ sie direkt vor der Haustür raus, und Angus bestand darauf, Sian aus dem Wagen zu heben und ins Haus zu tragen. Ihr Vater entlohnte den Fahrer; Penny zeigte Gus den Weg.

»Soso«, sagte ihr Vater und stand drohend im Türrahmen, als Gus mit Sian auf den Armen in die Diele ging. »Das ist ja eine schöne Bescherung. Was ist mit dir passiert?«

Sian wurde klar, dass er Gus irgendwie die Schuld an ihrem Malheur zu geben schien. »Ich bin vom Bürgersteig abgerutscht und umgeknickt«, erklärte sie hastig. Sie hasste es, von besorgten Gesichtern umgeben zu sein.

»Louise ist auf dem Weg«, sagte Penny. »Legen wir dich aufs Sofa, dann kann sie sich das mal ansehen. Wir bringen dich jedoch sofort ins Krankenhaus, falls Louise das für nötig hält.«

»Ich bin sicher, es ist nichts Ernstes. Es tut nur sehr weh.« Sian biss sich auf die Lippe, um nicht zu weinen, als sie versuchte, den Fuß zu bewegen.

»Wir geben dir besser kein Schmerzmittel, bis wir wissen, ob du operiert werden musst«, erklärte Gus. »Ich weiß, das klingt hart. Es tut mir leid, Sian.« Sians Eltern führten ihn ins Wohnzimmer, wo Gus Sian aufs Sofa legte. »Haben Sie Eis?« Er hatte sich an Penny gewandt, die sofort verschwand und mit einer Tüte gefrorener Bohnen zurückkehrte.

»Tut mir leid, ich konnte nichts anderes finden«, sagte Penny und reichte Gus den Beutel und ein Handtuch, damit er ihn vorsichtig auf Sians geschwollenen Knöchel legen konnte. Sian sah, dass alle ihr Bein anstarrten, und plötzlich war ihr das alles furchtbar peinlich. Zum Glück blieb ihr weitere Verlegenheit erspart, weil in diesem Moment Louise, die Ärztin, kam.

»Hier ist die Patientin«, erklärte Sians Vater und führte eine schlanke grauhaarige Frau zu Sian. »Was meinst du? Ich denke, wir sollten sie ins Krankenhaus bringen, aber sie will nicht.«

»Das kann ich gut verstehen«, erwiderte Louise mit einem beruhigenden Lächeln. »Sehen wir uns die Sache erst mal an.« Sie berührte vorsichtig Sians Knöchel. »Autsch. Das muss wehgetan haben, aber es ist gut, dass ihr die Schwellung gekühlt habt.« Sian stöhnte. »Wir müssen das verbinden, damit der Knöchel mehr Halt hat«, fuhr Louise fort. »Eine Bandage wäre am besten.« Sie sah Sians Eltern fragend an.

»An der Ecke ist eine Apotheke«, meinte Penny.

»Ich gehe«, beschloss Gus, der ganz offensichtlich lieber tätig werden wollte, als weiter hilflos zuzuschauen. »Brauchen wir sonst noch etwas?«

»Paracetamol gegen die Schmerzen. Aber du solltest ein paar Tage kein Ibuprofen nehmen. Wir wollen die Schwellung nicht reduzieren, weil der Körper sich dadurch selbst zu heilen versucht. Können wir noch mehr Kissen bekommen und den Knöchel hochlegen?«

»Wir haben Paracetamol, doch besser, Sie bringen noch eine Schachtel mit«, sagte Penny und lächelte Gus besonders herzlich an, um von den bösen Blicken ihres Mannes abzulenken. »Also das und eine Bandage. Wie steht es mit Rotlicht oder so etwas?«

Louise schüttelte den Kopf. »Die verletzte Stelle sollte nicht gut durchblutet sein. Massagen oder Wärme jeder Art verzögern die Heilung. Aber lass das Eis nicht über Nacht auf dem Knöchel, und wenn es innerhalb von achtundvierzig Stunden nicht deutlich besser ist, gehst du noch mal zu einem Orthopäden oder fährst ins Krankenhaus.«

Nachdem sich alle herzlich bei Louise bedankt und sie verabschiedet hatten und Gus mit Bandagen und Paracetamol für die Patientin aus der Apotheke zurück war, versammelten sich Sians Eltern und Gus um das Sofa und sahen sie an.

»Tja«, sagte ihr Vater unfreundlich zu Gus, »dann werden Sie hier nicht länger gebraucht. Wir kümmern uns jetzt um unsere Tochter.«

Sian wäre am liebsten im Erdboden versunken.

»Ich würde lieber bleiben, wenn es Ihnen nichts ausmacht. Ich fühle mich zum Teil verantwortlich für den Unfall«, erwiderte Gus bewundernswert ruhig, wie Sian fand.

»Aber Sie haben sich nicht verantwortlich gefühlt, als sie von Ihnen schwanger wurde?«, entgegnete ihr Vater.

Sian und Penny keuchten gleichzeitig auf. »Sei nicht albern, Stuart! Gus wusste nichts von Sians Schwangerschaft. Lasst uns alle was trinken! Vielleicht du lieber nicht, Sian? Du hast ein Schmerzmittel genommen, aber ich brauche definitiv etwas. Stuart, kümmerst du dich bitte darum, während ich die Betten beziehe? Gus? Sie bleiben doch über Nacht, oder? Ich muss das Gästezimmer noch ein bisschen aufräumen, aber es steht ein Bett darin ...«

Sian beobachtete, wie ihr Vater nachgab und Gus etwas zu trinken einschenkte. Danach setzten die Männer sich und sahen sich wachsam an. Sian wusste nicht, was in ihren Vater gefahren war. Er konnte ein bisschen altmodisch sein, und Väter hatten oft einen ausgeprägten Beschützerinstinkt, was ihre Töchter anging, doch normalerweise war er nicht so auf Streit aus.

»Sie sind also viel in der Welt herumgereist, wie ich hörte?«, bemerkte Sians Vater, sichtlich bemüht, höflich zu sein.

»Ja, deshalb war ich auch lange nicht zu erreichen.« Gus lächelte Sian an. »Wir haben den Streit über das Thema, warum sie mir nichts von der Schwangerschaft erzählt hat, schon geführt. Ich verstehe allerdings, wie Sie das empfinden müssen.«

Sians Vater blickte in sein Glas. »Hm, ich schätze, wenn sie es Ihnen nicht gesagt hat, dann kann ich Ihnen keine Vorwürfe machen.«

»Und Gus kümmert sich toll um Rory, Dad. Du solltest die beiden zusammen sehen«, meldete sich Sian vom Sofa aus zu Wort, um Gus in Schutz zu nehmen.

Ihr Vater nahm einen großen Schluck aus seinem Glas. »Also, wenn er Rory gefällt, dann kann ich ja nicht mehr viel gegen Gus sagen, oder?«

»Ich möchte Ihnen versichern«, erwiderte Gus, »dass ich fest entschlossen bin, der beste Vater zu sein, den ein Sohn sich nur wünschen kann.«

Sian wünschte plötzlich, sie hätte auch etwas zu trinken. Sie brauchte etwas, um den Kloß in ihrem Hals herunterzuspülen. Sian hatte auch den Eindruck, dass die Augen ihres Vaters verdächtig glänzten, obwohl sie nicht sicher war, ob er Gus wirklich schon vergeben hatte.

Zum Glück kam ihre Mutter zurück und bestand darauf, dass

Sian ins Bett getragen wurde und sich dort – allein – ausruhte. Sie würde ihr später das Abendbrot auf einem Tablett bringen. Gus trug Sian gehorsam nach oben, wobei Penny ihm den Weg zeigte. »Sei bloß vorsichtig!«, murmelte Stuart hinter ihnen.

Als Sian sicher im Bett lag, scheuchte Penny die Männer aus dem Zimmer. Plötzlich erschrak Sian. Ihr Sohn! »Was ist mit Rory? Ich muss Fiona anrufen.«

»Schon gut, Schatz. Ich habe ihr schon Bescheid gesagt. Die beiden amüsieren sich großartig«, erklärte Penny und tätschelte Sians Arm. Nachdem sie die Decke über ihre Tochter gebreitet und den verletzten Knöchel ausgespart hatte, der hoch lagerte, flüsterte sie ihr zu, dass sie unten für Frieden sorgen würde.

Jetzt, am Morgen danach, hörte Sian ein Klopfen an der Tür ihres alten Schlafzimmers, und Gus kam mit einem Becher Tee herein. Er stellte ihn auf den kleinen Tisch neben dem Bett und öffnete die Vorhänge.

»Wie geht es der Patientin? Hast du gut geschlafen?«

Sian setzte sich mühsam auf und nahm den Becher, den Gus ihr reichte. »Ich bin total kaputt! Was für ein Tag! Wie geht es dir? Wie hast du geschlafen?«

»Bestens.« Er zögerte. »Wir sind ziemlich spät ins Bett gegangen. Dein Dad und ich haben lange geredet.«

Sian war sehr erleichtert. Es hätte sie sehr bedrückt, wenn ihr Vater sich mit Gus nicht verstanden hätte.

»Wir haben ziemlich viel Whiskey getrunken«, fuhr Gus fort. »Er gießt ganz schön großzügig ein, dein Vater.«

»Und er hat dir vergeben?« Sian liebte beide Männer sehr und wollte, dass sie miteinander auskamen – mehr als das –, aber ihr Vater konnte manchmal so stur sein. Er würde sich vielleicht weigern, Gus' gute Seiten zu sehen.

»Ich denke schon. Er musste nur beide Seiten kennen, musste noch mal meine Version der Geschichte hören. Und sicher sein, dass ich dich nicht wieder im Stich lassen werde – nicht dass ich es beim letzten Mal absichtlich getan hätte, aber ... Jedenfalls ist es ganz natürlich, dass er dem Partner seiner einzigen Tochter misstraut.« Vorsichtig setzte er sich ans Bettende. »Ich kann mir nicht vorstellen, wie ich reagieren würde, wenn unsere Tochter von jemandem belästigt würde, dem ich nicht über den Weg traue.«

»›Unsere Tochter‹«, wiederholte Sian. »Denkst du, wir werden einmal eine haben?« Sie lächelte.

»Das würde mir gefallen«, sagte er, nahm ihre Hand und streichelte sie zärtlich. »Andererseits wäre noch ein Junge auch gut. Ich würde einfach gern ein Kind von Anfang an aufwachsen sehen.« Er grinste. Nach einer kurzen Pause bemerkte er: »Ich habe übrigens zu Hause angerufen. Rory geht es gut. Mum und er verstehen sich blendend.«

»Ja. Wir haben mit den Großeltern großes Glück.« Sian trank von ihrem Tee. »Meine Eltern werden wollen, dass ich noch ein bisschen bleibe, aber ich möchte so schnell wie möglich zurück. Wirst du zu mir halten?«

Er sah sie lange an, und der Ausdruck in seinen Augen ließ Schmetterlinge in Sians Bauch flattern und ihren Atem schneller gehen. »Ich habe eine Menge guter Gründe, warum ich lieber möchte, dass du in deinem eigenen Haus bist.« Dann beugte er sich vor und küsste sie, und wie von selbst legten seine Hände sich um ihre Brüste.

Zum Glück löste er sich ein paar Minuten später von ihr. Sian hätte weder die körperliche noch die moralische Stärke besessen, das Unvermeidliche aufzuhalten.

»Du hast absolut recht. Es ist zwingend notwendig, dich so schnell wie möglich nach Hause zu befördern.« Er war ebenfalls außer Atem. »Aber nur, wenn dein Knöchel das zulässt.« Er erhob sich. »Steh auf und versuch mal, ob du auftreten kannst!«

Ohne Hilfe setzte Sian sich auf und testete sehr vorsichtig ihren Fuß. »Ich kann ihn noch nicht wirklich belasten, aber ich bin sicher, dass ich nach Hause fahren kann, wenn du im Zug mitfährst.« Sie sah Gus an. »Oder hast du noch etwas in London zu erledigen?«

»Wie gesagt, ich muss noch meine Sachen aus der Wohnung meines Freundes holen.« Er sah auf die Uhr auf dem Nachttisch. »Ich schätze, wir könnten den Zug um elf Uhr nehmen, wenn ich mich sofort auf den Weg mache.«

Obwohl Sians Eltern nicht glücklich darüber waren, akzeptierten sie, dass es Sian gut genug ging, um mit Gus' Hilfe nach Hause zu fahren. »Du wirst doch nichts Unvernünftiges tun? Gus kann Rory auch ohne dich von der Schule abholen«, meinte Penny.

»Und Angus ist auch nicht der ›böse Junge‹, für den ich ihn immer gehalten habe«, erklärte ihr Vater. Sein schelmischer Gesichtsausdruck verriet, dass er wusste, dass dieser Ausdruck ein bisschen albern klang.

»Dann rufen wir ein Taxi«, entschied Sian, »damit es da ist, wenn Gus zurückkommt.«

26

Gus bestand darauf, erster Klasse zu fahren. »Du bist verletzt, du brauchst einen bequemen Platz. Und ich kann es mir leisten! Ich bin demnächst ein erfolgreicher Schriftsteller!«

Sians Instinkte sträubten sich gegen eine solche Extravaganz, aber als sie auf ihrem bequemen Sitz Platz genommen hatte, in Fahrtrichtung und mit einem Tisch direkt vor ihr, beschloss sie, dass Instinkte einen manchmal trogen.

»Das ist wirklich herrlich«, sagte sie.

»Und du sollst es herrlich haben, stimmte Gus lächelnd zu. Er saß neben ihr, damit sie genug Platz für ihre Beine hatte, bereit, jeden zu vertreiben, der sich auf den Platz ihr gegenüber setzen wollte.

»Ich finde wirklich, dass du wieder ins Bett gehen solltest. Du hast einen schlimmen Schock erlitten. Im Bett bist du am besten aufgehoben«, erklärte Gus, als sie zu Hause ankamen. Er half ihr aus dem Land Rover, der im Parkhaus hinter dem Bahnhof abgestellt gewesen war, schloss die Haustür auf und stützte Sian beim Hineingehen.

»Sei nicht albern! Ich habe mir nur den Fuß verstaucht, ich bin nicht operiert worden.«

»Nein, vertrau mir«, erklärte Gus ernst. »Ich bin Experte in diesen Dingen. Ich werde dich ins Bett bringen und später koche ich uns was Leckeres.«

»Oh, dann kommst du also mit ins Bett?«, fragte Sian, plötzlich ganz begeistert von seinem Vorschlag.

»Natürlich. Du bist viel zu schwach, um allein zu sein.« Er

grinste. »Aber da wir dort absolut unschuldig essen werden, nehme ich besser deine Bestellung auf. Was hättest du gern auf deinem Sandwich?«

»Hattest du nicht von ›kochen‹ gesprochen? Na ja, ich glaube, wir haben ohnehin nur die Wahl zwischen Käse und Käse. Vielleicht gibt es auch noch eine Tomate, wenn wir Glück haben. Also wird es bei einem Sandwich bleiben.«

»Mein absolutes Lieblingsessen«, erklärte Gus. »Und jetzt bringe ich dich rauf.«

Er hob sie hoch und trug sie über die gewundene Treppe nach oben.

»Wie würde dein ideales Haus denn aussehen?«, fragte Gus etwas später. »Du scheinst sehr auf Details zu achten, auf den Marmor oder den Kamin zum Beispiel.«

Sie lagen zusammen im Bett und aßen ziemlich unelegante Sandwiches. Sians Kopf ruhte bequem an Gus' Schulter. Der Sex mit ihm, fand Sian, war noch besser, wenn sie wusste, dass er sie nicht kurz danach wieder verlassen würde, allerdings hatte der verstauchte Knöchel sie manchmal ein bisschen behindert. Sian schmiegte sich an ihn. »Ehrlich, wenn man mit dem richtigen Partner zusammen ist, dann spielt es, glaube ich, keine Rolle, wo man lebt, obwohl ich einen Ort vorziehen würde, an dem mir keine Ohrenkneifer auf den Kopf fallen.«

Er lachte und küsste ihr Haar. »Aber ernsthaft, du brauchst Platz, um deine Möbel zu bemalen?«

»Im Idealfall ja. Und du brauchst ein Büro, wenn du schreiben und deine Waldschule leiten willst.«

»Es dauert vielleicht eine Weile, bevor wir das perfekte Haus finden.«

»Natürlich, aber es lohnt sich, auf Perfektion zu warten. Warum, glaubst du, habe ich sonst fast sechs Jahre lang keinen Mann wirklich angesehen?« Sie lächelte ihn an.

»Das ist sehr schmeichelhaft.«

»Ja, ich hätte das nicht sagen sollen. Das macht dich zu selbstzufrieden.»

»Ich bin durchaus mit mir zufrieden, aber ich ärgere mich immer noch, weil ich dir nicht gesagt habe, dass ich dich liebe. Wir könnten schon viel länger zusammen sein.«

»Viele Männer schaffen es nie, es auszusprechen.« Sie küsste ihn zärtlich auf die Wange. Er suchte ihren Mund und erwiderte den Kuss ausgiebig.

Um zwei Uhr half Gus Sian unter die Dusche und bestand darauf, ihr beim Duschen behilflich zu sein. Sie waren gerade fertig, als der Streit darüber begann, wer von ihnen Rory abholen sollte.

Dann wurde ihnen klar, dass sie keine Lebensmittel mehr im Haus hatten, und sie einigten sich darauf, dass sie gemeinsam mit dem Auto zur Schule fahren und dann alle Fiona besuchen würden. Sie würde ohnehin wissen wollen, wie es bei dem Meeting im Verlag gelaufen war.

Rory freute sich sehr, sie beide zu sehen. Vor allem den »super Verband« seiner Mutter fand er spannend. Seine Augen huschten zwischen seinen Eltern hin und her, während er neben ihnen herlief. Er hatte offensichtlich bemerkt, dass heute etwas anders zwischen ihnen war.

»Annabelle sagt«, begann er, »dass Mummys und Daddys meistens zusammenleben. Wirst du auch meistens mit Gus zusammenleben, Mummy?«

»Also, Schatz...«, setzte Sian an.

»Das ist der Plan, Kumpel«, unterbrach Gus sie und brachte die Sache auf den Punkt. »Wie findest du das?«

»Das ist cool«, sagte Rory und nickte nachdenklich. »Alle fanden die Hütte, die du gebaut hast, toll.« Er blieb stehen, um seinen Tornister aufzusetzen. »Muss ich dich dann Dad nennen?«

Sian und Gus sahen sich an. »Das kannst du dir aussuchen, Kumpel«, antwortete Gus.

»Musst du Rory zu mir sagen?«, fragte er.

»Natürlich!« Gus war entrüstet.

»Du nennst mich immer Kumpel!«

Gus lachte. »Na ja, ich denke, ich kann beides zu dir sagen.«

Rory wirkte enttäuscht. Offenbar gab es auch Nachteile, wenn Gus von einem Freund zu seinem Dad wurde. »Ich mag es, wenn du mich Kumpel nennst.«

»Und ich mag es, wenn du Gus zu mir sagst. Vielleicht benutzen wir beide Namen? Wenn das in Ordnung ist, Mum – Sian?«

»Ich würde es vorziehen, wenn du mich nicht zu oft Mum nennst, Gus, aber wenn es dir von Zeit zu Zeit rausrutscht, dann überlebe ich es auch.« Sie grinste ihre beiden Männer an. Sie konnte nicht anders; sie war so glücklich wie noch nie zuvor in ihrem Leben.

»Cool!« Rory rannte vor zum Schultor, in Gedanken zweifellos schon bei den Plätzchen, die ihn in Fionas Haus erwarten würden.

»Er wirkt jedenfalls nicht traumatisiert«, meinte Gus schmunzelnd, während er Sian weiter stützte.

»Nein. Wie es wohl für ihn sein wird? Ganz anders jedenfalls. Ich meine, er ist es gewohnt, einen Großvater zu haben, aber die ganze Zeit mit einem Mann zusammenzuleben könnte schwierig werden.« Sie zögerte. »Einer der Gründe, warum ich niemals eine Beziehung in Erwägung gezogen habe, ist, dass ich mir einfach keinen Stiefvater für Rory vorstellen konnte.«

»Richard hast du in Erwägung gezogen«, erinnerte Gus sie.

Sie nickte. »Ich habe es versucht. Ich meine, ich habe darüber nachgedacht. Er schien eine gute Lösung für ein Problem zu sein, doch am Ende ...«

»Ich kenne das Ende. Und ich bin sehr glücklich darüber.« Gus küsste sie aufs Haar. »Können wir ein bisschen schneller gehen? Rory wartet schon am Tor.«

Sian war erleichtert, dass sie beide Richard so leicht hinter sich lassen konnten, selbst wenn sie bei dem Gedanken an ihr letztes Treffen mit ihm immer noch ein schlechtes Gewissen überfiel. Aber Richard würde es viel besser gehen mit einer Frau, die ihn wirklich liebte. Sie schmiegte sich ein bisschen enger an Gus.

Als seine Eltern endlich zu ihm stießen, hatte Rory noch eine Frage. »Wenn James noch da ist, können wir dann noch mal Schach spielen?«

»James? Mums Freund? War er gestern Abend denn da?« Gus runzelte die Stirn, während er ihnen beiden ins Auto half.

»Ja. James ist nett. Er hat mir ein Buch mit kleinen Briefen geschenkt und mir das Schachspielen beigebracht. Ich habe Miss Evans erzählt, dass ich Schach kann, und sie meinte, ich wäre der einzige Junge in der ersten Klasse, der das kann!«

»Da bin ich sicher«, sagte Sian und war stolz auf ihren Sohn.

Gus machte ein finsteres Gesicht, und Sian wurde klar, dass ihm der Gedanke, dass Fiona einen Freund hatte, der über Nacht geblieben war, nicht sonderlich behagte. Sian fühlte sich schuldig, weil sie so sehr mit ihren eigenen Problemen beschäftigt gewesen war, dass sie gar nicht mehr an Fionas Liebesleben gedacht hatte. War da etwas erblüht, während sie mit ihrem Melodrama beschäftigt gewesen war? Je länger Sian darüber nachdachte, desto mehr fand sie, dass es wundervoll wäre, wenn Fiona einen netten Mann gefunden hätte. Und sie mochte James sehr.

»Vielleicht ist er ja nicht über Nacht geblieben«, sagte sie diplomatisch. »Er ist bestimmt erst gefahren, als Rory schon im Bett lag.«

»Nee, er ist geblieben«, widersprach Rory, der leider ein sehr gutes Gehör hatte. »Er war beim Frühstück noch da.«

»Okay«, sagte Gus und lenkte den Wagen nach Hause.

Obwohl die Hintertür nicht abgeschlossen war und zwei Autos in der Einfahrt standen, wirkte das Haus leer. Sian hielt Gus davon ab, oben nach seiner Mutter zu suchen, indem sie ihn bat, Rory etwas zu essen zuzubereiten. Sie wusste, dass Fiona nichts dagegen haben würde, und es lenkte Gus ab.

»Okay«, sagte Gus. »Rory, Sian, setzt euch, ich sehe mal, was ich finden kann.«

»Es sind noch Plätzchen da«, meinte Rory. »In der Dose da vorn.« Er deutete auf einen der Küchenschränke.

»Vielleicht sollten wir zuerst etwas Gesünderes essen?«, schlug Sian vor. »Und danach Plätzchen?«

»Ja, Kumpel«, stimmte Gus ihr zu und warf einen Blick in den Kühlschrank. »Wie wäre es mit einem Monster-Sandwich mit drei Lagen? Einem meiner Spezial-SSTs?«

Rory runzelte die Stirn. Offenbar wusste er nicht, was ein SST war, und traute sich nicht, sein Unwissen einzugestehen.

Sian half ihm. »Sind denn noch Schinken, Salat und Tomate im Kühlschrank, Gus?«

»Hast du je erlebt, dass meine Mutter einmal kein komplettes Supermarktsortiment im Haus gehabt hätte?«, fragte er zurück.

»Wenn das so ist, kann ich dann auch ein Spezial-SST bekommen?«

Der Schinken brutzelte bereits in der Pfanne, und Sian schnitt das Brot, um es zu toasten, als sie Fiona lachen hörten, gefolgt von einer männlichen Stimme. Eine Sekunde später erschien sie in der Küche und sah mit ihrer falsch zugeknöpften Strickjacke ausgesprochen unordentlich aus. Hinter ihr kam James herein, der eine Hose und ein ziemlich weit aufgeknöpftes Hemd trug.

»Oh, hallo!«, rief Sian schnell und bemerkte, dass Fiona trotz ihrer nachlässigen Kleidung unglaublich gut aussah, so als wäre sie eben bei der Kosmetikerin gewesen. »Wir plündern gerade den Kühlschrank, fürchte ich. Gus macht Rory und mir Sandwiches.«

»Wir sind runtergekommen – wir wollten Tee trinken«, sagte Fiona und klang kleinlaut und schuldbewusst. »Aber ich bin so froh, euch zu sehen. Ich will unbedingt hören, wie es gestern bei dem Treffen mit den Leuten vom Verlag war. Und Sian! Dein armer Knöchel! Tut es sehr weh?«

Fiona wirkte etwas außer Atem. Vermutlich machte sie der Anblick ihres Sohnes nervös, der auf eine leicht bedrohliche Weise mit einem Pfannenwender herumfuchtelte.

Sian amüsierte sich zwar darüber, fühlte sich jedoch auch hilflos und gab sich alle Mühe, so zu tun, als wäre es völlig normal, dass Fiona nachmittags in ihrer Küche stand und aussah, als käme sie gerade aus dem Bett. Schließlich war es ihre Sache und ging niemanden etwas an. »Wenn ich den Fuß nicht belaste, ist es auszuhalten. Ich glaube nicht, dass es etwas Ernstes ist«, erklärte Sian.

»Was habt ihr beide denn gemacht? Das Haus wirkte wie ausgestorben, als wir ankamen«, fragte Gus misstrauisch.

»Wir waren oben...«, antwortete Fiona vage.

»Ich habe Ihrer Mutter geholfen, etwas in ihrem Schlafzimmer zu erledigen«, behauptete James ruhig und offenbar ohne einen Anflug von schlechtem Gewissen.

Sian schluckte und dachte fieberhaft darüber nach, wie sie

ihrer Freundin helfen konnte. »Toll!«, sagte sie schnell. »Dieses kaputte Scharnier am Kleiderschrank! Jetzt erinnere ich mich wieder, dass du mir davon erzählt hast. Du konntest es nicht selbst reparieren ohne eine Leiter oder einen großen Mann.«

»Du hättest mich fragen können, Mum. Ich hätte das für dich erledigt«, brummte Gus und wendete wütend den Schinken in der Pfanne.

»Ich schätze, das hat sie, Gus«, meinte Sian. »Aber du hast es vermutlich vergessen.«

Fionas Augen funkelten amüsiert, während sie ihr Lächeln hinter ihrer Hand versteckte. »Das stimmt. Männer, nicht wahr? Wofür sind sie bloß gut?«

»Entschuldigung«, meinte James und wirkte verletzt, »ich habe mir wirklich Mühe gegeben, um dieses kaputte ... äh, Dings ...«

»Scharnier«, ergänzte Sian.

»Ich kann mich wirklich nicht erinnern, dass du es erwähnt hast, Mum.« Gus hielt jetzt ein Brotmesser in der Hand, und während er nach einem Schneidebrett suchte, sah er ein bisschen gefährlich aus.

»James hat es ja jetzt erledigt«, sagte Fiona, »also musst du dir deswegen keine Sorgen mehr machen. Und jetzt erzähl mir endlich, wie es in London war! Ich habe auf heißen Kohlen gesessen. Wenn James nicht gekommen wäre ...« Sie brach plötzlich ab.

»... um das Scharnier zu reparieren und dir zu helfen, auf Rory aufzupassen«, beendete Sian den Satz für sie und kam sich langsam vor wie eine Souffleuse in einem Laientheaterstück.

»Ach, komm schon! Es ist wirklich nicht so schwer, auf Rory aufzupassen!«, meinte Gus und steckte das Brot in den Toaster.

»Nein, ist es nicht«, stimmte Rory zu und brachte sich wieder in Erinnerung.

»Natürlich nicht, Schatz«, sagte Sian. »Aber es ist schön, Gesellschaft zu haben, nicht wahr?« Sie hätte fast laut gelacht. Es war so wunderbar ironisch, dass Gus genauso mit James umging wie ihr Vater mit ihm: so feindselig, wie er konnte, ohne unhöflich zu sein.

Gus deutete auf den Tisch. »Warum setzt du dich nicht. Ich koche Tee. Sie auch, James«, fügte er widerwillig hinzu.

Sie zogen die Stühle zurück und setzten sich. Dabei warf Fiona immer wieder nervöse Blicke zur Tür. Wahrscheinlich dachte sie darüber nach, wie sie ihr Schlafzimmer, von Gus unbemerkt, in Ordnung bringen konnte.

»Und, Rory«, fragte Sian, während sie weiter darüber nachdachte, wie sie ihrer Freundin helfen konnte, »hast du mich vermisst?«

»Nö«, sagte er.

»Wir haben Schach gespielt«, erzählte James. »Das hat Spaß gemacht, nicht wahr, Rory?«

»Ja. Ich mag die Springer am liebsten«, erzählte der Junge begeistert.

»Ich auch, weil sie wie Pferde aussehen«, erklärte Sian.

»Das hat Fona auch gesagt«, meinte Rory.

»Ach, Fiona«, unterbrach ihn Sian, weil sie einen Geistesblitz hatte, »wärst du wohl so lieb und leihst mir eine Strickjacke? Mir ist ein bisschen kalt.«

»Dir kann gar nicht kalt sein«, sagte Gus, »es ist doch sehr warm hier in der Küche.«

»Ja, aber aus irgendeinem Grund friere ich«, erwiderte Sian und wünschte, ihr wäre etwas Besseres eingefallen. »Vielleicht hat es was mit meiner Verletzung zu tun.«

»Ich hole dir einen Pullover«, antwortete Gus und lief zur Tür.

»Nein!«, rief Sian. »Kümmer du dich um das Essen. Es geht schon.«

»Ach was!«, sagte Gus hin- und hergerissen. »Ich kann doch schnell nach oben laufen.«

»Oder ich hole dir einen Schal«, schlug Fiona vor und stand auf, um Gus den Weg zur Tür zu versperren. Wahrscheinlich ärgerte sie sich darüber, dass sie nicht früher geschaltet hatte. »Wenn du keinen Pullover brauchst ...«

»Oh, jetzt lauf nicht weg, Mum, wir haben Neuigkeiten!«

»Großartig! Kann ich raten, was es ist?«, fragte Fiona.

»Sian war toll bei den Verlagsleuten«, schwärmte Gus und stellte Rory einen Teller hin. »Sie ist reingerauscht und hat den Tag gerettet.«

»Wie Superman?«, fragte Rory und wirkte ein bisschen eingeschüchtert von der Größe seines Sandwiches.

»Fast«, antwortete Gus, »aber natürlich hatte sie die Strumpfhose über der Unterhose und nicht umgekehrt.«

»Woher weißt du das?«, erkundigte sich Fiona. Wie es schien, wollte sie es ihrem Sohn ein bisschen heimzahlen.

Sian grinste in sich hinein und stibitzte ein bisschen Salat, der auf Rorys Teller gefallen war.

»Du hast den Tag gerettet«, wiederholte Gus. Er küsste sie aufs Haar. »Das hat mein Agent Rollo gesagt.«

Sian errötete wegen dieser öffentlichen Liebesbezeugung, obwohl sie sich nicht erklären konnte, warum.

»Gus, du hast Mummy ja geküsst!«

»Ja, Kumpel.« Gus nickte. »Sie ist jetzt meine Freundin. Und wir werden zusammenwohnen. Wir haben doch darüber gesprochen.«

»Ist das wahr?«, fragte Fiona und klatschte in die Hände. »Wie schön! Ich wusste, dass ihr füreinander geschaffen seid. Das sind wundervolle Neuigkeiten.«

»Bist du denn nicht mein Dad?«, hakte Rory nach, ohne auf Fionas Begeisterung zu achten.

»Das eine schließt das andere nicht aus«, meinte Gus. »Was bedeutet, dass ich dein Dad *und* der Freund deiner Mutter sein kann.«

»Du bist so clever, Schatz«, sagte Fiona und tätschelte die Hand ihres Sohnes. »Wer will da behaupten, Männer könnten nicht mehrere Dinge gleichzeitig tun!«

Gus sah Sian an. »Wenn du dein Sandwich gegessen hast, dann könnten wir nach oben gehen und uns noch einmal ansehen, wo wir alle zusammen wohnen werden – jedenfalls bis wir ein eigenes Haus gefunden haben.«

Sian fing einen entsetzten Blick von Fiona und James auf, und ihr wurde klar, dass sie noch einmal versuchen musste, ihnen aus der Bredouille zu helfen.

»Es ist so nett von dir, dass du Gus erlaubt hast, dein Haus umzubauen, damit wir hier wohnen können«, sagte sie hastig zu Fiona. »Ich kann es kaum erwarten, mir noch einmal alles genau anzusehen.«

»Die Wohnung ist ja noch nicht ganz fertig«, sagte Gus. »Ein paar Wände müssen noch gestrichen werden.«

Sian hatte wieder einen Geistesblitz. »Ich würde gern die Farben aussuchen. Fiona, weißt du noch, du hast gesagt, du hättest eine Farbpalette von Farrow und Ball?« Sie starrte ihre Freundin bedeutungsvoll an, damit Fiona wenigstens diesmal die Chance ergriff, den Raum zu verlassen und in ihrem Schlafzimmer schnell für Ordnung zu sorgen.

»Darüber brauchst du dir jetzt nicht den Kopf zu zerbrechen«, meinte Gus. »Komm schon, lass uns nach oben gehen. Ich trage dich, Schatz.«

»Nein!«, rief Sian. »Ich hätte wirklich gern zuerst die Farbpalette. Fiona, bitte sei so gut und hole sie!«

»Die Farbpalette ...«, wiederholte Fiona und wirkte einen Moment ein wenig ratlos.

»Ja. Du hast gesagt, sie liegt in deinem Schlafzimmer auf dem Nachttisch. Weißt du noch? Wir haben über deine Nachtlektüre geredet, und du hast erzählt, dass du dir gern Kochbücher und Farbpaletten ansiehst.«

Hoffentlich wirkte sie nicht so, als hätte sie den Verstand verloren!

»Nachttisch!« Fiona sprang auf, und das schlechte Gewissen schien sie anzustacheln. »Ich hole sie schnell!«

Und sie lief aus dem Zimmer, bevor irgendjemand sie aufhalten konnte.

»Gus, brennt da nicht gerade der Schinken an? Ich glaube, ich rieche etwas«, bemerkte Sian, um ihn abzulenken.

»Oh.« Gus wandte sich wieder der Pfanne zu. »Nein, nein, ich habe alles im Griff.«

Sian und James sahen sich grinsend an, während Rory mutig in sein Sandwich biss. Tomaten und Mayonnaise quollen seitlich heraus.

Bald danach kehrte Fiona zurück. Ihr Haar war gebürstet, und sie hatte Lippenstift aufgelegt. »Tut mir leid, Sian, ich kann die Farbpalette leider nicht finden. Keine Ahnung, wo ich sie hingelegt habe. Vorgestern hatte ich sie noch ... Aber ich habe dir einen Schal mitgebracht und eine Strickjacke, für den Fall, dass dir noch kalt ist.«

Sian zog die Jacke an. »Am besten sehen wir uns ein andermal die Wohnung an – wenn es meinem Knöchel besser geht.« Sie seufzte sehnsüchtig.

»Was ist das Problem? Ich trage dich doch!«, erwiderte Gus, zögerte dann aber und blickte nachdenklich auf die Pfanne auf dem Herd.

»Ich kann mich um den Schinken kümmern«, meinte James.

In dieser Sekunde schien Gus einzusehen, dass er sich lächerlich benahm, und zu beschließen, James im Leben seiner Mutter zu akzeptieren. »Danke«, sagte er und reichte James den Pfannenwender. »Ich möchte meiner zukünftigen Frau und meinem Sohn den Dachboden nämlich höchstpersönlich zeigen.«

Sian protestierte lachend, als er sie hochnahm und aus dem Zimmer und die Treppe hinauftrug.

»Rory, du gehst vor«, sagte Gus.

»Du wirst dir einen Bruch heben«, meinte Sian und kicherte hilflos.

»Das riskiere ich.«

Rory rannte vor. »Ist das mein Zimmer?«, fragte er, als er aus dem Zimmer mit dem runden Fenster zurückkam, das wie eine Schiffskabine aussah. »Darf ich das haben? Bitte!«

»Natürlich, das ist dein Zimmer«, erklärte Gus. »Kein Mädchen würde da schlafen wollen.«

Rory lief in alle Zimmer und gab seiner Begeisterung lautstark Ausdruck.

Sian freute sich genauso, während Gus sie durch alle Zimmer trug. Bei ihrem ersten Rundgang hatte sie ganz viele Details nicht bemerkt, denn damals war sie in Eile und unglücklich gewesen.

»Ich glaube, ich muss dich kurz absetzen«, ächzte Gus.

Sian versuchte, nicht aufzustöhnen, als er sie auf das Doppelbett legte.

»Was macht ihr da?« Rory schien sich darüber zu wundern, seine Mutter auf dem Bett liegen zu sehen und seinen Vater leicht atemlos daneben.

»Wir ruhen uns kurz aus. Deine Mutter ist keine Feder.«

»Frechdachs!«, protestierte Sian.

Rory lief wieder nach unten, wahrscheinlich weil ihm die Plätzchen eingefallen waren.

Etwas später kam er wieder nach oben. »Ihr müsst jetzt runterkommen. Fona und James haben eine Flasche Sekt aufgemacht.« Er runzelte die Stirn. »Ich habe gesagt, dass ihr euch ausruht, und sie haben gelacht!«

»Ihr beide seht nicht aus, als brauchtet ihr Sekt«, sagte Fiona, als Gus und Sian in den Wintergarten kamen. »Aber uns wird er guttun.«

»James ist wie ein Großvater für mich«, meinte Rory unvermittelt, der Holunderblütensaft aus einem Sektglas trank.

»Ich fühle mich geehrt«, erklärte James.

Gus stand schweigend da und versuchte vermutlich, die Bemerkung zu verarbeiten, bis Fiona ihn aus seinen Gedanken riss. »Schatz«, sagte sie, »ich glaube, du solltest mal nach deinem Handy sehen. Es hat eben geklingelt.« Sie reichte es Gus.

»Vielleicht telefonierst du besser draußen?«, schlug Sian vor. »Ich kann die Spannung nicht aushalten und falle dir womöglich noch ins Wort.«

Nur Rory blieb entspannt. Er trank sein Glas aus und rannte in den Garten, um dort in seiner Hütte zu spielen. Die anderen saßen da und nippten nervös an ihren Gläsern.

Sie konnten Gus auf der Terrasse auf und ab laufen sehen. Um sich zu beschäftigen, pflückte Fiona vertrocknete Blätter von den Geranien. James stellte die Schachfiguren zurück an ihren Platz.

Dann kam Gus wieder herein. Er wirkte gedämpft.

»Was ist los?«, fragte Sian besorgt.

»Das war Rollo.« Gus sah blass aus, als stünde er unter Schock.

»Schatz, bitte, heraus mit der Sprache! Wenn es schlechte

Neuigkeiten sind, dann werden wir damit fertig«, sagte Fiona und griff nach seinem Arm.

»Und wir brauchen auch kein Haus«, erklärte Sian, um ihn zu trösten.

»Möchtest du einen Brandy?«, schlug James vor.

Gus lächelte. »Nein, es sind gute Neuigkeiten. Der Verlag hat mir ein unglaubliches Angebot gemacht. Ich werde genug Geld haben, um die Waldschule zu gründen. Und es reicht vielleicht sogar für die Anzahlung für ein Haus.«

»So viel?«, flüsterte Sian. »Das kann doch nicht sein.«

»Sie bieten mir einen Vertrag über zwei Bücher und ...«, das schien der aufregendste Teil zu sein, »... sie denken über eine Fernsehreihe nach. Einer der Männer bei dem Meeting war offenbar von einem TV-Sender. Deshalb haben sie mir so viel Geld angeboten.«

Fiona umarmte ihn. »Schatz! Das ist wundervoll.«

Sian, die wegen ihres verletzten Knöchels langsamer war, erreichte ihn als Zweite und fiel ihm um den Hals.

»Ich hole noch eine Flasche Sekt«, sagte James, und damit waren alle einverstanden.

Danksagung

Recherchen sind mir immer wichtig, aber als ich meiner Familie und meinen Freunden sagte, dass ich an einem Überlebenstraining der Firma Ray Mears teilnehmen würde, fanden sie, ich würde diesmal wirklich zu weit gehen. Es war eines der besten Wochenenden meines Lebens. Vielen Dank an alle Beteiligten – an die tollen Mitarbeiter, die nicht lachten, als ich mitten in der Nacht mein Zelt nicht finden konnte, an die wunderbaren Kursteilnehmer, die mich vor jeder Art von Unannehmlichkeit bewahrt haben, und an alle Organisatoren. Ich kann so ein Training wirklich aus vollem Herzen weiterempfehlen.

Dank an die Leute von mysinglefriend.com, die mir sehr geholfen und mir auf sichere Art das Internet-Dating erklärt haben. Obwohl ich es natürlich nicht selbst ausprobiert habe!

An meine wunderbaren Agenten bei A. M. Heath, die alle so viel für mich tun. Vor allem Bill Hamilton und Sarah Molloy.

Ebenso an meinen wunderbaren Verlag Cornerstone, Random House. An meine Lektoren Kate Elton und Georgina Hawtrey-Woore, die endlos tolerant und geduldig, aber auch wirklich inspirierend sind.

Dank auch an Charlotte Bush und Amelia Harvell, die ihren Job nicht nur brillant beherrschen, sondern auch unermüdlich sind.

An das unglaubliche Vertriebs- und Marketingteam, die

jedes Jahr besser werden. Dazu gehören Clare Round, Sarah Page, Rob Waddington und Jen Wilson.

Wie immer danke ich auch Richenda Todd, die die beste Korrektorin der Welt ist, was alle sagen, die das Glück haben, von ihr vor Peinlichkeiten bewahrt zu werden.

Ehrlich, das Buch zu schreiben ist dagegen ganz leicht!